卷尾

동녘문학 영문학선

문학

더미래북스 **H**

호박에 줄 긋는다고 수박이 되지 않는 이치쯤은 알고 있다. 그러함에도 불구하고 호박에 새퉁스럽게 줄 죽죽 내리그어 세상에 다시 내놓는 까닭은 결단코 수박으로 위장하기 위함이 아니다. 출간한 지 40여 성상이 흐르도록 마치 늙은 호박을 밭에서 갓 거둔 맏물 수박처럼 줄곧 시원칠칠한 눈빛으로 대해주신 독자 여러분의 호의에 감사의 염을 표하기 위함이다.

개정판을 내자는 제안에 따라 문장 전반에 걸쳐 다시 손을 보면서 지문에서의 맞춤법 오류는 물론이고 대화문에서의 사투리 표기 혼란 등을 발견하게 되었다. 잘못된 표기로 오랫동안 독자들께 폐를 끼쳐온 점을 부끄러워하면서 사죄하는 마음으로 개정판다운 개정판이 되게끔 이번 교정 작업에 정성을 기울였다.

돌이켜보건대, 『완장』이 세상에 첫선을 보인 건 5공 군부독재 정권이 한창 기승부리고 맹위를 떨치던 1980년대 초에 월간『현대문학』을 통해서였다. 애초에는 장편소설이 아니라 중편소설이었다. 중편이 발표된 후 독자들 반응이 뜨거운 걸 보고 당시 편집자가 장편소설로 재구성해 연재하자는 제의를 해왔다. 그런 과정을 거친 끝에 1983년 장편소설『완장』의 제1판이 세상에 나오기에 이르렀다.

그 무렵 나는 시국 사건의 여파로 본의 아니게 노고단 밑 심원마을에 들어가 한 달여 동안을 세상과 등진 채 혼자 지내야 했다. 그곳에서 자취로 생활하는 동안, 태생부터 잘못된 독재 정권이 휘두르는 폭압 앞에 벌레처럼 무력한 존재로 움츠러든 나 자신이 너무도 불쌍하고 처량해서 한 번도 거울을 들여다보지 않았다. 심심산골에서 오랫동안 자학의 시간을 견디던 끝에 나는 마침내 유일한 자구책을 만나 하산해서 집으로 돌아올 수 있었다.

작가인 나를 일개 미물 같은 존재로 전락시킨 거대 권력에 효과적으로 보복하는 길은 역시 작가의 펜을 무기 삼아 권력 그 자체를 우스꽝스럽기 짝이 없는 물건으로 희화화함으로써 실컷 야유하는 그 방법밖에 없었다. 사실주의적 정공법으로는 독재 정권의 검열을 피하기 어려운 시국이었다. 야유의 수단으로 풍자와 해학을 동원함으로써 당국의 검열을 우회해야만 했다.

이것이 장편소설『완장』의 출생 배경이다. 이 소설을 씀으로써 나는 비로소 실의와 자괴지심을 딛고 재기할 수 있었다. 이를테면 이 소설이 절체절명의 궁지에 몰렸던 나를 구원한 셈이다. 이런 출생 배경을 참고해서 읽을 때 수많은 독자 가운데 더러는 내가 젊은 나이에 일찍이 겪었던 그 구원의 체험에 동참할 수 있게 되리라 믿는다.

2024년 3월

윤흥길

애당초 고향친구 相烈(상렬)로부터 어떤 완장의 사내에 관한 짤막한 이야기를 전해들었을 때 나는 그것을 단편소설 정도로 다룰 생각이었다. 그런데 어찌어찌하다 보니 장편으로 길어지고 말았다. 장편으로 확대해달라는 현대문학의 요청이 있었기 때문이다.

그 제의를 수락하는 과정에서 독자들의 반응을 무기로 내세우는 甘兄(감형)의 말에 귀가 솔깃해졌었다는 것이 내 솔직한 고백이다. 중도에서 갑자기 계획이 바뀌는 바람에 뒤늦게 이야기를 재구성하고 보완하느라고 다른 어떤 작품보다도 애를 많이 먹었다. 과정이야 어찌 됐든 나는 생각지도 않았던 다섯 번째의 장편소설을 얻게 되었다.

의도적으로 재미없는 소설을 쓰고자 한 적도 없거니와, 마찬가지로 나는 의도적으로 재미있는 소설을 쓰기 위해 노력한 적도 별로 없었던 것 같다. 만약 독자들 가운데서 이 작품을 읽고 어느 정도 재미라는 걸 느낄 수 있게 된다면, 나는 그것이 작가의 계산된 의도에 따르는 재미라기보다는 우리네 시골사람들을 통하여 오늘날까지 연면히 이어져 내려오는 우리 민족 특유의 해학성에서 비롯되는 재미일 거라고 말하고 싶다. 쓰는 동안에 내가 줄곧 의식했던 것은 바로 그 해학성이다. 우리의 고전문학 속 곳곳에서 보배처럼 빛나던, 그러나 蔡萬植(채만식) 선생을 마지막으로 이제는 거의 끊기다시피 한 우리 문학의 해학적 전통이 지난해에 나를 내내 사로잡고 있었던 셈이다.

몹시도 고단하게 보낸 우리의 근세사에서 사실 완장만큼 우리의 뇌리에 깊은 인상을 심은 사물도 그리 흔치는 않은 것 같다. 그것은 사람들에게 매우 중대한 의미를 주고 있다. 그것은 여러모로 모순을 내포하고 있다. 그것은 별것이 아니면서도 실상은 상당한 위력을 발휘한다. 무력한 백성의 입장에서 보자면 한편으로 싫어하면서도 다른 한편으로는 또 선망하는 괴상한 물건이 바로 완장인 것이다.

완장을 통해서 나는 한 번쯤 반드시 짚고 넘어가지 않으면 안될 우리 시대의 한 징후를 다루고 싶었다. 하지만 그보다 더 내가 역점을 두고자 했던 것은 완장을 둘러싼 사람들을 통한 인간 본능의 탐구 쪽이었다.

이렇듯 제법 큰 욕심으로 대들었지만, 다 쓰고 난 지금 생각해 보니 마치 일껏 손님들을 초대해놓고 주책을 떠는 주인과도 같은 심정이 됨을 어쩔 수가 없다. 그래서 손님들이 먼저, 먹은 것도 없이 폐만 끼쳤다고 말하기 전에 내 쪽에서 이렇게 선수를 치고 싶다.

차린 것도 없이 돈만 들었군요.

귀중한 연재의 기회를 주고 또 단행본으로 꾸며까지 주시는 현대문학의 여러분께 깊이 감사드린다.

1983년 5월
윤흥길

의도적으로 재미없는 소설을 쓰고자 한 적도 없거니와, 마찬가지로 나는 의도적으로 재미있는 소설을 쓰기 위해 노력한 적도 별로 없었던 것 같다. 만약 독자들 가운데서 이 작품을 읽고 어느 정도 재미라는 걸 느낄 수 있게 된다면, 나는 그것이 작가의 계산된 의도에 따르는 재미라기보다는 우리네 시골사람들을 통하여 오늘날까지 연면히 이어져 내려오는 우리 민족 특유의 해학성에서 비롯되는 재미일 것이라고 말하고 싶다. 쓰는 동안에 내가 줄곧 의식했던 것은 바로 그 해학성이다. 우리의 고전문학 속 곳곳에서 보배처럼 빛나는 우리 문학의 해학적 전통이 지난해에 나를 내내 사로잡고 있다.

몹시도 고단하게 보낸 우리의 근세사에서 사실 완장만큼 우리의 뇌리에 깊은 인상을 심은 사물도 그리 흔치는 않은 것 같다.

그것은 사람들에게 매우 중대한 의미를 주고 있다. 그것은 여러 모로 모순을 내포하고 있다. 그것은 별것이 아니면서도 실상은 상당한 위력을 발휘한다. 무력한 백성의 입장에서 보자면 한편으로 싫어하면서도 다른 한편으로는 또 선망하는 괴상한 물건이 바로 완장인 것이다.

완장을 통해서 나는 한 번쯤 반드시 짚고 넘어가지 않으면 안 될 우리 시대의 한 징후를 다루고 싶었다. 하지만 그보다 더 내가 역점을 두고자 했던 것은 완장을 둘러싼 사람들을 통한 인간 본능의 탐구 쪽이었다. 이 탐구는 『현대문학』에 연재되었던 「빛 가운데로 걸어가면」으로 이어져 시간과 장소를 바꾸어서 전혀 다른 사건으로 전개되었다.

오늘날, 소프트화와 패션화가 맹위를 떨치는 90년대적 소설 풍토 속에서 별로 소프트하지도 않고 패션과도 전혀 거리가 먼 이 작품이 아직도 살아남아 있다는 사실에 감사한다. 강산이 변하고도 남을 긴 세월에 걸쳐 중판에 중판을 거듭하는 이런 일들이 거대담론으로의 회귀 가능성으로 이어짐으로써 비근한 일상성에 너무 치우쳐 있는 현재의 우리 소설문학에 "다양한 것들의 조화"를 통한 풍요를 이룰 수 있게 된다면 얼마나 다행일까.

오래 전에 방영된 MBC 미니시리즈 〈완장〉의 재미에 관해 지금도 나에게 이야기하는 사람들이 많다. 드라마와 소설이 똑같을 수는 없다. 영상으로써만 이 작품을 기억하는 독자들이 드라마 〈완장〉과 소설 『완장』을 비교하는 절차를 통해 원작의 재미를 다시 한 번 음미하는 계기가 되기를 바란다. 말도 많고 탈도 많은 작금의 우리 정치 현실을 두고 생각할 때 우리의 주인공 임종술과 김부월이 권력의지 앞에서 매우 착종된 태도를 보였던 저 80년대적 상황하고 전혀 다를 게 없기 때문에 매우 불행한 노릇이지만, 이 작품은 여전히 유효하다고 생각한다.

판을 거듭하기까지 여러모로 수고를 아끼지 않은 현대문학의 여러분께 진심으로 감사한다.

1993년 9월
윤흥길

지난 80년대 초, 불행한 정치 현실을 지켜보면서 잘못된 권력을 향해 마구 야유를 퍼붓고 싶은 충동에 붙잡혀 지내던 때가 있었다. 당시 나를 괴롭히던 그 욕구를 해소할 기회를 제공한 데가 바로 『현대문학』이었다. 꽤 오래 연재가 계속되는 동안, 나는 『완장』을 집필하면서 많이 행복해 했다. 권력이 나를 가지고 노는 게 아니라 내가 권력을 가지고 놀고 있다는 착각이 내가 느끼는 행복감의 원천이었다. 백성들 위에 군림하는 권력을 희화화의 대상으로 삼아 마구 꼬집고 할퀴고 옆구리와 발바닥을 간질임으로써 우스꽝스러운 꼬락서니로 짓뭉개놓았노라고 생각했을 때의 그 쾌감을 지금도 기억하고 있다.

지금도 어쩌다 우연히 생면부지의 독자를 만났을 때 상대방이 『완장』이란 작품으로 나를 기억하는 경우를 자주 겪는다.

"아, 『완장』을 쓴 바로 그⋯⋯." 하는 식으로 말이다. 책이 나온 지 오랜 기간이 경과했음에도 여직 많은 사람들이 『완장』을 들먹이는 배경에는 똑같은 제목의 미니 시리즈로 TV에 방영되어 화제를 모은 적이 있는 드라마의 음덕이 작용하고 있음도 사실이다. 하지만 드라마 이전에 분명 소설 원작이 있었고 그 원작 소설이 이미 상당한 화제작이었다는 사실을 나는 사람들한테 넌지시 밝힘으로써 자칫 상할 뻔한 자존심을 가까스로 건사하곤 한다.

장편소설 『완장』 속에서 '완장'이란 물건을 둘러싸고 망측한 짓거리들을 벌이는 등장인물들을 우리 문학의 전통적 미덕 중 하나인 해학성의 시각으로 다룬 데 대해 나는 지금도 나 자신을 지지하고 옹호한다. 많은 독자들이 주인공 임종술과 김부월을 아직도 따스한 애정으로 기억하는 것은 그들이 소설 속에서 해학의 옷을 걸치고 있기 때문일 것이다. 예나 지금이나 권력이란 비판의 도마 위에 올라 마땅한 것이다. 사실성이나 풍자성이 지닌 예리한 식칼로 대상을 토막 쳐 공격하는 것도 한 방법이겠지만, 해학성의 두루뭉술한 그릇에 담아 대상을 원천적으로 수용해버리는 웃음의 처리는 때로 더욱 유효한 공격 수단이 될 뿐만 아니라 가장 한국적인 비판 방식이라고 믿고 있다.

한동안 절판 상태에 있던 『완장』의 재출간을 결정한 현대문학에 감사한다. 그러면서도 다른 한 편으로는 이 춥고 배고픈 출판의 동토 위에서 괜히 폐나 끼치게 되지 않을까 걱정이 앞선다. 아무쪼록 현대문학의 이번 재출간 의도가 잘 맞아떨어져『완장』이 다시 한 번 효자 노릇을 톡톡히 하게 되기만을 바랄 뿐이다.

2002년 5월

윤흥길

제4판 작가의 말

　요참에 출간되는 4판이 엄밀한 의미에서 개정판인지, 아니면 개판(改版)인지, 약간 헷갈린다. 1983년도니까 초판이 출간된 지도 어언 30년이 다 되어간다. 그 긴 세월 동안에 『완장』은 네 차례 표지를 새 옷으로 갈아입게 되었고, 세 번째로 '작가의 말'을 다시 고쳐 쓰게 되었고, 새로 개정된 맞춤법에 따라 한 차례 문장을 전면 수정했고, 그 후 한 차례 더 교정 작업을 거쳐 오늘에 이르렀다. 내가 이처럼 『완장』에 얽힌 내력을 시시콜콜 짚어보는 이유는 자그마치 30년 가까운 세월에 걸맞은 감회의 새로움에 있다.

　오랜 세월이 흘렀지만, 아직도 『완장』의 줄거리는 각종 언론매체의 사설이나 칼럼 등에 뻔질나게 인용되곤 한다. 그리고 그새 완장병, 완장질, 완장인간, 완장문화 등 여러 신조어를 파생시키기도 했다. 국회의 대정부 질의 때 국회의원에 의해 『완장』이 의 정단상에서 인용되기도 했다. 암울하기만 하던 80년대 군부독재 시절에 태생부터 잘못된 권력을 야유할 속셈으로 집필한 『완장』의 메시지가 수십 년 세월이 흐른 오늘날까지도 유효하다는 방증으로 읽히는 대목이다. 그 덕분에 내 대표작이 『완장』인 양 인구에 회자되면서 작중인물인 임종술과 김부월은 수많은 독자로부터 꾸준히 사랑을 받아왔다. 나로서는 그들 두 인물과 함께 감사에 넘치는 세월을 살아온 셈이다. 4판 출간에 맞추어 내가 느끼는 감회의 새로움은 바로 이 감사의 염이 지닌 놀라운 생명력 때문이기도 하다.

내가 알고 지내는 많은 분들이 나를 꽤 점잖은 사람으로 알고 있다. 그토록 점잖은 사람한테서 어떻게 『완장』처럼 아주 짓궂고도 되게 웃기는 작품이 나올 수 있었는지 의아해하곤 한다. 맞는 말이다. 나는 겉보기에 상당히 점잖아 뵈는 편이다. 『완장』을 읽은 많은 독자가 작가인 나를 무척 짓궂은 사람으로 지레짐작하기도 한다. 그것 또한 맞는 말이다. 나는 점잖은 척 처신하는 그 이면에 만만찮은 짓궂음과 집요함 따위를 감쪽같이 숨긴 채 여태껏 살아온 셈이다. 내가 내 소설 속에서 자주 구사하는 해학성은 어쩌면 겉 다르고 속 다른 두 자아 사이의 표리부동 관계에서 비롯되는 것인지도 모르겠다.

사람들에게 웃음과 재미를 안겨주는 해학이란 대개 욕망을 앞세우는 속사람과 체면에 충실하려는 겉사람이 서로 갈등하고 충돌하면서 제각각 딴 방향, 딴 길을 고집하는 그 불행과 비극의 어간에서 불쑥불쑥 비어져 나오기 십상이다. 하찮고 보잘것없는 작은 권력을 상징하는 완장이란 물건을 두고 임종술 같은 열패자들이 취하는 이중적 태도의 그 비좁은 틈서리에서 해학은 곧잘 발생하게 마련이다.

'찌를 자刺' 자를 옆구리에 차고 있는 풍자가 남의 목숨을 노리는 자객의 칼과도 같은 것이라면 해학은 남의 콧구멍을 간질이는 깃털과도 같은 것이다. 풍자가 공격적 무기인 데 반해 해학은 방어적 무기다. 풍자는 상대방에 대한 증오의 감정을 수단으로 삼는 반면 해학은 상대방을 향한 연민의 정을 수단으로 삼는다. 풍자는 보복의 전술은 될지언정 승리의 전략은 되지 못한다. 가난한 자, 힘없는 자, 소외된 자, 권력에 억눌린 자일수록 즐겨 사용하는 해학은 자신의 궁박한 처지를 적당히 얼버무려 허장성세하는 한편 힘센 상대방에게 똥침을 가하면서 피아 쌍방을 동시에 웃음으로 끌어안는다. 그러므로 풍자보다 해학 쪽이 두어 수쯤 더 높고 노련하고 파괴력 있는 무기가 되어 강적을 무장해제시킬 수 있는 법이다.

그동안 『완장』의 내용이 인용된 사례들을 대충 훑어볼라치면 한 가지 기현상이 눈에 띈다. 여가 야를, 야가 여를 꾸짖고 보수가 진보를, 진보가 보수를 비판하려는 정치적 의도하에 내 소설을 임의로 차용하는 경우 말이다. 한 편의 해학소설을 통해 꾀죄죄한 가짜 권력의 떠세하는 행태를 그려보임으로써 진짜배기 거대권력의 무자비한 속성을 끄집어 드러내고자 했던 내 창작 의도에서 한참 멀리 벗어나 때로는 주객이 전도되거나 때로는 아전인수로 사용되는, 웃지 못할 사례들이 종종 생겨나곤 한다. 만일 지금까지 칼인 줄 잘못 알고 남의 깃털을 무단히 가져다 아무렇게나 휘두르신 분들이 계시다면, 제발 그 보잘것없는 물건을 본래의 자리로 되돌려놓으실 것을 이 자리를 빌려 간곡히 당부 드리는 바다.

물론 그런 분들까지 포함해서 모든 독자에게 두루두루 다 감사를 표할 만큼 요즘의 나는 세월의 가르침에 따라 28년 전 날카롭고 울분에 차 있던 청년 시절 그때에 비해 많이 유해지고 엔간히 노회해져 있다는 사실을 솔직히 고백한다.

2011년 4월
윤흥길

1

그해 이른 봄부터 이곡리(利谷里) 일대를 온통 휘젓고 다니며 마냥 으스대는 종술(鍾述)의 모습은 참으로 가관이었다. 물론 종술의 성깔을 익히 아는 이곡리 주민들은 그의 행패가 두려워서 감히 맞대놓고 그를 어쩌지는 못했다. 주민들은 그저 먼발치에서 그의 뒷모습을 겨냥하며 주먹으로 쑥덕감자를 먹이기도 하고 혓바닥을 날름 내밀어 보이기도 할 뿐이었다. 그런 줄도 모르고 그는 구름 의자에라도 앉은 것같이 더욱 거드름을 피우고 다녔다.

그 자신이 생각하는 임종술과 마을 사람들이 보는 임종술 사이에는 사실 엄청난 차이가 있었다. 그는 자기가 마치 때까치 종류에서 하루아침에 보라매 같은 당당한 모습으로 탈바꿈한 양 굳게 믿었다. 반면에 사람들은 때까치이던 그가 물까마귀쯤으로 바뀌었다고 생각하는 편이었다. 그들은 때까치 시절의 종술이 그래도 사람 꼴에 가까웠다고 회고하곤 했다.

임종술이 이곡리와 앙죽리(仰竹里), 그리고 법계리(法界里)에 옴 팍 둘러싸인 판금(板琴)저수지의 감시원으로 활약하게 된 경위 는 대략 다음과 같다.

"금일 내로 필히 감시원을 뽑아야 되네."

쩔쩔 끓는 아랫목에서 엉덩이를 한쪽으로 약간 비키며 최 사 장이 힘주어 말했다.

"뽑기는 뽑아야겠는디⋯⋯."

이곡리의 이장인 익삼 씨는 이렇게 중얼거리며 사뭇 난감한 표 정을 지었다. 두 사람의 관계는 먼 촌수의 숙질간이었다. 주민들 의 이목을 꺼려서 처음부터 숙질간임을 한 번도 비친 적이 없으 나 이곡리에 사는 사람치고 그걸 모르는 사람은 아무도 없었다.

"뽑아야겠는디?"

최 사장이 족질의 말꼬리를 잡고 늘어졌다.

"요 근동을 다 뒤져도 마땅헌 인물이 안 나타난다, 그런 말이 지라우."

"이 사람아, 나타나길 바래나? 자네가 제백사허고 뛰어댕기면 서 찾어내야지!"

"아무리 뛰어댕겨도 그 월급 받고 일허겄다는 놈이 없으니깨 허는 말이지라우."

"없으면은 자네가 맡을랑가? 동네 사람도 동네 사람이지만, 인

자 경칩만 지나고 나면 물보다 괴기 쪽이 더 많은 널금⒲방죽
이 어디냐, 허고 각처에서 냇기꾼들이 떼로 몰려들 판국인디, 자
네 혼자서 책음지고 그 재산을 다 지켜낼 수 있단 말인가?"

"누가 그런다고 그렸나요. 하도 답답허니깨 장탄식허고 맞바꿔
서 나온 소리여라우."

"살가죽 벳길라고 비싼 연탄은 이리 허비허냐?"

최 사장은 엉덩이를 들썩거리면서 화를 냈다. 익삼 씨는 만 원
두어 장만 더 쓴다면 일이 훨씬 수월해질 거라고 말할 작정이었
다. 몸에서 쇳물내가 나는 인색한 아저씨한테 그걸 이야기할 기
회를 노리는데, 때마침 방문이 삐그덕 열리면서 술상을 든 마누
라가 들어섰다.

"이 동네서 냇기질 제일 많이 허는 놈 하나 있다고 혔것다?"

조카며느리 화순네가 들여놓는 술상 쪽은 돌아다도 안 보고
최 사장이 엉뚱한 질문을 했다.

"그 악질놈 이름이 뭣이라고?"

"느닷없이 그놈은 또 왜요?"

"왜요는 이 사람아, 일본놈 담요여!"

"종술이, 임종술이라고……."

"그 종술이놈은 어떤 잡놈인가?"

익삼 씨는 한 차례 씁쓰레하니 웃고 나서 방구석에 무르춤히
서 있는 마누라더러 어서 나가라는 눈짓을 보냈다.

"하이타이로 씻고 봐도 미운 구석지라고는 한 태기도 없는 놈이지요. 농사는 땅이 없어서 못 짓고, 장사는 밑천이 없어서 못 허고, 품팔이는 자존심이 딸꾹질허는 통에 못 허고, 그저 허구헌 날 노친네가 쌂어주는 밥이나 똑 따먹고는 그 밥알맹이 곤두서지 말라고 옥골선풍 활량 행세로 낚싯대 담그고 방죽가에 나앉어서……."

"아닌게 아니라 미운 구석지라고는 한 태기도 없는 놈이구만."

최 사장은 빙긋이 웃고 있었다. 익삼 씨 역시 어처구니가 없어 덩달아 웃고 말았다.

"그놈 뚝심이나 아굿발은 제법 사줄 만헌가?"

"하이고, 말도 마시기라우. 어려서부터 대처로만 떠돌면서 쌈질로 잔뼈가 굵은 놈이라서 그놈 낚시질 말리다가 지가 한두 번 혼난 게 아니요."

"되얐어!"

갑자기 최 사장이 무릎을 손바닥으로 쳤다. 이것은 또 무슨 변덕인가, 하고 익삼 씨는 뱁새눈을 한껏 크게 떴다.

"내가 찾던 놈이 바로 그런 놈이여. 가서 당장에 그놈을 이리 데려오게."

"아니, 아자씨, 차라리 도둑고앵이한티 생선전을 맽기는 게 낫지, 종술이 그놈을 감시원으로 썼다가 낭중에 무신 변을 당헐라고……."

"나 따러올라면 자네는 아직도 멀었어. 내가 이 환갑 나이를 짓고땡판에서 개평으로 얻은 줄 아는가? 잔소리 말고 어서 불러오라면 불러와."

익삼 씨는 잠시 벌린 입을 다물지 못했다. 노랑이 아저씨의 그 샛노랗게 오묘한 뜻을 순간적으로 퍼뜩 납득할 수가 있었다. 그는 방문 밖에 대고 급히 큰아들의 이름을 불렀다.

"태봉이는 아직 핵교서 안 돌아왔는디요."

큰딸 화순의 소리였다. 익삼 씨는 마루 아니면 토방 어딘가에 서 있을 화순한테 급히 일렀다.

"너 핑허니 가서 종술이더러 내가 조깨 만나잔다고 전허고 오니라."

최 사장은 본디 농사꾼이었다. 이리(裡里) 근처에 전답 마지기 깨나 가지고 있었는데, 그 일대에 공업단지가 들어서는 바람에 땅을 처분해서 한목에 상당한 돈을 쥐게 되었다. 밑천이 잡히자 그의 잠자던 이재 수완이 비로소 빛을 발하기 시작해서 그는 때 마침 이리시에 몰아닥친 부동산 경기에 편승하여 집장사에 뛰 어들었다. 거기서 한동안 재미를 톡톡히 본 다음 그는 여세를 몰 아 트럭을 사들이기 시작했다. 현재 그는 어엿한 운수회사의 사 장으로서 그를 아는 많은 사람들로부터 평생을 농부로만 지내다 죽었더라면 굉장히 억울한 인생이 될 뻔했다는 평판을 듣고 있 었다.

"정옥이네 할머니 기세유?"

있으나 마나 흔적만 남은 대문간에서 누가 조심스럽게 어머니를 찾는 소리를 듣고 종술은 질펀히 짊어지고 있던 방구들을 벗어버렸다. 그는 몹시 게으른 동작으로 방문을 열고는 밖을 내다보았다. 이장 딸 화순이었다.

"없는디, 어째 그런다냐?"

행여 누가 잡아먹을까 봐서 그러는지 화순이년은 잔뜩 겁먹은 얼굴로 주춤주춤 뒤로 물러섰다.

"정옥이네 할머니한티 헐 말이 있는디요……."

"대신 나한티 허면 안 되는 말이냐?"

"우리 아버지가 그러는디, 우리 집에 정옥이 아버지 조깨 댕겨가시라고……."

결국 종술이 바로 저한테 건네는 전갈이었다. 그걸 당사자한테 직접 건네지 못하고 굳이 없는 사람을 통해서 간접적으로 건네는 형식을 취하는 화순이년의 맹랑한 조심성에 그는 하마터면 웃을 뻔했다.

"정옥이 아버지는 바쁜 몸이니깨 헐 말 있거든 느네 아버지가 직접 오라고 전허거라!"

호통을 듣고 화순은 어마 뜨거라 하고 달아나기 시작했다. 출렁거리는 머리타래와 팽팽한 엉덩짝을 보면서 종술은 저걸 그냥 한입에 넣어도 비리지 않겠다고 생각했다. 여중을 나온 후 진학을 포기하고 집에서 노는 일 년 사이에 화순은 완연한 처녀티가 사방에 배어 있었다.

이장네 집 근처에 까만 자가용 차가 와 있다는 것은 이웃집 조무래기들이 떠드는 소리를 들어서 이미 알고 있었다. 그러나 무슨 일로 자기를 부르는지 도통 그 이유를 알 수가 없었다. 최 사장인지 나발인지가 왔다면 틀림없이 도둑 낚시질 때문일 텐데, 그건 천만의 말씀이었다. 고드름똥 쌀까 봐서 자기는 겨우내 널금저수지 근처엔 얼씬도 하지 않았던 것이다.

가지 않겠다는 뜻을 분명히 했으면서도 종술은 좀이 쑤셔서 더 참을 수가 없었다. 그러잖아도 심심해서 주먹하고 입이 근질거리던 참이었다. 이쪽에서 먼저 걸어도 시원찮을 판인데 저쪽에서 자진해서 걸어오는 시비를 안 받는다는 건 그로서는 도무지 사람의 도리가 아니었다. 집어갈 만한 물건도, 또 업어갈 만한 여편네도 없는 살림이었으므로 그는 집을 비워둔 채 밖으로 나섰다.

해동(解凍)머리의 푸릇푸릇한 보리밭에 오도카니 서 있는 까마귀 한 마리가 눈에 띄었다. 겨울 들판에 새까맣게 미물면서 까옥거려쌓던 까마귀 떼도 이젠 어디론지 멀리 떠나버리고 없는 마당에 그놈 한 마리만 외돌토리로 남아 있었다. 한 차례의 팔매질만으로는 꼼짝도 않는 그놈을 향해 종술은 돌멩이를 여러 개 날려서 멀리 쫓아버렸다.

완장

"와따, 이 집 성님은 이장 노릇 혀서 자가용 사는 재주도 다 있구만잉!"

이장댁 앞마당으로 들어서면서 종술은 냅다 이렇게 소리부터 질렀다. 기다렸다는 듯이 안방문이 열리면서 익삼 씨의 웃는 낯꽃이 네모꼴 테두리 안으로 쏙 불가졌다.

"예끼 사람, 성님이라고를 말든지 물구뎅이에다 꼬나박지를 말든지 양단간에 한쪽으로 나갈 일이지."

그 말을 제꺽 들어오라는 뜻으로 해석하고 종술은 성큼 방 안으로 들어섰다. 아랫목에 버티고 앉아 있는 오종종한 이목구비의 늙은이를 보긴 했으나 그는 그쪽은 거들떠도 안 보는 척하면서 다짜고짜로 익삼 씨를 집적거리기 시작했다.

"떡 줄라고 불렀소오, 엿 줄라고 불렀소오?"

"씨잘디없는 소리 말고 어서 인사부터 디리게. 자네도 아다시피 저수지를 관리허시는 최 사장님이시라네."

"나 종술이, 지금은 끈 떨어진 가오리연 같아도 왕년에 서울 동대문시장서 험악허게 놀 적에는 방구깨나 뀐다는 진짜배기 사장님들 여러 뭇놈 조져본 솜씨요, 시시허게 복덕방 사장, 담뱃집 사장, 잉어동네 붕어동네 사장 따우는 영 우습게 아는 놈이요, 나 종술이가!"

"이 사람아, 이분은 그런 사장이 아니라 솜리(이리)에서 제일 큰 운수회사를 경영허시는……."

"암만 그리봤자 성님 사장이지 내 사장은 아니니깨!"

피차간의 입장을 분명히 가르고 나서 종술은 책상다리의 앉음새 속에 두 손을 넣어 사타구니를 감싸고는 고개를 삐딱하니 치켜들었다. 천장 구석을 올려다보면서 그는 휘파람이라도 불고 싶은 표정이었다. 익삼 씨가 민망해서 어쩔 줄을 모르는 동안에 최 사장이 두어 번 헛기침을 놓았다. 헛기침에 이은 헛웃음과 함께 그는 처음으로 입을 열었다.

"젊은 사람 혈기가 과시 듣던 대로 똑같구만."

"솔직히 얘기혀서 나는 요 몇 달 동안에 붕어는 그만두고 물강구 새끼 한 마리도 건진 적 없구만이라우."

종술은 입찬 소리로 계속 뻣세게만 나갈 작정이었다.

"누가 자네더러 고걸 탓허는가?"

최 사장은 농사꾼 경력의 과거가 남긴 주름투성이의 검붉은 얼굴에 깊은 볼고랑을 지어가며 한바탕 호탕하게 껄껄거렸다. 집장사로 돌면서부터 서서히 익혀나온 웃음인데, 아직도 약간 공부가 부족한 감이 없지 않아 오종종한 그 얼굴하고는 별로 안 어울린다는 평판을 주위에서 듣고 있었다.

"자네만 같으면 저수지를 통째로 다 맽겨도 상관없겠네. 날만 풀리거든 나가서 맘대로 잡으소. 자네, 노느니 염불헐 생각은 없는가?"

늙은이가 속임수를 쓰려 한다고 생각했다. 그래서 종술은 그

속임수에 넘어가지 않으려고 바짝 긴장하면서 최씨 숙질간을 번갈아 돌아다보았다.

"종술이 자네는 인자 잉어회 먹고 잪으면 잉어만 잡고 붕어찌개 먹고 잪으면은 붕어만 잡고, 이렇게 맘대로 골라잡게 생겼네."

익삼 씨가 비죽비죽 웃으면서 하는 말이었다.

"자네 혼자만 맘대로 잡고 다른 낚기꾼들은 일절 범접을 못 허게코롬 막어준다는 조건으로 말이네. 자네 저수지 감시원 맡을 생각은 혹 없는가?"

"저수지 감시원이라니!"

그제야 종술은 두 숙질간의 술책을 간파했다.

"사람을 무시혀도 유분수지!"

그는 퍼르르 소가지를 부리면서 발딱 일어섰다. 익삼 씨가 기겁을 하고 그의 다리를 양팔로 껴안았다.

"와따매, 이 사람 슫달 그뭄날 장개가 놓고는 정월 초하룻날 칠거지악 들먹거릴 신랑이네. 어서 앉으소. 부애를 내도 무신 말인지나 다 듣고 나서 부애를 내든지 어쩌든지 혀야지."

익삼 씨가 이수일을 붙잡으려는 심순애의 동작으로 바짓가랑이를 끌어당겼다.

"공으로 일봐 달라는 소리는 아니네. 자네가 감시를 맡어준다면 매달 오만 원썩 월급까장 주기로 내 약조험세."

땅딸막한 체구하고는 담력이 여간 아니어서 최 사장은 눈썹

하나 까딱 않고 차근차근 조건을 제시하는 것이었다. 그러나 그 말이 종술의 가슴에 더욱 불을 질렀다. 그는 걷어찰 듯한 기세로 발을 휘둘러 익삼 씨의 팔을 뿌리쳤다.

"청룡이 개천에 빠져서 가만히 엎뎌 있응깨 당신들 눈에는 비암장어로뿐이 안 보이요?"

"그러고 그것만이 아니네. 내년이나 내후년쯤에 정식으로 유료 낚시터가 개장된 연후에는 자네를 수금원으로 채용허신다는 말씸까장 기셨다네."

익삼 씨가 허겁지겁 설명을 서둘렀다.

"모든 게 죄다 자네 한 사람 마음먹기에 달린 일이지."

최 사장은 여전히 차분한 말씨로 자신 있게 나왔다. 십리 길을 한달음에 뛰어온 사람처럼 종술은 씨근벌떡 가쁜 숨을 몰아쉬면서 마침내 삿대질까지 곁들이기 시작했다.

"사람이 운수 불길혀서 잠시 잠깐 이런 촌구석에 처백혀 있다고 그렇게 호락호락 시뻐 보들 마시요! 에이 여보쇼들, 저수지 감시가 뭐요, 감시가! 내가 게우 오만 원짜리 꼴머심 푼수백이 안 되는 것 같소? 나 임종술이, 이래 뵈야도 왕년에는 사장님 소리까장 들어본 사람이요!"

그것은 공연한 허풍 아닌 사실이었다. 동대문의 시장바닥에서 처음에는 목판부터 시작해서 나중에 포장마차를 할 때라든지, 마지막으로 양키 물건에 손을 대기까지 종술은 그를 상대하는 사람들로부터 좋은 의미로든 나쁜 의미로든 좌우간 사장님 소리를 곧잘 듣곤 했었다. 딸 하나를 낳아 놓고는 호남지방의 야산개발 사업이 한창일 무렵에 마을에 가끔 나타나던 측량기사 보조원인지 뭔지하고 눈이 맞아서 달아나버린 마누라까지도 처음에는 자기를 사장님이라고 불렀었다. 식도 안 올리고 살림부터 차린 그니를 처음 만난 곳은 그가 한때 단골로 드나들던 맥주홀이었다.

"무작정 화를 낼 일만은 아니네. 사람이 과거는 어쨌을망정 시방은 사세에 따를 줄도 알아야 장차 또 늘품수가 생기는 벱이지. 안 그런가? 한번 자알 생각혀보소."

지칠 줄 모르는 최 사장의 끈기에 힘입어 익삼 씨도 다시 설득에 나섰다.

"내가 자네라면은 나는 기왕 낚시질허는 짐에 비단잉어에다 월급 봉투를 암냥혀서 한목에 같이 낚어 올리겄네. 삽자루 들고 땅띠기허는 배도 아니고 그냥 소일 삼어서 감시원 완장 차고 물가상으로 왔다리갔다리 허면서……."

"완장요?"

그렇다. 완장 바로 그것이었다. 그것이 순간적으로 종술의 흥분한 머리를 무섭게 때려서 갑자기 멍한 상태로 만들어놓는 것이었다.

"팔에다 차는 그 완장 말입니까?"

종술의 천치스러운 질문에 최 사장은 또다시 그 어울리지 않는 너털웃음을 호탕하게 터뜨렸다.

"이 사람아, 팔 완장 말고 기저구맨치로 사추리에다 차는 완장이라도 봤는가?"

완장이란다! 왼쪽 팔에다 끼고 다니는 그 완장 말이다!

본래 잽싼 데가 있는 최 사장이었다. 그는 우연히 튀어나온 완장이란 말에 놀랍게도 민감한 반응을 보이는 종술의 허점을 간파하고는 쥐란 놈이 곳간 벽에 구멍을 뚫듯 거기를 집중적으로 공략하기로 마음먹었다.

"종술이 자네가 원헌다면 하얀 완장에다가 뻘건 글씨로 감시원이라고 크막허게 써서 멋들어지게 채워줄 작정이네."

고단했던 생애를 통하여 직접으로 간접으로 인연을 맺어온 숱한 완장들의 기억이 주마등처럼 종술의 뇌리를 스쳤다. 완장의 나라, 완장에 얽힌 무수한 사연들로 점철된 완장의 역사가 너훌거리는 치맛자락의 한끝을 슬쩍 벌려 바야흐로 흔들리기 시작하는 종술의 가슴을 유혹하고 있었다.

시장 경비나 방범들의 눈을 피해 전 재산이나 다름없는 목판을 들고 이 골목 저 골목으로 끝없이 쫓겨다니던 시절, 도로교통법 위반이다 뭐다 해서 걸핏하면 포장마차에 걸려오던 시비와 단속들, 암거래 조직에 끼어들어 미군 부대나 양색시들로부터 흘러나오는 물건을 상인들한테 중개하던 시절, 그리고 똑같이 전매법과 관세법의 위반을 전문으로 하는 다른 조직과의 피나는 세력 다툼 끝에 상대편의 밀고로 뒤가 구린 미제 컬러 텔레비전을 운반하다가 체포되어 특정범죄의 가중처벌을 몸으로 때우던 시절…….

어느 시기나 다 마찬가지로 돈을 벌어보려고 몸부림치는 그의 노력 앞에는 언제나 완장들이 도사리고 있었던 셈이다. 완장 앞에서는 선천적으로 약한 체질이었다. 완장 때문에 녹아나는 건 늘 제 쪽이었다. 제각각 색깔 다르고 글씨도 다른 그 숱한 완장들에 그간 얼마나 많은 한을 품어왔던가. 그리고 다른 한편으로는 그 완장들을 얼마나 또 많이 선망해왔던가.

완장이란 말 한 마디에 허망하게 무너지는 자신을 종술은 속수무책으로 방관만 하고 있었다.

아들한테서 저수지의 감시원으로 취직했다는 이야기를 듣고 육순이 내일 모레인 운암댁은 삼 년 묵은 체증이 내려앉는 듯한 상쾌함을 맛보았다. 동네 강부잣집 유채밭에 날품으로 웃거름을 주고 오는 길인데, 쌓이고 쌓인 하루의 피곤이 말끔히 가시는 기분이었다. 월급 오만 원의 많고 적음이 문제가 아니었다. 삭신이 뒤틀리지 않는 한은 늙어 죽는 날까지 무슨 짓을 해서라도 손녀 하나 있는 것 자기 손으로 거두기로 이미 각오가 되어 있었다. 설령 무보수로 일한다 하더라도 상관은 없었다. 문제는 사람의 됨됨이에 있었다.

　사대육신 나무랄 데 없는 장정이 반거충이로 펀둥펀둥 '먹고 대학' 다니면서 사시장철 말썽이나 질러쌓는 통에 동네 안에서 그나마 밥줄 이어나가기도 차츰 점직해지는 판국이었다. 남들한테 손가락질만 안 받고 살아도 감지덕지 황감할 지경인데 거기에다 또 취직까지 했단다. 망나니 외아들한테서 삼십 년 만에 처음 받아보는 효도인 셈이었다. 지지리도 홀어미의 속을 썩여온 자식이 아니던가.

　"월급이 많들 않은 만침 허는 일도 별로 없구만요. 그저 감시원 완장이나 차고 슬슬 바람 쐬기 겸 대봇둑이나……."

　어머니가 느끼는 기쁨이 여간만 큰 것이 아닌 줄 익히 아는지라 종술은 그 기쁨을 더욱 배가시킬 요량으로 대수롭지 않은 척 무심히 지껄임으로써 극적인 효과를 노렸다.

　그러나 운암댁의 귀에는 그 말이 결코 무심하게 들리지가 않았다. 결국 애당초 의도했던 그대로 극적인 효과가 나타나고 만 셈이었다.

　"뭣이여야? 완장이여?"

　"예, 여그 요짝 왼팔에다 감시원 완장을 처억허니 둘르고 순시를 돌기로 혔구만요. 그냥 맨몸띵이로 단속에 나서면 권위가 없어서 낚시꾼들이 시삐 보고 말을 잘 안 들어먹으니깨요."

　그제야 종술은 자라 콧구멍을 벌름거리고 메기 주둥이를 히죽거려가며 구태여 자랑스러움을 감추려 하지 않았다.

"오매 시상에나, 니가 완장을 다 둘러야?"

"그깟놈의 것, 쇠고랑 채울 권한도 없고 그냥 명예뿐인디요, 뭐."

너무도 놀란 나머지 운암댁은 눈앞이 다 캄캄해왔다. 처음 맛본 기쁨이 마을회관 옆 공동수도 푼수에 지나지 않는 것이라면 나중에 느낀 놀라움은 널금저수지하고도 맞먹을 정도로 그 규모가 대단한 것이었다. 대체나 이 노릇을 어째야 옳단 말이냐.

"너, 그것 안 둘르고 감시원 헐 수는 없겄냐?"

당치도 않은 말씀이었다. 순전히 완장의 매력 한 가지에 이끌려 맡기로 한 감시원이었다. 그런데 그걸 두르지 말라는 이야기는 결과적으로 아들더러 언제까지고 개망나니 먹고대학생으로 그냥 세월을 보내라는 이야기나 마찬가지였다.

"에이 참, 엄니도! 엄니는 동네서 사람 대접 조깨 받고 살라고 그러는 아들이 그렇게도 여엉 못마땅허요?"

"돌아가신 냥반 생각이 나서 안 그러냐."

아버지 말이 나오는 바람에 종술은 갑자기 말문이 막혔다. 어머니의 심정을 대강은 이해할 것 같았다. 하지만……

"완장이라면 사죽을 못 쓰는 것도 다아 지 핏줄 탓인갑다."

"그 완장허고 이 완장은 엄연히 승질부터가 달르단 말이요!"

홧김에 종술은 그예 또 몽니를 부리고 말았다. 새 출발이 약속된 날, 그 삼삼한 기분에 걸맞게 모처럼 어머니 앞에서 고분고분한 태도를 보이자고 단단히 작정한 바 있었으나 케케묵은 생각으로 아들의 흥을 산산조각 내는 데는 달리 도리가 없었다.

"알았다, 알았어. 너 허고 짚은 대로 허거라, 언지는 니가 이 에미 말 듣고 일판 꾸미는 자식이더냐."

노상 하던 버릇으로 눈자위가 또 허옇게 뒤집히려는 아들을 보고 운암댁은 황망히 막설을 했다.

때를 맞추어 마을 나갔던 손녀가 들어서고 있었다. 일곱 살배기 정옥은 운암댁의 허전한 심사를 달래주는 유일한 부접거리였다. 지아비가 교도소에서 징역살이하는 동안에 샛서방을 보아 단봇짐을 싸버린 제 어미를 닮아서 얼굴이 여간만 반반하게 생기지 않은 그 점이 더러 마음에 걸렸지만, 오히려 그런 사위스러운 생각이 들면 들수록 운암댁은 더욱더 손녀를 늙은 팔로 끌어안는 것이었다.

그도 그럴 것이, 살아생전에 다시 며느리가 지어 올리는 밥 얻어먹기는 일찌감치 글러먹은 일이라고 나름대로 판단을 내린 때문이었다. 늙은 어미에 전실 소생까지 딸린 개차반 아들을 보고 어떤 눈알 바로 박힌 여편네가 선뜻 재취로 들어앉으려 할 것인가. 새며느리 얻기 틀렸다면 살아생전 손자를 품에 안아보고 싶다는 꿈도 자연 물거품이 될 수밖에 없는 노릇이었다.

"어디 갔다가 인자 오냐?"

'어화둥둥 내 새끼야'라도 부르려는 기세로 종술은 모처럼 딸년을 살갑게 대했다. 아비가 생전 않던 짓을 하는지라 정옥은 잔뜩 겁부터 집어먹고는 비실비실 눈길을 피하려 했다. 도망친 계집에 대한 감정을 여태껏 딸년한테 덮어씌워나온 가늠은 있어서 종술은 그 정도는 너그럽게 참아줄 수가 있었다.

"어디 우리 정옥이 손 조깨 보자."

그러자 딸년은 손을 얼른 등 뒤로 감추면서 떡메 치는 의붓아비 곁을 피하듯이 슬금슬금 뒷걸음질을 치려 했다. 언제 또 갑자기 머리통을 쥐어박으려고 저러나, 하고 전전긍긍하는 표정이 역력했다. 그러나 종술은 아직도 더 참을 수 있었다.

"아부지 첫 월급 타서 우리 정옥이 뭐 사줄꼬오?"

그 정도로 귀띔을 했으면 당연히 무슨 말이, 이를테면 아버지가 참말로 취직을 했냐든지 아버지한테 선물을 받게 돼서 신이 난다든지, 좌우지간 뭔가 반응을 보여올 법도 한데 딸년은 여전히 눈치만 흘끔흘끔 살피고 있었다. 마지막으로 한 번 더 아비의 사랑을 차지할 수 있는 기회가 주어졌다.

"정옥이 너는 아부지가 날이면 날마다 집 안에만 틀어백혀 있는 게 낫겠냐아, 안 그러면 팔에다 완장을 차고 이곡리만이 아니고 법계리, 앙죽리까장 돌아댕기는 게 낫겠냐?"

그러나 딸년은 구원을 청하는 눈빛으로 제 할머니 쪽을 애처롭게 돌아다보았다.

"순심이네 큰오빠맨치로 울 아부지도 방위병 되얐어, 할머니?"

그 순간 종술의 인내심은 마침내 한계를 넘어버렸다. 제대로 된 아들, 제대로 된 아비 노릇 한번 본때 있게 해 보이겠다던, 실로 오랜만의 가상스러운 각오가 와그르르 무너짐과 동시에 그의 입에서는 벽력같은 고함이 뻗어나오고 말았다.

"이년아, 느그 애비가 나이가 얼맨디 인자사 새똥빠지게 방위병이냐?"

서로 약속이나 한 듯이 조손간에 답삭 끌어안는 걸 보고 종술은 씨엉씨엉 집을 나와버렸다. 있으나 마나 녹슬고 찌그러진 양철 문짝만 한쪽으로 밀쳐놓은 대문간을 벗어나면서 그는 소리 내어 투덜거렸다.

"집구석이라고 붙어 있어봤자 맨날 열불 터지는 일밖에 없으니, 에잇, 빌어먹을!"

한 파수 또 위험한 고비를 그럭저럭 넘긴 다음 운암댁은 품안의 손녀를 풀어주면서 방바닥에 다리를 길게 뻗었다. 늙은 품안에서 새처럼 가슴이 뛰던 어린것을 보고 있노라니 절로 한숨이 흘러나왔다. 어린 손녀한테 위로를 주기보다 오히려 그 손녀로부터 위로를 받고만 싶은 심정이었다.

완장이란 말이 툭 불거지는 순간에 받았던 충격에서 운암댁은 아직도 헤어나지 못하고 있었다. 충격은 곧 똑같은 크기의 슬픔을 몰아왔다. 혀를 깨물어가며 기를 쓰고 눌러 온, 그래서 어찌

어찌 잊은 채로 넘어가는 듯하던 슬픔이었다. 그 슬픔이 아들의
입에서 나온 한 마디 말로 다시 생생하게 도지기 시작한 것이다.
지금 있는 식구들 간에 겪는 풍파야 매일같이 치르다시피 하는
거니까 예사로 넘길 수도 있지만, 벌써 죽어서 세상에 없는 사람
이 일으키는 그 풍파만큼은 참으로 견디기 어려운 것이었다.

남편이 죽던 바로 그해에 큰아들을 홍역으로 잃었다. 그때 세
살이던 둘째아들이 자라서 꼭 죽을 당시의 남편만큼 어른이 되
었다. 삼십 년을 격한 긴 세월이었다. 삼십 년 전의 슬픔이 완장
에 껴묻어 다시 찾아왔다. 완장이 남편을 앗아가버렸다. 남편만
앗아간 게 아니라 완장은 고향마저도 앗아가버렸다.

남편이 행방불명되고 나서 시댁의 고향을 멀리 도망쳐 우여곡
절 끝에 지금의 이곡리로 숨어들었다. 그래서 그 이상의 보복은
다행히도 피할 수가 있었다. 하지만 남편이 죽었어도 저승하고
이승 사이에 홀맺어진 팔자의 질긴 끈은 그 후로도 줄창 따라붙
어 이곡리에서의 두 모자를 끈덕지게 괴롭히는 구실이 되었다.
역시 그놈의 완장 때문이었다.

일생을 통해서 운암댁이 맨 처음 완장하고 맞닥뜨린 것은 왜
정 말기의 남원(南原)에서였다. 그 전에도 더러 완장을 구경하긴
했으나 그것이 그렇게도 어마어마하고 무시무시한 것인 줄은 그
무렵에야 비로소 뼈저리게 절감할 수가 있었다. 일본군 헌병들
이었다. 그들이 차고 다니는, 하얀 바탕에 빨간 글씨로 '憲兵'이

라고 적힌 완장이었다.

식구들의 일 년 양식을 공출로 거저 빼앗길 수는 없다며 남편은 쓰지 않고 비워두던 건넌방의 구들장 밑에다 깊은 굴을 파고 그 속에 나락 가마들을 감춰 두었다. 그것이 누군가의 고자질로 발각되어 곡식은 곡식대로 압수당하고 운암댁은 남편과 함께 헌병대로 끌려갔다. 운암댁은 그래도 여자의 몸이라서 귀싸대기 몇 대 얻어맞고 구둣발길에 몇 번 걷어차인 다음 풀려날 수 있었으나 남편의 경우는 그게 아니었다. 해마다 얻은 소출로 보아 감춘 나락이 그것뿐일 리가 없다며 다른 곳도 마저 대라고 계속 족치는 바람에 그는 아주 혼띔을 당했다. 콧구멍으로 고춧가루 물도 마시고 꽁꽁 묶인 다리 사이에 끼운 각목으로 주리도 틀리고 하는 사이에 그는 누가 헌병대의 밀정인지를 비로소 알게 되었다. 다름 아닌 박가였다. 전에 언젠가 몹시 가뭄이 들었던 해에 박가하고 논두렁에서 험악하게 물꼬싸움을 벌인 적이 있었는데, 그때 그는 박가의 허벅지를 삽날로 찍어서 싸움을 끝냈었다.

며칠간의 닦달질로 남편은 초벌 주검이 되어 헌병대에서 경찰서로 넘겨졌다. 그리고 경찰서에서 구류를 산 다음 거의 한 달 만에 풀려났다. 헌병대에서 손가락 사이에 굵은 막대기를 끼우고 마구 비트는 고문을 받아 남편의 오른손은 불구가 되어 있었다. 그 때문에 남편은 박가한테 더욱 이를 갈았다. 복수심에 불타는 남편을 운암댁은 극구 말렸다. 완장을 찬 일본군 헌병이라면 생각만 해도 몸서리가 쳐지기 때문이었다. 특히 헌병대에서 보조원으로 일하는 조선 사람들이 같은 조선 사람한테 심하게 굴었었는데, 운암댁은 그들이 일본 헌병 앞에서 꼼짝도 못 하고 손발처럼 시키는 대로 움직이는 걸 직접 눈으로 보았기 때문에 완장에 대한 공포심이 더욱 커졌던 것이다.

해방이 되자 남편은 눈에다 불을 켜고 박가를 잡으러 나섰다. 그러나 박가는 어느 구멍으로 숨어버렸는지 종적이 묘연했다. 운암댁은 제때에 알아서 피해준 박가한테 차라리 감사하고 싶은 마음이었다. 남편이 꼭 무슨 일을 저지르고야 말 사람 같았기 때문이다.

해방을 맞아 세상이 완전히 뒤바뀌었는데도 운암댁의 뇌리에서는 완장의 악몽이 떠나지 않았다. 운암댁은 여전히 완장이란 물건을 절대적인 권세의 상징으로 치부하고 있었다. 이유야 어찌 됐든지 간에 남편이 꾀하고자 하는 피의 보복은 남편을 또 다른 완장한테 내맡기는 결과가 될 것 같았고, 그것은 곧바로 한 집안의 운명을 좌우할 새로운 불행이 될 것만 같았다.

첫아들하고 네 살 터울로 운암댁은 둘째아들 종술을 얻었다. 떡두꺼비 같은 아들 둘을 나란히 낳았으니까 그것만으로도 운암댁은 임씨 가문의 며느리로서 이제 구실을 다한 셈이라고 생각했다. 그러고는 그것이 얼마나 건방진 생각인가를 갑자기 깨달으면서 자신의 자발머리없음에 금방 후회를 느꼈다. 자신의 행복한 처지를 시샘하는 어떤 강력한 힘이 있을 것만 같아 늘 자식 자랑을 삼가고 스스로 근신하는 생활을 했다.

다행히도 남편은 다시 마음을 잡고 불구의 오른손일망정 열심히 놀려 자작농으로서의 살림을 실속 있게 꾸려나갔다. 적어도 전쟁이 터지기 전까지는 집안에서 아무런 불길한 일도 일어나지 않았다. 그러나 6·25 사변······.

그것은 두 번 다시 떠올리기조차 끔찍한 체험이었다. 그것이 결국 운암댁한테서 소중한 것의 전부를 말짱 휩쓸어 가버렸다. 완장과 함께 찾아와서 완장과 함께 물러간 운암댁의 6·25는 그것이 한 번 떠오를 적마다 반드시 침을 세 번씩 뱉고 발로 땅을 구르지 않으면 안 될 만큼 엄청난 재앙이었다. 그때의 기억을 또다시 되살리게 만드는 것보다 더 큰 형벌은 운암댁에게 없었다.

이곡리 쪽에서 앙죽리 쪽으로 뻗은 제방의 한귀퉁이에 도시의 방범초소를 닮은 감시소가 세워졌다. 손목 굵기의 각목 기둥에다 베니어 합판을 뚜덕뚜덕 붙여 순전히 날림으로 지은 것이긴 하나 종술은 상자곽 모양의 그 볼품없는 거점에 아무런 불만도 없었다. 불만이 다 무엇이냐. 비와 햇볕, 그리고 추위만 웬만큼 가릴 수 있다면 그것으로 그는 아주 만족이었다. 피곤할 때는 다리를 약간 꼬부리고 옹색하게나마 드러누울 수 있게끔 안에다 마루도 깔아놓았다. 배고플 때는 라면이라도 간식으로 끓여 먹을 수 있게끔 익삼 씨는 등산용 석유 버너까지 비치해주었다.

정히나 한 가지 불만을 들라면 그것은 감시소가 아니라 전혀 엉뚱한 것이었다.

솜씨 거칠기로 소문이 난 동네 목수 공씨도 연장궤를 메고 돌아가버리고 해질녘의 대봇둑 위엔 익삼 씨와 종술 두 사람만 남았다. 방금 완성된 감시소를 눈여겨보다 말고 종술이 불쑥 입을 열었다.

"성님, 조깨 야헌 것 같지 않소?"

"명색이 그래도 감시손디 자네 눈에는 이 정도가 야허게 비치는가? 이삼 일 내로 흰 뻥끼를 구해다가 단장시켜 놀 작정인디, 그때는 너무 난허게 생겼다고 타박헐 사람이구만."

익삼 씨가 은근히 핀잔을 주었다.

"감시소가 아니라 요것 말입니다요."

종술은 멋쩍은 듯이 웃으면서 오른손으로 왼팔을 슬쩍 가리켰다. 하얀 바탕에 '감시'라는 붉은 글씨가 박힌 비닐 완장이 어느새 그의 팔에 채워져 있었다.

"정식 감시원이란 것만 사람들한티 알리면 그것으로 족허지, 자네가 완장 잘생기고 못생긴 것 따져서 무신 소용인가?"

익삼 씨는 거듭 핀잔이었다. 작년 늦가을까지만 하더라도 낚시질을 말리다가 종술한테 업어치기를 당해서 꼼짝없이 물구덩이에 처박히던 사람치고는 요 며칠 새에 많이 파겁이 되어 있었다.

"에헤이 성님도 참⋯⋯. 아, 어째피 차는 완장, 이왕지사 즘잖은 색깔로 곤쳐서 덜 좋을 일이 뭐라고 그러시요? 그러잖아도 내가 니알 중으로 솜리에 댕겨올 일이 있는디⋯⋯."

"덜 좋을 일도 더 좋을 일도 나는 뭣인지 몰르겠네만, 새 완장 값을 자네 주머니서 빼낸다면사 즘잖게 곤쳐서 나쁠 것도 없지."

결국 고치기로 합의가 되었다. 종술은 순전히 완장 하나 다시 만들려는 목적으로 자기 비용을 들여서 이리시에 다녀올 작정이었다. 하얀 바탕에 빨간 글씨가 정말로 야하다거나 난해 보여서가 아니고, 그 정도로는 뭔가 미흡한 감이 들기 때문이었다. 멀리서도 사람들 이목을 바싹 끌어당기기 위해서는 사실은 지금보다 훨씬 더 야해지고 난해질 필요가 있었다. 종술은 노란 바탕의 파란 글씨를 세 개의 빨간 가로줄로 장식하고 싶었다. 그리고 기왕 고치는 김에 아예 글씨도 어쩐지 약한 느낌을 주는 '감시'보다는 좀 더 권위가 있어 보이는 '감독'으로 바꿀 생각이었다.

"참말로 정신 바싹 채리고 순시를 잘 돌아야 되네. 이곡리나 앙죽리 쪽 물가에 자리 잡는 낚시꾼쯤이사 감시소에 앉아서도 막을 수 있겄지마는, 저짝편 법계리 후미끼리는 어림도 없어. 그러고 낚시꾼들이사 또 괭기찮어. 그것들이 한나절썩 앉어봤자 잡으면 얼매나 잡겄는가. 문제는 투망질이네. 투망질이나 약을 풀어서⋯⋯."

며칠 동안 귀에 딱지가 앉도록 되풀이해온 이야기를 익삼 씨가 다시 길게 늘어놓으려 하자 종술은 자존심이 딸꾹질을 시작하는 표정이었다.

"아따, 그런 염려는 두었다가 성님네 남새밭에 밑거름으로나 주시요."

"종술이 자네 내 말이 어째 시답잖게 들리는가?"

"시답잖기는요, 하도 여러 번 들으니깨 쪼깨 거시기혀서⋯⋯."

"뭣이여? 여러 번 아니라 여러 백 번이라도 들어서 새길 소리는 귓구녕 소제허고 들어야지!"

익삼 씨가 버럭 화를 내는 바람에 종술은 비 맞은 삼베옷처럼 단박에 풀이 죽었다. 그전 같으면 상상도 못 하던 일이었다.

"현장을 직접적으로 보면서 마지막으로 연십을 혀봐!"

홧김에 익삼 씨는 한술 더 뜨고 있었다. 둘이서 지난 이틀 동안에 맹렬히 연습한 내용을 복습하자는 이야기였다. 종술은 어쩔 도리가 없었다. 아직도 서쪽 하늘에 멀쩡히 떠 있는 둥근 해가 마음에 걸리고, 쑥스러움을 덜어주는 이장네 집 안방 아닌 한데의 탁 트인 점이 분위기를 잡쳤으나 그렇다고 거절할 수도 없는 입장이었다. 그는 익삼 씨로부터 한 발짝 뒤로 물러선 다음 헛기침으로 목청을 가다듬었다.

"자아, 인자부터 나는 불법 낚시꾼이다. 감시가 소홀헌 틈을 타서 내가 앙죽리 쪽 물가에 자리를 잡는다. 자아, 내가 손바닥만 헌 잉어를 한 마리 번쩍 낚어 올린다."

실감 나게 표현할 요량으로 익삼 씨는 앙죽리를 향해 돌아서면서 낚싯대를 힘차게 잡아채는 시늉을 하는 것이었다. 그러자 저도 모르게 종술의 입에서는 히힛 하고 웃음이 새나왔다.

"넘금 물괴기 다 건지드락 자네는 그렇게 히히득거리고만 있을랑가?"

익삼 씨가 뱁새눈을 한껏 크게 떠서 부라렸다. 비로소 종술도 정색을 하고는 냅다 고함을 질렀다.

"어이 이봐, 이봐아!"

고즈넉한 저수지의 잔잔한 수면을 타고 우렁우렁 번지는 자신의 목청이 의외로 마음에 들어 종술은 신나게 고함을 덧붙였다.

"당신 시방 거그서 무신 지랄을 허고 있어!"

"이 사람아, 그렇게 다짜고짜 반말부터 들이대서야 쓰겠는가! 감시원은 위선 권위부터 세워야 된다고 내 검부락지가 바지랑대 되드락 노상 타일르지 않든가? 첨부터 우악시럽게 나오들 말고 즘잖게 시작혀서 권위를 세워야지, 권위를!"

"여보시요, 당신 시방 거그서 뭐 허고 있는 거요!"

"옳거니! 감시원이 그 정도로 나오면 낚시꾼도 입이 달렸다고 한마디쯤 삐딱허게 맞선다. 보면 몰르요? 심심혀서 괴기 쪼깨 잡고 있소!"

"뭣이 어찌고 어찌여? 심심허다고 도적질을 혀? 누가 니놈더러 임자 있는 물괴기 맘대로 잡으라고 허가 내줬어?"

"어허, 도적놈 잡도리는 아직 일르다니께 또 그러네! 뚝심은 뒷전에다 감추고 위선 말로만 엄허게 다스려야지! 작년에 내가 왜 자네한티 가끔 허든 가락 있잖은가. 그런 식으로 다시 한 번 혀 봐."

지난 일을 생각하고 종술은 또 낄낄거렸다.

"그런 식으로 허다가 나도 성님맨치로 물구덩이에 처백히면 누가 책음질라요?"

"자네 같은 천하 악질놈은 둘도 없으니께 안심허고 내가 허라는 대로만 혀!"

"사리깨나 분간허게 생긴 사람이 그런 소리 함부로 허는 법 아니요! 판금저수지로 말헐 것 같으면은 엄연히 임자가 따로 있고, 또 이 저수지 물괴기로 말헐 것 같으면은 나 같은 감시원까장 두고 지키는 사유재산이니께 좋잖은 꼴 보기 전에 어서 낚싯대 거두고 발딱 일어나시요!"

"훨훨 널러댕기는 새들한티 임자가 있다는 말은 들었어도 제절로 생긴 저수지에 물괴기 임자가 따로 있다는 소리는 금시초문이요!"

충분히 납득이 갈 만큼 찬찬히 타일렀는데도 어지간히 검질긴 성격의 그 낚시꾼은 제가 도둑놈인 주제에 계속 비윗장 뒤집는 소리로 깐족이고 있었다. 그래서 종술은 무던히 눌러 참았던 성깔을 그예 폭발시키고 말았다.

"요 싹둥머리 없는 새끼가 콩밥 못 먹어서 환장을 혔나! 야 임마, 니 눈에는 요게 안 뵈냐? 요 완장은 너 같은 놈들 눈요구나 허라고 백줘 똥폼으로 차고 댕기는 줄 아냔 말여!"

왼팔의 완장을 오른손으로 가리키면서 종술은 입에 거품을 물고 덤벼들었다.

"종술이, 날세, 나여!"

익삼 씨의 다급한 외침을 듣고서야 종술은 자기가 상대방의 멱살을 움켜쥐고 있음을 깨달았다. 그는 얼른 익삼 씨를 용서하면서 한 차례 멋쩍게 씨익 웃고 말았다.

"법을 내세우는 순서까장 가지도 않고 무작정 그렇게 뚝심을 휘둘러서야 쓰나."

멱살을 거머잡히는 바람에 약간 기가 질려서 익삼 씨는 몹시 못마땅하면서도 차근차근 타이르는 어조가 되었다.

"거 뭣이냐, 공유…… 공유……."

"또 까먹었나? 공유수면관리법일세!"

익삼 씨가 얼른 똥겨주었다.

"그렇지, 공유수면관리법이지."

종술은 염치가 없어 웃음을 헤프게 흘렸다. 연습 때마다 꼭 그 대목이 말썽이었다. 익삼 씨를 통해서야 난생 처음 알게 된 그 괴상한 이름의 법은 듣고 난 그 즉시로 번번이 증발해버려서 노름판에서 딴 돈처럼 주머니에 괴어 있지를 않는 것이었다.

"공유수면관리법에 의거혀서 우리 신남화물 최 사장님께서 정당헌 사용료를 지불허시고 나라에서 정당헌 점유권을 획득허신 양어장이요. 그러고 나 임종술이로 말헐 것 같으면은 불법 어로 행위를 단속허고 사유재산을 지키게코롬 우리 최 사장님께서 판금……."

"그 대목에 내 이름 조깨 집어옇으면 자네는 동티라도 나서 그러나?"

익삼 씨는 몹시 섭섭한 표정을 지었다. 종술은 제꺽 수정해서 말했다.

"우리 최 사장님허고 이곡리 이장님이신 우리 최익삼 성님께서 나를 판금저수지 감시원으로 정당허게 절차를 밟어서 정식으로 임명허셨다, 그런 말씸이요!"

종술의 설교가 끝나자 익삼 씨는 제법 흡족한 얼굴이 되었다.

"되얐어. 자네가 그만침 곡진헌 말로 타일렀는디도 저짝에서 영 삐딱허니 나오거들랑 그때는 낚싯대를 뿐질르고 물구뎅이다 처박든지 지서로 끌고 가든지 자네 맘대로 알어서 조처허소."

익삼 씨로부터 모처럼 칭찬을 듣고 종술은 더욱 기고만장해졌다.

"염려 마시요, 성님. 즘잖은 말로 설교허는 그 대목까지가 어렵지 일단 그 고비만 넹기고 나면은 지까짓 것들 서너 놈 처박는 일쯤이사 식은 죽 갓 둘러먹기고 도투마리로 넉가래 맨들기지요."

말만 연습일 뿐이지 실상은 둘이서 그간에 여러 차례 겪어나온 체험을 그대로 되풀이해본 셈이었다. 다만 입장이 서로 뒤바뀌었을 따름이었다. 작년 늦가을까지만 하더라도 종술은 방금 익삼 씨가 하던 방식으로 익삼 씨를 무던히도 괴롭혔었다. 그런데도 막상 입장을 바꾸어 완장을 차고 단속하는 역할을 해내려니까 여지껏 완장들한테 단속을 당하고만 살아와서 그런지 감시원 노릇이 아무래도 여의치가 않았던 것이다.

  익삼 씨마저 마을로 돌아가버리고 대봇둑 위에는 종술 혼자만 남았다. 달력에는 봄이 와 있지만 물가의 공기는 아직도 싸늘한 편이었다. 종술은 자기 손에 송두리째 떠맡겨진 광활한 저수지를 감개무량한 눈으로 바라보았다. 뽕나무 단지로 개간된 밋밋한 구릉을 양쪽으로 거느린 채 저수지는 눈이 가물가물해질 때까지 북쪽을 향해 굽이굽이 달리다가는 앞길을 가로막는 법계리의 달마산을 보고 갑자기 끼익 소리를 내면서 멈추는 것이었다.

  제방 한가운데 세워 놓은 표지판에 의하면 판금저수지의 저수 면적은 대략 47만 평으로 나와 있었다. 그것이 종술의 관할 구역이자 그의 왕국이었다. 그 넓으나 넓은 바닥에 담긴 엄청난 수량과 그 물속에서 헤엄치는 무수한 물고기들이 말짱 다 자기 휘하에 들어와 있음을 그는 가슴 뿌듯이 느낄 수가 있었다.

  언제 있을지 모르는 적군의 기습 공격으로부터 기지를 사수하려는 결의에 차 있는 신임 사령관으로서 임종술 대장은 일차 순

시에 나서기로 마음먹었다. 그는 완장을 어깨 쪽으로 바싹 추어
올린 다음 가슴을 활짝 펴고는 심호흡을 했다. 사령관이 움직이
려는 기척을 재빨리 알아차리고 감시소 앞에 서 있던 보초병이
매우 경오 밝은 동작으로 받들엇 총을 하는 게 보였다. 상상 속
의 그 부하에게 그는 무시무시한 지시를 내렸다.

"수상헌 놈이 얼찐거리거든 직각 쏘아버려!"

벌거벗은 뽕나무들이 줄줄이 서 있는 밋밋한 구릉의 앞자락
을 타고 앙죽리의 초두 부락이 삐주룩이 들판을 기웃거리고 있
었다. 기우는 햇살이 초두 부락을 어루만지던 치자색의 화사한
손길을 대봇둑 위까지 넌지시 뻗치고 있었다.

종술은 저녁 햇살을 온몸에 담뿍 받아가며 허리를 꼿꼿이 펴
고 당당한 자세로 걷기 시작했다. 그리하여 눈앞에 보이는 모든
것들 위에 그는 군림하기 시작했다. 마치 시장 경비원이 수많은
목판 장수와 포장마차 집과 노점상들 위에 군림하듯이, 또한 방
범대원이 도로교통법과 통금 위반자들 위에 군림하듯이 이번에
는 그가 판금저수지에 딸린 모든 것들에게 무조건의 복종을 요
구할 차례였다.

권위를 세워야지, 권위를!

적어도 판금저수지에 관계되는 일인 한 종술은 최 사장하고
익삼 씨 두 사람만 예외로 하고는 어느 누구의 간섭이나 방해도
받지 않을 작정이었다. 완장의 위력이 어떤 것인지를 모든 사람

들한테 똑똑히 보여줄 작정이었다.

그가 염두에 두는 사람들 가운데는 면소재지의 실비주점에 있는 작부도 물론 포함되었다. 요리 집적 조리 집적 아무리 공을 들여봐도 '지나 내나' 쥐뿔도 내세울 것 없는, 고단한 신세이긴 마찬가지인 주제에 콧방귀만 탱탱 뀌어쌓던 부월이년의 콧대를 납작하게 눌러주고 싶었다. 그러기 위해서는 다른 무엇보다도 우선 완장의 권위부터 확립시켜 둘 필요가 있었다.

여러 뭇 연놈들로부터 자신의 완장을 존중받기 위해서는 그 완장을 자기한테 부여한 두 최씨부터 존중하지 않으면 안 된다는 사실을 그는 교활하게도 이미 간파하고 있었다. 그래서 요 며칠 사이에 익삼 씨하고 그하고의 관계는 대세가 완전히 역전되어 버렸다. 그는 최 사장이나 익삼 씨가 죽으라면 죽는 시늉까지도 서슴지 않을 각오가 되어 있었다.

종술은 오른팔보다 왼팔을 훨씬 더 활기차게 휘저으면서 자꾸만 갈지자를 놓는 자신의 이상한 걸음걸이를 미처 깨닫지 못했다. 그는 표지판 앞에 가서 걸음을 멈추었다. 익삼 씨가 낚시질을 말리려 할 적마다 홧김에 번쩍 뽑아서 물속으로 집어던지곤 하던 바로 그 표지판이었다. 거기에는 판금저수지가 공유수면 관리법에 의거해서 양어장으로 사용 중이라는 사실과 사용권자의 허락 없이 무단히 불법 어로행위를 하는 자는 법에 따라 절도죄로 다스린다는 경고가 적혀 있었다. 그리고 그 밑에는 사용권자, 사용 목적, 사용 면적, 사용 기간 따위가 자세하게 덧붙여져 있었다.

표지판이 낡아서 흰 페인트칠이 군데군데 벗겨진 데다가 검정 글씨의 귀퉁이들이 볼썽사납게 떨어져 나간 걸 보고 그는 차제에 표지판도 아예 새것으로 가는 게 좋겠다고 생각했다. 그러자 소위 그 격세지감이란 것이 달려와서 그의 마빡을 때렸다. 그와 같은 심정을 내심 그는 음지가 양지 되고 양지가 음지 된다는 말로 바꾸어 표현하고 있었다.

판금저수지는 원래 인근 주민들이 널금방죽이라고 부르는 작은 못의 푼수에 지나지 않은 채로 오래전부터 그 자리에 있어 왔다. 신선 하나가 뱃놀이를 하면서 일현금(一絃琴)을 타다가 취중에 그걸 연못 속에 빠뜨렸다 해서 붙여진 이름이었다.

그러나 그럴 듯한 전설에도 불구하고 널금방죽은 오랜 세월별로 대단할 것도 없는, 그렇고 그런 존재로 사람들한테 푸대접을 받아왔다. 기껏해야 가뭄이 심한 농사철에 목마른 몇 필지의 논을 축이는 정도에서 생색이 그칠 뿐, 보통 때는 부녀자들의 허드레 빨래터라든지 개구쟁이 아이들의 멱감기 아니면 얼음지치기 장소로 이용되는 게 고작이었다.

그러던 것이 호남 지구의 야산개발 사업이 대대적으로 벌어지면서 갑자기 몰골이 확 달라져버렸다. 수많은 기술자와 인부들이 동원되어 제방을 높이 쌓고는 그 안에 물을 가득 잡아넣었다.

논밭으로 새로이 개간된 주변 몽리구역에 도수로를 놓아서 농업용수를 공급하기 위한 본격적인 저수지로 엄청나게 격이 높아진 것이다. 그때부터 사람들은 옛날하고는 감히 비교조차 할 수 없을 만큼 너무나 커져버린 널금을 두고 방죽이라고 부르기가 차마 미안해서 저수지라고 불러 괄목상대하기 시작했던 것이다.

조카뻘인 익삼 씨를 앞세워 이리시의 신흥 부자인 최 사장이 면목이 일신된 판금저수지의 사용권을 따내자 여러 가지 복잡한 문제들이 따르기 시작했다.

최 사장은 사람들을 시켜 어느 날 몇 드럼의 치어(稚魚)를 저수지에 쏟아붓고는 어로 금지의 표지판을 터억 꽂아버렸다. 그러자 주민들이 거세게 반발하고 나섰다. 대동강 물 팔아먹은 봉이 김선달 시대도 아닌데 세상에 그런 법이 어디 있느냐, 널금은 조상 대대로 인근 주민들 공동 소유니까 그 안에서 무슨 지랄을 치든 그것은 주민들 자유다, 잔챙이 물고기 몇 통 넣었다 해서 널금이 어느 한 사람의 소유로 하루아침에 바뀐다는 건 말도 안 되는 이야기다…….

그 중에서도 가장 어기차게 반발하고 나선 사람이 다름 아닌 종술이었다. 얼마 후에 다른 주민들은 그런 법이 분명히 있으며 그 법의 힘을 깨기엔 자신들의 힘이 너무 미약하다는 사실을 거개가 밝히 깨달았다. 더구나 양어장이 유료 낚시터로 발전하여 전국적으로 유명해지는 날이면 사방에서 벅적벅적 몰려드는 돈

많은 낚시꾼들 덕분에 주민들이 얻는 농외소득이 상당할 거라는 이야기가 과히 싫지는 않아서 사람들은 최 사장의 사용권을 슬그머니 인정하는 방향으로 기울고 말았다.

그러나 종술이 한 사람만은 끝끝내 그게 아니었다. 긴긴 서울 생활과 징역살이를 마치고 오랜만에 낙향해보니 별 해괴한 꼴이 그를 기다리고 있는 것이었다. 백보를 양보해서 그는 최 사장이 나중에 넣은 잉어 새끼는 최 사장의 몫으로 인정할 수도 있었다. 하지만 옛날부터 있어 온 방죽 시절의 물고기만큼은 절대로 인정하고 싶지가 않았다.

그래서 익삼 씨가 낚시질을 막을라치면 그는 으레 이렇게 쏘아붙이곤 했던 것이다.

"내가 잡은 놈들은 말짱 다 방죽 물괴기뿐이고만. 나는 저수지 물괴기는 한 마리도 잡은 적 없어. 가다가 내가 더러 헷갈릴지도 몰르니께 저수지 물괴기는 낱낱이 등에다가 깃대라도 달든지 혀서 표시를 혀놔야 될 것이고만."

그래도 익삼 씨가 정 법도에 어긋나게 행동하는 날이면 그때는 앞뒤 가리고 마잘 것도 없이 들입다 업어치기 아니면 박치기로 차가운 맛과 뜨거운 맛을 번갈아 보이곤 했던 것이다.

종술이 느끼는 격세지감은 바로 그와 같은 자신의 과거에서 비롯되는 것이기 때문에 그 감회가 한층 더 깊을 수밖에 없었다.

2

　면소재지에다 몇 사람을 풀고, 푼 만큼 몇 사람을 대신 주워 실은 다음 버스는 흙먼지를 뿌옇게 일으키며 금방 출발했다. 버스 안의 승객들이 차창 너머로 일제히 종술을 내다보고 있었다. 좀 더 정확히 말해서 종술의 왼팔을 보고 있었다.

　새로 맞춘 완장이 그의 왼팔에 채워져 있었다. 노란 바탕에 파란 글씨로 새긴 '감독'을 세 개의 빨간 가로줄이 좌우에서 받들고 있는 비닐 완장이었다. 빛깔부터가 워낙 야살스러운 데다가 새것의 값을 하느라고 유난히 번들거리기까지 해서 종술의 완장은 사람들의 이목을 끌고도 남았던 것이다.

　버스가 이리시를 출발할 당시부터 사람들은 이상한 완장을 찬 웬 그들먹한 사내한테 관심을 쏟기 시작했다. 인상마저 남달리 험악하게 생긴 그가 버스에 오르자마자 거만한 눈초리로 내부를 한 바퀴 둘러본 다음 빈자리를 찾아 앉았을 때 사람들은 우선 주눅부터 들었다.

"실례합니다만……."

버스가 이리시의 경계를 벗어나 완연한 시골길로 들어설 무렵에야 겨우 옆자리의 청년은 용기를 내었다.

"선생님의 직업이 무엇인가요?"

종술로서는 난생 처음 들어보는 선생님 소리였다. 그러나 그는 퉁명스럽게 쏘아붙였다.

"실례허는 줄 알면서 묻기는 왜 물어?"

청년은 더 이상 아무 말도 하지 않았다.

"임씨, 임씨가 맡은 그 감독이 뭣이다요?"

종술은 얼른 소리 나는 쪽으로 고개를 돌렸다. 알 만한 얼굴이었다. 소재지에서 이발관을 하는 사람이었다. 아직도 소식이 깡통인 그에게 종술은 대뜸 눈알을 허옇게 부라렸다.

"여보쇼 장씨, 당신 말버릇 조께 세탁혀야 쓰겄어! 내가 장씨 친구여, 뭐여? 얻다 대고 함부로 임씨, 임씨여?"

그러자 이발관 사장 또한 단박에 침 먹은 지네요 댓진 먹은 배암 꼴이 되었다. 종술이 어떤 위인인지는 소재지에서도 익히 아는지라 장씨는 가급적이면 그 성깔을 덧들이지 않는 편이 자기 신상에 이롭다고 판단하고는 얼굴이 시뻘게질 정도로 만좌중에 당한 무안을 혼자서 삭이느라고 느닷없는 생병을 앓기 시작했다.

이발할 때마다 목덜미에 면도칼을 들이대고도 오히려 장씨 쪽에서 덜덜 손이 떨리는 유일한 손님이 바로 종술이었기 때문이다.

거푸 두 사람이 완장을 찬 웬 거물한테 차례로 당하고 나서부터 버스 안의 승객들은 완전히 오가리가 들어버렸다. 그들은 마치 훈육주임의 감시하에 수학여행에 나선 학생들이나 다름없었다. 일행끼리 꼭 필요한 대화를 나누면서도 언제나 떠들썩한 시골 버스의 분위기답지 않게 목소리를 잔뜩 낮추어 완장의 눈치를 흘끔흘끔 살피는가 하면, 담배를 꺼내어 입에 물면서도 종술의 완장에 자꾸만 신경이 쓰이는 바람에 선뜻 불을 댕기기를 망설일 지경이었다.

이렇듯 일종의 공포 분위기 속에서 한참을 시달려왔기 때문에 승객들은 완장의 사내가 내리는 걸 보고서야 비로소 숨을 크게 내쉴 수가 있었다. 버스가 다시 출발하고 완장과의 간격이 차츰 벌어지자 승객들은 잔뜩 거들먹거리며 걸어가는 완장의 뒷모습을 이제 안심하고 바라볼 수 있게 되었다.

그런 점에서는 특히 차장 계집애의 경우가 더 심했다. 차장은 완장의 속셈을 일찌감치 알아차릴 수가 있었다. 소재지에서 내릴 손님은 미리미리 차표나 요금을 준비해달라고 두 번이나 소리쳤음에도 불구하고 밥맛 떨어지게 생겨먹은 그 작자는 들은 시늉도 않고 있다가 버스가 거의 멈출 무렵에야 태연히 입구로 나오는 것이었다.

완장   *61*

"아저씨……."

지난 경험들로 미루어 처음부터 자신이 없었다. 하지만 자기 임무가 그것이므로 일단 부딪쳐나 보자고 차장은 마음먹었다.

그러자 아니나 다를까, 무임승차를 도모하는 거개의 것들이 흔히 쓰는 수법으로 작자가 엄청 흰자위 많은 눈알을 세모로 홉 뜨는 바람에 차장은 나머지 말을 꿀꺽 삼키고 말았다. 작자는 오른손으로 제 왼팔을 슬쩍 가리킨 다음 위풍당당한 걸음걸이로 멀어져 가는 것이었다.

"야, 문이나 얼른 닫거라!"

운전기사가 몰풍사납게 소리를 질렀다. 무서워서가 아니라 더러워서 피하는 것이 똥이라는 뜻을 노골적으로 드러내는 말투였다. 차장은 문을 닫으면서 완장의 뒤꼭지에다 대고 나지막이 중얼거렸다.

"웃기고 자빠졌네."

종술은 버스 속에서의 체험을 통하여 매우 중대한 두 가지 사실을 비로소 깨달을 수가 있었다. 그 첫째는 스스로 얼마만큼 권위를 세우느냐에 따라서 선생님 소리도 듣기가 가능하다는 사실이고, 그 둘째는 완장의 위력이 비단 판금저수지 일대에만 국한되지 않고 자기가 하려고만 든다면 저수지 밖에서도 얼마든지 유리하게 통용될 수 있다는 사실이었다.

모든 것이 다 자기가 요령껏 하기 나름이었다. 능력에 따라서는 서푼짜리 완장도 천금의 값어치로 써먹을 수가 있는 것이다. 어리숙한 세상, 특히나 낯선 농투성이들을 주로 상대하게 되는 시골 구석에서는 완장 자체가 원래 서푼과 천금 사이에 걸친 무한한 가능성을 지니고 있음을 처음으로 실감하게 된 바로 그 점이 종술로서는 정말 대단한 소득이 아닐 수가 없었다.

버스에서 내리고 보니 거기가 곧 방앗간 근처였다. 종술은 뜻한 바가 있어 잠시 참새가 되기로 작정했다.

그는 나른한 춘곤(春困) 속에 잠긴 소재지의 거리를 둘러보았다. 푸줏간 주인이 밖을 내다보다가 울긋불긋한 완장이 눈에 띄자 갑자기 무슨 말인가를 할 듯하다가는 슬그머니 그만두었다. 먼지가 많이 나는 길바닥에 물을 좌악 끼얹고는 빈 세숫대야를 들고 미용실로 들어가려던 젊은 여편네가 완장을 보더니만 잠시 걸음을 멈추었다. 단위 농협의 창고가 있는 쪽에서 탈탈거리며 경운기를 몰고 오던 사내는 완장하고의 거리가 좁혀지자 속력을 현저히 늦추었다. 하학길의 조무래기들 몇은 책가방을 든 채 길거리에서 해찰하다 말고 숫제 완상의 뒤를 졸래졸래 따라오면서 저희끼리 쑤군쑤군 귀엣말까지 나누고 있었다.

그는 옷핀으로 왼팔에 고정시켜놓은 완장을 습관적으로 괜히 한번 추스르는 동작을 했다. 일제히 하품이라도 켜듯이 푸근한 봄기운에 싸여 마냥 게으름을 피우는 한적한 소재지 한복판에 가해진 완장의 충격은 이를테면 잔잔한 수면을 퐁퐁퐁 꿰뚫는 물수제비의 파문에 비견할 만한 것이었다.

　방앗간 위를 그냥은 못 지나가는 참새같이 으레 소재지에 나오면 한 번은 꼭 들러야 직성이 풀리는 실비주점으로 종술은 호기롭게 들어섰다.

"거 날씨 한번 떡을 치게 좋군!"

　애매한 날씨를 등에 업는 것으로 종술은 불청객이 나타났음을 고했다.

"장모님, 안녕하십니까?"

　그는 주모인 태인댁을 장모라고 불러버릇했다. 작부인 부월이 그니를 언제나 어머니라고 부르는 데서 비롯된 호칭이었다.

"떡은 이곡리 자네 집구석에서나 친단 말이지 멀리 소재지까장 원정을 나왔는가?"

　태인댁은 조금도 반가울 게 없다는 낯꽃이었다. 종술은 햇빛이 훤한 바깥에 비해 실내가 너무 어둡다는 사실을 매우 안타까이 느꼈다.

"마누라가 있어야 안방에서 떡을 치죠. 어이 미쓰 킴, 잘 있었어?"

　구석자리의 부월을 보고 그는 왼팔을 번쩍 들었다. 그제야 상대방이 누군지를 알아보고 사내 하나가 부월의 어깨 위에 걸쳤던 팔을 후닥닥 내렸다. 두 건달 녀석들 틈에서 부월은 한참 노닥거리는 중이었다. 한 녀석은 별로 하는 일도 없이 노상 90cc짜리 중고 오토바이를 몰고 이리까지 왔다갔다하는 건달이고, 다른 한 녀석은 어디 사는 누군지 전혀 기억에 없는 건달이었다.

종술의 눈꼴이 곱지 않음을 보고 한 녀석은 맞은편의 다른 녀석에게 얼른 눈짓을 했다. 헬멧을 챙기며 먼저 일어서는 오토바이 건달을 따라 낯모르는 건달도 엉거주춤 몸을 세웠다. 부월의 만류도 뿌리치고 두 녀석은 삼베 바지에 방귀 새듯이 허둥지둥 도망치는 걸음이었다.

"왜 벌써 끝내나?"

종술이 불쑥 말을 걸자 오토바이 건달은 멱살이라도 붙잡힌 것처럼 쩔쩔매는 태도였다.

"아, 아녀라우. 마실 만침 마시고 그러잖아도 고만 일어날라던 참이구만요."

공연히 겁을 주어 손님들을 내쫓았다 해서 부월이년은 여간만 못마땅해 하는 표정이 아니었다.

그러나 종술은 또 그 나름대로 방금 나간 오토바이 건달을 속으로 아주 괘씸하게 여겼다. 형님이 차고 있는 게 무슨 완장이냐고 지나가는 말로라도 물어만 주었다면 그 은혜는 두고두고 잊지 않을 작정이었다. 언젠가처럼 시끄럽게 부르릉거리고 다닌다고 오토바이를 발길로 넘어뜨린다거나 하는 행패는 아마 두 번 다시 안 부릴 거라고 마음으로 약속할 수도 있었다.

"미쓰 킴, 여기 모리미로 한 납대기만 갖다줘."

실비주점에 남은 유일한 손님 자격으로 종술은 당당히 주문했다. 그러자 부월은 잠자코 한쪽 벽면을 손가락질하는 것으로 대답을 대신해버렸다. 방 안처럼 콘크리트 벽 위에다 무슨 나뭇잎 무늬의 벽지를 도배한 벽이었다. 거기에 무엇이 있는지를 종술은 너무나 잘 알고 있었다.

"임씨는 진서만 알았지 언문은 읽도 못 허내벼."

벽면에는 불과 몇 종류 안 되는 음식 및 안주 그리고 술 이름 따위가 적힌 차림표가 붙어 있었다. 그리고 그 차림표 바로 위에는 서투른 붓글씨로 두 개의 표어가 적혀 있었다.

'오늘은 현금 내일은 외상'

'주고받는 현금 속에 밝아오는 우리 사회'

"언제는 내가 외상값 떼먹은 적 있나? 사나이 대장부 약속을 못 믿고 그렇게 늘 의심만 하고 미쓰 킴은 어떻게 시집갈려고 그래?"

"누가 띠어먹었다고 혔나? 작년 외상값도 아직 다 못 개린 처지니께 허는 말이지."

주걱으로 솥을 휘젓다 말고 태인댁이 불쑥 나섰다. 뿌옇게 피어오르는 더운 김의 무더기에 가려 그니의 얼굴은 잘 보이지도 않았다.

"옛날 임종술이가 아닙니다. 지금은 사람이 다릅니다. 장모님도 너무 그렇게 사위 박대허는 법 아닙니다."

"오매오매, 몸한질라 덜썩 큰 남자가 얻다 대고 징글맞게 어린양이여? 말끝마다 우리 엄니보고 장모님, 장모님 그러지 말어줬으면 참말로 고맙겄어!"

부월이 눈을 하얗게 흘겼다. 몸뚱이가 푸짐하게 생긴 여자였다. 얼굴은 그저 그런 편이었으나 가슴과 엉덩이로 종술 같은 허전한 사내들의 가슴에 훅훅 모닥불을 끼얹는 여자였다.

엷은 봄옷으로 갈아입은 그니의 한복 차림이 종술의 마음에 들었다. 건드리기만 하면 콕콕 쏘아대는 자가사리처럼 볼 때마다 자기한테 유난히 모질게 구는 그니 때문에 종술은 오히려 더욱더 마음이 달떴다. 쏘아대면 쏘아댈수록 점점 더 깊이 빠져드는 것이었다.

봄기운을 먹어서 그런지 지난번에 보았던 것보다 살결이 더 하얘지고 야들야들해진 것 같았다. 어머니를 돕느라고 선반에서 북어쾌를 내리는 순간, 그니의 저고리와 치마 사이가 활짝 벌어지면서 흰떡 같은 겨드랑이의 비곗살이 치신머리도 없이 볼록 도드라지자 그는 후끈 달아오르기 시작했다. 저걸 어떡하든 꼬셔내서 깃발을 콱 꽂아야 될 텐데, 하고 그는 걷잡을 수 없는 초조감에 휩싸였다.

"미쓰 킴."

"미쓰 킴 시방 사무 보느라고 바뻐."

"자기 눈에는 임종술이 어딘가 모르게 달라진 거 같지 않어?"

마침내 종술은 자존심이고 뭐고 다 팽개치기로 작심하고 나섰다.

"한 보름 안 보는 새에 나무주걱이 놋주걱이라도 되았남?"

부월은 돌아다도 안 보고 시큰둥하게 받아넘기는 것이었다.

"미안하다, 미안해."

종술은 완장을 손으로 툭툭 치면서 사과했다.

"니가 임자를 잘못 만나서 오늘 창피를 톡톡히 당하는구나."

그의 혼잣말 비슷한 수작은 일차로 태인댁의 주의부터 끌었다.

"자네 시방 뭣을 차고 앉었는가?"

솥뚜껑을 덮으려다 말고 태인댁은 눈을 크게 떴다. 그제야 부월의 눈에도 완장이 들어간 모양이었다. 오래 살다 보니 별 희한한 꼴도 다 본다는 표정으로 그니는 종술의 얼굴과 완장을 번갈아 구경하고 있었다.

"뭐 별거 아닙니다."

종술은 옆으로 비스듬히 돌아앉음으로써 두 여자의 시선들로부터 완장을 보호했다.

"내 늙은 눈에는 별것으로 비치는디?"

"제가 취직 자리를 얻었다는 증명서지요. 말하자면……."

"에잉, 취직?"

아직도 못다 덮은 솥뚜껑을 그냥 든 채로 태인댁이 술청과 화덕을 겸한 콘크리트대 뒤에서 빠져나왔다. 부월도 마찬가지였다. 그니는 북어 한 마리와 그것을 매질하는 데 쓸 방망이를 손에 들고 다가오는 중이었다.

"임씨 같은 사람한티 떨어질 베슬자리가 아직도 남어 있었든개비?"

"정내미 떨어지게 자꾸만 임씨, 임씨 그러지 말어, 제발."

"떨어질 정분이라도 우리가 언지 맺었남?"

종술은 공연히 헛심만 팽기게 만드는 부월보다는 차라리 수더분하게 늙는 태인댁 쪽을 상대하고 싶어졌다.

"장모님은 아마 잘 모르실 겁니다만, 우리나라에는 공유……공유수면관리법이란 게 있지요."

익삼 씨한테서 배운 실력으로 종술은 자기가 판금저수지의 감시원이 되기까지 그 경위를 설명하기 시작했다. 그는 가급적이면 서울말처럼 들리게 하려고 무진 애를 썼다. 부월이 있는 자리에서는 언제나 그 모양이었다. 도회지의 세련된 멋을 풍김으로써 다른 촌놈들하고는 영판 다르다는 사실을 부월한테 알리려는 노력의 일환이었다.

하지만 종술의 서울 말씨 흉내는 매번 여의치가 못했다. 오랜 서울 생활을 통해서도 끝내 익히지 못한 말씨였다. 낱말들은 어찌어찌 꿰어 맞춘다 하더라도 그 낮간지럽게 들리는 억양만은 아무래도 흉내 내기가 고약해서 그가 구사하는 서울 말씨는 자연 얼치기가 되고 마는 것이었다. 말하자면 서울을 목표로 호남선을 타고 장도에 올랐다가는 번번이 대전역 근처에서 주저앉아 버리는 꼬락서니였다.

"완장은 저수지서나 찰 일이지 어째 소재지까장 짊어지고 나와서 오약팔에다 힘주고 댕긴디야?"

실실 웃어가며 부월이 놀리려 들었다. 종술도 덩달아 웃음기를 잇새로 잘근잘근 깨물었다.

"그거야 뭐 내 사랑 부월이 다른 놈팽이하구 바람피우나 안 피우나 감시할려구 그러지."

"사랑 되게 좋아허네. 사랑 농사가 원판 흉작이라서 금년에는 농협에서도 사랑 수매를 중단혔다는 소리 못 들었어?"

말은 그렇게 하면서도 부월은 엉덩이로 종술을 밀어붙이며 장의자 한쪽에 걸터앉았다. 불시에 안반짝만 한 엉덩이를 받고 장의자는 깜짝 놀라서 기우뚱거렸다. 종술의 체구 또한 듬직해서 다행이지, 만약 안 그랬더라면 두 사람은 마룻바닥에 엉덩방아를 찧을 뻔했다.

"월급은 얼매나 되고?"

관심을 가져주는 대목까지는 좋았으나, 사람의 입장을 심히 난처하게 만드는 질문이었다. 종술은 삼만 원 정도를 더 생각하다가, 에라 모르겠다 하고 마음을 크게 먹어버렸다.

"십만 원밖에 안 되지만, 월급이 인생의 전부는 아니야."

"그 월급 받아서 배 터지겄다!"

무려 갑절이나 불려서 말했는데도 부월이년의 반응은 이처럼 냉소적이었다. 종술은 치밀어 오르는 분노를 꾹 눌러가며 자신의 장래가 결코 암담하지만은 않음을 설명해 주었다. 유료 낚시터가 개장되면 정식 수금원으로 채용하겠다던 최 사장의 약속이 그에게는 커다란 힘이 되었다.

"나중에 보자는 놈 하나도 무섭지 않어."

그런 정도에서 그냥 그쳤다면 얼마나 좋았을까.

"아까 그 영곤 씨는 맨날 오도바이만 몰고 댕겨도 월수입이 삼십만 원도 넘는디야."

"뭣이여?"

마침내 종술은 본성을 드러내고 말았다.

"부월이 너, 찔벅찔벅 근디려서 기연시 내 자존심 딸꾹질허게 맨들 챔이냐?"

아무리 외국어를 좋아하는 사람도 잠꼬대만은 자기 모국어로 하는 것과 마찬가지 이치로 종술은 홧김에 그만 서울말 흉내를 버림과 동시에 고향의 사투리를 되찾았다.

"오매오매, 이 남자가 시방 누구한티 찍자를 부리고 야단이여? 임씨 자존심이 한 근이면 부월이 자존심은 두 근이여! 임씨 자존심이 딸꾹질허면 부월이 자존심은 재채기허는 줄 알어, 몰라?"

보기에 딱했던지 태인댁이 사이에 들어 싸움을 말렸다.

"부월아, 대강대강 끝내거라. 좌우지간 취직을 헌 것만도 서쪽에서 해뜰 일 아니냐. 외상값 놓칠 염려는 없어졌응깨 술이나 한 납대기 앵겨서 보내자."

그래도 철이 들 만큼 세상을 오래 산 늙은 여자 쪽의 소견이 훨씬 빠끔했다. 진즉에 주문했던 특주는 없고 맹물 같은 막걸리가 한 되 나왔다. 부월이 옆에 붙어 앉아서 싸움은 싸움이고 직업은 직업이라는 투로 천연덕스럽게 술을 치기 시작했다. 부월의 몸에서 솔솔 풍기는 부월의 냄새를 느꼈다. 그것을 화장품 냄새와 살 냄새로 구분한 다음 종술은 주로 살 냄새만을 욕심껏 맡았다.

성숙한 여자의 살 냄새에 의하여 홀아비의 분노는 곧 녹아내리기 시작했다. 방금 전에 있었던 말다툼을 종술은 어느덧 아전인수격으로 해석하고 있었다. 상대방 남자한테 아무런 관심도 없는 여자라면 애당초 월급이 얼마나 되는지 꼬치꼬치 캐물을 까닭도 없는 탓이었다. 오토바이의 월수입에 비해서 십만 원이 너무 적다고 투정하는 그 자체가 벌써 상당히 희망적인 조짐이라고 종술은 누구한테 물어도 안 보고 멋대로 단정해버렸다.

"오도바이 타고 어디 놀러 가자고 영곤이란 놈이 수작이라도 부리디야?"

종술은 은근히 수작을 걸면서 구렁이 담 넘듯이 부월의 허벅지로 손을 뻗었다.

"지발 잊어줬으면 좋겄어."

탁자에 놓인 북어를 집어 들어 부월은 치마 위로 살살 기어다니는 손을 탁 때렸다.

"한 번만 더 부월이한티 귀찮게 구는 날이면 그 자식 내 손에 초상나는 줄 알어."

"내것 누구한티 주고 안 주고는 순전히 내 맴이여!"

인근에서 모르는 사람이 없을 정도로 유명짜한 임종술의 행패를 전혀 무서워하지 않는 유일한 인물이 바로 김부월이었다. 저 혼자서만 가만히 무서워하지 않아도 복통이 날 판인데, 이건 뭐 번번이 한술 더 뜸으로써 종술을 미치게 만드는 것이었다. 겨우 별 하나짜리 그까짓 임씨가 뭐가 무섭다고 벌벌 떠는지 자기는 도무지 이해할 수 없다는 식이었다. 십 년 세월을 노류장화로 떠도는 사이에 자기가 상대한 수많은 사내들 가운데는 별을 자그마치 아홉 개나 단 상습 강·절도범도 들어 있노라고 그녀는 자랑 삼아 지껄일 지경이었다. 그 바람에 실비주점에만 들어서면 종술의 체통은 으레 절반 이하로 형편없이 곤두박질치곤 했다.

그런데 이제 부월은 완장의 권위마저도 전적으로 부정하고 있었다. 아주 괘씸하기 짝이 없는 계집이었다. '지나 내나' 피차일반으로 따라지 끗발을 쥔 한심한 주제에 대관절 뭘 믿고 그렇게 까부는지 종술로서는 아무래도 이해할 수가 없었다.

그는 참담한 심정을 디디고 다시 일어서면서 구겨진 완장의 권위를 되찾을 방도를 곰곰 연구해보았다. 그러자 묘책 하나가 퍼뜩 떠올랐다. 그렇다. 부월이년을 저수지 대봇둑으로 꼬셔내는 것이다. 판금저수지가 빤히 보이는 자리에서라면 그니도 어쩔 도리 없이 완장이 얼마나 대단한 물건인지를 인정해 줄 것만 같았다. 그리고 경우에 따라서는 호젓한 저수지의 분위기를 이용해서 꿩도 먹고 알도 먹고 깃털은 이쑤시개로 사용할 수도 있다는 판단이 섰다.

"어이, 부월이."

"부월이, 동네 강아지 이름 아니여."

"저수지 아직 구경 못 혔지? 경치가 참말로 기가 맥혀. 보름달이라도 훤히 뜬 날 저녁에 인생은 나그넷 길, 빈손으로 왔다가 빈손으로 가는 것이라고 펀뜻 헙헙헌 기분이 들라치면 어쩌는가 보게 시험 삼어서 한번 놀러 와. 그냥 몸뗑이만 빠져나오면 되야. 폴딱폴딱 뛰는 잉어랑 술이랑 내가 다 준비혀 놨다가 회를 쳐서 초장에다 듬뿍 찍어서 안주로 허고, 부월이허고 종술이허고 단둘이서 쐬줏잔을 찰카당……."

"누가 그 시키면 복장 몰를 줄 알고? 오래 굶은 홀애비 식욕이 부월이까장 회쳐 먹을라고 뎀빌 판인디 내가 미쳤다고 달밤에 거그를 가?"

부월은 여지없이 면박을 주어 남자의 꿈을 산산조각으로 깨뜨리고 말았다. 바야흐로 또 딸꾹질을 시작하는 자존심으로 말미암아 무참하게 일그러지는 남자의 표정을 읽으면서 그니는 한 가닥 안쓰러움을 느꼈다.

하지만 모르는 척하고 남자의 꼬임에 빠져주기엔 아직도 때가 일렀다. 그것은 남자의 본심이 무엇인지를 알고 난 다음에 결정할 문제였다. 어린애 보채듯이 자꾸만 뭔가를 달라고 치근덕거리는 남자의 짓거리가 한때의 회오리바람 같은 욕심인지 아니면 순정에서 비롯되는 것인지를 그니는 아직 분간하지 못하고 있는 상태였다.

끔찍이도 흠모했던 영어 선생이 갑작스레 결혼하는 바람에 된통 충격을 받아 여고 일 학년 때 자살이냐 가출이냐를 놓고 고민하다가 결국 가출 쪽을 택하고 만 여자였다.

집을 뛰쳐나온 후로 그니는 험한 바닥만을 기면서 살아왔다. 아무렇게나 몸뚱이를 함부로 굴리는 생활이었고, 그 사이에 그니를 거쳐간 남자들도 부지기수로 많았다. 이제 와서 유독 종술 하나만을 새삼스레 거절할 만한 특별한 이유라곤 없는 셈이었다.

그러나 금전 또는 폭력에 꿇려서 허락한 적이 한 번도 없음을 자랑으로 여기는 여자였다. 언제나 제 쪽에서 먼저 마음에 들어서 자진해서 문을 열어주는 형식이었다. 아홉 번째의 별을 달고 나온 흉악범도 제가 좋아서 한때 무던히 빠친 적이 있을 정도였다. 만약 종술이 폭력으로 어떻게 해볼 요량이라면 그것은 크나

큰 오산이었다. 상대방의 불두덩을 붙잡고 늘어지는 한이 있더라도 그니는 종술 따위쯤 물리칠 자신이 있었다.

그니에게도 한때 빛나는 시절이 있기는 있었다. 전주에서 대전으로, 그리고 서울로 웃돈 요구해가며 뻔질나게 옮겨 다니던 무렵이었다. 그 무렵 그니가 있는 니나노집 문전에는 통금 시간이 임박해지면 사내들이 줄을 서곤 했었다.

하지만 그것은 어디까지나 여자 나이 스무 살 전후의 호경기일 따름이고, 이제는 은퇴를 눈앞에 둔, 작부로서는 곧 할머니 소리를 듣게 될 신세였다. 전성기를 서울에서 보낸 다음 그니는 올라갔던 길을 거꾸로 밟아 대전하고 전주를 거쳐서 구리터분한 시골 구석 면소재지까지 어찌어찌 흘러들고 말았던 것이다.

그곳이 막다른 골목이었다. 자기 인생에서 더 뒷걸음질쳐 흘러갈 데라고는 이제 아무리 둘러보아도 없다고 그니는 판단하고 있었다.

그니가 유독 종술한테만 그처럼 몰풍스럽게 대하는 까닭은 무척 단순한 듯하면서도 복잡했다. 그리고 복잡한 듯하면서도 실상은 아주 단순했다. 상대방을 너무도 속속들이 알고 있는 까닭이었다.

똑같이 어린 나이에 집을 뛰쳐나와 똑같이 도회의 살벌한 바닥을 전전하면서 똑같이 욕된 이력을 쌓았다는 점에서 그니는 종술에게 동류애 비슷한 감정마저 느끼고 있었다. 똥창까지 훤히 들여다보이는 상대이기 때문에 종술이 무슨 지랄을 떤다 해도 그니는 하나도 무섭지가 않았다. 저수지 감독인지 감시원인지 하는 완장을 차고 마냥 거들먹거리는 꼴은 산전수전 다 겪은 고참 작부가 보기엔 겨드랑이를 간질이는 수작에 지나지 않았다. 그니가 무서워하는 것은 다름 아닌 그니 자신이었다.

차츰 종술한테 마음이 끌리는 자신을 그니는 부단히 경계하지 않으면 안 되었다. 동류이기 때문에 무서워하지 않듯이 그니는 동류이기 때문에 끌리고 있었다. 볼수록 측은하게 느껴지는 종술을 어머니나 누님처럼 그니는 치맛자락을 활짝 벌려 푸근히 감싸주고 싶은 마음이었다. 이뻐 보이는 구석이 전혀 없지도 않은 사내였다. 더욱이 막다른 골목을 강하게 의식하는 요즘인지라 그니는 저하고 팔자가 어금지금한 어떤 사내 하나 적당히 물어서 시골 구석에서 적당히 눌러앉는 것으로 더럽고도 고단한 작부 생활에 그만 빠이빠이를 고하고 싶다는 강렬한 유혹에 빠지는 경우가 부쩍 잦아지는 것이었다.

그러나 그것은 생각만으로도 자존심이 재채기할 끔찍한 변화였다. 그것은 결코 그니의 인생관하고 사이좋게 지낼 수 없는 망발이었다.

그니는 화류계에서 은퇴하는 바로 그날을 자기 인생의 마지막으로 정하고 있었다. 물결 흐르는 대로 떠다니다가 이젠 더 흘러갈 곳이 없다고 생각되면 미련 없이 스스로 목숨을 끊어버릴 작정이었다. 바로 그것이 십여 년에 걸친 떠돌이 생활을 통하여 그니가 여일하게 품어나온 최대의 사치이자 최후의 허영심이었다. 종술이 자꾸만 달라고 보챈다 해서 몸도 마음도 함부로 주어서는 안 될 입장임을 누구보다 그니 자신이 잘 알고 있었다.

종술의 치근거림이 그런 부류의 사내들한테서 흔히 볼 수 있는 순정에서 비롯되는 것이라면 더더욱 경계해야 할 필요가 있었다. 왜냐하면 사나이 순정은 그니의 마지막 허영심마저 흐물흐물 녹여서 구차한 목숨 바득바득 연명하게끔 얼렁뚱땅 눌러앉히는 마물단지 같은 것이기 때문이었다.

겪을 만큼 겪었다는 유세 삼아 그니는 세상의 모든 사내들에 관해서 자기만큼 뜨르르한 여자도 없을 거라고 믿고 있었다. 정을 주었던 사내들로부터 그동안 무수히 속아서 살아온 이력에도 불구하고 남자에 관한 한 박사라는 그녀의 자부심은 여전히 변치 않았다.

해거름판에 익삼 씨가 감시소를 다녀갔다. 종술의 불성실한 근무 태도를 그는 한바탕 호되게 나무랐다. 감시원이 오래 자리를 비운 사이에 일어날 가능성이 있는 모든 불상사에 관해서 그는 조목조목 잔소리를 늘어놓았다. 마치 물속에서 화재가 발생할 염려만 빼놓고는 갖가지 엄청난 재앙들이 저수지 부근에 도사리고 있으면서 호시탐탐 습격할 기회만 노린다는 식이었다. 감시원의 임무는 말하자면 그 몹쓸 재앙들과의 끊임없는 숨바꼭질이나 마찬가지라는 이야기였다. 저수지에서 키우고 있는 것이 물고기 아닌 황금 덩어리라도 되는 양 그는 지나치게 과장된 말투를 서슴없이 사용하는 것이었다.

익삼 씨는 새로 맞춘 완장에 대해서도 불만을 표시했다. 낮도깨비같이 요란하게 화장한 갈보 얼굴 같다는 둥, 끈 달아서 홰홰 내두르면 애들 장난감으로 딱 십상이겠다는 둥, 말도 많았다. 마치 자기 쌈짓돈을 헐어서 만든 것인 양 비용을 아까워하면서 유치해서 못 봐주겠다고 마구 깎아내리는 것이었다.

실비주점에서 부월이년한테 받은 푸대접 때문에 그러잖아도 비위가 잔뜩 틀려 있던 참이었다. 종술은 멱에까지 차오르는 주먹 같은 아니꼬움을 느꼈다. 성질대로 하자면 익삼 씨의 면상에 대고 가래침처럼 그것을 타악 내뱉고 싶었다.

익삼 씨는 운이 좋았다. 완장 덕분에 종술은 가까스로 참을 수가 있었다. 제발 고정하시라고, 자기 체면을 봐서 요번 한 번만 용서해 주라고 매달리는 완장의 속삭임을 종술은 빤히 듣고 있었다.

익삼 씨를 곱게 돌려보낸 다음에 종술은 그을음이 많이 피어오르는 호롱불의 심지를 줄였다. 이곡리에 전기가 들어온 지 이미 옛날이라서 호롱을 구하느라고 한바탕 애를 먹었다. 언젠가 전주에서 약삭빠른 골동품상이 찾아와 해묵은 가장집물을 휩쓸어갈 때 이곡리 사람들은 등경걸이와 함께 쓸모없는 호롱도 암냥해서 팔아치웠기 때문에 마을에 아주 귀한 물건이었다.

그때, 사람들은 낡은 장롱에서부터 고장난 벽시계나 떡살, 심지어는 나무를 깎아 만든 재떨이나 조상을 모시던 제기(祭器)에 이르기까지 닥치는 대로 헐값에 넘기면서 참으로 별난 취미도 다 있다고 도시인들을 비웃었다.

하지만 그런 물건들이 서울 같은 대처에서 비싼 값에 거래된다는 사실을 뒤늦게 전해 듣고 나서는 골동품상한테 속았다고 단단히들 분개했다. 그때부터 이곡리 사람들한테는 세월의 흔적이 밴 물건이면 무조건 내놓기를 꺼리면서 다시는 속지 않겠다고 터무니없는 값을 부르는 버릇이 생겼다.

최 사장이나 익삼 씨가 비싼 가설비를 들여서 감시소에 전등을 밝혀줄 리 없으므로 종술은 무리를 해서라도 호롱을 구해야만 했다. 그는 외딴집 구씨한테서 우격다짐하다시피 그것을 빼내면서 역시 촌것들은 어쩔 수 없는 종자들이라고 이곡리 사람들 전부를 싸잡아 비웃었다.

종술은 완장을 벗어 들고는 그것을 침침한 호롱불에 가까이 들이대었다. 누가 뭐라 해도 매우 잘생긴 완장임에 틀림없다고 확신하면서 그는 울긋불긋한 색깔과 글씨 모양을 눈으로 찬찬히 새기기 시작했다. 권위를 세워야지, 하는 생각과 깃발을 꽂아야지, 하는 생각이 그를 강하게 사로잡았다. 성질이 전혀 다른 두 갈래의 생각으로 말미암아 그는 갑자기 후끈 달아올랐다. 실비주점에서 부월한테 당한 수모는 치부책에 적히듯이 이미 그의 마음자리에 외상값처럼 꼼꼼히도 아로새겨져 있었다.

종술은 왼손으로 완장을 받쳐들고는 입을 째지게 벌려 하아하고 입김을 잔뜩 쐬었다. 그런 다음 그 입김이 달아나기 전에 얼른 오른쪽 소맷부리를 끌어내려 완장을 박박 문지르기 시작했다. 입김을 쐬고 소맷부리로 문질러서 닦는 동작을 그는 열심히 되풀이했다. 한나절밖에 안 찬 새것이라서 사실 완장은 때 한 점 없이 깨끗했다. 그런데도 그의 눈엔 그것이 마치 오물을 흠뻑 뒤집어쓴 듯이 비치는 것이었다.

그렇다. 그것은 부월이년이 끼얹은 오물로 말미암아 똥 친 막대기 꼴이 되어 있었다. 그는 비닐 천의 표면이 번쩍번쩍 도금을 올린 쇠붙이처럼 느껴질 때까지 열심히 닦고 또 닦았다. 갈수록 격해지는 그의 손놀림에 놀라 호롱불이 자꾸만 숨을 곳을 찾으려 했다. 동작과 동작마다 그는 무슨 구호처럼 권위와 깃발 두 가지를 마음으로 외치기를 잊지 않았다.

그는 자신의 더럽혀진 자존심을 닦았다. 그는 자신의 망그러진 권위를 다시 일으켜 세웠다. 완장을 원상으로 회복시키지 못한다면 그것으로 자신의 인생도 끝장이라는 비장한 결심이었다.

그처럼 기를 쓰고 노력한 보람이 있어 마침내 완장에 묻었던 오물은 지워졌다. 그는 그것이 말끔히 지워졌다고 생각했다. 번

들거리는 완장을 대견스럽게 들여다보고 나서 그는 다시 손을 놀리기 시작했다. 이번에는 더러움이 물러간 자리에다 신품종의 고구마 같은 자신의 욕망을 심을 차례였다.

푸짐한 알몸으로서의 부월을 그리는 데 잔뜩 고부라져 있었기 때문에 그는 감시소로 다가오는 인기척도 듣지 못했다.

운암댁이 손녀를 앞세우고 아들의 저녁밥을 가져왔다. 일가족 셋이 한자리에 다 모이자 그러잖아도 비좁은 감시소는 빈틈없이 꽉 들어차버렸다. 운암댁은 재주도 좋게 송곳 하나 찌를 만한 자리에다 그릇을 셋이나 차려놓았다. 강부잣집에서 얻어다 먹는 묵은 김치의 군둥내가 코를 찔렀다.

"식을라. 어서 들거라."

아직도 완장만 매만지고 있는 아들을 보고 운암댁은 넌지시 주의를 환기시켰다.

"지까짓 것이 식어봤자 밥이지 별것일랍디여?"

종술은 히죽이 웃으면서 말했다. 그로서는 그것이 어머니한테 할 수 있는 최대의 농담이었다. 그가 감시원으로 취직한 다음부터 며칠 사이에 집안 분위기가 많이 달라져 있었다. 그는 가장으로서의 체통을 잃지 않는 범위 안에서 가급적이면 가족들한테 웃는 낯꽃을 보이려고 노력했다.

추위가 물러가고 봄이 오면서부터 이것저것 삯일거리가 많아져서 하루종일 바삐 불려 다닐 수 있어 좋은 데다가 아들이 어미

를 비로소 어미처럼 대하기 시작하는지라 운암댁은 실로 오래간
만에 사람 사는 세상 같음을 느낄 수가 있었다.

그런가 하면 어린 정옥은 또 집 안에서 아버지의 고함 소리가
슬금슬금 자취를 감추고 할머니의 한숨 쉬는 버릇이 줄어들어
서 난생 처음 오금을 펴고 지내는 즐거움을 맛볼 수가 있었다. 이
를테면 완장에서 비롯된 안정이요, 완장이 가져다준 행복인 셈
이었다.

"너물국이다. 정옥이가 나숭개랑 쑥이랑 한 바가지나 캐왔드
라."

운암댁이 자랑스럽게 손녀를 내세웠다. 종술은 대접째로 들어
서 국물부터 훌훌 마셨다. 초학쟁이 돌보듯이 두꺼운 겨울옷으
로 감싸 가지고 온 주전자에서 방금 따랐기 때문에 나물국은 아
직도 뜨뜻했다. 정옥은 전날하고 몰골이 영판 달라진 새 완장을
신기한 눈초리로 내려다보는 중이었다. 쑥하고 냉이가 적당히 뒤
섞인 향긋한 국 냄새가 싫지는 않았으므로 종술은 갑자기 딸에
게 은혜를 베풀고 싶어졌다.

"완장 한번 차보고 잪은 모냥이구나?"

아비에 대한 두려움의 꼬리 부분이 아직은 약간 남아 있는 상
태라서 정옥은 기연미연하는 시선으로 아비의 눈치를 살피고 있
었다.

"니가 언제 또 요런 완장 차볼 것이냐. 차고 잪으면 시방 한번

차봐라."

종술은 너그러운 미소로써 딸의 주눅을 풀어주었다. 그러자 딸의 입에서 당돌한 소리가 튀어나왔다.

"나도 부반장 되면은 이런 것 찰 수 있어."

상머슴 밥처럼 고봉으로 수북이 담은 사발에서 주먹덩이만하게 뜬 첫 숟갈을 입으로 옮기려다 말고 아비는 눈을 크게 떴다.

"와따매, 우리 정옥이가 부반장으로 뽑혀야?"

"아니, 일 학년 말고 이 학년 때……."

국민학교에 갓 들어간 딸년은 대뜸 자신 없는 목소리로 변했다.

"이왕지사 허는 베슬, 부반장보담은 반장이 더 낫지 않겠냐?"

할미의 참견에 손녀는 소가지를 부렸다.

"반장은 머시매들 중에서만 뽑는 것인디, 할머니는 알도 못허고!"

"부반장도 높은 자리니깨 좌우지간 뽑히기만 허거라. 그럼 내가 상으로 테레비를 사주지."

입 밖으로 밥알을 튀겨가며 아비는 우물우물 말했다. 동네에서 집 꼴이라고 갖추고 사는 집안치고 텔레비전 안 가진 사람이 별로 없었다. 딸년이 가장 부러워하는 것이 바로 그것인 줄 진작부터 알기 때문에 아비는 월급을 받으면 그러잖아도 이리에 나가서 허름한 중고품이라도 한 대 업어올 심산이었다.

그런데 딸년은 소원인 텔레비전을 사주겠다는 아비의 약속을 듣고도 왈칵 반기지 못하는 기색이었다. 엉겁결에 부반장을 들먹이고 나오긴 했으나 그 뒷감당은 아무래도 자신이 없는 모양이었다.

"반장이나 부반장 아니라도 주번 완장은 찰 수 있어."

아무리 어린것일망정 너무 눈치 코치 없이 구는 데는 약간 심정이 상했다. 그래서 종술은 김치 쪽을 집어올리던 젓가락을 허공에서 딱 멈추고 갑자기 근엄한 표정을 지었다.

"개똥이도 쇠똥이도 다 차는 주번 완장허고는 원판 틀린다. 감시원 완장은 아무나 찰 수 있는 것이 아니여."

그러자 정옥은 여태껏 의붓아비 대하듯 조심스럽게 살아온 가늠이 있어 어떻게 처신하는 것이 아비의 비위를 거스르지 않는 길인지를 지혜롭게 알아차렸다. 아이는 아비의 완장을 제 팔에다 끼웠다. 그러나 손자가 쓴 할아비의 감투와도 같이 헐렁해서 잡고 있던 손을 떼기 무섭게 완장은 아래로 쭈르르 흘러내렸다. 아이는 아비를 향해서 어색하게 웃어 보였다. 몸을 움직일 때마다 까불거리는 호롱불이 제멋대로 얼굴 위에 그늘을 만드는 바람에 아비의 표정은 무섭게도 느껴지고 또 어찌 보면 너그럽게도 느껴지는 것이었다.

종술은 밥에 섞인 모래알 모양으로 빠드득 씹히는 옛날 일 한 도막을 문득 어금니 사이에서 찾아내었다.

그가 국민학교에 다니던 시절에도 완장은 있었다. 완장을 찬

완장

반장은 아이들 세계에서 거의 담임선생하고도 맞먹을 정도로 세도가 당당했다. 손가락으로 건드려도 넘어지게 생긴 허약한 녀석일지라도 반장 완장만 찼다 하면 단박에 백팔십도로 달라져서 으레 남들을 호령하는가 하면 저보다 힘센 놈들로부터 아첨을 받는 입장이 되는 것이었다. 어떤 날은 결근한 담임선생을 대신해서 기다란 막대기로 칠판을 두드려가며 학생들을 가르치기도 했다.

물론 임종술 소년은 한 번도 완장을 차보지 못한 채로 국민학교를 마쳤다. 반장으로 뽑힌 적이 없는 탓이었다. 싸움질 실력으로 반장을 뽑지 않는 한 그하고는 애당초 인연이 없는 벼슬이었다. 하다못해 주번 완장이라도 둘러봤더라면 원이 없으련만, 유감스럽게도 그때는 그런 완장 제도가 있지도 않았다. 어느 편이냐 하면, 그는 반장한테 이름을 적히기 아니면 머리통을 쥐어박히는 문제아의 하나였다. 고자질이 무서워서 함부로 혼내줄 수도 없는 가장 곤란한 상대가 바로 반장이었다.

어떤 반장이나 다 어슷비슷했지만, 그 가운데서도 특히나 그에게 심통 사납게 굴었다는 점에서 가장 인상에 남는 인물은 사학년 때의 반장 녀석이었다.

그때까지도 그는 구구단을 못 외고 있었다. 그래서 그는 담임선생의 지시에 따라 다른 멍텅구리들과 함께 방과 후에 교실에 남곤 했다. 반장이 지켜 앉아서 눈을 부릅뜨고 감시했다. 말 안 듣는 놈은 때려도 좋다는 허락과 함께 녀석은 담임으로부터 선생의 권한을 고스란히 물려받은 처지였다. 열심히 노력해서 자신이 생긴 사람은 차례로 반장 앞에 나아가 목청을 높이고 구구단을 외었다. 합격 판정이 내리면 집으로 돌아가고 불합격을 받으면 계속 교실에 남았다.

　마지막 순간까지 혼자서 남은 사람은 다름 아닌 그였다. 연습 삼아 욀 때는 그럭저럭 꿰어 맞추다가도 막상 걸상에서 일어섰다 하면 이상하게 숫자들이 살아 있는 벌레 떼처럼 그의 머릿속을 발발 기어 나가는 것이었다. 그것들을 도로 붙잡아서 원래의 순서대로 늘어놓으려고 허위적거리다 보면 어느새 불합격 판정이 내리곤 했다.

　똥멍텅구리한테 끝까지 발목을 붙잡혀 아무런 죄도 없이 해가 기울도록 집에 못 가는 억울함을 반장은 마침내 심한 욕설과 매질로 풀기 시작했다. 그가 한 번 틀릴 때마다 반장은 손에 쥐고 있던 30센티짜리 대나무 잣대로 한 대씩 때렸다. 날카롭게 세워진 잣대 모서리가 머리통에 닿을 때마다 어찌나 따갑던지 눈물이 찔끔 비어졌다. 나중에는 더 참을 수가 없어 그는 손바닥으로 머리통을 감싼 채 울음을 터뜨렸다. 손바닥에 뭐가 끈적끈적 묻어나는 기분이었다. 손바닥을 살펴봤더니 놀랍게도 그것은 피였다. 잣대 모서리가 콕콕 찍은 자리마다 박이 터져서 여기저기 우툴두툴 남북이 나 있었다.

그때의 그 반장 녀석이 지금 어디서 어떻게 사는지 종술은 전혀 알지 못했다. 매갈잇간 집 아들이던 그 녀석은 공부를 잘해서 이리에 있는 중학교에 진학했다. 그리고 얼마 후엔 매갈잇간을 팔고 집안 전체가 아예 이리로 이사하는 바람에 소식이 끊겨버렸다. 지금 그 녀석을 꼭 한 번 만나봤으면 좋겠다고 생각했다. 종술은 녀석이 아무 짬도 모르는 낚시꾼 자격으로서 나타나기를 바랐다. 그렇게 만나는 날이면 그는 널금저수지의 감시원 자격으로 녀석을 번쩍 들어 물속에 내동댕이쳐버림으로써 진짜 완장의 맛이 어떤 건지를 뼛골이 쑤시도록 보여줄 작정이었다. 배지가 뺑뺑해질 때까지 저수지 물을 양껏 들이켜고 나면 그때 임종술 학생이 반드시 멍청해서 구구단을 외지 못한 것만은 아님을 녀석도 깨닫게 될 터였다.

자신의 깜깜했던 공부 속을 종술은 결코 머리가 나쁜 탓이라고는 생각지 않았다. 그 이유를 그는 전쟁의 여파로 엉망진창이 되었던 당시의 집안 사정 탓으로 돌리고 싶었다.

운암댁은 입만 벙긋하면 완장을 화젯거리로 삼는 아들이 여간만 못마땅한 게 아니었다. 감시원이 된 뒤부터 자나깨나 노상 그놈의 물건에만 고부라지는 꼴을 옆에서 보고 있노라면 멀쩡하던 가슴이 느닷없이 벌렁거리는 것이었다. 불행했던 과거는 될수록 잊고 살려 했다. 자발머리없는 생각일랑 아예 얼씬도 못 하게 멀리 쫓아버리고 싶었다. 자신의 사위스러운 예감이 오래지 않아 결국 엄청난 현실로 나타나던 체험을 돌이켜보면 지금도 운암댁은 소름이 끼치고 치가 떨리는 것이었다.

아들만 둘을 낳았다는 유세로 자기는 임씨 집안의 며느리로서 책임을 다했거니 하고 순간적으로 교만한 마음을 품었다가 그것이 화근이 되어 남편과 첫 자식을 차례로 잃는 몹쓸 팔자땜을 하지 않았던가.

그 후 숨어 살게 된 타관 땅 이곡리에서 만사가 그저 조심스럽기만 한 판인데, 그러는 어미의 사정은 아랑곳도 없이 세 돌이 지나도록 젖꼭지를 놓치지 않으려고 밤낮으로 칭얼대기만 하는 종술한테 버럭 짜증을 부린 적이 있었다. 그때 운암댁은 잘생기고 똑똑했던 큰아들 종관의 모습을 퍼뜩 떠올리면서, 난리통에 홍역으로 잃은 자식이 첫째가 아니고 둘째였더라면, 하고 순간적으로 엉뚱한 마음을 품기도 했다. 어미로서 그것이 얼마나 불측한 생각인가를 깨닫고 운암댁은 금세 후회를 느꼈다.

천벌을 받아 마땅할 그 잘못을 씻으려고 그 후부터 운암댁은 신산스러운 나날 속에서도 종술한테 최선을 다했다. 그러나 불측했던 어미의 마음을 용케 엿보기라도 한 것같이 종술은 나이가 들수록 자꾸 엇나가기만 했다. 애면글면 빌붙어 사는 타관 동네에서 말썽 안 부리는 날이 없을 지경으로 지지리도 어미의 애간장을 말리면서 어려서부터 청개구리 삼시랑으로만 자라는 것이었다.

운암댁은 사위스러운 생각을 떠올리지 않으려고 기를 쓰면서
도 왠지 모르게 완장 쪽에 막무가내로 쏠리는 마음만은 어쩔 도
리가 없었다. 때마침 아들이 식사를 끝내고 숭늉으로 요란하게
입가심하는 참이었다. 운암댁은 마음을 크게 먹고 아까부터 속
으로 별러온 이야기를 얼핏 비쳐보았다.

"옥당 영감허고 무신 일이라도 있었냐?"

일껏 잘 넘어간 밥알이 곤두서려 한다는 표정이었다. 종술은
입에 든 물을 꿀꺽 삼키고 나서 어머니를 빤히 건너다보았다.

"왜요? 그 영감이 종술이놈 쥑일 놈이라고 떠들고 댕기기라도
허든가요?"

"니가 그 영감님 거름 지게를 압수헐라 혔다고 그러드라."

"빈 똥장군을 헹굴라고 그러글래 널금저수지가 시방 당신네
두엄간인지 아냐고 야단 조깨 쳐서 보냈지라우."

"너무 그러지 마라. 사람들 입살에 올라서 이로울 것 하나도
없다. 그 일로 옥당 영감이 단단히 섭섭헌갑드라."

"옥당 영감 아니라 옥당 증조부라도 고런 소행머리는 내비두지
않을 챔이요!"

종술은 퉁방울눈을 하고 이마에 잔뜩 핏대를 세웠다. 운암댁
은 안으로 찔끔 기어드는 표정이 되었다. 정옥이 슬그머니 감시
소를 빠져서 밖으로 나가고 있었다.

"우리 저수지를 더럽히는 놈은 누구든지 가만 안 놔둘라요!"

저도 모르게 종술은 우리 저수지라는 말을 쓰고 있었다.

"낮살이나 훔친 사람이 양심을 알어야지. 자기는 구린내 싫다고 남에 재산에다 똥물을 뒤집어씌우다니! 고런 짓은 법에서도 못 허게코롬 정허고 있어라우! 공유…….."

이상하게도 언제나 맥이 끊기는 바로 그 대목에서 종술은 한 박자 숨을 돌린 다음 말을 이었다.

"공유수면관리법에 보면은 함부로 물을 꾸정거리는 놈들은 나라에서도 단단히 벌을 준다고 적혀 있단 말여라우!"

"법은 잘 몰르겄다만서도, 나는 인정으로 봐서 이웃엣 사람들한티 너무 야박헌 것은 좋잖을 성부르다. 의지가지없이 지낼 적에 옥당 영감네가 우리를 얼매나 많이 부조혀 줬는가 너도 잘 알잖냐."

"엄니도 그런 말씸 마시요! 그때는 그때고 지금은 지금이지, 옛날옛적에 꽃가마 태워줬다고 언제까장 내 간 내 씰개 다 빼주란 말씸이요? 그렇게는 못혀요! 앞으로도 내 저수지 꾸정거리는 놈은 누구든지 가만 안 둘 작정이요!"

이번에는 한술 더 떠서 내 저수지라는 말을 사용해버렸다. 이야기를 꺼냈다가 운암댁은 아들의 예사롭지 않은 기세에 눌려서 결국 본전도 못 찾고는 허둥지둥 그릇들을 챙기기 시작했다.

"할머니……."

밖에서 부르는 소리가 비밀스러운 쪽지처럼 안으로 살짝 디밀어졌다.

"오냐, 금방 나간다."

운암댁은 황망히 대꾸했다. 그래도 일말의 미안감은 있어서 물문 근처까지 식구들을 바래다주려고 종술은 마루 구석에서 회중전등을 집어들었다. 대충대충 그릇들을 바구니에 주워담고 일어서는 그 와중에도 운암댁은, 하마터면 잊을 뻔했다는 듯이 얼른 완장을 챙기는 아들의 모습을 놓치지 않았다. 누가 보아주는 사람도 없을 깜깜한 밤중에 뭐 하러 그건 또 차느냐고 말하고 싶었으나 운암댁은 목구멍까지 올라오는 그 말을 꾹 눌러 참지 않으면 안 되었다.

어머니와 딸이 이곡리 쪽 대봇둑에 나 있는 물문 근처를 통과하는 걸 지켜본 다음에 종술은 손전등을 끄고 돌아섰다.

깜깜한 밤이었다. 물문 틈서리로 스며나온 가느다란 물줄기가 콘크리트 경사면을 타고 아래쪽으로 졸졸 흘러내리는 소리를 그는 들었다. 어둠 속에서 부드러운 혀로 땅기스락을 연신 핥아대며 자장자장 이곡리를 잠재우는 나지막한 물결 소리도 그는 들을 수가 있었다. 무엇에 놀랐는지 물새들이 날개를 퍼드덕거리는 소리가 멀리서 들려왔다. 월척의 잉어란 놈일 것이었다. 깊은 물속에서 수면 위로 힘차게 솟구쳐 올랐다가 떨어지는 물고기가 있었다. 수면을 강하게 때리는 물소리 쪽을 겨냥하고 그는 손전등을 쏘아 보았다. 물고기가 이루어 놓은 둥그런 파문만이 빛의 그물 안에 잡혔다.

　그는 사방으로 불빛을 비추어 짙은 어둠을 난도질하기 시작했다. 그러자 이제껏 소리로만 전달되던 것들이 색깔과 모양으로 바뀌어 낯익은 표정으로 다가오는 것이었다. 새 건전지로 갈아 끼운 지 얼마 안 되는 손전등은 꽤 멀리 떨어진 것들까지 확 끌어다가 낱낱이 그의 눈앞에 무릎을 꿇려 놓고 있었다. 이번에는 손전등을 붓처럼 사용해서 저수지의 가장자리를 따라 하나의 지도를 그려보았다. 그 자신의 관할 구역을 나타내는 지도였다. 그것은 작은 왕국이었다.

　내 땅이다!

　그는 마음으로 이렇게 외쳤다.

　"내 땅이다!"

　마음의 외침만으로는 아무래도 성에 차지 않아 그는 이번에는 실제로 입 밖에 소리 내어 다시 외쳤다. 엄연한 저수지의 물을 가리켜 땅이라고 외치자 그것은 명백한 실수에도 불구하고 참말로 땅덩어리로 둔갑해버렸다.

　그로서는 난생 처음 가져보는 땅이었다. 이 세상에서 사람이 땅을 갖는다는 것이 얼마나 소중한 체험인가를 그는 비로소 깨달을 수가 있었다. 뜬구름을 잡겠다고 어려서부터 객지로만 떠돌며 보낸 지난 세월의 덧없음이 불현듯 그의 가슴을 때렸다.

　이제는 땅을 얻었다. 자기 땅이었다. 임종술 바로 그의 땅이 틀림없다는 증거로 그는 왼팔에 완장을 차고 있었다. 바로 그 완장을 통해서 그는 지도에 그려진 광활한 땅덩어리 전체가 깔축없는 자기의 소유물임을 알딸딸하게 확인하고 있었다.

심지어는 물새들마저도 그의 탐욕의 대상이 되었다. 자기 소유지에 무단히 들어와서 자기 소유물의 일부를 잡아먹는다는 점에서 한 번쯤 적으로 돌릴 법도 하련마는, 그는 자기 영역을 풍요롭게 가꾸는 장식의 일종으로 물새들을 대해왔던 것이다. 한겨울에는 청둥오리나 왜가리, 기러기 따위 철새 떼가 몰려들어서 얼음으로 덮인 얕은 곳이나 얼지 않은 깊은 물을 가리지 않고 저수지를 온통 새들의 천지로 만들었었는데, 봄이 되자 거의 다 날아가버리고 이제는 얼마 안 남아 있었다.

떠나버린 철새들을 아쉬워하면서 종술은 무엇보다 중요한 것이 얻은 땅을 지켜 내는 일이라고 생각했다. 얻기보다 지키기가 더 어렵다는 사실도 그는 충분히 알고 있었다. 자기 땅을 지켜나가는 과정에서 앞으로 부닥치게 될 수많은 어려움들이 예상되었으나 그는 그 때문에 오히려 힘과 용기를 얻을 수가 있었다.

하루종일 자리를 비운 셈이므로 그새 자기 왕국에 뭔가 변고라도 생기지나 않았는지 확인해 보려고 그는 손전등을 휘두르며 삼엄한 심정으로 순시에 나섰다.

3

법계리 근처 달마산까지는 상당히 먼 거리였다. 거기까지 매번 순시를 나간다는 건 보통 힘든 노릇이 아니었다. 그리고 그렇게까지 할 필요도 없는 일이었다. 이곡리와 앙죽리가 각각 한 자락씩 거느리고 있는 양쪽 야산 중 어느 한쪽에만 올라서면 판금저수지의 대부분을 한눈에 담을 수가 있었다. 훤한 대낮뿐만 아니고 깜깜한 먹밤에도 종술이 야산 위에서 노리는 감시의 효과는 매한가지였다. 불빛을 밝히지 않은 채 밤낚시질에 임한다는 건 불가능한 일이니까.

불빛이 보였다. 어림컨대 야산의 북쪽 끝자락, 그러니까 이곡리의 대성(大姓)인 강씨네 선산이 있는 곳인 듯했다. 마치 누굴 약올리듯이 불빛은 멀리서 가물가물 어둠을 상대로 덧게비질을 치고 있었다.

"저런 오사에 육시를 헐 놈!"

종술은 저도 모르게 그 나름의 감탄을 토했다. 자신의 오랜 경험에 비추어 그곳은 낚시질하기에 가장 알맞은 자리 중의 하나였다. 뒤편으로 우거진 리기다소나무숲을 바투 끼고 있는 데다가 너무 깊지도 얕지도 않게 수심이 적당해서 씨알 좋은 붕어의 입질이 잦은 자리였다. 어떤 놈인지는 몰라도 자리 한번 기똥차게 잘 고른 셈이었다. 제 손금 들여다보듯 판금저수지의 사정에 정통한 종술로서는 하마터면 상대방의 안목을 칭찬해 줄 뻔했다.

"너 이놈 자알 걸렸다!"

자기 임무가 무엇인지를 뒤늦게야 깨닫고 종술은 으스러지게 주먹을 부르쥐었다. 감시원을 맡은 이래로 본격적인 도둑낚시를 적발하기는 그것이 첫 개시이기 때문에 그가 느끼는 흥분은 단숨에 절정까지 치달았다. 오늘이 바로 네놈 제삿날이 될 줄 알라고 뇌까리면서 그는 언덕 아래로 무섭게 내닫기 시작했다. 위아래로 간단없이 출렁거리는 전등 빛의 인도에 따라 그는 숲 새로 뚫린 오솔길을 성난 멧돼지처럼 헤집으면서 거기 당도할 때까지는 제발 달아나지 말아달라고 도둑놈에게 빌고 있었다.

"꼼짝 말고 거그 얌전허니 자빠졌어!"

가쁜 숨결의 훼방을 받아가며 종술은 우선 으름장부터 놓고 보았다. 샅에서 요령 소리가 나고 궁둥짝에서 비파 소리가 나게끔 달려오는 동안에 일껏 익삼 씨한테서 지도받은 취체 요령은 어디론지 부지거처가 돼버리고 그의 머릿속에는 타고난 성깔만이 그득 남아 있었다. 엉거주춤 일어서려는 등산복 차림의 웬 녀석이 강렬한 전등 빛에 옴싹 사로잡혔다. 녀석은 버너에다 냄비를 올려놓고 뭘 한창 끓이는 중이었다. 알록달록 때깔도 고운 텐트가 옆에 세워져 있었다. 그 텐트의 존재를 자신의 인격에 가해지는 일종의 모욕으로 받아들인 나머지 그는 냅다 또 호통을 뽑았다.

"야 임마, 니놈은 어디 사는 누구냐!"

"그렇게 묻는 댁은 누구쇼?"

의외로 상대방이 배짱 좋게 나오는 바람에 종술은 한층 더 부아가 치밀었다.

"야 임마, 니 눈엔 요게 안 뵈냐, 요게?"

"이 오밤중에 뵈긴 뭣이 뵌다고 그러쇼?"

그제야 종술은 아차차 하고 자신의 실수를 깨달았다. 그는 오른손의 전등을 얼른 왼팔에 들이대어 완장을 환히 비추었다. 그러자 킬킬거리는 웃음소리가 들렸다.

"성님, 나요, 나."

어쩐지 많이 귀에 익은 목소리였다. 종술은 손전등을 다시 그쪽으로 돌렸다. 녀석은 얼굴을 이쪽으로 들이댄 채 웃음을 깨물고 섰다가는 손바닥을 펴서 눈부신 불빛을 가렸다. 역시 낯익은 얼굴이었다.

"나가 누구냐?"

그러나 종술은 계속 심통을 부렸다. 잠시나마 녀석한테 속은 것이 분했다. 그는 녀석을 도시에서 놀러 온 어떤 얼빠진 대학생 쯤 되겠거니 생각했던 것이다.

"나 원 참, 성님도!"

"나는 어디까장이나 독신이다! 나는 너 같은 동상놈 둔 적 없다!"

더구나 종술은 호화판으로 갖춘 녀석의 등산 장비에 잔뜩 배 알이 뒤틀려 있는 판이었다.

"넘들 안 차는 완장 조깨 찼다고 인자는 한 동네 사는 인배도 몰라보기요?"

어디 한 군데 매인 몸만 아니다 뿐이지 머슴이나 다름없는 처 지였다. 일손이 달리는 농촌에서 아무 일이나 닥치는 대로 거들 어주고 품삯으로 살아가는 주제에 부잣집 아들처럼 분수에 넘 치는 호사를 부린다는 건 아무래도 용서할 수가 없었다.

"시방 내 눈에는 이곡리 사는 인배는 안 뵈고 물괴기 도적놈 인 배만 뵌다!"

거듭되는 호통에 비로소 인배 녀석은 적잖이 당황하는 기색이 었다.

"그런 억단일랑은 당최 마시요. 성님도 눈으로 안 보이요, 캠핑 나온 거?"

"뭣이여? 캠핑?"

비록 중학교 중퇴의 학력이라도 그만한 영어쯤은 충분히 알아들을 만한 실력이었다. 종술이 그 말을 얼른 되받아 퉁긴 이유는 순전히 그것이 인배 녀석의 처지하고는 너무 어울리지 않게 들리는 말이기 때문이었다.

"맞었소. 주말도 되고 혀서 메칠 휴가를 내서 캠핑을 나왔다, 이런 말이요."

하도 어처구니가 없어 종술은 한바탕 너털웃음을 쏟았다.

"야 임마, 널금저수지가 무신 설악산이라도 되는 줄 아냐?"

"자기 맘먹기 달렸지라우. 그렇거니 믿는 한 널금이라고 설악산보다 재미없으란 법도 없지라우."

"썩고 자빠졌네. 개발에 다갈이라드니만, 야 임마, 너 같은 날품팔이 팔자에 휴가는 뭣이고 캠핑은 또 뭣이냐? 뱁새가 황새 숭내 내다가는, 임마, 가랭이 찢어질라."

종술의 빈정거림에 인배 녀석은 옹골지게 반격을 가해왔다.

"날품이나 판다고 성님이 날 어디 하시헐 처지요? 수입으로 보나 뭘로 보나 성님이 시방 차고 있는 그깟녀르 완장 나는 하나도 안 부럽소!"

"부럽고 안 부러운 것이사 니놈 사정이고, 내 사정은 인자부터 니놈을 공유…… 공유수면관리법에 의거혀서 현행범으로 닦달혀야 쓰겠다! 널금저수지로 말헐 것 같으면 우리 신남화물 최 사장님께서 정당허니 사용료를 내시고 나라에서…….”

“쉬운 말로 혀서 날더러 시방 도둑놈이다, 그런 소리지라우? 싹싹 다 뒤져 보시요! 만약 낚싯대 사둔에 팔촌같이 생긴 물건이라도 나오는 날이면 내 배를 따도 좋소!”

“걱정 마라. 니가 한 번만 눈감어달라고 와이로를 써도 나는 뒤질 챔이다.”

텐트 속을 뒤지기 위해 종술은 인배 녀석의 얼굴에서 갑자기 불빛을 거두었다. 그러나 어둠 속에 파묻히기 직전에 녀석이 보인 결연한 표정 때문에 그는 중도에서 마음이 흔들리고 말았다.

“참말로 너 그냥 캠핑만 나온 것이냐?”

“소문으로 듣기는 더러 들었어도 성님 그 완장 유세가 이렇게 대단헌 줄은 예전엔 미처 몰랐소!”

“잔소리 말고 니가 앞장서서 안내허거라.”

종술은 커다란 지휘봉 같은 전등 빛으로 텐트를 처억 하니 가리켰다. 인배 녀석이 노골적으로 불뚝거리며 먼저 텐트 속으로 기어들었다.

“성님 같은 사람이 만일에 경찰에라도 들어갔더라면 아마 생사람 여럿 잡았을 것이요.”

“잔소리 말고 어서 불이나 키거라.”

허리를 꾸부정히 굽힌 채 내부를 기웃거리면서 종술은 윽박질렀다. 인배가 성냥을 그어 가스 램프를 밝히자 골방처럼 아늑하고 아기자기한 2~3인용 텐트의 내부가 고스란히 드러났다. 그 순간 종술은 그 어떤 향수처럼 진하게 다가오는 낭만적인 분위기에 감동을 받았다. 그는 벽과 천장을 이루고 있는 붉고 노란 천의 부드러운 감촉을 손끝으로 잠시 음미해보았다. 그런 다음 그것을 신방으로 사용한다면 딱 십상이겠다고 결론을 내렸다. 부월의 푸짐한 자태가 좁은 텐트 속을 오락가락하는 중이었다.

"얼매나 주고 샀냐?"

낚시 도구 찾아낼 생각 따위는 어느새 멀찌막이 뒷전으로 빼돌린 채 종술은 엉뚱한 일에 관심을 나타내기 시작했다.

"가격은 알어서 뭣 헐라고 그러시요?"

인배 녀석이 툽상스럽게 받았다. 그러거나 말거나 상관없이 종술은 마치 장물아비 잡도리하듯 여전한 기세로 녀석을 몰아세웠다.

"바른대로 대거라. 얼매 주었냐?"

"돈냥깨나 부서졌소. 요것들 장만헐라고 지난 시안(겨울) 내내 뼈빠지게 품 팔어서 번 돈 한 푼도 허투로 안 쓰고 차곡차곡 모았던 거요."

"장허기도 허다. 그대로만 나간다면 내년 요맘때쯤 너 자가용 타겠고나."

"물목마다 낱낱이 가격을 댈까라우?"

"그만허면 되얐다. 펄씨부터 니놈이 미친놈인 줄이사 삼동네가 죄다 알고 있으니깨."

아무리 농한기라고는 하지만 그래도 한겨울 내내 모은 품삯이라면 솔찮이 큰돈일 것이다. 감시원 월급 가지고는 여간해서 엄두도 못 낼 거금이라고 종술은 지레 겁부터 먹었다.

"인배 너 캠핑 끝나거든 요 텐트 하루만 빌려도라."

종술의 천연덕스러운 요구에 인배는 까무러칠 정도로 놀랐다.

"무신 말씸을 그렇게!"

"물론 니가 안 쓰는 때를 골라서 빌려돌라는 말이다."

"최소한 올 여름 한철 사랑땜이나 얼추 끝낸 담에 부탁헌다면 혹 몰라도……."

"춘부장 어르신이랑 자당님이랑 두루 평안허시냐?"

아닌 밤중에 홍두깨로 서울 사는 부모님 안부가 튀어나오자 인배는 꼭뒤까지 부아가 치밀었다.

"첫날밤도 안 지낸 새각시를 하루만 꾸어돌라고 그러면 성님은 옜다 허고 내놓겄소?"

"요새도 덕배는 장사 잘 되고?"

하도 기가 막혀서 인배는 벌겋게 달아오른 얼굴인 채로 우두망찰만 하고 있었다.

"옛날에 핵교 댕길 적에 그놈 시키는 대로 고분고분 안 듣는다고 우리 동창생들 중에서는 나한티 제일 많이 읃어 터졌었느라."

지나가는 소리처럼 무심한 말투로 중얼거리고 나서 종술은 왼팔의 완장을 오른손으로 한 차례 추스르는 시늉을 했다. 그것으로 텐트는 이미 빌려놓은 거나 다름없다고 그는 멋대로 치부해 버렸다. 몸뚱이 둘이 나란히 누워서 노닥거리기에 딱 알맞은 텐트였다. 그는 달도 밝은 어느 날 밤에 조용한 호숫가의 숲 속에 세워진 텐트 내부를 눈앞에 벌써 그리고 있었다. 참으로 성급하게도 그의 손은 부월이 푸욱 파묻혀 있는 침낭의 지퍼를 거친 솜씨로 끌어내리고 있었다.

"에이 참, 성님이 찔벅거리는 바람에 괜얀시 내 저녁밥만 절딴나삐렸네!"

허둥지둥 텐트를 빠져 나가면서 인배 녀석이 한바탕 투덜거렸다. 그제야 종술의 코에도 탕약만큼이나 바싹 달여진 김치찌개 냄새가 맡아졌다.

마을에서 괴짜로 통하는 녀석이었다. 시골에서 고등학교까지 마치고 나서 가족들을 따라 서울로 일단 이주했다가 녀석은 불과 일 년을 채우지 못하고 도로 고향으로 내려와버렸다. 힘들고 갑갑해서 서울 생활이 당최 재미없더라는 게 이유의 전부였다.

녀석은 가족들하고 떨어져 고향 마을에서 혼자 자취를 하다가 군대를 갔다. 삼팔따라지도 알팔 가보도 그저 도시로만 못 빠져나가서 다들 몸살을 앓는 농촌인지라 그것만으로도 이미 사람들 눈엔 별난 인간으로 비치기에 족한 행동이었다. 그런데 녀석은 제대하자마자 또다시 이곡리로 돌아와 자취 생활을 되시작함으로써 공연히 사서 고생하는 바보 취급을 받았다.

시간이 흐를수록 녀석은 더욱더 괴짜의 본색을 드러내기 시작했다. 젊은 일손이 씨가 마르다시피 된 농촌에서 그만한 일꾼을 구하기도 여간 힘든 노릇이 아니므로 마을 사람들은 별쭝맞다고 손가락질하면서도 무슨 일만 생겼다 하면 자연 인배부터 찾느라고 집집마다 야단들이었다.

사람들은 마치 녀석을 부지깽이처럼 혹은 삽이나 낫처럼, 때로는 장도리나 멍키스패너처럼 요모조모로 잘도 써먹곤 했다. 녀석은 마음만 내키면 진일 마른일 가리지 않고 아무 거나 닥치는 대로 일거리를 떠맡았다. 농약도 뿌리고 과수원에서 제초도 했다. 돼지막도 치고 헛간도 고쳤다. 경운기로 논도 갈고 지게질로 객토도 했다. 그러면서 똑같은 일인데도 그것을 시키는 주인에 따라 제멋대로 품삯을 요구하는 것이었다. 제가 한 번 정한 액수에서 결코 그 이상도 이하도 받는 법이 없었다.

그렇게 소처럼 열심히 일하다가도 녀석은 마음이 내키지 않을 때는 코뚜레를 해서 잡아끈다 해도 한사코 움직이려 하지 않았다. 녀석이 손가락 하나 까딱하지 않고 빈둥거릴 때는 대개 제가 목표했던 월수입이 달성된 다음이었다. 일단 목표액만 손에 쥐었다 하면 더 땀 흘려 수고할 필요를 전혀 느끼지 않는 것이었다. 그럴 때는 누가 억만금을 준다 해도, 설령 품삯 대신 금지옥엽 고명딸을 주어 사위를 삼는다 해도 막무가내로 도리질만 하는 것이었다.

　신선놀음이 어디 따로 있는 게 아니었다. 등창이 나게끔 구들장을 짊어지고 하루종일 잠이나 퍼자면서 실컷 게으름도 피워보았다가, 밤낮을 안 가리고 들이켜는 말술로 코가 비뚤어지게 모주망태도 되어보았다가, 휭허케 마을을 벗어나 발길 닿는 대로 며칠씩 여기저기 방랑도 해보다가 하면서 세월을 보내곤 했다. 그러다가 수중에 돈이 다 떨어지면 또 미친 듯이 품팔이에 뛰어들기를 되풀이하는 것이었다. 그러면 사람들은 잔뜩 아니꼬운 눈초리로 보다가도 어쩔 수 없이 또 녀석의 비위를 맞추어가며 불러다 일을 시키는 것이었다. 녀석은 누구의 간섭도 받음이 없이 제멋에 겨워서 아무렇게나 꼴리는 대로 살아가는 괴짜 중의 괴짜였다.

　"임종술이 눈에 곱게 뵈야서 인배 너 손해 날 일은 절대로 없을 것이다!"

　매사는 불여튼튼이라 했으므로 종술은 텐트 바깥쪽 어둠 속에다 대고 이렇게 오금을 콱 박았다. 물론 그 말은 누구든지 자기한테 밉게 보일 경우 곤욕을 치르게 될 것을 각오해야 한다는 뜻이기도 했다.

　스스로 정한 일주일의 휴가 기간 가운데서 사흘째를 보내고 있을 때였다. 인배는 트랜지스터 라디오에서 흘러나오는 유행가를 흥얼흥얼 따라 부르면서 온몸이 녹작지근해지는 봄날 오후를 마냥 게으름으로 보내는 중이었다.

그는 자기가 아무 것도 거치적거릴 것 없는 자유인이란 사실에 상당한 긍지마저 느끼고 있었다. 그는 어떤 의무에도 얽매이지 않은 채 기분 내키는 대로 살 수 있는 이곡리 생활이 여간만 만족스러운 게 아니었다. 휴가를 제때 허가해주는 사람도 자기 자신이고 그 휴가를 맘껏 즐기는 사람도 자기 자신이었다. 어느 누구도 감히 저를 무시하지는 못했다. 무시가 다 뭐냐. 일손 부족으로 쩔쩔매는 이곡리에서 자기는 가장 대접받는 존재였다. 가족들의 만류를 뿌리치고 과감히 낙향해버린 자신의 처사가 결과적으로 옳았음이 증명되었다. 조용한 숲과 맑은 물을 두루 갖춘 호반에서 즐기는 난생 처음의 캠핑으로 흡사 만석꾼의 지위에라도 오른 기분이었다.

거기에 비하면 덕배 형의 서울 생활은 도무지 말씀이 아니었다. 사업을 한답시고 논밭을 처분한 돈으로 이것저것 손을 댔다가 실패만 하고 결국 서울 변두리 국민학교 근처에서 문방구를 해서 그럭저럭 연명해나가는 처지였다. 걸핏하면 중상모략을 일삼는 길 건너편 경쟁자하고 대가리가 터지게 싸워가며 조무래기들의 호주머니에서 코 묻은 돈을 알겨내려고 갖은 아첨과 수단을 다 부리는 형의 모습은 참으로 측은하기 짝이 없었다. 사내대장부로서 그것은 도무지 할 짓이 못 되었다.

갑자기 호반의 정적을 깨뜨리면서 인기척이 다가왔다. 한 사람이 아니었다. 왁자하니 웃고 떠드는 품이 분명 몇 인분의 젊은 남녀들 목소리였다. 웬 사람들인가 하고 인배는 텐트 밖으로 고개를 내밀었다. 낚시꾼 차림의 낯선 청년이 숲속에서 나타났다.

"야, 우리보다 한 발 앞선 사람이 있구나."

인배하고 시선이 마주치자 청년은 뒤따라오는 제 동료들한테 소리쳤다. 두 쌍의 남녀였다.

"입질은 어떻습니까?"

나중에 나타난 청년이 제법 노련한 낚시꾼의 티를 내었다.

"글쎄요, 나는 잘 모르겠구만요."

대뜸 임종술의 얼굴을 떠올리면서 인배는 어물어물 대꾸했다.

"지렁이가 됩니까, 깻묵이 됩니까?"

"씨알은 괜찮은 편입니까?"

아무 물정도 모르고 그들은 거푸 낚시질에 관한 질문을 던져 왔다.

"나는 낚시질허러 온 사람이 아니라서요. 형씨들은 어디서 오시는 길이요?"

이게 도대체 무슨 수작이냐는 듯이 저희끼리 눈짓을 맞추다 말고 청년 하나가 앞으로 나섰다.

"전주요. 댁은 어디서 오셨소?"

"나는 바로 요 옆동네 사요."

"그래요? 그런데 텐트는 뭐 허러 쳤습니까?"

"그냥저냥 휴가 보낼라고……."

"낚시터에 와서 낚시질도 않고 말입니까?"

"형씨들이 아직 몰라서 그렇지, 널금저수지는 낚시터가 아니구만요."

말을 마치고 나서 인배는 감시소가 있는 대봇둑 쪽을 힐끗 돌아다보았다. 머잖아 종술이 나타날 시간이었다. 인배가 캠핑을 시작한 후로 종술은 순시 길에 이따금 텐트에 들러서 한참씩 노닥거리다가 가곤 했던 것이다.

"왜요? 고기가 없습니까?"

"고기야 흔허지만 감시원이 있어 갖고 낚시질을 못 하게코롬 단속이 심허답니다."

"어머나, 그런 법이 어딨어요?"

색안경을 낀 아가씨가 날카로운 소리로 항의했다. 저희끼리 또 묘한 눈짓을 나누고 나서 그들은 가볍게 웃어넘기려 했다.

"아하, 당신도 그래서 낚시를 포기하고 이렇게 기분만 내시는 거군요?"

"형씨들이 아직도 잘 몰라서 그렇지, 그 감시원은 무섭기가 똑 살무사 한가지구만요."

"그 감시원인지 살무산지는 우리가 알아서 처리할 테니까 당신은 굿이나 보다가 매운탕이나 얻어먹으시오."

아가씨들 앞에서 용기를 뽐내면서 청년들은 코웃음을 쳤다. 그들의 장래를 생각해서 인배는 재차 충고해보았다. 하지만 그들은 막무가내였다.

자기네한테도 그만한 요량은 있으니까 걱정 말라는 것이었다.

"어머, 저거 좀 봐!"

유난히 챙이 넓은 모자를 벗어서 부채 대용으로 얼굴에 대고 활랑활랑 부치던 아가씨가 호들갑을 떠는 소리였다.

"이야아, 개나리들이 집체 훈련을 받고 있구나!"

그처럼 희한한 구경은 난생 처음이라는 듯이 그들은 저수지 근처 솔숲가에 무더기로 피어 있는 개나리꽃을 가리키며 그 꽃하고 똑같은 샛노란 빛깔의 목소리로 저마다 한 마디씩들 떠들었다.

"배낭이 갑자기 무거워지는 건 무슨 이유지?"

"쉬어 가자는 뜻이지. 우리 기왕이면 개나리 연대 이웃에서 야영하는 게 어떨까?"

감탄이 헤픈 그들의 모습은 인배의 눈에 당연히 철부지로 비쳤다. 마침내 그들은 인배의 텐트에서 가까운 개나리밭 근처에다 장소를 정하고는 짐을 풀기 시작했다. 미구에 그들에게 덮칠 불행이 눈앞에 빤히 보였다. 일거리를 나누어 한 쌍은 텐트를 세우고 다른 한 쌍은 저녁 반찬으로 쓸 물고기를 잡으려고 성급하게 낚시 도구부터 챙기며 부산을 떠는 대목까지 지켜보다가 인배는 다시 자기 텐트 속으로 기어들었다.

잠시 후에 인배는 물속으로 툼벙툼벙 밑밥 덩이를 던지는 소리를 들었다. 그는 나른하고도 쾌적한 자신의 게으름을 흔들어 깨우는 바깥 동정에 자꾸만 신경이 쓰였다. 마냥 들뜬 기분으로 무슨 빌미만 잡혔다 하면 까르르 웃음판을 터뜨리는 드높은 목청의 아가씨들을 두고 그는, 어떤 부모님들인지는 몰라도 딸년들 가정교육 한번 잘못 시켰다고 생각했다.

드디어 첫 개시로 뭔가가 물린 모양이었다. 고래라도 낚아 올리는 푼수로 널금저수지가 온통 발칵 뒤집힐 지경이었다.

"인배 너 이놈, 냉큼 이리 나오니라!"

바로 그 순간을 기다렸다는 듯이 청춘 남녀들의 소란에 찬물을 끼얹는 소리가 느닷없이 터졌다. 인배는 고개를 얼른 밖으로 내밀었다. 언제 나타났는지 종술이 텐트 앞에 떠억 버티고 서 있었다. 그는 양손을 옆구리에 짚은 채 자못 험악한 눈초리로 노려보았다. 그의 왼팔에서는 깨끗하게 잘 닦인 비닐 완장이 기우는 오후의 햇살을 담뿍이 받아 강철처럼 오만스럽게 빛나고 있었다. 그는 다시 한 번 벽력같은 고함을 내질렀다.

"너 이놈, 저것들한티 널금저수지 감시원이 누구란 말을 혔느냐, 안 혔느냐!"

물가에 한데 모여 있는 젊은이들 쪽을 힐끗 곁눈질하고 나서 인배는 이맛살을 잡았다.

"혔지요. 지가 그런 소릴 빼먹을 리 있을라고요."

"뭣이여? 그런디도 저것들이 말을 안 듣고 도적질을 시작허드라, 그것이냐?"

대답 대신 인배는 보이지 않는 곳의 젊은이들 쪽을 다시 곁눈질했다. 그들은 한결같이 어이없어 하는 표정으로 잠자코 이쪽을 건너다보고만 있었다.

"오오냐, 좋다!"

종술은 제 손바닥에다 침을 탁 뱉은 다음 그것을 싹싹 비볐다.

"인배 너 저것들한티 가서 지금 당장 한 줄로 나란히 서라고 전허거라!"

이번에는 인배 쪽에서 어이없어 할 차례였다. 중간에 전령을 세워서 말을 전하고 마잘 것도 없는 지근거리였다. 그리고 저수지 건넛마을 앙죽리에까지 충분히 들리고도 남을 만큼 종술의 목청은 크고 높았다.

"그런 말을 왜 해필 저보고 전허라고 그럽니까?"

인배의 입에서는 저도 모르게 볼멘소리가 흘러나왔다.

"임마, 그렇게 혀야 내 권위가 더 높아진다."

들릴락 말락 한 소리로 종술은 얼른 이렇게 받아넘겼다.

"단속을 허고 않고는 성님이 알어서 허실 일이지라우. 저는 감시원 조수도 뭣도 아니니께요."

덩달아 인배도 들릴락 말락 한 소리로 이렇게 중얼거렸다. 그러자 종술은 더욱 목청을 낮추었다.

"야 임마, 이뿐 지집애들까장 끼어 있는디 내 사정 조깨 봐주라."

인배는 그때 먹이를 본 굶주린 맹수처럼 종술의 눈빛이 번뜩이는 것을 보았다.

"헐 말이 있거든 당신이 직접 허시지!"

때마침 청년 하나가 불쑥 시비를 걸어오는 바람에 전령은 이제 필요도 없게 되었다. 감시원을 맡은 이래 모처럼 한번 본격적인 낚시꾼들을 만나게 된 자신의 행운에 종술은 말 못 할 희열을 느끼고 있었다. 그런 데다가 스스로 알아서 녀석들이 제때 시비를 걸고 나와준 것은 말하자면 이쪽에서 시룻번만 먹자는데 저쪽에서 떡까지 덤으로 얹어주는 격이었다.

"자아, 당신 말대로 한 줄로 나란히 섰는데, 이제 어떻게 허실 작정이지?"

체격들이 제법 좋은 편이었다. 잘잘못을 완력으로 가려보겠다고 처음부터 노골적으로 도전해오는 두 사람을 번갈아 노려보는 사이에 종술의 희열은 곧 분노로 바뀌었다.

"저 여자들은 자네들허고 어떤 관겐가?"

"그거는 알아서 얻다 쓸라고?"

여자들이 예쁘고 늘씬했다. 특히 색안경을 눈 아닌 정수리 부위의 머리에 멋들어지게 끼고 있는 여자는 여러 사내 애간장을 말리게 생긴 미인이었다. 여자들이 그렇게 예쁘지만 않았더라도 어쩌면 종술은 분노를 덜 느꼈을지 모른다. 썩 잘나지도 못한 것들이 해반드르르한 여자를 꿰차고 다니는 꼴을 볼 때마다 그는 늘 배가 아프곤 했던 것이다.

"여자한티 약혀서 신세 조진 사람이여. 자기 사나들이 망신당허는 자리에 저 여자들이 있으면 곤란헐 것 같어서 그러네."

"그거야 상관없지. 어차피 망신당하는 쪽은 우리가 아닐 테니까."

"내가 이렇게 오손적도손적으로 나갈 적에 말을 듣는 것이 자네들 신상에도 이로울 게여. 잡은 괴기 도로 놓아주고 널금저수지를 휑허니 뜬다면 애시당초 없었던 일로 눈감어줄 작정이네."

"이 양반, 사람 웃기고 있네! 우리가 만약 거절헌다면?"

"그때는 나도 도리가 없지. 여자들한티는 조깨 안된 일이지만 법대로 거행허는 수밲이."

아무래도 사태가 심상치 않음을 느끼고 인배는 텐트로부터 완전히 벗어났다.

"어허이, 왜들 이러지?"

그는 게으른 몸뚱이를 굼뜨게 놀려 텐트 모퉁이를 돌면서 종술의 목소리를 들었다. 이어서 툭탁거리는 소리가 짤막하게 울렸다.

그가 미처 대치 장소에 닿기도 전에 상황은 이미 끝나 있었다.

어디를 어떻게 당했는지 비명 한 마디 변변히 못 지르고 땅바닥에 나동그라져서 두 청년이 버르적거리는 중이었다. 비명은 엉뚱하게도 여자들의 입에서 흘러나왔다. 서울 시장바닥에서 단련된 종술의 실력을 평소부터 익히 알고는 있었다. 그러나 실로 눈깜짝할 순간의 일이라서 인배는 거의 믿어지지 않을 지경이었다.

"거 보시요. 내가 내둥 뭐라고 그럽디까."

딱하다는 듯이 인배는 청년들에게 말했다. 손에 묻지도 않은 흙먼지를 툭툭 털고 나서 종술은 몸에 붙은 버릇으로 괜히 한번 완장을 추스르는 동작을 했다.

"자네들 군대는 갔다 왔는가?"

종술의 말투는 여전히 의젓했다. 그제야 청년들은 비실비실 일어나기 시작했다.

"묻는 말에 얼른 대답을 혀야지!"

한 청년이 아직도 고통스러운 표정인 채로 고개를 힘없이 가로저었다.

"직업이 혹시 학생 아닌가?"

대꾸가 없자 종술의 얼굴이 갑자기 벌게졌다.

"내가 시키는 대로 혀! 둘이서 나란히 서서 발을 넓게 벌려!"

어안이 벙벙해서 멀뚱멀뚱 쳐다만 보는 그들을 향해 종술은 인상을 부욱 그었다. 그러자 그들은 어물어물 지시에 따랐다.

"허리를 굽히고 손으로 발목을 붙잡어!"

이른바 원산폭격의 자세를 시킬 심산임에 틀림없었다. 인배는 그들에게 가까이 다가가서 넌지시 타일렀다.

"알고 보면 저분도 인정이 많은 사람이요. 아주 늦기 전에 용서를 빌어보시요."

　그러나 그들은 잠자코 두 번째 동작으로 들어서고 있었다.

"땅바닥에다 대가리를 처박어!"

　한 사람은 시키는 대로 했다. 다른 한 사람이 갑자기 몸을 일으켰다.

"잠깐만요. 댁도 남자고 우리도 남잔데, 여자들 앞에서 이런 수모는 자존심상 참을 수가 없습니다. 끝까지 싸우다가 죽게 얻어맞는 편이 차라리 훨씬 더 떳떳할 것 같습니다."

　그 청년의 용기는 참으로 가상했다. 종술은 물가의 여자들 쪽으로 천천히 시선을 돌렸다. 두려움에 떨고 있는 그니들을 보자 마음이 흔들리기 시작했다. 그니들이 조금만 덜 예뻤더라면 결과는 아마 크게 달라졌으리라.

　그는 결국 여자한테 약한 것이 자기로서는 언제나 말썽이라고 한탄하면서 생각을 바꾸기로 작정하고 말았다. 기합 대신에 일장의 훈시로써 완장의 권위를 한껏 돋보이는 것도 하나의 방법이긴 했다. 그는 두세 차례의 헛기침으로 목청을 가다듬었다.

"좋아. 동작 그만허고 모두들 원위치로!"

"성님 집에 기슈?"

이장 집 마당으로 들어서면서 종술은 호기롭게 고함을 질렀다. 안방문이 열리면서 수판을 손에 든 익삼 씨가 얼굴을 내밀었다.

"어서 오소."

익삼 씨의 웃는 얼굴을 대하기는 정말 오랜만이었다. 종술이 방 안으로 들어서자 익삼 씨는 훼방당한 계산을 처음부터 다시 시작하려고 수판을 드르륵 떨었다. 그가 소반 위에 놓인 장부책에다 수판을 맞추는 걸 보고 종술의 입은 가만있지를 못했다.

"그 많은 이잣돈 다 걸태질헐라면은 성님도 비서 하나쯤 둬야 쓰겄소."

"이잣돈은 무신…… 외상 비료대금 개리는 챔이네."

익삼 씨는 열린 장부책을 슬쩍 덮은 다음 손님 쪽으로 돌아앉았다.

"성님이 사채놀이허는 줄은 엊그저께 탯줄 떨어진 승필이네 송아지도 다 안다요."

"그게 어디 내가 쓰라고, 쓰라고 사정혀서 내논 사챈가? 사람들이 달라고, 달라고 애걸복걸허는 바람에 이웃 된 도리로 나도 어쩔 수 없이 내놓는 것이지."

익삼 씨는 벌컥 화를 내려다 말고 갑자기 웃는 낯꽃으로 개비했다.

"그거는 그렇고, 자네가 낚시꾼들 혼내줬다는 그 소문은 참말인가?”

“말로 혀서 안 듣걸래 지가 조깨 매운맛을 뵈야줬지라우.”

“소문대로 자네가 지집애들 보는 디서 그자들 꾀를 할씬 벳겼는가?”

익삼 씨의 입가에는 히물히물 웃음기까지 맴돌고 있었다.

“설마헌들 지가 그렇게까장 막되야먹었을라고요. 군대식으로 기합을 주어서 쫓아냈지라우.”

인배 녀석이 휴가를 끝내고 마을에 돌아와서 소문을 퍼뜨리고 다닌 결과였다. 인배는 터무니없이 꾸며내지는 않았다. 다만, 종술이 청년들한테 원산폭격에다 토끼뜀을 시켰노라고 약간 과장해서 말했을 뿐이었다. 그런데 하룻밤 사이에 소문은 새끼를 치고 가지를 쳐서 거개의 마을 사람들로부터 종술은 어느새 비난의 대상이 되어 있었다. 아무리 감시원 직분이라도 아가씨들 눈앞에서 젊은 사람들을 홀랑 벌거벗겨 창피를 준 처사는 너무 지나치다는 것이었다. 그러나 종술에 대한 익삼 씨의 신뢰도는 오히려 마을 사람들이 퍼붓는 비난의 크기하고 정비례했다.

“꺼꾸로 사까다찌를 시켰건 꾀를 벳겼건 좌우지간에 그놈들을 단단히 닦달질헌 것은 잘헌 일이네, 한 대 피우소.”

익삼 씨가 만족스러운 미소와 함께 건네주는 담배를 널름 받으면서 종술은 멋도 모르고 붕 뜨는 기분이었다.

“그것이사 지가 댕연히 헐 일을 혔을 뿐인디요, 뭐얼.”

라이터로 불까지 댕겨주고 나서야 익삼 씨는 퍼뜩 생각이 났다는 듯이 얼굴에서 웃음을 거두었다.

"그거는 그거고, 종술이 자네 아침부터 웬 발걸음인가?"

평소엔 좀처럼 안 떨던 겸손을 떨어보인 끝에 종술은 뒤통수를 긁적거렸다.

"실은요, 돈이 조깨 필요혀서…… 성님한티 가불이나 헐까 허고……."

돈 소리가 나오기 무섭게 익삼 씨는 안면을 싹 바꾸었다.

"자네 말마따나 댕연히 헐 일을 혔을 뿐인디, 무신 대단헌 전과라도 올렸다고 벌써부터 훈장을 달어돌라고 투정인가?"

"만 원 한 개만 있으면 우선 급헌 불을 끄겄는디요."

"나도 그 만 원 구경헌 지가 까마득허네. 솜리 가서 사장님더러 변통허라 그러소."

익삼 씨는 냉담하게 돌아앉아버렸다. 종술의 얼굴에 와서 잠시 머물던 겸손은 그것으로 훌쩍 사라지고 말았다.

"참말로 이러시기요? 널금저수지가 성님허고 무관헌 처지도 아닌디, 성님이 나 몰라라 허는 그 만 원을 최 사장님인들 안다고 그러겄소?"

"어제 점심참에 수리조합서 사람이 댕겨갔네."

익삼 씨는 엉뚱깽뚱한 소리로 거듭 딴전만 부리려 들었다.

"성님 지갑서 나올 돈 만 원허고 수리조합서 댕겨간 사람허고 부자지간이라도 된단 말이요?"

"이런 속없는 춘풍이 같으니! 이 사람, 어째 그리 말귀를 못 알아듣는가? 물허고 가뭄허고는 부자지간 그 이상 아닌가? 수리조합 직원이 둘러보고 간 농토가 자네 월급 대주는 널금저수지허고 어째 아무 인연도 안 닿는단 말인가?"

익삼 씨도 만만치 않게 나왔다. 그러나 두 것들의 관계를 차분히 따질 만큼 종술의 맘자리는 편안치가 못했다. 그는 손끝이 뜨겁도록 마지막 연기 한 모금을 깊숙이 빨아들인 다음 재떨이에다 꽁초를 난폭하게 비볐다.

"생기지도 않은 애기 백일해 걱정부터 허딧기 성님이 지레 가뭄을 핑계 삼어서 저엉 내 편리를 못 봐주겠다면, 좋소, 좋아! 나한티도 따로 생각이 있소!"

천장을 들이받을 듯한 기세로 종술은 분연히 몸을 일으켰다. 그러자 익삼 씨는 상대방을 거들떠도 안 보는 척하면서 이렇게 중얼거렸다.

"자네가 아무리 입에다 버큼(거품)을 물고 까무러진다 혀도 나는 줄 수가 없네, 만 원 그놈에서 허리를 뚝 분지른다면 혹 몰라도."

결국 절반인 오천 원으로 합의가 이루어졌다. 익삼 씨는 횃대에 걸린 잠바에서 지갑을 꺼내더니 종술이 보지 못하도록 등을 돌리며 옆으로 엇비스듬히 섰다. 그가 낱낱이 헌 돈으로만 고르느라고 천 원짜리 다섯 장을 꺼내는 데 한참이나 시간을 잡아먹는 꼴을 지켜보면서 종술은 마음속으로, 더럽다, 더러워, 하고 침을 뱉었다.

"참말로 보통 일이 아니네, 모내기 때까장 이대로 계속 날이 가물다가는 자네나 나나 기우제라도 지내야지 별 수 있당가."

돈을 챙기자마자 곧바로 줄달음을 놓는 종술의 등 뒤에 대고 익삼 씨는 우는소리를 매달았다. 그는 그 말을 듣는 시늉도 않고 횡허케 사라지는 종술이놈을 우두커니 바라보다가 불현듯, 종놈 자식 귀애하면 생원님 나룻에 꼬꼬마를 단다는 조상 전래의 속담을 상기했다. 임무를 충실히 이행한 것만 대견하게 여기고 깊은 생각 없이 종술이놈한테 본심을 드러낸 것이 명백히 자신의 불찰이었음을 그는 깨달았다. 앞으로는 그놈이 함지를 이듯이 널금저수지를 통째로 제 머리에 이고 밤새워 지키는 한이 있더라도 결코 칭찬을 해서는 안 되겠다고 생각했다.

그 길로 곧장 이곡리를 벗어나온 종술은 면소재지를 향해 뻗친 황톳길을 바람처럼 걸었다. 바싹 메마른 땅을 디딜 적마다 그의 발부리에서는 누런 흙먼지가 풀썩풀썩 일었다. 그러나 그는 가뭄 따위는 조금도 개의치 않고 물지게를 진 듯이 진둥한둥 뒤뚱거리는 걸음걸이로 신나게 황톳길을 휩쓸었다.

지난겨울부터 예상했던 가뭄이었다. 겨울 날씨가 눈발이라곤 거의 비치지 않은 채 마른 하늘에 강추위로만 일관되는 걸 보고 사람들은 다음 농사가 흉년이 들 조짐이라고 은근히들 걱정했었다.

그런데 거기에 봄가물까지 겹치는 바람에 사람들은 벌써부터 못자리 만들 일이 심란하다고 한숨이 늘어지는 판이었다. 물론 판금저수지의 몽리 구역 안에 든 논들은 웬만한 가뭄이 아니고는 물걱정이 심각하지가 않았다. 그것들이 별로 심각하지 않은 바로 그 이유 때문에 익삼 씨는 날이 갈수록 차츰 심각해지는 중이었다.

그러나 종술의 입장은 익삼 씨하고 영판 달랐다. 그는 땅도 사람도 모두 목말라하는 봄가물로부터 아직은 별다른 위협을 느끼지 않았다. 그는 여차하면 휘두를 자신의 주먹을 단단히 믿고 있었으며, 제아무리 수리조합(명칭이 농지개량조합으로 바뀌고 나서도 거개의 사람들은 옛날 식으로 부르곤 했다) 사람일지라도 그 주먹에서 예외일 수는 없었다. 심지어는 가뭄마저도 자신의 휘하에 있는 듯이 착각할 지경이었다. 겨울 갈수기(渴水期)를 거치는 동안에 저수지의 수위가 눈에 띄게 낮아진 건 사실이었다.

하지만 아직도 대봇둑 높이의 중간을 웃돌 만큼 시퍼런 물이 수중에 든 확실한 현찰과도 같이 저수지를 벙벙히 채우고 있다. 그 현찰의 일부를 헐어 갈증 나는 몽리답들한테 선심을 쓴다 하더라도 저수지가 바닥 날 염려 따위는 전혀 없었으며, 그렇게 되기 전에 비는 반드시 내리고야 말 것이었다. 하늘마저도 자기 편임을 믿어 의심치 않을 만큼 그는 턱없이 자신감에 차 있었다. 만약 하늘이 자기를 배신할 경우 그는 우격다짐을 벌여서라도 하늘로부터 필요한 만큼의 비를 얼마든지 쥐어짜낼 수 있다고 장담할 정도로 그의 기세는 천장 모르게 등등한 판이었다.

종술은 좌우로 진둥한둥 활개를 치는 물지게꾼 걸음으로 좁은 농로를 그들먹히 휩쓸면서 부리나케 면소재지를 향했다. 왼쪽 야산의 중턱에 자리잡은 외딴집 뜰에 활짝 핀 백목련을 멀리 바라보면서 그는 오늘따라 그 꽃이 이상스럽게도 부월을 닮은 것처럼 보인다고 생각했다. 전에는 마치 새하얗게 소복한 여인처럼 감히 범접할 수 없는 기품 같은 것이 느껴지던 백목련이었다. 그러던 백목련이 이제는 웬일로 푸짐한 알몸을 드러낸 듯이 색정적인 자태로 눈앞에 육박해오는 것이었다.

그는 바지 주머니에 손을 찔러 조금 전에 익삼 씨한테서 가불한 돈을 매만져보았다. 물론 그것은 원래의 예산에서 많이 깎인 규모이긴 했으나 그렇다고 절망하기는 아직 이른 액수이기도 했다. 극약처럼 잘만 아껴 쓴다면 사람 하나쯤 죽이고 살릴 수도 있는 돈이었다.

남녘의 절기로는 약간 때이른 감이 없지 않게 벌써 논일에 나선 사람들이 보였다. 어디나 다 마찬가지 현상으로 그들도 일가족만으로 이루어진 영농 형태임이 분명했고, 역시 힘꼴깨나 쓸 만한 장정의 모습은 눈에 띄지 않았다. 그들 중의 하나가 잔뜩 굽혔던 허리를 일으키는 걸 보고 종술은 재빨리 왼팔의 완장을 오른팔에다 옮겨 찼다. 보온 못자리를 설치 중인 그 논은 종술의 진행 방향에서 오른편에 위치해 있었다.

"오냐 오냐, 잘생겼다! 징글맞게 잘도 생겼어, 그놈에 완장!"

길 쪽을 바라보면서 마누라가 이렇게 말했다. 이곡리의 바로 이웃인 도마리에 사는 심 주사는 마누라가 뭘 보고 그러는지를 대뜸 알아차렸다.

"넘 일에 상관헐라 말고 임자 헐 일이나 야무지게 허여!"

도마리에까지 소문이 좍악 돌아서 판금저수지의 악명 높은 감시원 이야기는 심 주사도 진작부터 익히 아는 터였다.

"혼자만 귀경허기 아까운 경치니깨 허는 소리지라우."

마누라의 말대답에 심 주사는 버럭 역정을 내고 말았다.

"임자가 그런다고 밥이 생겨, 떡이 생겨?"

여덟 마지기의 논농사를 거지반 중늙은이 내외의 손만으로 지어야 하는 고단한 신세의 심 주사로서는 그러잖아도 아까부터 괜히 아무한테나 심술을 부리고 싶던 참이었다.

"야 이놈아, 너는 논바닥으로 원족 나왔냐? 무단시 흙탕물은 왜 일구고 장난질이냐?"

그는 늦게 얻은 막내아들을 호되게 나무랐다. 중학교에 다니는 놈을 하루 결석까지 시켜가며 강제로 부려먹기가 그리 쉬운 노릇은 아니었다. 볍씨를 다 뿌리고 이제 막 복토 작업에 들어섰으니까 예정보다 빨리 진척된 셈이긴 하지만, 그래도 비닐 씌우기다 물도랑 치기다 해서 아직 해야 할 일거리가 잔뜩 남아 있었다. 그는 홧김임을 핑계하여 잠시 일손을 멈추고는 허리를 꼿꼿이 폈다. 이른 아침부터 시작해서 한나절 내내 흙반죽만 주물렀기 때문에 삭신 구석구석이 쑤시고 결려왔다.

"저런 오사리 잡놈 봤나!"

흙먼지가 풀썩거리는 가뭄철의 한복판으로 뚫린 시골길을 요란하게 휩쓸고 지나가는 완장의 사내 종술한테 시선이 가자 그의 입에서는 절로 탄식이 흘러나왔다.

"내 자식이 아니기가 천행만행이지. 만약에 저런 잡풀이 내 논에서 솟아났다면 나는 내비 안 뒀을 게여. 뽑아도 펄써 뽑아내고 말았지."

"논이 무신 잘못이데유? 씨가 책음질 일이지."

마누라가 입을 삐쭉거리면서 여자한테 덮어씌우려는 허물을 얼른 남자 쪽으로 떠둥그뜨렸다.

"임자는 상관헐 일이 아니라도 그러네!"

마누라를 윽박지르고 나서 심 주사는 종술 쪽으로 다시 시선을 돌렸다.

"저런 잡풀은 수고시럽게 일일이 뽑아낼 것도 없지. 농사를 망치드라도 나 같으면 그냥 통째로 파라코 액제(제초제)를 확 뿌리고 말지."

어느새 심 주사는 마누라가 상관하지 못한 몫까지 혼자서 도맡아 상관하기 시작했다. 대처에 나가서 잘못 풀려 돌아온 가장 대표적인 경우로 그는 종술을 꼽고 있었다. 큰물에서 노는 큰 고기가 되겠다고 일찍부터 대처에 나가 사는 자식들이 종술처럼 못된 버릇만 잔뜩 배워서 인간지말종이 될까봐 그는 노심초사하고 있었다. 벼농사보다도 그는 자식 농사 쪽이 훨씬 더 걱정이었다. 그처럼 종술을 심하게 욕하는 이유도 실상은 타산지석으로 들으라고 막내놈을 은근히 겁주기 위함이었다.

집 안에 달랑 하나 남은 막내놈마저 벌써부터 서울의 제 형들을 동경하는 눈치가 완연했다. 옛말 그대로 자식도 품 안에 들 때만 내 자식이었다. 품 밖에 벗어났다 하면 도시의 유혹으로부터 자식을 지켜낼 재간이 없었다. 노력에 비해 너무 수지가 안 맞는 생활이 뻔한지라 한평생 땅이나 파먹고 살라고 자식들을 강제로 고향에 주저앉힐 수도 없는 노릇이었다. 이 세상의 모든 아비들이 부닥치고 있는 심각한 고민을 그는 임종술의 예를 통해서 매번 섬뜩하게 재확인할 수가 있었다.

"거 날씨 한번 떡을 치게 좋다!"
불청객이 나타났음을 종술은 또 이런 식으로 신고했다.
"장모님, 임 서방이 문안 드립니다."
그러나 나간 집같이 썰렁한 분위기가 도는 실비주점 안에서는 아무런 반응도 나오지 않았다. 종술은 술청이 있는 안쪽으로 다가들면서 일부러 꽝 소리 나게 걸상을 넘어뜨렸다.

"어이, 미쓰 킴!"

"꼭두새벽부터 찾어와서 야로부리는 게 누구여?"

아직도 잠이 덜 깬 듯한 부월의 목소리가 방 안에서 나른하게 기어나왔다. 순간적이나마 무척 자발없는 상상 때문에 애가 타던 참이라서 종술은 그 소리를 듣고 적이 마음이 놓였다. 지난 체험이 가르치는 대로 그는 계집들이란 그저 사내가 잠깐 한눈만 팔았다 하면 멀리 도망치도록 그 구조를 타고난 것으로 믿고 있었다.

"벙어리 장닭이 안 운다고 미쓰 킴은 언제까지고 날이 안 새는 줄 아나? 내 배꼽 시계로는 벌써 새참 먹을 시간도 지났어."

예의 그 어색스러운 서울 말씨를 열심히 흉내내면서 종술은 어정버정 방문 앞으로 접근했다.

"우리 장모님은 안 계신가?"

"두엄데미 앞에서 유세차 허고 축문 읽는 게 대관절 뉘집 자손이디야?"

쉽게 풀이하자면 처갓집 번지수를 잘못 찾았다는 뜻이었다. 갑자기 정신이 번쩍 들었는지 부월의 목소리는 먼저보다 훨씬 또렷이 흘러나왔다. 염치와는 담을 쌓으며 종술은 슬그머니 방문을 열어보았다.

"오매오매, 이 남자가 어디를 함부로 열고 야단이랴!"

그때까지 무방비 상태인 채로 벌렁 드러누워 있던 부월이 소스라치게 놀라면서 담요를 끌어당겨 두 눈만 빠끔히 남기고는 온몸을 덮어버렸다. 그러나 그니의 단정치 못한 속옷차림을 종술이 이미 보아버린 다음이었다. 뿐만 아니라 종술은 태인댁이 집 안에 없다는 사실도 알아버렸다.

"미쓰 킴허고 나 사인데 방문 좀 열어보면 뭐가 어떻다고……."

기회다 싶어 문지방 안쪽으로 어벌쩡히 다리 한 짝을 들여세우는 종술을 보고 부월은 기급을 했다.

"옴맴매, 직업여성이라고 이 남자가 부월을 사람 취급도 안 허네!"

부월은 전국 어디를 가나 늘 살붙이처럼 데리고 다니던 때묻은 캐시미어 담요 한 장으로 온몸을 둘둘 말아붙이면서 지나칠 정도로 암상을 떨었다. 괜히 한번 그래 보는 건지, 아니면 끝까지 거부할 속셈으로 그러는지를 가늠키가 어려워 일단 들여놓은 다리 한 짝이 심히 처치 곤란이었다. 종술은 여전히 거북살스러운 자세로 부월의 눈치만 흘끔흘끔 살폈다.

방 안에서는 퀴퀴한 술내가 코를 찌르고 있었다. 간밤에 누구하고 얼마를 퍼마셨는지 부월은 아직도 취기가 덜 깬 상태였고, 취중에 그냥 곯아떨어져서 만 하루가 지난 그때까지도 어제의 짙은 화장을 얼굴에 그대로 덕지덕지 칠갑을 하고 있는 꼴이었다.

"누구 말짝으로 아짐씨(형수님), 아짐씨, 험시나 치마 속으로 손 집어옇는다드니만, 이 남자가 똑 그짝이네그랴!"

실제로 상대방의 손이 자기 몸 어딘가에 닿기라도 한 푼수로 부월은 계속 드높은 목청으로 포달을 부리는 것이었다. 이럴 때 목젖까지 차오르는 말이 있었다. 그러나 종술은 한강과 뱃자국 운운의 그 말을 침과 함께 도로 꿀꺽 삼켜버렸다.

그는 별수 없이 방 안을 포기하고 문턱 위에다 한쪽 엉덩이만 가까스로 걸쳤다. 절호의 기회를 놓치는 것이 너무도 안타까운 나머지 그는 시비의 방향을 갑자기 엉뚱한 데로 돌렸다.

"어떤 놈팽이허고 그렇게 퍼마셨냐? 또 그 오도바이 잡놈 영곤이냐?"

"넘이사!"

"부월이 너허고 나는 넘넘지간으로 끝날 사이가 아니니깨 허는 소리지!"

홧김에 종술은 일껏 호남선을 탔던 자기 서울 말씨가 또다시 서대전 근처에서 도로 뒷걸음질치는 것도 미처 깨달을 겨를이 없었다.

"흐흥, 누구 맘대로? 엿장시 맘대로?"

부월의 기세는 좀처럼 꺾일 것 같지가 않았다. 혹시나 상대방이 아직도 미련을 못 버렸을까봐서 그니는 정나미 뚝 떨어지는 소리로 이렇게 오금까지 콱 박아버렸다.

"우리 엄니 술국거리 장만허러 한참 전에 나갔는디, 꺼꾸리네 어물전은 엎디면 코 닿는 자리니깨 금방 돌아올 거여. 애시당초 우리 엄니한티 오해 살 짓은 허지 않는 것이 종술 씨한티도 이문일 거구만!"

끝내 틈을 열어주지 않으려는 부월이 몹시 야속스러웠다.

그러나 다른 한편으로는 그니의 그 같은 태도가 어딘지 모르게 믿음직스럽기도 했다. 왜냐하면 종술이 저한테 하듯이 다른 작자들의 지분거림에도 그처럼 완강히 대거리해 나왔을 거라고 생각하기가 이젠 한결 수월해졌으니까.

"하아따, 간만에 부월이 입에서 종술 씨 소리 한번 들어보네."

종술은 얼렁뚱땅 태도를 누그러뜨리며 넉살 좋게 히쭉 웃기까지 했다. 원래 부월이 혼자만 있는 방 안으로 뛰어드는 일은 예정에도 없었다. 더군다나 오늘만 기회가 있는 것도 아니었다.

"옷이나 갈어입어야겄어. 자리 조깨 비껴줬으면 참말로 고맙겄구만."

잔뜩 토라진 목소리로 이렇게 요구하면서 부월은 비로소 복면처럼 덮어쓰고 있던 담요 자락을 약간 아래쪽으로 끌어내렸다.

"어이 부월이, 눈멀고 귀떨어진 돈 암만이 어쩌다가 나한티 굴러들어왔는디, 내 사랑 부월이한티 부쓰라도 한 커리 사줄까?"

종술은 전혀 생각지도 않았던 허풍을 저도 모르게 덜컥 떨고 말았다. 그러자 푸르딩딩하게 물감을 바른 부월의 눈자위가 순간적으로 활짝 벌어지는가 싶더니만 이내 싸늘한 비웃음만이 눈꼬리에 남겨졌다.

"흥, 그 잘나터진 월급인지 뭔지가 사태 나게 쏟아진 모냥이구만!"

입장 곤란하지 않게끔 콧방귀로 응수해오는 부월의 태도에 오히려 감사하면서 그는 얼른 빠져나갈 구멍을 찾았다.

"허기사 부쓰는 겨울이 제철이니깨 아직은 너무 때가 이르고……."

"너무 이른 것 좋아허네. 때가 너무 늦은 줄은 모르고!"

"우선 부쓰 대신 그 뭣이냐, 요새 여자들이 많이 입는 빤쓰스타킹으로 정허면 어떨까?"

그 정도라면 자신의 실력으로도 충분히 가능한 선물일 것 같았다. 그러나 부월은 여전히 콧방귀만 탱탱 꿔어대는 것이었다.

"최소한 쓰부다이야 정도라면 혹 모르까, 그런 따우 선물로 꼬실 생각은 애저녁에 허들 말어. 부월이 너무 시삐 보다가 언진가는 기연시 큰코다칠 날 있을 거여."

난데없이 다이아 반지 얘기가 튀어나오는 바람에 종술은 그만 기가 질리고 말았다. 한없이 초라해지는 자신의 주제꼴을 느낌과 동시에 그는 분연히 몸을 일으켰다.

"오냐, 좋다!"

문지방으로부터 냉큼 떨어지면서 그는 어금니를 물었다.

"내 자존심 딸꾹질허게 맹글고 부월이 니가 질래 무사헌가 어디 두고 보자!"

막말을 퍼붓고 나서 그는 매우 경오진 동작으로 홱 돌아섰다. 저도 모르게 큰소리를 치긴 했으나 코딱지만 한 살림방과 술청 사이 어둑신한 공간을 허위허위 빠져나가는 그의 발걸음은 숨길 수 없이 흔들렸으며 말할 수 없이 비참한 심정이었다.

마 선생님…….

혼자서 끔찍이도 흠모했던, 그래서 급기야는 사춘기의 꿈 많은 소녀에게 깊은 상처를 주고 가출의 동기까지 만들어준 사람이었다. 자기 마음을 걷잡을 수 없을 지경으로 산란하게 만드는 남자를 만날 적마다 문득 그 마 선생을 떠올리는 것은 오랜 세월 변할 줄 모르는 부월의 버릇이자 고질병이었다. 비 맞은 장닭처럼 추레하니 구겨져서 나가는 종술의 뒷모습을 보는 순간 그니는 어쩔 수 없이 또 여고 시절의 그 멋쟁이 영어 선생을 떠올리고 말았다.

"이봐요, 종술 씨!"

그니는 속곳 바람으로 허둥지둥 방에서 빠져나왔다. 계속 뒤도 안 돌아다 보고 밖으로 나가려는 종술의 뒤꼭지에 대고 그니는 엉뚱깽뚱한 소리를 질렀다.

"종술 씨, 그 완장이 참말로 멋져 뵌다는 말, 내가 전에 혔든가 몰르겄네!"

그제야 사내는 걸음을 우뚝 멈추었다. 그리고 몸통을 외로 틀면서 마치 무엇에 단단히 홀린 듯한 표정으로 왼팔의 완장과 뒤쪽의 부월이 얼굴을 번갈아 견주어보는 것이었다. 그니는 갑자기 넓고도 더운 가슴을 지닌 어머니 같은 심정이 되어 아직도 기연미연하는 사내를 향해서 재차 엉뚱한 소리를 했다.

　"팬티스타킹이라고 불러야 알어듣지 안 그러면 나는 얼른 못 알어듣는단 말여!"

　그니는 귀밑까지 째지는 사내의 입을 볼 수가 있었다. 마치 혁혁한 공을 세운 심복 부하의 어깨라도 투덕거려주듯이 완장을 두어 차례 가볍게 친 다음 사내는 맞받아 소리를 질렀다.

　"알었단 말여!"

　사내는 왼팔을 유난히 요란스레 휘두르는 괴상한 걸음걸이로 삽시에 멀어져갔다. 사내의 모습이 시야에서 완전히 사라진 후에도 그니는 술청 옆에 서서 우두커니 출입문 쪽을 바라보고 있었다. 마침내 그니의 입에서는 신음 소리가 나직이 새어나왔다.

　"어쩌자고 저 남자가 시방 내 속을 박박 긁어준디야?"

　그니의 혼잣말은 이를테면, 뒷감당도 못 할 것이 뻔한 주제에 어쩌자고 저 남자 앞에서 꼬리는 살살 쳤느냐고 자기 자신을 꾸짖는 거나 다름없는 소리였다. 결정적인 대목에서 마 선생이 불쑥 떠오른 그것 자체가 벌써 수상쩍은 조짐이었다. 그런 일 다음에는 반드시 신상에 뭔가 변화가 온다는 사실을 누구보다 그니 자신이 잘 알고 있었다.

"아니, 야가 시방!"

장바구니를 든 채로 막 안으로 들어서는 중이던 태인댁은 대낮에 엷은 속곳 바람으로 술청에 나와 있는 부월의 헤픈 몸가짐을 발견하고 입을 딱 벌렸다.

"그새 무신 일이라도 벌어졌냐?"

전에 없이 당황해서 어쩔 줄 모르는 부월을 보고 태인댁은 바늘로 찌르듯이 날카롭게 추궁하는 어세가 되었다.

"엄니도 참…… 무신 일은요…….'

우물쭈물 말꼬리를 삼키는 모양이 암만 봐도 의심스럽다 싶어 태인댁은 종업원 겸 수양딸의 칠칠치 못한 고쟁이 차림 요소요소를 직접 손으로 검사하는 거나 진배없는 눈초리로 찬찬히 더듬어보았다.

"종술이가 혹 무신 행패라도 안 부리디야? 오다가 저만치서 마주쳤는디, 똑 내 집구석서 보물이라도 훔친 놈맨치로 인사 한 마디 지대로 못 허고 쏜살같이 내빼드라."

"엄니네 그 자칭 사우가 장모님 문안디립네 허고 뜬금없이 들이닥치는 바람에 그 작자 내쫓느라 나만 괴얀시 진땀 뺐구만."

태인댁은 아직도 안심이 되지가 않았다. 그래서 방으로 들어가려는 부월의 그 뽀얗게 맨살이 드러난 등덜미에 대고 경고를 달았다.

"자고로 여자 팔자 두름박 팔자라 혔니라. 앞으로 잘되고 못되는 게 다 니 맘보재기 하나에 매였응깨 니 신세 니가 알어서 처신허거라이."

방 안으로 들어서기 무섭게 부월은 이부자리에 벌렁 드러누웠다. 개비하지 못한 채 내처 둘러쓰고 있는 도깨비 화장이 낯가죽을 땅기는 판인데도 그니는 머릿속을 오락가락하는 갖가지 심사 때문에 꼼지락도 하기 귀찮았다. 아무 죄도 없는 사람을 종술은 어쩌자고 못살게 구는 것이며 마 선생님은 또 어쩌자고 이 판국에 끼어드는 것인지, 그니는 도무지 이해할 수가 없었다.

이래저래 답답하고 억울한 사람은 세상에서 자기 혼자뿐인 듯했다. 마치 욕정에 주린 홀아비의 눈이 아직도 문지방 근처에서 지켜보고 있는 듯한 착각 때문에 그니는 오랜 객지 생활을 통하여 줄곧 고락을 함께 나누어온 낡은 캐시미어 담요로 몸을 둘둘 감고는 방바닥을 대굴대굴 굴렀다. 그러면서 그니는 마음속으로 자문자답을 끝없이 되풀이했다.

멀리 도망쳐버릴까? 아니지. 그런다고 간단히 단념할 종술이 아니지. 아마 세상 끝까지, 어쩌면 지옥까지도 쫓아올지 몰라. 달라는 대로 그냥 주어버릴까? 한 번 주고 나면 내가 언제 그랬더냐는 듯이 자진해서 뚝 떨어져나가는 사내도 그간 여럿 겪어봤으니까, 하기야 그 방법도 괜찮긴 하지만…… 모기 배 차가우라고 꾀벗고 잔다는 식으로 그냥 콱 죽어버리면 어떨까? 아니지.

아직은 그럴 수도 없어…….

부월은 벌떡 일어나서 앉은뱅이 화장대 서랍을 뒤졌다. 그니는 읽다가 둔 만화책을 찾아 들고 가장 편안한 자세로 누웠다. 며칠 전에 근처 대본점에서 빌려온 캔디 시리즈였다. 만화만큼 그니에게 알짜배기 위안이 되는 것도 없었다. 산란한 정신을 가다듬고 남들이 시험공부 하듯이 그렇게 열심히 만화책을 들여다보고 있노라니 어느새 캔디의 슬픔이 고스란히 그니의 몫으로 옮아오는 것이었다. 그러자 그니는 단박에 눈시울이 뜨거워지기 시작함을 느꼈다.

참으로 이상한 노릇이었다. 일이 잘못 꼬이려는 징조였던지 처음부터 종술은 그니의 눈에 예사 손님으로 비치지가 않았던 것이다. 돈 내고 술 마시는 평범한 손님이 아니라 왠지 모르게 한 사람의 남자를 강하게 의식했기 때문에 그니는 그 후로 줄곧 종술한테만은 일부러 쌀쌀맞게 대해왔던 것이다. 사랑이란 물건 때문에 이젠 더 불행해지고 싶지가 않아서였다.

조금 전의 그 태도 역시 손님 아닌 남자로서의 종술을 철저히 염두에 둔 결과였다. 직업여성으로서 자기 단골한테 헤픈 것하고 한 사람의 여자 자격으로 남자한테 헤픈 것하고의 차이점을 그니는 명확히 구분할 줄 알았다.

도마 위에서 경쾌하게 노는 식칼의 장단이 들렸다. 이제 막 애벌 삶아지는 멸치 국물의 들큰한 냄새가 방 안으로 스며들기 시

작했다. 한가하게 누워서 빈둥거릴 때가 아니었다. 부월은 반나
마 읽은 만화책을 벽에다 힘껏 집어던지면서 벌떡 일어나 앉았다.

차라리 종술이 길동무하자고 졸라댈 때 둘이서 같이 지옥으
로나 떨어져버릴까 하고 부월은 최초로 혁명적인 생각을 품어보
았다. 심심산골이나 외딴섬 같은 지옥이라면 마을 사람들로부
터 욕된 과거를 손가락질 받지 않고도 그럭저럭 둘이서 소꿉장
난 같은 생활을 꾸려나갈 수 있을 성싶었다.

그러나 그럴 가능성도 찰나에 그쳤을 뿐, 그니는 결국 자신의
그와 같은 생각이 뭘 의미하는지를 깨닫고 깜짝 놀랐다. 그것은
그니가 화류계에 투신한 이래 십여 년 간 여일하게 품어온 마지
막 허영심에 전적으로 위배되는 생각이었다. 물결 흐르는 대로
떠다니다가 막다른 골목을 만날 경우 미련 없이 스스로 목숨을
끊겠다는 그 유일한 사치를 미처 정리하지 못한 상태에서 맞은
위기였다.

"그 옘병헐 놈이 왜 가만있는 사람을 자꼬만 구찮게 맨드는지
참말로 알다가도 몰르겄네!"

취중에 아무렇게나 벗어서 방구석에 팽개쳐두었던 치마 저고
리를 주섬주섬 몸에다 걸치는 동안, 부월의 입에서는 서슴없이
욕지거리가 쏟아지고 있었다.

갖가지 소문이 꼬리를 물었다. 소문은 굳이 발싸심하고 다닐

필요도 없이 가만있어도 운암댁의 귀에 저절로 굴러들어왔다. 종술이 소재지 술집 작부의 수렁에 푸욱 빠져서 배꼽노리까지 잠겨 허비적거리는 중이라는 이야기였다. 계집이 어쩌나 오사바사하고 수완이 반지라운지 끈에 묶인 개처럼 종술이 그 늦추고 당기기를 자유자재로 하는 재간에 휘말려 꼼짝도 못하고 그저 계집의 처분만 바라고 있다는 것이었다. 소문을 전해주는 김에 마을 사람들은, 잘만 하면 술집에서 또 새며느리 보게 생겼다는 뜻을 운암댁한테 은근슬쩍 풍기는 것도 잊지 않았다.

원래 심성 곱기로 소문난 운암댁한테는 별다른 유감이 있을 턱이 없었다. 그러나 미운털이 콱 박혀버린 종술을 두고서 마을 사람들은 소재지 작부의 건으로 자기네가 시방 얼마나 고소해하고 있는지를 어떤 형태로든 나타내야만 직성이 풀렸다.

술집 여자를 며느리로 맞는다 해서 특별히 상할 자존심도 이젠 운암댁의 흉중에 남아 있지 않았다. 처음이 아니었다. 그런 며느리는 전에 이미 한 번 겪어낸 경험이 있었다. 시어미 몰래 단봇짐을 싸던 그날까지 정옥 어미는 끝내 자기가 한때 미장원에서 일한 적은 있노라며 술집 경력을 극구 부인했지만, 아무리 감추려 해도 어딘지 모르게 여염집 규수하고는 다른 구석을 그간 눈여겨보았기 때문에 나중에 종술로부터 실토정을 듣고도 운암댁은 전혀 놀라지 않았다.

여자한테 휩쓸리는 남자의 마음이란 대개 짚불과 같아서 타오를 때는 제법 맹렬한 듯해도 일단 불길만 스러지고 나면 잉걸도 없이 재만 남는 것인 줄 알기 때문에 운암댁은 자기 아들이 여자의 수렁에 배꼽까지 빠졌든 멱까지 잠겼든 상관하지 않을 작정이었다.

정옥 어미 때도 그랬었다. 교도소로 마지막 면회를 갔을 때 운암댁은 며느리의 출분을 아들에게 차마 이야기할 수가 없었다. 그런데도 아들은 사나웠던 간밤의 꿈자리를 들먹이며 집안에 무슨 일이 있느냐고 거듭 묻는 것이었다.

징역을 다 살고 나오자마자 아들은 눈알이 허옇게 뒤집혀가지고 기어코 연놈을 붙잡아 제 손으로 죽이고야 말겠다고 길길이 미쳐 날뛰었다. 측량기사 보조원과 정옥 어미의 행방을 수소문하려고 아들은 전국 각지를 뒤지고 다니기 시작했다.

하지만 그것 또한 맹렬히 타오르는 한때의 짚불이었다. 이미 헌털뱅이 남의 계집인데 그걸 붙잡아봤자 무엇에 쓰겠느냐며 아무리 수소문해봐도 종적이 묘연한 연놈을 아들은 석 달 만에 씻은 듯이 포기하고 말았다.

문제는 술집 작부 쪽이 아니었다. 작부에 얽힌 소문을 빌미로 하여 마을 사람들이 한결같이 던져오는 돌팔매였다. 아직은 그저 시초에 지나지 않았다. 그러나 그것이 얼마나 위험천만한 신호인가를 운암댁은 본능적으로 알아차리고 있었다. 뒷전에 숨어 있는 엄청난 불행을 한 발짝 앞질러 오는 으스스한 조짐이었다.

다름 아닌 그놈의 완장이란 물건이 화근이었다. 운암댁의 문을 똑똑 두드리는 불행은 바로 그 완장으로 언제나 얼굴을 가리고 있었다.

운암댁은 완장에 관해서 자기 깜냥에 알 만큼은 알고 있다고 굳게 믿는 축이었다. 완장은 원래 심부름꾼에 지나지 않는 것이었다. 만석꾼의 권력을 쥔 진짜 주인은 언제나 완장 뒤편 안전한 곳에 숨어 있었다. 그 엄청난 땅덩이를 혼자서 관리할 수도 없고 미천한 소작인들을 상대로 언성 높여가며 손수 도조를 거두러 다니기도 귀찮을 뿐만 아니라 체통이 안 서는 일이니까 중간에 마름을 세우거나 머슴을 부리는 형식이었다. 완장은 대개 머슴 푼수이거나 기껏 높아봤자 마름에 지나지 않았다. 그런데도 완장은 제가 무슨 하늘 같은 벼슬이나 딴 줄 알고 살판이 나서 신이야 넋이야 휘젓고 다니기 버릇했다.

마냥 휘젓고 다니는 데 일단 재미를 붙이고 나면 완장은 대개 뒷전에 숨은 만석꾼의 권세가 원래부터 제 것이었던 양, 바로 만석꾼 본인인 양 얼토당토 않은 착각에 빠지기 십상이었다. 소작인을 다루는 마름의 태도가 정작 지주보다도 오히려 더 혹독하고, 똑같은 머슴 처지였으면서 완장만 팔에 둘렀다 하면 다른 머슴들을 사정없이 구박하게 되는 이유도 따지고 보면 바로 그 때문이었다.

그러나 소작인이나 다른 머슴들 입장에서 보자면 참는 것도 한도가 있었다. 그리고 완장이 불로초를 먹고 장수 영생을 누리는 것도 아니었다. 화무십일홍이요 달도 차면 기우는 법이었다. 제까짓 게 뭔데, 하는 수군거림이 여기저기서 들리기 시작하면 그때부터 벌써 완장의 신상엔 위험이 닥치는 것이었다. 소작인들로부터 지주보다 더 미움받는 마름의 생명이 결코 오래 갈 리는 없었다. 참다 참다 못한 소작인들은 몹시 흉년이 든 어느 해 보릿고개에 마침내 낫과 곡괭이를 들고 떼지어 마름의 집을 습격하게 마련이었다.

지서 순경들이 남쪽으로 후퇴하고 인민군이 내려와서 질서를 잡기까지 공백 상태가 된 면내의 치안을 유지한다는 명목으로 자위대라는 것이 만들어졌다. 하루아침에 세상이 뒤바뀌자 어떻게 돌아가는 판국인지 알아나 봐야겠다며 아침 일찍 집을 나선 남편이 해거름판에야 돌아왔다.

쉬이 돌아올 줄 모르는 남편 걱정으로 진종일 안절부절못한 채 지낸 운암댁은 남편이 자랑스럽게 내보이는 자위대 완장을 대하는 순간 온몸에 우툴두툴 소름이 끼쳤다. 더위 먹은 소가 달만 보아도 헐떡거리는 격으로 그니는 핏빛으로 붉은 완장의 그 빛깔에서 전에 한 번 된통 혼난 적이 있는 왜놈 헌병을 연상했던 것이다. 남편이 느닷없이 그 불길한 물건을 차고 왔다는 건 아무래도 예사로운 징조가 아니었다.

"당신도 아다시피 내가 어디 감투 욕심 있는 사람인가? 그런디 젊은 사람들이 임 선상 말고 누가 차겄느냐고 자꼬자꼬 날 내세우는 바람에 그만 우연찮게 감투 하나 쓰고 말었지."

운암댁의 핀잔을 남편은 이런 식으로 가볍게 받아넘겼다.

"완장한티 고만침 당허고도 당신은 그 웬수녀르 완장이 지긋지긋허지도 않소?"

"이놈의 예펜네가 초장부터 재수없게 무신 잠꼬대 같은 소리여? 완장 찬 놈들한티 안 죽을 만침 당혀본 사람이니깨 요번참에는 당연히 내 차례가 왔단 말여! 인자부터는 으떤 놈도 내 앞에서 함부로 못 까불어!"

거듭되는 운암댁의 잔소리에 남편은 필경 역정을 내고 말았다. 생판 다른 사람인 양 남편이 확 변해버렸음을 운암댁은 그제야 실감하기에 이르렀다. 아침에 집을 나설 당시의 남편이 토끼였다면 이제 완장을 차고 돌아온 남편은 살쾡이였다. 남들한테 물리면서만 살아온 사람이 바야흐로 남들을 물기 시작하려 하고 있었다.

완장을 차기 전까지만 하더라도 절대로 그런 사람이 아니었다. 부지런한 자작농으로서 처자식 거느리고 따끈한 살림을 꾸려나가는 건실한 가장이었다. 그러던 남편이 갑자기 감투와 임 선생을 들먹거려가며 서슬이 퍼레져서 어이없는 불량을 떨기 시작했던 것이다.

운암댁이 더욱 놀랍게 받아들일 수밖에 없는 것은 남편의 입에서 불쑥 튀어나온 독립운동 운운이었다. 구들장 밑에 나락 가마를 숨겼다가 박가의 밀고로 헌병대에 붙들려가서 고초를 겪고 나온 전력이 어느새 왜놈들 손에서 나라를 되찾기 위한 싸움이었던 것으로 둔갑해 있었다. 말하자면 그때 일본 헌병의 고문으로 말미암아 얻은 오른손의 불구는 이제 와서 영광에 빛나는 훈장과도 같은 것이었다. 그리고 손바닥 뒤집어지듯 세상이 달라진 지금, 과거에 독립운동을 했던 임 선생 같은 사람한테 감투가 씌워지는 건 너무도 당연한 처사였다.

물론 남편은 그런 소리들을 자기 생각으로 나타내지는 않았다. 젊은 사람들이 자기를 그런 인물로 보더라는 식으로만 말했을 따름이었다. 그러나 운암댁이 본 바로는 남편이 자기를 두고 남들이 내려줬다는 그와 같은 평가를 그대로 고스란히 받아들이고 있는 눈치였다.

남편은 자기 자신을 영락없는 독립운동가로 믿고 있음이 분명했다. 그렇지 않고서야 어떻게 남들이 떠받든다고 그 꿈자리 사나운 물건을 그리도 간단히 찰 수가 있었겠는가.

그 이튿날부터 남편은 잠시도 집 안에 붙어 있으려 하지 않았다. 눈만 떴다 하면 밖으로 기어나가서 하루종일 온 면내를 휘젓고 다니는 것이었다. 농사와 가사 일체를 마누라 손에 떠맡긴 채 남편은 완장만 차고 설치는 것이었다. 남편은 어느새 온데 간데

없어져버리고 운암댁의 눈앞에는 완장만이 덩그렇게 남아 있었다. 그니는 밥만 똑 따먹고 나가는 완장을 아침마다 보았다. 발탄강아지처럼 어디를 얼마나 쏘다녔는지 밤이면 녹초가 되어 들어와서 정신없이 곯아떨어지는 완장의 모습을 그니는 우두커니 내려다봐야만 했다.

그니는 자랑스럽기만 하던 평소의 남편을 완장한테 빼앗긴 설움을 마치 시앗 본 조강지처의 가락으로 늘어놓다가 어느 날 밥상머리에서 호되게 따귀를 얻어맞았다.

"내가 넘의 서방이냐? 니가 내 예펜네 아니고 넘의 예펜네여? 너는 니 서방 출세헌 것이 그렇게나 배가 아프냐?"

뿐만 아니라 남편은 많은 사람들을 자신의 적으로 돌리고 있었다. 나라를 위해서 옳은 일을 하고도 그동안 자기가 사람들한테서 받은 대접은 비웃음뿐이었다는 것이었다.

남편은 불구가 된 오른손 때문에 한이 맺혀 있었다. 불구자라고 손가락질하는 사람은 아무도 없는데도 혼자서 괜히 자격지심에 빠져서 걸핏하면 남편은 아무나 붙잡고 시비를 걸었다. 꼭 완장으로 오른손의 불구를 가려보려고 작정한 사람 같았다. 완장의 위세가 뒷배 봐주는 싸움이라서 남편은 왼손 하나만으로도 번번이 사람들을 이길 수가 있었다.

운암댁은 남편이 노리는 최후의 목표물이 무엇인지를 잘 알고 있었다. 언제부턴가 남편의 외박이 부쩍 잦아지기 시작했다. 남편은 사람들을 풀어서 해방 직전에 어디론지 행방을 감춘 박가의 뒤를 열심히 쫓고 있었다. 남편이 살인을 꾀하고 있는 줄 번연히 알면서도 운암댁은 그것을 말릴 수가 없었다. 남편은 이미 자기 남편 아닌 한 개의 완장이기 때문이었다. 한동안 잊은 채로 지내온 과거의 원한이 새삼스럽게 북받쳐올라서 또다시 복수심에 불타는, 잔뜩 살기를 품고 있는 완장이었다.

4

널금저수지를 바라볼 때마다 종술은 으레 운이란 말을 떠올리곤 했다. 그리고 운이란 말은 곧 그로 하여금 기회란 말을 생각나게 했다.

기회란 놈은 머리만 있고 꼬리는 없는 법이다.

언제 어디선가 누구한테서 들은 말이었다. 들을 당시엔 너무나 근사하고 유식하게 느껴져서 제꺽 머릿속에 따 담아두긴 했는데, 가파른 세상살이에 정신없이 쫓기던 나머지 그 말을 음미해볼 겨를이 전혀 없었다. 그러다가 감시원 완장을 차게 되면서부터 갑자기 그 말이 만고불변의 진리임을 실감하기 시작했던 것이다.

일생을 통해서 사람에게 찾아오는 기회는 불과 한두 번밖에 안된다. 정신 바짝 차리고 있다가 기회의 머리가 보였다 하면 무조건 껴안고 딩구는 게 상책이지, 만일 어물어물 머리를 놓치고 꼬리를 잡으려 하면 그때는 이미 기회란 놈이 지나가버린 다음이다. 그리고 그 기회는 여간해서 다시 오지 않는 법이다.

참으로 근사한 소리였다. 종술은 오랜 세월 곰팡이 나고 빛깔 바랜 그것을 머릿속에서 꺼내어 모처럼 거풍도 시키고 햇볕도 쬐였다. 때도 빼고 광도 내어서 중고품을 신품처럼 빳빳이 개비해놓았다.

하지만 종술은 여전히 미흡한 기분이었다. 왜냐하면 똑같은 소리라도 그것이 누구 입에서 나왔느냐에 따라서 천양지간으로 격이 달라지는 줄 잘 아는 까닭이었다.

가령 그런 소리가 익삼 씨랄지 또는 인배 녀석 같은 별 볼일 없는 인물한테서 나왔다 치자. 그럴 경우 주인의 신분에 걸맞게 그 소리 또한 덩달아서 아주 별 볼일 없는 것이 되어버린다. 제갈공명의 입에서 나오는 것이면 그것이 비록 하품일지라도 육도삼략의 일종으로 알아듣기 십상이듯이 사람들은 별 볼일 없는 어떤 농투성이가 제아무리 육도삼략을 풀어도 그것을 하품보다 낮게 쳐주려 하지 않는 고약한 버릇이 있다.

그래서 종술은 같은 새경이면 과붓집 머슴살이를 택하는 식으로 이미 자기 소유물이 된 그 말에 기왕이면 좀더 권위를 덧입히고 싶은 욕심에서 골똘히 출처에 대해 연구해보기도 했다.

그러나 기억을 샅샅이 뒤적거려보아도 그저 감감하기만 했다.

훌륭한 인물인 것만은 분명한데, 꼭 집어 누구라고 장담하기엔 너무 막연한 기억이었다. 충무공이 했다는 말 같기도 하고 나폴레옹이 했다는 말 같기도 했다. 세종대왕의 말도 같은가 하면 공재왈 맹재왈도 같았다.

종술은 끝내 자신의 연구를 포기하면서 자기한테 편리한 쪽으로 생각을 굳히고 말았다. 훌륭한 인물의 입에서 나온 말인 것만은 분명한 이상 그가 누구이든 크게 상관할 바는 아니었다. 중요한 것은 그 말이 현재의 자기 처지하고 너무도 딱 들어맞는다는 바로 그 점이었다. 어쩌면 생애에서 마지막이 될지도 모르는 귀중한 기회의 머리 부분을 제때 운좋게 붙잡은 셈이었다. 이제 자기한테 남은 일은 무슨 수를 써서든 그것을 놓치지 말고 끝까지 죽살이를 치는 것이었다. 완장도 그렇고 부월도 그랬다.

팬티스타킹이라는 한 보잘것없는 선물이 의외의 결과를 낳던 것이다. 선물을 받고 부월이 답례로 내민 반응은 실상 별게 아니었다. 난생 처음으로 종술한테 '미스타 림' 어쩌고 하는 정도가 고작이었다. 하지만 종술을 감격시키기에는 그 말 한 마디로도 충분했다. 이를테면 그것은 마음이 내킬 때 상대방의 인격을 존중하는 뜻으로 그가 지금껏 곧잘 사용해온 '미쓰 킴'이란 호칭에 대한 응분의 보상임과 동시에 '자기 멋쟁이!'라는 칭찬의 의미를 다분히 내포하고 있는 말이기도 했다.

그것으로 이미 애벌갈이는 끝난 거나 다름없다고 종술은 지레

김칫국부터 마셨다. 굳이 이려처처! 하고 힘들여 소를 몰지 않더라도 앞으로 최소한 사이갈이까지는 저절로 마칠 수 있게끔 잡도리해놓았노라고 믿으면서 그는 자신의 쟁깃날이 어느새 부월의 기름진 논바닥을 깊이 갈기 시작했음을 매우 자랑스럽게 느꼈다. 결정적인 순간에 대비하여 인배 녀석을 옥박질러서 미리 감치 텐트도 빌려다가 집에 보관해두었다.

완장도 부월도 그의 인생에 없어서는 안 될 소중한 것들이었다. 한꺼번에 두 가지 다 소유하게 된 자기는 행운아임에 틀림없다고 생각하면서 그는 널금저수지와 실비주점 사이를 며칠간 주살나게 오락가락했다. 주위의 넘보는 눈들로부터 지켜내야 할 소중한 재산이 자기 수중에 있고, 또 그런 일로 바쁜 나날을 보낸다는 건 그로서는 참으로 보람 있는 노릇이었다.

종술은 하릴없이 대봇둑 위를 거닐면서 기우는 햇살과 잔잔한 수면이 어우러져 부리는 수작을 무척이나 너그러운 마음으로 지켜보고 있었다. 아무렇게나 오려놓은 은박지 모양으로 자잘하게 부서지는 햇빛의 조각들도, 그리고 그것들을 흠빡 뒤집어쓴 채 자꾸만 낄낄낄 간지럼을 타고 있는 수면도 어버이 같은 그의 눈에는 그저 기특하게만 비쳤다.

초여름을 연상케 하는 제법 더운 날씨였다. 물가인데도 공기는 건조한 편이었다. 쉽게 비가 내릴 것 같은 징후는 어디에서도 안 보였다. 그는 석축의 경사면을 타고 둑 밑으로 내려서면서 문득 여름을 생각했다. 전에 비해 물이 많이 줄어든 흔적으로 물과 맞닿은 돌들 표면에는 기다란 띠 모양의 물때 자국이 싯누렇게 끼어 있었다.

그는 농구화의 코끝을 적실 듯이 찰랑대는 물가에 바투 붙어 섰다. 그리고 허리를 앞쪽으로 굽혔다. 한 건장한 사내의 모습이 실물대의 독사진처럼 물 위에 비쳤다. 햇빛을 등지고 있어서 얼굴이 더욱 검어 보였다. 너부데데한 낯바닥에 되똑 앉힌 뭉뚝한 코와 벌리면 주먹도 들어가는 큰 입과 주로 부라리는 데 알맞게 타고난 험상궂은 눈들이 줄지어 밀려오는 잔물결의 사이사이로 제각각 고집스럽게 한 자리씩 차지하고 있었다.

물론 그는 자기가 미남자라고 생각한 적은 꿈에도 없었다. 다만 우락부락 사나이답게 생긴 얼굴이라고 생각해본 적은 더러 있었다. 그는 위태로울 만큼 상체를 앞쪽으로 기울여 마치 물속의 고기를 왼손으로 움켜쥐려는 듯한 자세를 취했다. 그러자 울긋불긋한 완장이 두 개가 되었다. 물속에 든 또 하나의 완장을 들여다보는 사이에 그는 저절로 입이 벌어졌다. 남자는 뭐니 뭐니 해도 역시 남자답게 생기고 볼 일이라고 생각하면서 그는 왼손으로 물을 찍어 흐트러진 앞머리에 바른 다음 이마가 훤히 드러나도록 손바닥으로 말끔히 쓸어 넘겼다.

그 남자다움을 유지하기 위해서는 올 여름을 소매 긴 옷으로 무덥게 지낼 수밖에 없다는 사실도 그는 익히 알고 있었다. 불한 당이던 시절의 버릇대로 갑갑하다고 툭하면 웃통을 홀렁 벗어부치고 맨팔에다 완장만 달랑 찬다는 건 아무래도 품위에 관한 문제가 아닐 수 없었다.

가까운 어느 숲속에 와서 장끼 한 마리가 늘품 없이 꽉 막힌 목청으로 까투리를 부르고 있었다. 종술은 시선을 높이 들어 맞은편 달마산을 건너다보았다. 흐드러지게 핀 진달래의 숲이 온 산을 붉게 덮고 있었다. 산 그림자가 물 위에 어리어 마치 양쪽 조가비가 굳게 맞물린 거대한 대합 모양과도 같았다.

47만여 평의 광활한 수면, 아니, 땅 넓이에 비하면 달마산으로 가로막힌 법계리 쪽은 당초부터 종술의 눈 밖에 나 있는 곳이었다. 너무 멀기도 하려니와 눈만 뜨면 빤히 건너다보이기 때문에 현장까지 몸소 거동할 필요가 없다는 이유로 그는 감시원에 취임한 이래 여태껏 한 번도 순찰을 나간 적이 없었다. 그가 생각할 때 법계리는 이를테면 오랑캐들이 사는 변방지대였던 것이다.

봄날 오후의 졸음에 잠긴 듯이 법계리 연안은 그저 조용하기만 했다. 인가가 먼 탓이기도 하겠지만, 급히 뻗어내린 산자락 한 끝을 물에 적시고 있는 달마산 근처에는 강아지 한 마리 얼씬거리지 않았다. 바로 그 점이 종술의 눈에는 불현듯 수상쩍게 비쳤다. 어쩐지 음모가 꾸며지고 있는 듯한 기분이었다. 변방의 오랑캐들이 달마산 뒤편에 숨어서 호시탐탐 반역의 기회를 노리고 있는 듯한 분위기였다.

　바로 그때 작살 같은 부리를 가진 물총새 한 마리가 수면을 향해 총알처럼 곤두박혔다. 알록달록 예쁜 빛깔의 털 무늬를 자랑하는 날쌘 도둑이 훔친 물고기를 물고 수면을 낮게 가로질러 달아나는 모양을 속수무책으로 지켜보다가 종술은 머잖아 곧 법계리에 쳐들어가서 오랑캐를 소탕해버리기로 마음을 굳혔다.

　이곡리 쪽에서 익삼 씨가 나타나서 대봇둑 위로 올라섰다. 혼자가 아니었다. 익삼 씨는 깨끗한 옷차림에 하얀 낯빛을 한 웬 남자 하나를 달고 왔다.

　그들은 서로 이야기를 주고받으면서 물문 쪽을 눈여겨보는 중이었다. 콘크리트의 둥근 몸통을 물 밖으로 드러낸 채 물문은 커다란 고깔 모양의 지붕을 무겁게 쓰고 있었다. 익삼 씨의 손이 수위를 재기 위해 물문의 허리통에 10센티 단위로 표시된 눈금을 가리키는 순간, 종술은 가슴이 철렁 내려앉는 위기감을 느꼈다. 마침내 올 것이 오고야 말았다는 기분이었다.

　동행의 남자를 대봇둑과 물문을 연결하는 다리 입구로 안내하면서 익삼 씨는 종술을 향해 손을 까불거렸다. 종술은 한 차례 길게 심호흡을 하고 나서 부지런히 걷기 시작했다. 그가 다리의 바닥에 깔린 녹슨 철판을 쿵쾅거리며 물문의 고깔 안으로 들어서자 익삼 씨는 갑자기 심드렁한 눈길을 던졌다.

　"자네 인사허소. 수리조합서 나오신 증 주사네."

"수리조합서는 무신 볼일로 나왔다요?"

하라는 인사 대신 종술은 처음부터 볼멘소리로 삐딱하게 나 갔다. 물문을 올리고 내리는 데 쓰는 철제의 핸들을 손으로 툭 툭 쳐가며 상태를 점검 중이던 정 주사가 비로소 고개를 돌렸다. 몹시 당황한 표정으로 익삼 씨가 핀잔을 주었다.

"쩍 허면 입맛이고 쿵 허면 호박이지, 이 사람아, 무신 볼일이 라니……."

"쩍 아니라 냠냠이라도 나는 무신 소린지 당최 못 알어듣겠소."

종술은 누가 무어라고 그러든 계속 시침 뚝 떼고 오리발만 내 밀 작정이었다. 정 주사가 눈을 곱잖게 뜨면서 익삼 씨를 보고 무 언의 항의를 보냈다. 어디서 저런 물건이 다 굴러들어왔냐는 뜻 일 것이었다.

"물을 빼기로 공론이 돌았네. 니알 새복에 물문을 열 모냥이니 깨 자네는 그리 알고 암말도 허지 말게."

정 주사 앞에서 입장이 더 난처해지는 사태를 막으려고 익삼 씨는 서둘러 설명했다. 그러나 종술은 여전히 막무가내였다.

"나 원참 성님도! 아니, 그게 시방 말이요, 막걸리요?"

"허어……."

입을 딱 벌리면서 정 주사는 기가 막혀 했다. 거들떠도 안 보는 것으로 그쪽을 싹 무시해버리면서 종술은 어기찬 소리만 늘어놓 았다.

"빼다니, 누구 맘대로 물을 뺀단 말이요?"

"누구 맘대로?"

마침내 정 주사가 시비에 말려들었다. 그것은 종술이 바라고 기다리던 바였다.

"오냐, 그렇다! 누구 맘대로냐?"

"얼레, 얼레, 듣자듣자 허니깨 인자는 혓바닥까장 짧어지네!"

"반말은 누가 먼저냐? 나는 곧 죽어도 기축생 소띠다, 소띠! 보아허니 내 둘쨋동상 또래 같은디, 얻다 대고 함부로 반말을 찍찍 깔겨?"

"자네 저엉 이럴 챔인가?"

익삼 씨가 고함을 뻑 질렀다. 한바탕 눈을 부라리고 나서 그는 얼른 정 주사 쪽으로 돌아섰다.

"고정허십시다, 증 주사. 소견구녕 꽉 맥힌 값 허니라고 되나 못 되나 그냥 뱉는 소리니깨 증 주사가 참으셔야지."

"참을 일이 따로 있지. 누구 맘대로라니? 저런 작자한티 감시를 맽긴 최씨도 참말로 한심허요, 한심혀!"

"수리조합이면 다냐? 주사면 다여?"

고삐 풀린 찌러기소같이 길길이 날뛰는 종술의 가슴팍을 익삼 씨가 거푸 손으로 밀어붙였다. 대봇둑까지 주춤주춤 뒷걸음질로 밀리는 그 사이에도 종술은 쉬지 않고 입을 험하게 놀렸다.

"계란으로 바우를 쳐도 유분수지. 자네가 시방 몰라서 이러나? 자네가 이런다고 될 성이나 부른 일인가? 누구는 뭐 얼씨구나 좋아서 퍼주기로 작정헌 물인지 아나?"

대봇둑으로 나오자 종술의 귓전에 대고 익삼 씨는 거의 애원조로 설득하기 시작했다.

"손 벌리고 달라는 대로 솔래솔래 빼주다가는 저것들 버릇만 나빠지니깨 그렇지라우!"

종술이 목청껏 소리를 지르자 그에 질세라 커다란 비웃음이 종종걸음으로 다리를 건너왔다.

"저런 미치고 설친 놈은 쌍칠년도에 보고 오늘 첨 보누만!"

혈기 넘치는 두 사람 사이에 한바탕 또 자지러지려는 입씨름을 익삼 씨는 간신히 말렸다. 이번에는 종술의 깍짓동만 한 몸집이 대추씨 같은 익삼 씨한테 떼밀려 감시소가 있는 방향으로 뒷걸음질치기 시작했다.

"수리조합 사람 잘못 근디려서 우리가 이문 볼 일은 하나도 없어. 자네, 나허고 조용히 상의 조깨 허세."

결국 종술은 감시소까지 밀리고 말았다. 출입문을 안으로 걸어 잠그고 나서야 비로소 익삼 씨는 안도의 한숨을 길게 내쉬었다.

"엊그저께 돌잽이헌 철부지가 아닌 도막에야 어찌 종술이 자네같이 무식헐 수가 있단 말인가!"

한 파수 거센 물결이 휩쓸고 지나간 자리를 새삼스럽게 다시 노여움으로 메우면서 익삼 씨는 부르르 치를 떨었다. 그는 마치 문맹자를 상대하듯이 답답한 종술을 붙잡고 '가에 기역 하면 각!' 하는 식으로 일의 선후 관계를 조백(皁白) 있게 가려보이기 시작했다.

"이 답답이야, 자네더러 안하무인으로 세도 부리라고 나라에서 그 비싼 돈 처딜여서 저수지 맹글어놓은 줄 아는가? 야산 개발허고 거그다가 농업용수 대줄라고……."

"누가 그걸 몰르나유."

종술의 천연덕스러운 대꾸에 익삼 씨는 버럭 소가지를 부렸다.

"알면서 새 바지에다 똥싸는가?"

"아무리 그렇기로손 수리조합한티 죽어지낼 수야 없지라우. 우리 편한티도 권리가 있단 말입니다, 권리가. 법으로 허드래도 저 뭣이냐, 공유, 공유……."

"아이고, 내 가슴이야!"

익삼 씨는 자기 가슴을 주먹으로 치면서 통탄해 마지않았다.

"이런 답답헌 인간 조깨 보소이! 이 사람아, 자네가 귀고리 코고리로 툭허면 들이대는 그 공유수면관리법이란 것도 사실적으로 따져서 휘낀 나중이란 말이여! 우선적으로 말허자면은 수리조합한티 진짜 권한이 있어! 수리조합서 쓸 만침 다 쓰고 남는 물만 갖고서 양어장을 허게코롬 나라에서 허가를 내준 게여! 원래가 이렇게 강약이 부동인 벱인디, 자네맨치로 곁방살이가 큰방

차지헐라 그러면은 집 쥔 냥반이 가만 있었어? 분수 몰르고 날뛰
다간 코피난단 말이여!"

"성님! 나 임종술이, 그녀르 야산 개발인지 뭣인지 덕분에 예펜
네까장 도적맞은 놈이요!"

"참말로 장허이, 장혀! 예펜네 도적맞어서 퍽도 자랑이겠네!"

얀정없이 낯박살을 주고 나서 언뜻 생각해보니 이럴 일이 아니
다 싶었다. 오쟁이진 사내의 입에서 처신도 없이 불쑥 튀어나온
그 엉뚱한 소리에 뒤늦게 웃음이 나오기도 했다. 그래서 익삼 씨
는 몸뚱이만 덜썩 컸다뿐이지 실상은 철부지나 다름없는 종술
을 다시 한 번 웃는 낯꽃으로 달래보기로 작심했다.

"누가 그걸 몰르나? 자네가 피해자란 것이사 누구보담도 내가
잘 아네. 자네 심정 내 넉넉히 이해허고 말고. 그렇기 땜시 내가
주장질혀서 자네를 감시원으로 들여앉힌 것 아닌가."

"널금저수지라면은 나도 말마디깨나 헐 자격이 있는 놈이요.
성님은 웃녘에서 물길을 터주는 척허시요, 아랫녘에서 막는 것
은 내가 수단껏 알어서 헐 모냥이니께."

"우리네 농투산이들 치고 자고로 관가 사람 눈에 미운털 백혀
서 흐무진 꼴 본 경우는 하나도 없었다네."

"나라 상감님도 다 백성들이 버릇 딜이기 나름이요! 주드래도
애성이 받쳐가며 야금야금 퍼줘야지, 안 그러고 성님맨치로 한
바가지만 퍼줘도 될 것을 도라무깡째로 내주다가는 금세 바닥이

나고 만단 말이요!"

　이런 식이었다. 전혀 굽힐 기색이 아닌 종술을 여러 소리로 적당히 눙치느라고 익삼 씨는 진땀이 날 지경이었다. 저수지의 진짜 주인인 듯이 거만하게 행세하는 감시원 앞에서 오히려 익삼 씨는 아쉽게 사정사정하는 약자의 입장이 될 수밖에 없었다.

　그렇듯 노력한 보람이 있어 마침내 두 사람은 합의를 보기에 이르렀다. 익삼 씨가 책임지고 널금저수지의 체통이 깎이지 않는 범위 내에서, 다시 말해서 지켜야 할 물고기 떼가 살아가기에 충분한 양의 물을 완장의 몫으로 확보하는 선에서 일을 처리한다는 조건이었다.

　"자네가 무단시 말썽 피우는 바람에 내 쌈짓돈 헐어서 증 주사한티 사홧술 사게 되얐잖나!"

　부리는 입장과 부림을 받는 입장이 완전히 뒤바뀐 데서 오는 억울함과 아니꼬움을 이런 식으로 표시하면서 익삼 씨는 건방지기 짝이 없는 오만 원짜리 월급쟁이를 위아래로 험악하게 노려보았다. 그러다가 그는 하마터면 잊을 뻔했다는 듯이 문을 열고 밖을 내다보았다. 그는 지금쯤 단단히 화가 나 있을 정 주사의 비위를 맞추기 위하여 허둥지둥 뛰어나갔다.

　혼자가 된 종술은 팔베개를 하고 감시소의 마루청 위에 벌렁 드러누웠다. 익삼 씨하고 정 주사가 저수지를 떠나는 걸 그는 내다볼 생각도 하지 않았다. 궤짝 모양으로 볼품없이 지어진 감시소의 키 낮은 천장을 멀뚱멀뚱 올려다보면서 그는 오로지 물문의 허리통에 그어진 눈금들만을 생각하고 있었다. 그 눈금의 높낮이하고 자기 자존심의 높낮이하고를 그는 동일시하고 있었다.

못자리판이 다 완성되기까지 눈금은 어느 정도나 더 내려가게 될 것인가. 그리고 완장의 권위는 또 얼마나 더 떨어질 것인가…….

워낙 방대한 수량인지라 몽리구역의 모든 못자리판에 상당한 물을 흘러보낸다 한들 죽 떠먹은 자리에 지나지 않을 것이었다. 그리고 그보다 더 많은 물을 필요로 하는 모내기철까지는 앞으로도 시일이 창창했다. 그 안에 한두 차례만 비가 내려준다면 저수지는 그간에 빼앗긴 물을 벌충하고도 만수위까지 벙벙히 차오를 것이다.

아직은 심각하게 걱정할 단계가 아니었다. 하지만 종술은 수리조합 사람한테 감시원으로서의 본때를 보인 건 역시 잘한 일이라고 생각했다. 앞날을 위해서라도 그렇게 호락호락 얕잡아볼 상대가 아니란 사실을 일단은 깨우쳐줄 필요가 있었던 것이다.

종술은 한참 후에야 어슬렁어슬렁 밖으로 기어나왔다. 익삼씨도 정 주사도 이미 어디론가 사라진 다음이었다. 어느새 햇발이 서편으로 비스듬히 눕기 시작하는 때였다. 그는 당당한 자세로 대봇둑에 서서 팔짱을 끼었다.

둑을 출발해서 커다란 부채꼴을 이루며 아래쪽으로 질펀히 퍼져나가는 몽리구역을 둘러보다 말고 그는 갑자기 눈이 휘둥그레졌다. 마을에 벌써 연락이 닿은 모양이었다. 논에서 일하는 농부들의 모습이 군데군데 보였다. 그들은 낱낱이 손에 삽자루를 잡은 채 내일의 못자리 작업을 위하여 미리감치 물꼬를 돌보는 중이었다. 수로보다 높은 곳에 위치한 논에서는 양수기를 설치할 요량으로 도관을 길게 까는 작업까지 진행되고 있었다.

시간이 흐를수록 농부들의 숫자는 더욱 불어났다. 한정된 저수지의 물을 일없이 허투로 흘려보내지 않게끔 짧은 기간 안에 한목에 몰려나와서 얼싸절싸 논일을 치르자고 상의하는 것이 가뭄철의 마을 관습이었다. 거개의 농부들이 이곡리 주민인 걸로 보아 내일은 이곡리, 모레는 앙죽리, 하는 식으로 품앗이가 벌써 약속된 모양이었다.

그들의 모습이 종술의 눈에는 적군하고 조금도 다를 바 없이 비쳤다. 적들은 내일의 백병전에 대비하느라고 방자하게도 사정거리 안에다 참호를 파기에 여념이 없었다. 여전히 팔짱을 낀 채 종술은 적개심에 불타는 눈초리로 그들을 노려보면서 어둑어둑해질 때까지 대봇둑을 떠날 줄 몰랐다.

먼동이 틀 무렵에 물문이 열렸다. 열린 물문을 통해서 대봇둑 밑으로 뚫린 배수관을 막기 출옥자의 발걸음처럼 성급히 빠져나가는 최초의 물소리를 듣는 순간 종술은 배신감을 느꼈다. 외간 남자하고 눈이 맞은 조강지처가 단봇짐을 싸서 멀리 달아나는 중이었다. 그 밤을 뜬눈으로 새우다시피 한 종술은 눈에다 버팀목을 댄 채로 달아나는 조강지처의 향방을 안타깝게 지켜보았다.

들판에 늘어뜨려진 어둠의 꼬리 부분을 때리면서 부지깽이를 든 밝음이 논 가운데로 뛰어들고 있었다. 오랫동안 갇혀 지내던 물이 허옇게 거품을 물고 소리를 지르면서 좁은 수로를 줄달음치는 모양에 그는 잠시 넋을 잃었다. 자기 몸속의 피가 콸콸 빠져나가는 기분이었다. 그처럼 억울한 꼴을 당하는 사람은 세상에서 자기 혼자뿐인 듯했다.

날이 완전히 밝자 종술은 논에서 일하는 농부들을 낱낱이 확인할 수가 있었다. 그 가운데는 누구네 집 놉의 자격으로 나온 인배 녀석도 끼어 있었다. 적개심에 차서 찌르듯이 던지는 시선이 아무래도 따가운 모양이었다. 멀리서도 눈이 마주치는 기회를 인배 녀석은 애써 피하려는 눈치였다.

하지만 다른 사람들은 녀석하고 입장이 달랐다. 그들은 '天下大將軍'이라고 적힌 장승의 모습으로 대봇둑 한가운데 붙박혀서 아까부터 미동조차 하지 않는 종술을 흘낏흘낏 곁눈질해가며 콧노래라도 흥얼거리고 싶은 기분이었다. 천둥벌거숭이로 마냥 깝죽대던 어제의 종술하고는 영판 다른 사람이었다. 언제까지나 우두망찰만 하고 서 있는 종술을 두고 그들을 저마다 속으로 잘코사니라고 쾌재를 불렀다.

하기야 저수지에 물이 차 있을 때나 완장도 소용이 닿지, 일단 물만 빠지고 나면 그것은 해묵은 달력처럼 아무 짝에도 쓸모없는 물건이 될 것이었다.

방류되는 물살에 휩쓸려 수로로 나오는 물고기는 안 보였다. 물문이 열릴 경우에 대비해서 그 주변에 굵고도 촘촘한 철망을 둘러놓았으므로 처음부터 그럴 염려는 없었다. 그런데도 종술은 노파심 때문에 수로까지 내려가서 이상 유무를 눈으로 직접 확인한 다음 다시 둑 위로 올라왔다.

그는 물문 근처에 더 머무르고 싶지 않았다. 자기 몸에서 피가 빠져나가는 모양을 우두커니 지켜본다는 건 참으로 견디기 어려운 고통이었다. 그는 이곡리 쪽으로 천천히 발길을 돌렸다. 탄탄하던 둑길이 갑자기 물결처럼 출렁거리면서 그의 다리에서 균형을 앗아가버렸다. 술 취한 사람같이 발을 헛딛는 바람에 그는 하마터면 넘어질 뻔했다.

누구의 눈에도 그의 축 늘어진 어깨는 그날따라 유난히 좁아 보였고, 그의 걸음걸이는 조금도 씩씩해 보이지 않았으며, 그의 완장은 때깔이 희미해진 듯했다.

후줄근히 풀기가 죽어서 들어온 아들을 운암댁은 폭발물 다루듯 조심조심 대했다. 터졌다 하면 어미도 몰라보는 그놈의 불뚝성 근처에는 될수록 얼씬거리지 않는 것이 상책이었다. 운암댁은 잠자코 밥상만 들여놓고는 슬그머니 방 안을 빠져나왔다.

일하러 가려고 뒤꼍에서 통치마를 몸뻬로 갈아입는 참인데, 이때 정옥이 소리 없이 다가왔다. 학교 가기엔 터무니없이 이른 시간인데도 정옥은 벌써부터 책가방을 메고 있었다. 눈길을 마주치는 것만으로도 할미와 손녀는 대뜸 상대방의 마음을 읽을 수가 있었다.

"오야, 오야, 알었다."

할미는 손녀의 허리를 답삭 끌어안았다. 강부잣집 못자리 설치를 거들기로 미리감치 하루 일감이 맞추어져 있었다. 운암댁은 정옥을 일단 강부잣집에다 맡겼다가 시간이 되면 학교로 보낼 작정이었다.

종술은 심각한 사태에도 불구하고 고봉밥 한 그릇을 단숨에 먹어치웠다. 슬픔이나 억울함 따위 감정하고 시장기하고는 그에게 전혀 별개의 문제였다. 도망친 마누라를 향한 들끓는 분노 속에서도 그는 결코 끼니를 거른 적이 한 번도 없었다. 염치를 모르는 그의 식욕은 마음이 뒤숭숭한 때일수록 오히려 더 왕성해지는 것이었다.

종술은 다리를 뻗어 밥상을 윗목으로 밀친 다음 아랫목에 벌렁 드러누웠다. 하루를 보낼 일이 여간만 심란스럽지 않았다. 물을 빼는 동안만큼은 물문 근처에서 가급적 멀리 떨어져 있고 싶었다. 좋은 생각이 떠오르라고 그는 누운 채로 담배 한 대를 피워 물었다. 그 담배가 다 타기 전에 그는 어제 먹다가 시렁 위에 얹어둔 좋은 생각 한 도막을 얼핏 찾아냈다.

그렇다. 법계리로 모처럼 한번 순찰을 나가는 거다.

그는 벌떡 일어났다.

호숫가를 끼고 꼬불꼬불 여러 고팽이를 돌아서 달마산으로 가는 길은 멀기만 했다. 산기슭에서 맞은바라기로 멀리 건너다보이는 물문의 모양은 등대와도 같았다. 달마산에 딸린 솔숲과 저수지에 딸린 갈대밭 사이로 사람들이 별로 이용도 하지 않는 한 줄기 오솔길이 나 있었다.

종술은 길을 버리고 갈대밭으로 들어섰다. 그는 날카로운 칼날의 숲을 이루고 있는 무성한 갈잎 사이를 헤치며 물가로 나아갔다. 유료 낚시터로 개방할 경우 다수의 좌대를 달마산 쪽에 설치할 계획이라고 익삼 씨는 입버릇처럼 되뇌곤 했었다. 그만큼 그쪽은 수심이 알맞고 또 운치가 있었다.

종술은 갈대를 꺾어서 그것을 저수지를 향하여 창처럼 힘껏 던졌다. 그리고 수면에 떠 있는 그것의 움직임을 주의 깊게 살펴보았다. 물결에 휩쓸려 눈에 띌 만큼 물문 쪽으로 떠내려가는 것 같지는 않았다.

그러면 그렇지. 그는 생각했다. 그까짓 물쯤 빠져나가봤자 새 발의 피지.

종술은 다시 오솔길로 나갔다. 그때 앞쪽에서 인기척이 났다.

웬 사내가 다가오고 있었다. 저수지가 생기는 바람에 길이 멀어진 뒤로는 피차간에 왕래가 뜸해진 법계리 사람이었다. 그러나 누군지 얼른 알아볼 만큼 낯익은 얼굴이었다. 오래간만에 국민학교 동창생을 만난 반가움을 종술은 뻑적지근한 고함 소리로 나타내었다.

"자네 여태까장 안 죽고 살아 있었구만!"

그러자 상대방은 외진 밤길에서 강도라도 덜컥 만난 듯이 몹시 당황한 기색을 감추지 못했다.

"내 눈이 동태 눈깔만 아니라면 자네가 영락없는 준환이로 뵈는디, 내가 혹 사람을 잘못 보기라도 혔는가?"

"함마트라면 간 떨어질 뻔혔네. 이 사람아, 헛지침이라도 허고 알은 체를 혀야지."

"준환이가 맞긴 맞는 걸 보니깨 내 눈도 아직은 그럭저럭 쓸 만허구만."

종술은 어색하게 웃고 있는 친구의 손을 덥석 빼앗아 쥐면서 아래위로 마구 흔들어대었다.

"지척이 천 리라드니만, 참말로 오래간만일세. 이러다가 우리 얼굴도 잊어먹겠네."

"그간에 별고 없었는가?"

종술은 제 말만 일방적으로 앞세우느라고 상대방의 판에 박힌 인사치레에 그만 동문서답을 해버렸다.

"순찰 근무 중이라네, 시방."

김준환의 시선이 순간적으로 자기 왼팔을 스치는 걸 놓치지 않고 종술은 괜히 한번 완장을 추스르는 시늉을 했다.

"들음들음으로 종술이 자네 소식은 알고 있었지만……."

"뭐 별것도 아니여. 속도 몰르고 사람들이 더러 오해허기 쉬운디, 실상은 서 푼짜리 월급쟁이여. 명예만 그저 번지르헐 뿐이지 알고 보면 빛 좋은 개살구 한가지라니깨."

역시 동문서답이었다. 그것은 상대방이 완장을 칭찬하고 부러워할 경우에나 할 법한 말대꾸였다. 그런데도 종술은 자신의 실수를 전혀 깨닫지 못했다.

"준환이 자네는 요새 재미가 으떤가?"

친구의 꾀죄죄한 몰골이 그제야 시야에 들어왔으므로 종술은 얼른 말머리를 돌렸다. 상대방의 기분 따위는 조금도 생각지 않고 너무 일방적으로 자기 처지만 소개해버린 불찰을 그는 뒤늦게 알아차렸던 것이다.

"내사 뭐 옛날이나 지금이나 그저 흙 파먹고 사는 그 신세 그 꼴이지."

나이에 비해 많이 겉늙은 얼굴이었다. 깊이갈이로 쟁기질을 끝낸 논바닥처럼 이마에는 고랑들이 파여 있었다. 벽돌빛으로 험하게 그을린 피부였다. 종술은 땀과 땟국으로 싯누렇게 절어 있는 데다가 가슴 부위에 동전만 한 구멍까지 숭숭 뚫려 있는 친구의 러닝셔츠 차림을 차마 똑바로 볼 수가 없었다.

"너무 상심허지 마소. 무신 일이든지 부지런히만 허다 보면은 언진가는 옛말 허고 사는 날도 있겄지."

직업에 귀천이 따로 없다는 뜻의 이야기였다. 친구의 불우한 처지를 종술은 진정으로 위로해주고 싶었다. 김준환은 종술을 빤히 마주보며 잠시 야릇한 표정을 지었다.

"그럼 나중에 또 만나세."

에멜무지로 김준환이 인사를 흘렸다. 좁은 길에서 방향이 서로 엇갈리면서 두 사람의 어깨가 부딪혔다.

"간만에 만났는디 서운허니 이대로 헤여지긴가?"

종술은 얼른 뒤돌아서면서 친구의 등에 대고 이렇게 소리쳤다. 그러자 친구는 돌아다도 안 보고 어물어물 말을 받았다.

"급헌 볼일로 소재지 조깨 댕겨올라고……."

면소재지까지 나들이 나가는 사람치고는 그 행색이 너무나 초라했다. 더구나 법계리에서 소재지로 향하는 길이라면 달마산 뒤쪽으로 지름길이 엄연히 따로 나 있었다. 그런데도 종술은 몹시 어려운 처지의 친구를 두고 느끼는 짠한 심정이 분별없이 앞서는 바람에 그와 같은 모순을 미처 알아차릴 겨를이 없었다.

"자네, 요새도 그 진돗개 자주 만나는가?"

소나무 사이로 숨으려는 초라한 뒷모습을 일삼아 지켜보고 있노라니까 문득 옛날 일이 기억나서 종술은 갑자기 목청을 드높였다. 진돗개란 육 학년 때의 그들 담임선생이었다. 체수는 작아도 진돗개만큼이나 사람이 영악스럽고 또 사납다 해서 붙은 별명이었다.

"뭐 어쩌다가 가끔……."

이미 사람은 안 보이고 목소리만 멀리서 숲을 헤치며 다가왔다.

정년퇴직을 눈앞에 둔 고참 교장으로 현재 소재지에서 살고 있는 진돗개 선생은 본시 법계리 출신이었다. 그의 집안은 그 당시 인근을 통틀어서 제일가는 부자였고, 준환네 아버지는 그 집에서 머슴살이를 하고 있었다. 국민학교 시절에 준환은 날마다 진돗개 선생이 먹을 도시락을 책보다도 더 소중히 모신 채 등교하곤 했다. 그래서 그는 짓궂은 아이들로부터 똥개라는 별명으로 늘 놀림을 받아야만 했는데, 물론 그런 짓궂은 아이들 가운데서 종술도 예외일 수는 없는 노릇이었다. 종술이 진돗개 선생한테서 받는 만큼의 미움은 언제나 준환의 몫으로 고스란히 떠넘겨질 수밖에 없었다.

워낙 좁은 바닥인지라 요즘도 종술은 소재지의 길거리에서 진돗개 선생을 간혹 볼 수가 있었다. 어느 핸가 제자들이 수학여행 기념으로 선물한 지팡이를 항상 들고 다녔다. 지팡이를 매처럼 사용하여 죄 없는 땅바닥을 탁탁 별주면서 길을 걷는 그의 모습이 먼빛으로라도 눈에 띄면 종술은 재빨리 몸을 숨기곤 했다. 나이가 들어 어른이 되고 나서도 진돗개 선생이 무시무시하게 느껴지기는 옛날이나 거의 마찬가지였던 것이다.

달마산 옆구리를 휘돌아 강물이 널금저수지로 흘러드는 곳에서 종술은 걸음을 멈추었다. 워낙 날이 가문 탓으로 바싹 말라붙은 하상의 복판을 도랑물 푼수에 지나지 않는 가느다란 물줄기만이 소리 없이 흐르고 있었다. 그것을 가리켜 사람들은 강이라고 불러버릇했다.

그러나 이름이 좋아 강일 뿐, 실상은 아무 보잘것없는 개천이었다. 그 개천을 타고 한바탕 멀리 거슬러 올라가야만이 달마산 뒷전에 납작 엎드린 법계리 마을을 만날 수가 있었다.

종술은 아침 햇살을 받아 사금파리처럼 반짝이는 냇물을 내려다보면서 그 정도에서 대충 순찰을 끝마치기로 작정했다. 병목 모양으로 개천을 향해서 잘쏙 뻗어나온 물굽이 주변에서 인적이라곤 눈을 씻고 봐도 찾을 수가 없었다. 토벌해야 할 오랑캐는 고사하고 가까운 곳에 인가조차도 없는 한적한 곳이었다.

산자락에 흐드러지게 깔린 진달래들의 차마 말 못 할 속사정을 대신해서 예년에 비해 일찍도 달마산을 찾아온 소쩍새 한 마리가 아침나절부터 꾸역꾸역 시뻘건 울음을 토해내고 있었다.

후꾸 후꾸 휘유후꿍…….

보는 사람이 아무도 없으므로 종술은 소매가 긴 춘추용 잠바를 벗어서 어깨에 걸쳤다. 때아닌 여름을 느끼게 하는 후터분한 날씨였다. 그는 적당한 그늘을 만나 잠시 쉬어갈 요량으로 오솔길을 버리고 산골짝을 택했다.

위쪽으로 오를수록 진달래꽃의 그 자극적인 빛깔이 그의 시선을 더욱 강하게 잡아끌었다. 사방에 지천으로 깔린 붉은 빛깔을 차례로 대하는 사이에 그는 갑자기 오줌이 마렵기 시작했다. 그는 손으로는 바지의 문을 열면서 눈으로는 적당한 과녁을 물색했다. 음탕한 계집같이 요란한 화장으로 색을 쓰고 있는 진달래 한 그루가 과녁으로 정해졌다. 그는 아랫도리에다 불끈 힘을 주면서 물총을 쏘았다. 오줌 줄기는 포물선을 그리며 상당히 멀리까지 날아갔으나 과녁에는 미치지 못했다. 그는 더욱더 기를 쓰고 아랫도리로 힘을 몰아붙였다.

그토록 노력한 보람이 있어 마침내 과녁이 때아닌 소낙비를 맞아 흠빡 젖는 걸 보고 그는 능력 있는 한 사람의 사나이로서 짜릿한 쾌감을 맛볼 수가 있었다. 그는 두어 차례 심하게 진저리를 치는 순서까지 기분 좋게 마쳤다.

햐아, 요것 조깨 봐라!

아랫도리를 수습하다 말고 종술은 별안간 눈알이 휘둥그레졌다. 과녁 저쪽 잡목 덤불 속에서 뭔가 삐주룩이 나와 있는 물건이 그의 시선을 확 낚아챈 탓이었다. 얼핏 보아서 그것은 떨어진 문짝의 귀퉁이 같기도 했다. 먹이를 본 맹수가 되어 그는 날쌔게 잡목 덤불 속으로 뛰어들었다.

요것 봐라, 요것 조깨 봐!

종술의 입에서는 저도 모르게 거푸 감탄이 흘러나왔다. 잡목 덤불하고 한데 어우러져서 마른 나뭇가지들이 밑에다 뭔가를 감추고 있었다. 위에 덮인 위장물을 치우자 다리 잘린 평상 모양의 나무틀이 드러났다. 널빤지와 각목으로 조잡하게 꾸며진 그것은 이를테면 일종의 뗏목인 셈이었다. 물론 배만큼 안전하지야 못하겠지만, 그래도 그 정도 규모라면 한두 사람쯤은 충분히 물 위에서 볼일을 볼 수 있을 것 같았다. 간밤에도 저수지에서 미역을 감고 나왔다는 증표로 그것은 아직도 촉촉한 물기를 머금고 있었다.

잘들 노는구나, 자알들 놀아!

종술은 신바람이 났다. 뗏목의 발견으로 그는 한때 잃었던 생기를 고대 되찾았다. 그는 방금 올라왔던 길을 되짚어 곧장 아래쪽으로 내달렸다.

강과 저수지가 합쳐지는 물굽이 일대를 다시 한 번 면밀히 살펴보았으나 기대했던 것은 하나도 발견할 수가 없었다. 그물을 쳤던 흔적도 극약을 풀었던 흔적도, 그리고 물가에 찍힌 수상한 발자국 따위도 전혀 안 보였다.

하지만 종술은 조금치도 실망하지 않았다. 실망이 다 뭐냐. 그는 오히려 풍선처럼 마음이 한껏 부풀어 나는 중이었다. 도둑만 잡고 나면 구겨졌던 완장의 권위도 저절로 살아날 것이었다. 그러기 위해서는 절대로 덤벙댈 일이 아니었다. 좀더 교활해질 필요가 있었다. 인기척이라곤 여전히 들리지 않았다. 그러나 어느 으슥한 구석지에 숨어서 아까부터 자신의 일거수일투족을 감시하는 눈이 있을 듯싶었다.

그는 벗었던 잠바를 도로 입었다. 그리고 완장이 격식에 맞게 제대로 채워져 있는지를 눈과 손으로 확인했다. 그런 다음 어떻게 해야만이 좀더 교활해질 수 있는지를 골똘히 궁리하기 시작했다.

절대로 한 놈뿐일 리가 없다. 그만한 뗏목을 남의 눈에 띄지 않게 저수지까지 운반하려면 적어도 장정 둘은 있어야 된다. 낮 동안엔 도둑질이 불가능한 형편이니까 놈들은 반드시 깜깜해진 다음에야 슬금슬금 법계리에서 기어나올 것이다.

종술은 오줌을 누었던 자리로 부리나케 되돌아갔다. 그는 뗏목 위에 나뭇가지 따위를 다시 덮어 본디대로 감쪽같이 위장해 놓았다. 그는 도둑을 붙잡을 계기를 가져다준 자신의 오줌한테 감사했다.

널금저수지의 물은 오전과 오후로 나뉘어 하루 두 차례씩 이틀 간 방류되었다. 그것으로 갈증에 허덕이던 몽리답들은 일단 목을 축여 못자리를 마련할 수가 있었고, 또 그 바람에 저수지의 수위가 한 뼘 가량 낮아진 것도 사실이었다. 하지만 종술은 물문에 새겨진 눈금 따위에 신경 쓸 겨를이 거의 없을 지경으로 그 이틀 간을 몹시 대근하게 지내지 않으면 안 되었다.

물이 줄어드는 동안에 종술은 저수지 근처엔 그림자도 비치지 않았다. 그 때문에 그는 마을 사람들로부터 터무니없는 오해를 사기도 했다. 참으로 뜻밖의 결과에 저마다 놀라움을 나타내면서 사람들은 그토록 극성스럽던 물까마귀의 날갯죽지가 그만한 충격에 그처럼 쉽사리 부러지리라곤 짐작도 못 했노라고 말들을 주고받곤 했다.

그러나 종술은 사람들이 저를 만만한 소일거리 삼아 함부로 디딜방아를 찧든 연자방아를 돌리든 일절 아랑곳하지 않았다. 그는 해가 있는 동안은 온종일 방 안에 틀어박혀 낮잠만 늘어지게 퍼잤다. 그러다가 해가 져서 날이 어두워지기 시작하면 그제야 비로소 회중전등 하나만 들고 어슬렁어슬렁 달마산 쪽으로 향했다.

종술은 거푸 이틀이나 밤을 꼬박이 밝혔다. 노루의 길목을 지키는 노련한 포수의 심정으로 뗏목 부근 숲속에 은신한 채 그는 참을성 좋게 물고기 도둑을 기다렸다. 그는 이틀을 공쳐야만 했다. 도둑 쪽도 여간내기가 아니었던지, 어서 날 잡아 가둡쇼, 하고 제발로 쉽사리 걸어오지는 않았다. 어쩌면 이쪽의 계략을 미리감치 눈치챈 나머지 당분간은 조심하자고 저쪽에서 선손을 쓰는지도 모르는 노릇이었다.

하지만 종술은 실망하지 않았다. 포기하기엔 아직은 때가 너무 일렀다. 제놈이 언젠가 한 번쯤 반드시 나타나지 않고는 좀이 쑤셔서 못 배길 것이었다. 그날까지 그는 제백사하고 기다리며 지켜서 기어코 도둑놈을 붙잡고야 말 작정이었다.

그날은 의외로 빨리도 찾아왔다.

잠복근무를 시작한 지 나흘째 되는 날이었다. 그날 밤에도 종술은 회중전등을 흉기처럼 단단히 꼬나잡은 채 숲속에 잔뜩 도사리고 앉아 있었다.

밤이 꽤 깊었으나 때마침 모자라는 달빛이라도 비쳐주어서 지척을 분간할 정도는 되는 것이 무엇보다도 다행이었다. 가뭄이 더 계속되려는 좋지 않은 징후로 서쪽 하늘에 걸린 음력 초아흐레의 달은 섬뜩하리만큼 붉은 빛깔을 띠고 있었다.

얼마나 시간이 흘렀을까. 먼 마을에서 간간이 들리던 개 짖는 소리도 이제는 잠잠해졌다. 시계가 없는 종술은 소쩍새의 울음소리로 어림해서 밤의 길이를 재고 있었다. 밤이 점점 깊어갈수록 달마산을 좀처럼 뜨지 못하는 소쩍새는 더욱 구슬픈 목청으로 울고 있었다. 아마 자정에 가까운 시간일 것이었다.

밤샘에 대비해서 잠바 밑에 두툼한 셔츠를 받쳐 입었기 때문에 춥지는 않았다. 다만 담배 한 대 태우고 싶어 미칠 지경이었다. 너무 오랫동안 꼼짝도 않고 숲속에 숨어 있어서 오금이 저리기 시작했다. 불편한 앉음새를 고치려고 종술은 축축한 엉덩이를 한쪽으로 뭉그적거렸다.

바로 이때였다. 인기척이 났다. 저벅거리는 발소리가 가까이 다가오고 있었다. 인기척은 두 가닥으로 들렸다. 예상했던 그대로였다. 삭정이 부러지는 소리가 났다. 말소리는 한 마디도 내지 않았다. 그러나 무척 익숙한 밤길인 듯 놈들은 아무 거리낌도 없이 숲속을 헤집으며 저벅저벅 올라오는 중이었다.

뗏목이 숨겨진 장소까지 바투 접근했을 때, 마지못해 숲속으로 내려앉는 어슴푸레한 달빛에 놈들의 모습이 어렴풋이 드러났다. 하나는 덩치가 크고 다른 하나는 작아 보였다. 당장에 뛰어나가서 놈들을 덮칠까 하다가 종술은 일을 좀더 확실히 처리하기 위해서는 여태껏처럼 계속 영리하게 놀아야 된다고 자신을 타일렀다. 좀더 두고 키워서 잡아먹는 재미도 여간만 푸지지 않을 거라고 그는 생각했다.

놈들은 불빛의 도움도 없이, 그리고 서로 말마디 한 번 건네지 않고도 침침한 숲속에서 손발이 척척 맞아 돌았다. 큰 놈이 앞에 서고 작은 놈이 뒤에 섰다. 놈들은 뗏목을 나누어 들고 숲을 빠져나가기 시작했다. 종술은 잠시 기다렸다가 놈들의 발소리가 멀어진 다음에야 허리를 곧추 폈다. 그는 도둑괭이의 걸음으로 살금살금 뒤를 밟기 시작했다.

"물이 많이 줄었기 땜시로 요번에는 쪼깨 짚숙이 들어가야 헌다."

한 놈이 이렇게 중얼거렸다. 물굽이 근처 갈대밭에서 잠시 꾸무럭거리던 끝에 놈들은 드디어 뗏목을 저수지 속으로 밀어 넣었다. 철벅거리는 물소리로 말미암아 호숫가의 적막이 가볍게 흔들렸다. 놈들이 뗏목 위로 오르기 직전이었다. 종술은 한 차례 크게 심호흡을 하고 나서 요때다! 하고 물가로 달려나갔다. 그는 불문곡직하고 들입다 한 방씩 조지는 일부터 했다.

"어쿠쿠야!"

비명을 뽑으며 맥없이 나동그라지는 큰 놈을 겨냥하고 종술은 비로소 회중 전등을 들이대었다. 불빛에 흠칫 놀라는가 싶더니만 놈은 어느새 곁에 떨어진 장대를 집어들고 어칠비칠 일어서려 했다. 종술은 소싯적부터 익혀나온 잽싼 솜씨로 놈의 낭심 급소를 본때 있게 걷어차버렸다.

"아이고 나 죽겠네, 나 죽어엇!"

놈은 벌레처럼 몸뚱이를 도르르 말아붙인 채 사타구니를 움켜쥐고 물기스락을 데굴데굴 굴러다녔다. 종술은 뒤통수를 된통 얻어맞고 벌렁 나자빠져서 꼼짝도 하지 않는 작은 놈 쪽으로 불빛을 돌렸다. 놀랍게도 녀석은 어린애였다. 상대방이 이제 겨우 중학생쯤 될까 말까 한 어린애임을 알아차리는 순간, 종술은 너무 지나쳤다는 생각으로 가슴 한구석이 철렁 내려앉았다. 어쩐지 일판이 잘못 꼬여드는 듯한 예감이 들었다.

하지만 그는 아직도 혼절 상태에서 깨나지 못한 그 어린것을 두고 느끼는 짠한 심정 때문에 오히려 한층 더 뻣세게 나가고 있는 자기 자신을 깨닫지 못했다. 좋지도 않은 일에 죄 없는 어린것을 끌어들였다 해서 이미 고삐가 풀려버린 그의 분노는 곧장 어른 쪽을 향해 줄달음질쳤다.

"니가 누군지 상판이나 귀경허자!"

종술은 상대방의 머리끄덩이를 움켜잡고는 뒤로 확 젖혔다. 그리고 그는 재차 가슴이 무너져내림을 느꼈다.

"어엇, 똥개!"

다급한 김인지라 본명을 앞질러 별명부터 먼저 튀어나왔다. 놀랍게도 그는 똥개였다. 찌르는 듯한 전짓불 아래 고스란히 까발려진 얼굴은 틀림없는 국민학교 동기동창 김준환 그놈이었다.

"아이고, 내 부자지! 아이고, 내 부자지가 으떻게 되얐는개벼!"

붙잡고 있던 손아귀로부터 머리끄덩이가 풀리자 준환이놈은 다시 첨벙거리는 소리와 함께 물기스락을 정신없이 기어다니며 연신 우스꽝스러운 비명을 뽑아대고 있었다. 하도 어처구니가 없는 나머지 종술은 한동안 먼 하늘만 올려다보고 있었다.

가뭄을 예고해주는 불그스름한 반달의 주위를 빗방울하고는 아주 인연이 먼 건조한 구름장들이 느릿느릿 지나가는 중이었다. 밤이 깊을수록 한층 더 구슬퍼만 가는 소쩍새 울음소리가 날카로운 끌로 변해서 묵직이 가라앉은 거대한 밤의 덩저리 여기저기에다 오목오목한 확들을 무수히 파놓고 있었다.

후꾸 후꾸 휘유후꿍…….

도둑질에 사용할 물건들이 사방에 어지러이 널브러져 있었다. 기다란 장대는 얕은 물가에서 뗏목을 미는 데 쓰는 상앗대일 것이었다. 손잡이가 다듬어진 한 쌍의 길쭉한 널빤지는 깊은 물에서 뗏목을 운전하기 위한 노의 대용품일 것이었다. 졸지에 뗏목을 덮치는 바람에 사람과 함께 땅바닥으로 굴러떨어진 커다란 플라스틱 물통도 보였다. 물통에서 쏟아진 그물 뭉치는 그 절반가량이 흉측한 혓바닥 모양으로 땅바닥에 기어나와 있었다.

　전짓불로 그것들을 차례차례 비추어 보자니까 잠시 돌아앉아 있던 분노가 어느 틈에 발딱 되살아나면서 원래의 자리를 차지하는 것이었다.

　"얌마, 엄살 조깨 고만 떨고 빨랑 일어나거라!"

　종술은 물속을 엉금엉금 기어 도망치려는 김준환을 쫓아갔다. 녀석의 엉덩이를 다시 한 번 힘껏 걷어차기 위해서는 종술 또한 물속으로 들어서지 않으면 안 되었다. 정강이까지 물에 잠겼다.

　"우리 이러지 말고 신사적으로 해결허세!"

　준환이 울부짖었다.

　"도적질도 신사적으로 혔냐!"

　종술은 코웃음을 쳤다.

　"어이 종술이, 자네허고 나허고는 꾀복쟁이 친구 아닌가!"

　"헤헹, 용케도 내 이름을 알긴 아누만!"

　오솔길에서 녀석하고 우연히 마주쳤던 며칠 전의 일이 선연히 떠올랐다. 그때 시치미 뚝 떼고 오리발만 내밀던 녀석의 소행머리를 생각하니 속에서 다시 열불이 치밀어오르는 것이었다. 그래서 종술은 또다시 발길질을 날렸다.

"꾀복쟁이 친구가 책음 맡은 재산인지 번연히 아는 놈이 도적질을 나서? 도적질도 친구 생각혀서 친구 잘되라고 축수허는 짓이냐?"

"종술이, 이봐 종술이, 육체적으로 헐 게 아니라 우리 인간적으로 좋게좋게 해결허자니깨!"

"아서라, 아서! 인간적 좋아허다 집문서 땅문서 날릴라! 나는 시방 공쩍으로 출도허신 몸이니깨 니놈이 사쩍으로 아는 임종술이는 낭중에 호젓허니 따로 만나거라!"

친구네 아니네 하는 문제로 어리석게 더 왈가왈부하고 싶지 않았다. 인간적이니 뭐니 하는 거추장스러운 물건 때문에 질질 끌 것 없이 일을 사무적으로 간단히 끝내고 싶었다. 임종술한테는 오로지 도둑놈 대 감시원이라는 매우 살벌한 관계만이 현실로 존재할 뿐이었다.

"저 머시매는 너허고 으떻게 되는 놈이냐?"

"우리 집안 장손이라네. 자네한티 톡 까놓고 허는 소리지만, 실은…… 실은 말이네, 이런 짓도 저 큰자식놈 하나 땜시……."

"잘 기는 예비군이구나, 참말로 자알 기는 예비군이여!"

그러려니 하고 처음부터 짐작을 하고 있었다. 그런데도 정작 김준환의 입에서 아들이란 말이 나오기 무섭게 종술은 불같이 화가 났다. 마치 상대방의 치명적인 과오는 아들을 낳은 데 있고, 자기는 시방 전적으로 그 과오만을 추궁하려는 임무를 띠고 나오기라도 한 듯이 종술은 그 문제로 심하게 성깔을 부리기 시작했다. 불필요한 입씨름이 한바탕 또 자지러졌다.

"이놈아, 애비 한번 잘 됐다는 뽄뵈기로 저 에린것 데리고 댕김시나 밤이슬 맞히냐? 떡잎부터 도적질 가르켜서 자식놈 인물 맨들겄다고 일찌감치 작정이라도 혔단 말이냐?"

"예끼 사람, 아무리 웃음엣소리라도 그런 말만은 쏙 빼소! 자기 새끼 아니라고 한참 커나는 에린것 두고 그렇게 함부로 악담허는 법 아니네!"

"옳거니, 복장은 그뭄밤이라도 말은 보름달이구나! 고만침이나 사리가 훤헌 놈이 어쩌다가 자식놈 앞에서 실수는 허게 되았다냐?"

"내 꼴이 다소 우습게는 되았네만, 한번 입장을 바꿔놓고 생각혀보소. 종술이 자네도 아매 내 심정 충분히 이해허게 될 것이네."

"뭣이여? 입장을 바꿔? 내가 뭣이 아숩다고 니놈허고 입장까장 바꿔가며 살어? 아무리 넘의 돈 빼먹기 심든 세상이라도 나는 내 자식놈 도적질로 출세시킬 생각 털끝만치도 없다, 이놈아!"

"제발 그 불 조깨 치워주소. 눈도 못 뜨겄네."

"눈뜨고 어서 니 자식놈이나 구완허거라. 아까부터 내둥 잠쓰고(기절하고) 둔눠서 꼼짝도 못 헌다."

"에잉, 잠을 써?"

내가 언제 그 엄살 다 떨었더냐는 투로 김준환은 발딱 일어섰다. 온몸이 물걸레가 된 채 녀석은 그 길로 곧장 새끼한테 달려갔다. 아비가 수단껏 새끼를 구완하도록 전짓불로 도와주면서 종술은 이렇게 중얼거렸다.

"솔낭구 못난 것일수록 으레껏 솔방울만 많이 매달린다드니만, 준환이 니놈은 쥐뿔도 없는 주제에 아들 하나는 속허게도 두었구나, 건방구진 놈 같으니……."

준환은 새끼를 붙잡고 마구 흔들어도 보고 따귀를 찰싹찰싹 갈겨보기도 했다. 흥건히 젖은 윗도리를 벗어서 새끼의 얼굴에 대고 물기를 쥐어짜는가 하면 엎드려서 새끼의 코를 입으로 빨기도 했다. 그러면서 틈틈이 넋두리를 늘어놓는 것이었다.

"에라 이 불쌍헌 자슥아, 대관절 어디를 월매나 모질게 맞어서 요 모냥으로 초죽음이 되얐단 말이냐! 한굿허면 애비가 가자는 대로 따러나선 잘못뿐인디, 철모르는 에린것한티 무신 죽을 죄가 있다고 요 지경으로 산송장을 맨들더란 말이냐! 싸게싸게 일어나거라, 이놈아! 일어나서 으떻게 생겨먹은 짐승이 으떻게 포악을 떨었는지 삼동네가 다 알어듣게 소상허니 밝히거라, 이놈아!"

"살짝 근디리기만 혔을 뿐이다. 나는 짐승같이 포악질 부린 적 없다."

누구라고 지목하지 않고 상대가 허공에 띄워 비난을 퍼부어왔으므로 종술 또한 하늘의 달을 향해서 중얼거릴 도리밖에 없었다.

"종술이 네 이노옴, 내 새끼 살려내거라! 우리 집 대를 물릴 장손이다, 이놈아!"

이번에는 정면으로 시비를 걸어왔기 때문에 종술 또한 정면으로 맞서지 않으면 안 되었다.

"도적질허다 들킨 주제에 요 짜석이 어디서 큰소리여? 얌마, 내가 니놈더러 장손 앞세워서 도적질 나서라 시키디야? 야밤중에 느그 집안 장손 알어뫼시라고 마빡에다 족보라도 써붙이고 나왔더란 말이냐?"

마침맞게 이때 푸우 하고 긴 한숨 소리가 들렸다. 어린것이 혼절에서 깨어나는 바람에 이제는 두 어른끼리 더 시비하고 마잘 건더기가 사라져버렸다.

"뗏목 우에 저것들을 죄다 실어라!"

어린것이 무사한 데 용기를 얻어 종술은 전짓불로 물통과 그물 따위를 지적하면서 비로소 위엄 있는 목소리를 되찾았다.

"가자!"

증거물들이 다 챙겨지기를 기다려 종술은 될수록 어린것 쪽은 외면하면서 준환한테 명령했다.

"가다니, 워디를?"

"몰라서 묻냐? 너 같은 놈이 갈 디가 지서 말고 어디 또 있겄냐?"

그러자 준환이 땅바닥에다 무릎을 착 꿇었다.

"여보게 종술이, 꾀복쟁이 친구지간에 무신 그런 서운헌 소리를 허는가? 자네는 소싯적부터 성깔이 조깨 버르르혀도 인정 하나는 누구보담도 많었었니."

"고따우로 비행기 태워준다고 호락호락 넘어갈 내가 아니다."

"여보게 종술이, 옛정을 생각혀서 요번 한 번만 눈깜어주소. 그 은공은 내 죽어도 안 잊을라네."

"치고 패고 허다 보면 괘얀시 조반만 늦어진다. 여러 소리 말고 어서 가자!"

"그러지 말고 내 말 조깨 들어보소. 낸들 좋아서 밤잠 안 자고 이런 일을 혔겠는가. 꼭 그럴 만헌 사정, 참말로 피치 못헐 사정이 있었다네."

"설령 자네 선친 지삿상에 올릴라고 잡은 괴기라 허드래도 도적질은 엄연히 도적질이니께!"

"날 욕허는 것이사 얼매든지 참어줄 수 있다마는……."

갑자기 몸을 일으켜 세우면서 준환은 다시 한 번 힘으로 겨루어보려는 자세를 취했다.

"아무 상관도 없는 노인 냥반은 왜 들먹거리냐? 아직까장 시퍼렇게 살어 기시는 냥반을 누구 맘대로 고인 맨들고 야단이냐?"

"자식 된 도리로 부모 욕뵈는 것도 막심불효 중에 하나니라."

콧방귀와 함께 종술은 여지없이 낯박살을 주었다. 아무래도 안 되겠다 싶은 모양이었다. 변덕꾸러기 죽 끓듯이 준환은 금세 또 태도를 바꾸었다.

"비는 장수 목 치는 법 아니라네. 앞으로 다시는 안 그럼세. 종술이 자네도 자식 키우는 사람이니깨 저놈 장래를 봐서라도 지발 요번 한 번만 너그러이 봐주소."

준환은 제 새끼를 끌어다가 종술의 발치에 주저앉혔다. 잔뜩 겁에 질려 있는 어린것의 표정을 힐끗 살피고 나서 종술은 쓰디쓰게 입맛을 다셨다.

"고새 나 몰르게 괴기를 몇 도라무나 잡어서 얼매나 수입 잡었는지 바른대로 고허거라."

"믿어주소. 머리털 나고 오늘 첨 나온 게 요 꼴이라네."

"안 되겠다. 지서로 가서 따지자!"

"다섯 탕 넘게 뛰였다면 내가 참말로 성을 갈겠네! 어쩨피 봐주기로 맘먹은 일, 기왕이면 아주 화끈허니 봐주소!"

"바른말만 나오면은 지서까장 안 갈 수도 있었다만, 암만혀도 안 되겠다. 너 같은 놈은 콩밥을 먹어도 싸다, 싸!"

"적선이 따로 있단가, 종술이? 내 일신 호의호식허자고 이 난리 꾸몄다면 내가 자네 뱃속에서 빠져나온 놈이겠네. 내년에 저 놈 중학교 보낼라고 헌 짓이라네. 못난 조상 만난 죄로 지 애비나, 애비에 애비나, 애비에 애비에 애비맨치로 한펭생 땅만 파먹고 살게코롬 맨들 수야 없잖겠는가? 가난이 웬수고 그놈 그 지긋지긋헌 가난이 도적이지. 여보게 종술이, 지발덕덕 좋은 일 조깨 허소!"

준환은 갑자기 닭의똥 같은 눈물을 뚝뚝 떨어뜨리는 것이었다. 이슬처럼 반짝반짝 빛을 되쏘는 눈물 방울을 차마 볼 수가 없어 종술은 회중전등을 슬그머니 옆으로 돌렸다. 그러자 이번에는 아비 도둑보다 훨씬 더 참담한 몰골을 한 채로 새끼 도둑의 눈물이 불빛을 기다리고 있는 것이었다.

"아자씨, 아자씨, 울 아버지 나쁜 사람 아녀라우! 지를 봐서 쬐끔만 참으시기라우!"

종술은 아예 불빛을 없애버렸다. 그러자 졸지에 밀어닥치는 어둠 앞에서 달빛도 잠시 무색해졌다. 그는 땅이 꺼지게 한숨을 쉬고 나서 시선을 허공에다 겨냥했다. 한꺼번에 거센 피로감이 몰려왔다. 달도 이제는 지쳤다는 듯이 서쪽 하늘 한구석에서 나른하게 빛다발을 늘어뜨리고 있었다.

일껏 붙잡은 도둑 부자를 본의 아니게 고이 돌려보내고 나서 종술은 뗏목 위에 털썩 주저앉고 말았다. 장시간에 걸친 승강이질로 말미암아 마치 어느 놈한테 흠씬 두들겨맞기라도 한 듯이 그는 삭신이 쑤시고 결리는 기분이었다.

　감시원의 직권을 발동하여 그들을 임의로 용서해준 것이 결국 잘한 짓거린지, 아니면 아주 잘못한 짓거린지 아직까지도 그로서는 당최 분별이 안 서는 상태였다. 증거물 문제는 더욱 그랬다. 뗏목만으로는 아무래도 부족하지 싶었다. 후환을 없애기 위해서라도 기왕 칼을 뽑은 김에 그물마저 압수해버리는 건데 괜히 선심을 썼다고 그는 뒤늦게 후회를 느끼기도 했다. 하지만 이미 엎질러진 물이었다.

　일이 이렇게 끝날 줄 처음부터 내 짐작은 허고 있었지.

　그는 혼자서 속으로 이렇게 중얼거렸다.

　짜식이 지 새끼 방패맥이 삼어서 도적질에 나설 건 또 뭐여!

　그는 속으로 거듭 구시렁거렸다. 자기 주먹을 맞고 쓰러진 놈 중에 놀랍게도 어린애가 끼어 있음을 알아차린 바로 그 순간부터 모지락스럽게 세운 그의 계획은 사실 중대한 차질을 빚기 시작했던 것이다.

　요렇게 중요헌 고비 때마다 나는 늘 인정이 헤퍼서 탈이라니깨, 탈!

　자신의 주책없음을 종술은 두고두고 나무람 했다. 애비에 애비에…… 어쩌고 하면서 지지리도 땅만 파먹고 살아온 가난한 삼대를 들먹거린 것이 그로 하여금 결정적으로 일을 그르치게 만든 계기가 되었던 것이다. 준환이놈 입에서 그런 소리가 나왔

을 때 얼굴에 두툼히 철판 깔고 계속 다잡아 족치는 건데 괜히
그랬다고 그는 거듭거듭 후회를 늘어놓고 있었다.

그 궁경 속에서도 딴엔 제법 감시원 티를 낸답시고 엉겁결에
압수해놓은 뗏목이 종술한테는 여간만 두통거리가 아니었다. 그
걸 감시소까지 어떻게 운반할 수 있을까 하고 그는 엉뚱한 고민
에 빠졌다. 그 먼 데까지 혼자서 들고 간다는 건 아무래도 무리
였다.

그때 큼직한 물고기 한 마리가 물 위로 힘껏 솟구쳤다 떨어지
면서 요란한 물소리를 내었다. 그 물고기가 사람에게 썩 괜찮은
계교 한 가지를 일러주었다. 어느 정도 부담이 따르긴 해도 한번
해볼 만한 모험이었다.

종술은 잔잔한 밤바다 모양으로 희읍스름하니 떠 있는 저수지
에 뗏목을 띄웠다. 그는 노와 상앗대 따위를 뗏목 위에 실은 다
음 물이 무릎을 넘을 때까지 그것을 안으로 밀고 들어갔다. 햇볕
이 미지근히 데워놓은 물은 달빛에 의해 이미 싸늘하게 식어 있
었다. 온몸으로 끼얹어지는 찬 기운 때문에 한바탕 진저리를 치
고 나서 그는 뗏목 위로 기어올랐다.

안심찮게 생긴 겉모양과는 달리 뗏목은 의외로 튼실하게 느껴
지기도 했다. 그는 상앗대를 물속에 쑤셔박아 뗏목을 앞쪽으로
밀었다. 상앗대가 밑바닥에 닿지 않을 만큼 깊은 물로 들어서자
그는 상앗대를 놓고 대신 노를 잡았다. 시험삼아 몇 차례 노를

저어보고 나서 그는 아무나 함부로 부릴 수 없는 것이 뗏목임을 이내 깨달았다. 녀석이 자꾸만 그를 골탕 먹이려 드는 것이었다. 마음먹은 대로 움직여주지 않았다. 전혀 엉뚱한 방향으로 나가는가 하면 제자리에서 몇 바퀴씩 맴을 돌기도 했다. 결국 그는 서툰 노질을 중단하면서 뗏목 대신 그물을 압수할 걸 그랬다고 새삼스레 다시금 투덜거렸다.

에라 모르겠다, 하고 종술은 뗏목 위에 늘펀히 누워버렸다. 널빤지 위로 넘실넘실 기어오르는 물결이 몸뚱이를 차갑게 적셨다. 약간 으스스한 기분은 없지 않으나 그래도 마음은 차라리 편안했다. 그는 오랫동안 피우지 못한 담배가 문득 생각나서 잠바 주머니를 뒤져보았다. 그러자 방금 물속에서 꺼낸 스펀지 같은 실망 한 갑이 손끝에 물씬 잡히는 것이었다.

종술은 큰대자로 뗏목 위에 누워서 똑바로 하늘을 올려다보았다. 널금저수지는 세상 모르게 곯아떨어져 자고 있었다. 뗏목을 제풀에 물문까지 실어다줄 만한 물결의 힘은 거의 느낄 수가 없었다.

그러나 하늘은 아직도 살아서 조용히 움직이는 중이었다. 망사 천같이 얄팍하고 성기게 짜인 메마른 구름낱들이 움직이는 하늘에 실려 남녘 어디쯤엔가로 먼 여행을 떠나고 있었다. 기분 잡치게끔 여전히 붉은 빛깔을 띠고 있는 반달은 어느새 앙죽리 쪽 야산 위로 낮게 내려와 있었다.

완장

그때 종술은 불현듯 부월을 뇌리에 떠올렸다. 그는 물기 많은 부월의 눈매를 생각했다. 높다고는 말할 수 없으나 알맞게 들린 복성스러운 콧날과 언제나 헤프게 열리는 두툼한 입술과 흰떡 같은 뽀얀 살결의 목덜미 따위를 차례로 생각했다. 그는 머리끝에서 시작해서 발끝에 이르기까지 부월의 신체 요소요소를 순서대로 더듬어 내려갔다.

그런 다음 부월이 지금쯤 어떻게 하고 있을지를 상상해보았다. 놈팡이들하고 밤늦도록 부어라 마셔라 기분을 내다가 어느 놈이 업어가도 모르게 곯아떨어져버렸을까. 아니면 자기처럼 우두커니 지는 달만 쳐다보고 있을까.

종술은 달을 볼 적마다 왜 같은 꿰미에 꿰어진 듯이 저절로 부월이 떠오르는지 도무지 그 이유를 알 수가 없었다. 그리고 또 부월을 생각할 적마다 왜 기쁨보다는 외로움 같은 것이 터무니없이 앞질러 오는지를 당최 이해할 수가 없었다.

특히나 47만여 평에 달하는 광활한 수면을 뗏목에 실려 혼자 표류하면서 느끼는 그 외로움이란 어떤 통증과도 같이 구체적이고 심각한 것이었다. 그것은 오랜 기간 징역살이를 하면서도, 하루아침에 팔자를 고쳐버린 마누라를 향한 울분 속에서도 느껴보지 못한 전혀 색다른 외로움이었다. 저수지 안에 갇혀서 바깥 세상하고 완전히 단절된 채로 자기 혼자서만 방황하고 있는 것 같이 그는 몹시 억울한 기분을 주체할 수가 없었다.

후꾸 후꾸 휘유후꿍…….

지칠 줄도 모르고 연일 꼬박이 밤을 새워가며 달마산을 지키는 소쩍새 울음소리가 수면으로 스치듯 낮게 깔리고 있었다. 끝날만큼이나 뾰족한 울음의 부리로 소쩍새는 바로 종술의 귓바퀴를 후꾸후꾸 쪼아대고 있었다.

"저런 육시럴 놈에 소짝새!"

어떤 임금이 죽어서 그 넋이 붙었다는 전설의 새를 향해 종술은 욕을 멱서리로 가득 퍼부었다. 며칠씩이나 소쩍새 울음소리와 함께 뜬눈으로 달마산 숲속을 지키면서 도둑을 기다린 결과가 겨우 그런 꼬락서니였다. 스스로 생각해봐도 처량하기 그지없는 신세였다.

그는 눈물바람으로 매달리며 끈끈한 소리로 용서를 빌던 김준환 부자를 생각하고 씁쓰레하게 입맛을 다셨다. "애비에 애비에 애비맨치로……" 하고 울부짖던 준환의 얼굴이, 그리고 그때 받았던 충격이 새삼스러운 가락으로 그의 머리를 때리는 것이었다. 단순한 충격이라기보다 그것은 일종의 감동이었다.

어쩌면 애비라는 말을 끝없이 늘여 빼는 쪽이 훨씬 더 진실에 가까운 표현일지도 모른다. 대대로 땅만 파먹고 살아온 자기 조상을 녀석은 쉽게 말하느라고 그냥 삼대만 들먹이고 말았을 것이다. 그 땅이란 것도 실상은 자기 땅 아닌 남의 땅을 가리키는 말이었을 것이다.

자식 세대한테까지 못난 조상처럼 살게 할 수는 없다던, 그래서 도둑질을 해서라도 큰자식을 가르쳐서 기필코 그 손에 붓대를 쥐여주고 싶었노라던 김준환의 그 울부짖음을 어금니 사이에 넣고 껌처럼 질겅질겅 씹다가 종술은 느닷없이 상체를 벌떡 일으켰다. 그 사품에 뗏목이 한바탕 심하게 요동을 쳤다. 그는 믿기지 않는 눈으로 잠시 물에 흠뻑 젖은 자신의 왼쪽 팔소매를 멍하니 돌아다보았다.

　참으로 놀라운 이해의 순간이었다. 애비라는 말의 끝없는 되풀이가 그의 칠칠치 못한 두뇌로부터 갑작스레 어리석음을 몰아냄과 동시에 그만큼의 지혜를 심어주었던 것이다.

　"완장이구나, 완장!"

　그렇다. 그것은 완장이었다. 준환이놈은 그때 다름 아닌 그 완장에 관해서 이야기하고 있었음이 분명했다.

　닫혀만 있던 문이 열리면서 종술의 머리는 마침내 완장이란 물건의 정체에 대한 신통한 깨달음의 경지에까지 도달할 수가 있었다. 팔에다 차는 것만이 완장의 전부는 아니었던 것이다. 심지어는 도둑질도 서슴지 않으면서까지 김준환이 필사적으로 손아귀에 넣고자 하는 것 또한 완장의 하나였던 것이다.

　"권력 한 가지가 다는 아니여."

　이 세상에는 빛깔 다르고 소리와 냄새도 다른 수많은 완장들이 존재하고 있었다.

"땅도 완장이여."

땅도 완장이었다. 없는 땅, 처자식 먹여살리는 데 턱없이 부족한 땅 때문에 여태껏 얼마나 많은 사람들이 피를 흘리고 눈물을 흘려왔던가.

"돈도 완장이고, 지체나 명예도 말짱 다 완장이여."

그런 것들도 틀림없는 완장의 한 종류였다. 남들로부터 부러움을 사는 것, 남들을 큰소리로 부리고 남들 앞에서 마냥 뻐겨댈 수 있는 거라면 뭐든지 다 완장이었다.

"지집까장도 여부없는 완장이여."

계집도 완장이었다. 사내들이 계집을 후리려고 기를 쓰는 이유는 그것을 보아란 듯이 팔에다 두르고 다니기 위해서였다. 그래서 예쁜 계집, 잘난 계집을 꿰찬 사내일수록 남들 앞에서 기를 펴고 그렇지 못한 사내는 으레 기가 꺾이게 마련이었다.

종술은 그 자신의 지난 체험을 통해서 문제의 외로움이 어디에서 비롯되는 것인지를 비로소 밝히 깨달을 수가 있었다. 완장이 없을 당시는 그것이 없기 때문에 외로웠다. 그런데 그것이 생긴 후로는 또 그것이 자기한테 생겼다는 바로 그런 이유로 외롭기는 여전히 마찬가지였다. 김준환과 그 자신 사이에 가로놓인 엄청난 차이, 무슨 수를 써서든 얻어내지 않으면 안 되는, 혹은 지켜내야만 되는 그 완장의 있음과 없음의 차이가 거대한 외로움의 덩어리를 낳는 것이었다. 얻으려는 입장보다 오히려 이미 얻은 그것을 지키려는 입장에서 느끼는 외로움이 훨씬 더 크다고 그는 감히 말할 수 있을 정도였다. 김준환 부자를 두고 느끼는 외로움의 경우나 부월을 두고 느끼는 외로움의 경우나 둘 다 거기에서 예외는 아니었다.

기회란 놈은 본시 대가리만 있고 꼬랑지는 없는 법이니라.

종술은 기회를 절대로 놓쳐서는 안 된다는 뜻으로 충무공이 남긴 교훈을 다시 한 번 야금야금 음미해보았다. 그리고 완장의 형태로 어렵사리 붙잡은 자신의 기회를 어떤 일이 있더라도, 천하없는 무리를 해서라도 결코 놓쳐서는 안 된다고 혼자서 다짐을 주고받았다. 편리하게 구조를 타고난 그의 머리는 어느덧 기회에 관한 그 교훈이 거북선으로 왜적을 쳐부순 양반의 입에서 나온 거라고 철석같이 믿고 있었다.

육군의 임종술이 다따가 해군으로 돌변해서 배를 산 위로 끌어올리는 거나 진배없는 악전고투 끝에 그 알량한 뗏목을 끌고 가까스로 물문에 다다른 것은 거지반 새벽녘이 다 되어서였다. 뗏목을 뭍으로 어찌어찌 끌어올린 다음 물귀신 같은 모습으로 그가 대봇둑을 밟으니까 때마침 이곡리 쪽 하늘로부터 희붐한 어둑새벽이 야산을 넘어오기 시작했다.

5

임종술의 갑작스러운 변모가 이곡리 주민들 사이에 새로운 화
젯거리로 등장했다. 종술의 모습을 구경하려고 바쁜 농사철인데
도 일부러 짬을 내어 대봇둑 근처를 어정거리는 사람도 더러 있
을 정도였다. 진종일 물 위에서 뗏목하고 씨름하는 완장의 사내
는 한동안 주민들을 어리둥절하게 만들었다.

그들은 저수지의 물을 솔찮이 잃고 나서 종술의 코가 석 자쯤
빠져 있을 것으로 기대했었다. 그런데 웬걸, 종술은 기가 죽기는
커녕 오히려 전보다 더욱 팔팔해져가지고는 엉뚱한 일에 고부라
지기 시작했던 것이다. 뙤약볕을 무릅쓰고 구슬땀을 뻘뻘 흘려
가며 노질을 익히기에 여념이 없는 종술을 보고 남의 일에 참견
하기 좋아하는 사람들이 내린 결론은 한마디로 미쳤다는 것이
었다. 날이 궂을 징조라면서 그런 궂은 짓거리 끝에 만일 비라도

촉촉이 내려만 준다면 종술을 업어주겠노라고 사람들은 헐거운 우스개를 주고받기도 했다.

하기야 날림으로 만들어진 뗏목을 타고서 주걱 모양의 노를 휘저어 열심히 물장구를 치는 그 우스꽝스러운 꼬락서니는 미친 놈으로 오해받는 것도 무리가 아닐 만큼 진기한 풍경이었다.

"자네 팔자가 늘어졌구만! 이왕에 작정헌 뱃놀이거든 기생이라도 두엇 끼고 허지 그러는가?"

극심한 가뭄으로 말미암아 위기를 맞은 양어장의 운명 때문에 심기가 몹시 불편하던 터라서 익삼 씨는 두 손으로 나발통을 만들고는 저수지 안으로 냅다 이렇게 악담을 쏟아부었다.

익삼 씨 역시 다른 사람들하고 같은 의견이었다. 다만 미쳐도 아주 곱게 미쳤다고 생각하는 것만이 남들하고 다른 점일 뿐이었다. 감시원을 부리는 입장에서 익삼 씨는 저수지를 보다 더 철저히 지키는 데 도움만 되는 거라면 종술이 뗏목 아니라 군함을 끌고 온다 해도 전혀 탓할 이유가 없었다.

그가 종술의 엉뚱한 짓거리를 속으로 제법 기특히 여기면서도 겉으로 마땅찮아하는 기색을 나타낸 이유는 칭찬받은 유세로 또 버릇없이 가불해달라고 손을 벌릴까봐서였다.

"자네 그것 어디서 났는가?"

익삼 씨는 대봇둑 위에서 다시 저수지 안으로 고함을 쏟아 넣었다. 하룻밤 사이에 갑자기 생겨난 그 뗏목이 아무래도 수상쩍어 보였다. 임무 수행에 필요한 물건이라 해서 물주하고 상의 한 마디 없이 제 쌈짓돈 헐어가며 뗏목을 장만할 종술이 아닌 줄 빤히 아는 까닭이었다.

"맨든다는 소문도 없이 자네가 자작으로 맨들었을 리는 만무고, 혹시 공 목수 솜씨라도 빌리지 않었나?"

궁금증에 못 이겨 슬쩍 한번 떠보았으나 종술은 잠시 노질을 멈추고 씨익 웃기만 할 뿐 여전히 속시원한 대답을 주지 않았다. 익삼 씨는 어디 사는 누구한테서 빼앗은 거냐는 소리가 입 안에서 뱅뱅 도는 걸 간신히 참았다. 달리 알아보는 방법이 얼마든지 있었다. 제깟놈이 잔뜩 뜸을 들여서 십 원어치 공적을 백 원어치로 불리려는 심보가 분명한 판인데, 이쪽에서 자발없이 캐물어서 공연히 제놈의 간덩이만 키워놓을 필요는 없지 싶었던 것이다.

"니알 모렛새 최 사장님께서 시찰 나오실 예정이라고 솜리서 연락이 당도혔네. 그때까장 절대로 감시소를 비우지 마소."

익삼 씨는 비로소 찾아온 용건을 밝혔다.

"즈네 상전 납셨다고 물괴기들이 경례 붙일 배도 아닌디, 이 염천에 시찰은 무신 얼어죽을 시찰이다요?"

한바탕 헤엄을 쳐야 닿을 만한 거리를 사이에 두고 종술이 노골적으로 볼멘소리를 질러왔다.

"이 사람아, 자네 월급 대주는 분이 누군지도 자네는 벌써 잊어먹었나?"

익삼 씨는 주먹덩이처럼 자리 잡는 분을 못 삭여 붉으락푸르락 한바탕 핏대를 올리다가 마을로 돌아가버렸다.

이를 악물고 전심전력 몰두한 보람이 있어 종술은 마침내 뗏목을 마음먹은 방향으로 그럭저럭 움직일 수 있게 되었다. 어설프고 고단하기만 하던 노질에도 웬만큼 자신이 붙자 그는 뗏목을 몰고 과감하게 달마산 바로 발치까지 나아갔다.

꼬불꼬불한 호숫가를 따라 법계리 외곽을 한 바퀴 돌고 나니까 날이 깜북 저물었다. 애당초 김준환이 부자가 또다시 도둑질에 나서리라고는 전혀 상상조차도 하지 않았었다. 그런데도 막상 누구 하나 얼씬거리는 사람 없으니까 어쩐지 섭섭한 기분이 들었다.

딱한 처지의 도둑 부자는 그의 마음을 두고두고 착잡하게 만들었다. 만약 그들 두 사람이 다시 나타나서 다시 한 번 "애비에 애비에 애비……"를 들먹일 경우, 그 처치 곤란한 사람들을 과연 어떤 식으로 다스려야 좋을지 그로서는 도무지 대책이 안 서는 상태였다.

달밤이었다. 온전한 동그라미 모양에서 어떤 사나운 짐승한테 한입 단단히 물어뜯긴 듯한 달이 중천에 높이 떠 있었다. 달빛이 제법 밝아서 저수지의 한 끝에서 다른 한 끝까지 흐릿하게나마 식별이 가능할 정도였다. 그렇게 달 밝은 밤에 도둑질에 나설 바보는 있을 성싶지가 않았다. 종술은 강과 저수지가 만나는 물굽이 근처에서 한참을 머문 다음 다시 노를 손에 쥐었다.

물속에 잠긴 달이 흔들리는 물결에 휩쓸려 형편없는 모양으로 연방 이지러지고 있었다. 마치 그것을 건져 올릴 심산인 듯이 종술은 달 쪽을 겨냥하고 노를 쑤셔박았다. 밤마다 그맘때면 어깨를 찍어누를 듯한 기세로 무겁게 내려와 앉는 자신의 그 심각한 외로움도 달과 함께 있었으므로 그는 더욱 손을 재게 놀려 노를 끌어당겼다.

그러나 달하고의 간격은 조금도 좁혀들지 않았다. 뗏목이 앞으로 나아가는 꼭 그만큼 달은 어느새 뒤로 물러나버렸다.

속 썩이는 계집 같은 물속의 달을 좇다 보니 어느새 저수지 한복판이었다. 종술은 노질을 멈추면서 가쁜 숨을 돌렸다. 첨벙거리던 물소리가 그치자 사위가 갑자기 조용해지면서 달마산의 소쩍새 울음이 귀에 잡혔다. 먼 물가의 개구리들 소리도 제법 또렷이 들렸다. 가뭄하고는 상관없이 저수지 부근에서는 밤마다 개구리 떼의 울음소리가 요란했다.

노의 도움 없이도 내처 한참을 저절로 미끄러지던 힘이 다하는 자리에서 뗏목은 비로소 멈추었다. 널빤지에 엉덩이를 붙인 채로 종술은 아랫도리가 흠씬 젖는 것도 잊고 우두커니 달을 올려다보았다. 여전히 붉은 빛을 띤 음산스러운 달이었다.

그는 그때 문득 인생은 나그넷길…… 어쩌고 하는 흘러간 유행가를 떠올렸다. 요 며칠 사이에 세상을 대하는 자신의 지혜가 마치 오뉴월 장마에 호박 넌출 뻗듯이 날로 자라나고 있음을 그는 어렴풋이 느끼고 있었다.

가뭄으로 목이 타는 대지 위에 밤이 찾아오고 거기에 소쩍새 울음과 어슴푸레한 달빛 따위가 양념으로 곁들여지면 그의 마음은 갑자기 여자를 향해서 줄달음치기 시작한다. 사태가 그 지경에 이르고 나면 그가 파악하는 인생이란 터무니없이 괴롭고도 난해한 것으로 둔갑해버린다. 바로 그 순간에 느끼는 엄청난 외로움은 완장의 권위로써도 도무지 어찌할 도리가 없는 것이다.

그는 '구름이 흘러가듯 여울져가는 길에' 과연 정이라든가 미련 같은 걸 두어야 좋을지 혹은 두지 말아야 좋을지 당최 가늠하기가 어려운 처지였다.

불빛이 반짝 켜졌다. 분명히 대봇둑 위에서였다. 난데없이 웬 불인가 하고 놀라는 것도 찰나에 지나지 않았다.

"아이갸나!"

종술의 입에서는 불쑥 탄성이 흘러나왔다. 다름 아닌 감시소였다. 저수지 쪽을 향한 판자벽에 뚫린 자그마한 창문을 통해서 불빛은 겁도 없이 밖으로 새어나오고 있었다. 물 위에 노랗게 드리워진 기다란 불 그림자가 마치 누구한테 시비라도 걸려는 투로 방정맞게 흔들리고 있었다.

괘씸하기 짝이 없는 노릇이었다. 익삼 씨 한 사람만은 물론 예외였다. 하지만 그 밖의 어느 누구도 감히 자기 허락 없이 감시소를 무단출입할 권한을 가진 사람은 없었다. 더구나 그렇듯 야심한 시간에 굳이 저수지까지 찾아와서 당일 중으로 마쳐야 할 긴한 용무가 익삼 씨한테 있을 턱이 없었다.

종술은 걸어오는 시비를 결코 피하고 싶지 않았다. 꼭 자신의 인격과 권위에 대한 모독같이만 생각되는 감시소의 불빛을 잡아삼킬 듯이 노려보면서 그는 부리나케 노를 휘젓기 시작했다.

종술은 발소리를 호주머니 안에다 깊숙이 감춘 채로 살금살금 감시소까지 다가가서 다짜고짜 문을 열어젖혔다. 그러고는 금세 그 자리에 뻣뻣이 얼어붙어버렸다. 넋이 달아날 만큼 놀라기는 상대방 역시 그하고 매일반이었다.

"아이고매, 깜짝이야!"

부월이었다. 부월이 분홍빛 블라우스로 가려진 불룩한 가슴을 손바닥으로 쓸어내리며 하얗게 눈을 흘겨대고 있었다. 종술은 잠시 자기 눈을 의심했다. 하지만 눈을 씻고 다시 봐도 부월이 영락없음을 확인하고 그는 저도 모르게 신음 소리를 토했다.

"함마트라면 내 간 떨어질 뻔혔네!"

부월이 재차 호들갑을 떨었다.

"아니, 이게 누구여?"

정말 몰라서 묻는 것처럼 종술은 얼간이 같은 표정으로 허두를 떼었다.

"거 왜 이곡리 손씨 영감 있잖어? 그 영감한티 외상값 받을 게 있어서 엄니한티 말허고 나왔다가 돌아가는 질에 잠깐 들렸다니께!"

부월은 묻지도 않은 말대답을 하느라고 바삐 서두르고 있었다. 드물게 보는 양장 차림으로 한껏 맵시를 부린 모습이었다. 까불거리는 호롱불 앞에서 드러나는 그니의 눈부신 아름다움에 종술은 도무지 정신을 차릴 수가 없었다.

"밤새드락 거그 그렇게 우두거니로 서 있기만 헐 챔이여?"

"으응? 아아, 아니여……."

"시간이 없단 말이여! 엄니한티 빨리 돌아가야 되야!"

부월의 거듭되는 핀잔을 먹고서야 비로소 종술은 정신을 가다듬을 수가 있었다. 무슨 뜻인지 얼른 말귀를 알아듣고 그는 감시소 안으로 들어서면서 문을 닫았다.

"몰르는 길 첫 행보에 많이 고생허지는 않었어?"

부월하고 눈길이 빤히 마주치게끔 비스듬한 자세로 마루 끝에 걸터앉아서 종술은 귀한 손님을 맞은 주인답게 인사를 챙겼다.

"오다가 동네 점방 앞에서 아는 얼굴을 덜컥 만나서 안면 몰수허고 널금저수지 가는 질이 어디냐고 물어봤지 뭐여."

뭐가 그리 재미있다는 건지 부월은 한바탕 수다를 떨고 나서 괜히 깔깔거렸다. 그러다가는 또 갑자기 정색을 하면서 이렇게 토를 달기를 잊지 않았다.

"금방 일어나야 되야! 너무 늦게 온다고 엄니한티 날베락 맞어!"

엊그제 막 걸음마를 시작한 돌쟁이가 아닌 다음에야 그런 거짓말에 속을 사람이 세상에 누가 있겠는가.

한동안의 바보에서 깨어나 종술은 이미 똑똑해져 있었다. 그는 외상 술값 몇 푼 받자고 야밤중에 그 먼 소재지에서 이곡리 손 영감네 집까지 부월을 심부름 내보낼 야박스러운 태인댁은 결코 아니란 점을 누구보다도 잘 알고 있는 터였다. 그런데도 그는 그니의 거짓말이 조금도 섭섭하게 들리지가 않았다. 섭섭하기가 다 뭐냐. 거짓말 아니라 설령 그니가 순전히 자기 따귀를 갈길 목적 하나만으로 달려왔다 해도 그는 오히려 감지덕지해야 할 판이었다.

"자알 왔어! 참말로 잘 와주었어!"

이게 웬 떡이냐 싶은 감동으로 종술은 목까지 꽉 메일 지경이었다.

"밤중에 어딜 싸댕기다 오는 질이댜?"

부월이 또 눈을 흘겼다. 그니는 걸핏만 했다 하면 눈을 흘겨댈 작정인 듯했다.

"한 바꾸 순찰을 돌고 왔어!"

종술은 순찰이란 말에 특별히 힘을 주었다.

"어쩔라고 집을 비움시나 문도 안 잠궈?"

"뭐 도적맞을 물견이나 있간디. 그리고 또 부월이가 언지 찾어올지 몰르니깨 문을 잠구고 댕기기가 거시기허기도 허고."

"그럼 기약도 없이 날 지달리고 있었다 그 말이여?"

"사나이 순정은 하느님만이 아시지."

"오매, 염치도 미제네! 떡 줄 사람은 생각도 않고 있었는디!"

째지게 눈을 흘김과 동시에 부월은 날렵하게 손을 뻗어 종술의 허벅지를 힘껏 꼬집었다. 여자의 손이 닿는 순간 종술은 찌르르 통하는 전기를 전신으로 느꼈다. 부월이 화들짝 놀라면서 얼른 손을 거두었다.

"옴맴매, 왜 요렇게 척척허디야? 물주머니 똑 한가지네!"

"순시선 타고서 저수지를 돌다가 왔지."

"순시선이라면 배 아니여?"

"왜 아니것어. 모냥은 별로 없어도 물에 잘 뜨기는 헌다고."

"참말로 멋지기도 혀라!"

감탄 끝에 부월은 이런 말을 덧붙였다.

"멋도 좋지마는 배 탈 때 조심허드라고. 미스타 림은 인자부터 혼잣몸뗑이가 아니니깨."

그러고는 갑자기 홍당무가 되었다. 그녀는 목덜미까지 새빨개지면서 종술이 어째서 혼잣몸이 아닌지를 허둥지둥 밝히기 시작했다.

"연만허신 어머님이나 나어린 딸도 조깨 생각혀야지. 한 집안

대주한티 혹 무신 일이라도 생기는 날이면 거그 딸린 식구들은 누굴 보고 살아가겄어. 아참, 딸내미는 이름이 뭣이라고?"

"정옥이."

"이름은 정옥이, 성은 맡어놓고 임씨겄지?"

말을 마치기도 전에 부월은 까르르 웃음보를 터뜨렸다. 자기 깜냥엔 제법 기찬 우스개라도 선보였다고 생각되는지 그니는 푸짐한 상체를 마구 흔들어가며 무척이나 방자스러이 웃어젖히는 것이었다. 늘 가슴 태우게 만들던 사랑하는 여자가 정도 이상껏 수선을 떠는 모양을 종술은 거의 감동에 겨운 눈초리로 지켜보았다.

술집 아닌 곳에서 그니하고 단둘이 앉아보기는 그때가 처음이었다. 그런 만큼 그는 술집에 있을 때하고는 전혀 다른 그니의 면모를 뻑적지근하게 느낄 수가 있었다.

전혀 새로운 여자였다. 쐐기벌레처럼 톡톡 쏘기만 하던 과거의 부월이 아니었다. 술집을 벗어남으로써 숫처녀 같은 풋기로 새롭게 태어난 김부월이었다. 다소 주책없어 보이는 그 점만 눈감아준다면 더 바랄 게 없다 싶을 정도로 그는 새로운 부월한테 홀딱 빠져버렸다. 그렇다고 실비주점의 부월을 조금이라도 과소평가해왔다는 뜻은 물론 아니었다.

푸짐한 아름다움…….

그런 말이 과연 있을 수 있을까.

어색한 감이 없지 않지만, 눈앞의 부월을 두고 느끼는 종술의 감상은 대충 그러했다. 적어도 부월한테만은 딱 어울리는 표현이었다. 시들기 직전의 활짝 핀 꽃처럼 어딘지 모르게 아쉬움을 남기던 헌 부월로부터 훌쩍 떠나서 이제 푸성귀 같은 싱싱한 모습으로 나타나준 새 부월을 대견히 여기면서 그는 횡재라도 한 양 수지 맞았다는 기분을 아무래도 떨칠 수가 없었다.

"오매, 내 정신 조깨 봐! 시방 몇 시나 되얏디야?"

비명을 지르다시피 하면서 부월이 느닷없이 허둥대기 시작했다.

"아매 초저녁에서 한 뼘쯤 더 갔을 게여."

그제야 종술도 정신을 번쩍 차리면서 얼렁뚱땅 이렇게 둘러대었다.

"야단났네, 늦어도 아홉 시까장은 집에 들어가야만 되는디!"

시계가 없기는 피차일반이었다. 하지만 종술은 이미 열 시도 훨씬 넘은 때임을 짐작하기는 어렵지 않았다. 그는 보름달이 훤히 뜨거든 꼭 저수지로 놀러 오라고 부월을 꼬시던 기억을 뒤늦게 되살렸다. 아직은 보름달에서 사흘만큼 모자라는 치수의 달이었다. 그렇지만 그 사흘 차이가 무슨 상관이냐.

사흘을 앞당겼다 해서 김부월이 박호순이나 옥떨메 따위로 곤두박질할 리 없는 이상 오히려 임종술로서는 쌍수를 들어 반겨야 할 마당이었다. 부월하고는 정반대의 입장에서 그는 몹시 허둥대기 시작했다.

"미쓰 킴은 꼼짝도 말고 여그 가만히 있어!"

벌떡 일어서는 남자를 여자는 뜨악한 눈초리로 올려다보았다. 낮은 천장을 큰 키로 쿵 들이받고 나서 남자는 멋쩍게 웃으며 이렇게 덧붙여 말했다.

"내 핑허니 댕겨올 일이 있으니깨! 잠시 잠깐이면 되는 일이여!"

여자의 동의를 기다릴 것도 없이 남자는 바람처럼 밖으로 달려나갔다. 대여섯 발짝 뛰다 말고 남자는 황급히 되돌아와서 안에 있는 여자한테 이렇게 당부하는 것이었다.

"문단속 단단히 허고 꼭 그 안에서만 있어야 되야! 내 말 알어들었지?"

"도적맞을 것도 없담시나 새똥빠지게 웬 문단속이여?"

"도적놈이 물건만 욕심내는 줄 알어? 사람 도적맞을깨미 그러는 게여!"

벌컥 화를 내고 나서 남자는 또다시 뜀박질을 시작했다. 밤공기를 울리는 요란한 발소리를 들으면서 여자는 한바탕 기분 좋게 킬킬거렸다. 자기도 도둑맞을 만한 가치를 지닌 존재, 다시 말해서 아직은 그 누군가에게 쓸모가 있는 여자라는 사실을 저수지에 와서야 비로소 실감할 수가 있었다. 그래서 그것을 뻑적지근하게 일깨워준 남자의 발소리가 아주 멀어지기 전에 여자는 잽싸게 몸을 놀려 문고리를 걸어놓았다.

그러자 제대로 풀린 팔자의 여자만이 맛볼 수 있는 뿌듯한 충만감으로 말미암아 별안간 숨이 꽉 막혀오는 것이었다. 지금껏 제대로 풀리지 못한 팔자임을 스스로 인정해나온 여자로서는 난생 처음이나 다름없는, 전율과도 같은 격렬한 감정이었다.

달 밝은 밤이면 유난히도 간절해지는 고향 생각을 떨쳐버리기 위해 솜리에 나가서 영화나 보고 오겠다고 태인댁한테 거짓말을 하고는 저수지 쪽으로 행선지를 정하기까지 부월이 겪어야만 했던 갈등은 사실 심각한 것이었다. 그니는 열두 번도 더 혼자서 변덕을 떤 다음에야 겨우 결단을 내릴 수가 있었다.

그러고도 아직 가슴 한구석에 자존심의 찌꺼기가 남아 있어서 그니는 종술한테 싸구려라는 인상을 주지 않으려고 거지반 안간힘을 쓰다시피 연막을 치지 않으면 안 되었다. 젓가락 장단이나 놓고 사는 신세라 해서 완장을 두르지 말라는 법은 없었다. 아무한테나 그저 호락호락 당하기만 하면서 살고 싶지는 않았던 것이다.

오냐, 술집 작부다! 그러니 어쩔래?

이런 식의 오기도 따지고 보면 완장에 해당되는 셈이었다. 밑바닥을 오래 구르며 살아온 자신의 체험에 비추어 그니는 속이 허한 사람일수록 으레 겉만 요란하게 꾸미는 완장 따위에 사족을 못 쓴다는 사실을 너무도 속속들이 알고 있었다. 그리고 그 완장한테는 순전히 깡다구 하나로 버티는 것만이 가장 잘 듣는 약이라는 사실도 그니는 알고 있었다. 먹을 콩이야 하고 덤비는 사내들의 코앞에 그니가 번번이 들이대던 것도 바로 눈에 보이지 않는 그런 완장이었다.

임종술 그 역시도 거기에서 예외일 수는 없었다. 한편으로는 저도 모르는 사이에 그에게 끌리면서도 그에게 시삐 보이기는 죽어도 싫었던 것이다.

그러나 이제 갈등은 다 지나갔다. 저수지에 와서 미스타 림이란 사내를 통하여 부월이 느낀 것은 뜻밖에도 고향이었다. 오랜 세월을 혼자서 떠나 살아온 고향의 집과도 같은 분위기마저 그에게서 느낄 수가 있었다.

해마다 동짓달 초이렛날만 되면 부월은 당일자 XX일보를 구해서 광고란을 샅샅이 뒤지곤 했다. 그니가 찾아낸 자그만 네모 칸 안에는 대개 다음과 같은 내용이 들어 있기가 예사였다.

月이누님집안별고없음연락바람, 植.

서울서 살고 있는 동생의 솜씨였다. 그리고 그날은 다름 아닌 그니의 생일이었다. 그니가 가출할 당시만 하더라도 동생은 코흘리개 어린애였었다. 그렇던 동생이 어느덧 장성해서 지금은 어엿한 애아빠가 되었고, 집안에서 이미 죽은 사람 취급하는 누님과의 사이에 신문 광고를 통해서 가느다란 숨구멍을 계속 열어 두는 것이었다.

애당초 그와 같은 연락 방법을 택한 사람은 그니 쪽이었다. 한

때 같은 술집에 몸담은 적이 있는 민 언니한테서 배운 가락이었다. 제법 괜찮은 방법이겠다 싶어 그니는 동생한테 편지로 일러주었다.

아직까지도 고향에서 농사를 짓고 사는 오빠네 주소를 그니는 한시도 잊은 적이 없었다. 마음만 내키면 돈도 편지도 부칠 뿐만 아니라 언제든지 찾아가서 직접 만나볼 수도 있었다.

그러나 죽는 날까지 다시는 고향땅을 밟지 않겠다고 맹세해버린 그니로서는 자기가 있는 곳을 가족들에게 노출시키지 않고도 궁금한 집안 소식에 접할 수 있는 뭔가 색다른 수단이 필요했다. 어디론지 정처없이 노상 옮겨 다녀야 하는 뜨내기 신세의 고달픔이었다.

그니는 신문 광고를 통하여 아버지의 죽음을 알 수가 있었다. 어린 나이에 집을 뛰쳐나가 화류계로 떨어진 딸의 행실이 가문의 수치라 하여 하고많은 날 술로 세월을 보내다가 결국 아버지는 울화병으로 쓰러지고 말았다. 얼마 후에 아버지를 뒤따라 어머니마저 간 것도 그니는 역시 신문 광고를 통해서 알았다. 그런 일들을 치르고 나서 오빠는 부모 잡아먹은 원수라 하여 누이동생하고의 인연을 아예 끊어버렸다. 그와 같은 집안의 중대사를 추려서 동생은 거처를 모르는 두통거리 누님에 대한 생일 선물로 일 년에 한 차례씩 꼬박꼬박 광고를 내는 것이었다.

그니는 식자깨나 든 단골손님들로부터 요즘 신문은 아무짝에도 쓸모없다는 소리를 가끔 듣곤 했다. 그럴 때마다 그니는 섭섭한 기분이 들었다. 동짓달 초이렛날 하루치만으로도 그니는 신문의 효용 가치를 충분히 인정하는 축이었다.

종술은 대봇둑에서 그리 멀지 않은 물가에다 터를 잡았다. 인배 녀석을 윽박질러 텐트를 빌리던 당시에 미리감치 물색해둔 자리였다. 누구네 집 안마당처럼 땅이 고르고 알맞게 풀밭으로 덮인 데다가 숲하고 물이 두루 가까워서 캠핑 장소로는 그저 안성맞춤이었다. 손수 신방을 꾸미듯이 종술은 째지는 기분으로 텐트를 치기 시작했다.

"늦어도 아홉 시까장은 돌아가야 되는디…… 엄니한티 날베락이 떨어질 틴디……." 옆에서 눈치껏 전짓불을 비추어 종술의 일손을 거들어주면서도 부월은 짬짬이 중얼거리기를 잊지 않았다. 그러나 종술은 들은 시늉도 하지 않았다. 그 시간에 그니가 면소재지로 되돌아갈 생각이 추호도 없다는 사실을 그는 진작부터 간파하고 있었기 때문이다.

바로 그 점을 확실히 알아차리고 있기는 그니 또한 매한가지였다. 자기 자신의 본심이 어느 쪽으로 쏠려 있는지는 당초부터 너무 분명했으므로 그니의 객쩍은 중얼거림은 자연히 열병 환자의 헛소리 그 이상일 수가 없었다.

"요걸 보고 꼬부랑 문짜로 스트링이라 그런단 말씸이여."

종술은 자부심에 찬 말투로 부월의 헛소리를 뭉개어버렸다. 그러나 그가 열심히 땅에다 두들겨 박고 있는 물건은 유감스럽게도 스트링이 아니라 펙이었다. 그럼에도 불구하고 아무 짬도 모르는 부월은 대뜸 감격해 마지않았다.

"참말로 멋져, 자기!"

하기야 그니는 일찍이 여학생 시절부터 영어 마디나 입에 올리는 상대한테는 줄곧 약한 체질이긴 했다.

"요놈은 페그라고 허는 종자지."

부월의 반응에 우쭐해진 나머지 종술은 재차 실력을 과시했다. 그가 펙이라고 가리킨 것이 사실은 스트링 조리개였다. 두 가지 모두 인배 녀석한테서 텐트를 빌릴 때 얻어들은 풍월이었다. 텐트 치는 요령과 부품명 따위를 제 딴엔 제법 익힌답시고 꽤 노력을 기울였으나 어렵게 따 담은 꼬부랑말들이 그의 머릿속에서 뒤죽박죽이 된 결과였던 것이다.

어쨌든 두 사람의 힘으로 2~3인용의 터널형 텐트 한 채가 번듯하니 세워졌다. 가스램프에 환히 불을 밝히는 것으로 입주 절차는 끝났다.

2~3인용이라곤 하지만 양쪽 다 보통 체구를 훨씬 웃도는 처지이기 때문에 멱서리 속에서 황소 잡아먹듯 매우 옹색하게 시작된 캠핑이었다.

"요것이 우리 텐트라면 월매나 좋을꼬!"

벽면을 이룬 파랑색의 나일론 천을 손바닥으로 살살 어루만지며 부월이 감탄했다.

"우리 살림이나 마찬가지여. 아무 때나 필요헐 적에 내가 눈만 한번 딱 부라리면은 꼼짝없이 우리 손에 근너오게코롬 만단으로 조처를 혀놨으니께."

종술이 자신 있게 말했다.

"술 안 팔고 웃음 안 팔고 날마다 석 달 열흘만 요렇게 호강허고 살아봤으면 죽어도 원이 없겄네!"

"사람 팔자 시간 문제여. 나도 다아 생각이 있으니께 너무 그렇게 상심허들 말드라고!"

"참말로 멋져! 기똥차게 멋져!"

부월의 입에서는 한바탕 또 감탄이 자지러졌다. 그러나 감탄의 물결이 한 파수 고비를 넘고 나자 그니는 갑자기 입을 꼭 다물어버렸다. 가스램프의 강한 불빛이 그니의 얼굴을 하얗게 바래어놓았다. 그니는 실눈을 뜬 채로 텐트 내부를 새삼스레 한 바퀴 둘러본 다음 스커트 자락을 무릎 아래로 끌어내리면서 슬그머니 앉음새를 고쳤다. 종술은 눈치 빠르게 램프 빛을 줄였다.

"내 집이거니 생각허고 펜안히 앉어."

종술은 구렁이 담 넘듯이 부월의 곁으로 좀더 바싹 붙어 앉았다. 그 말은 오히려 여자의 앉음새를 더욱 불편하게 만드는 역효과를 낳았다. 무지근한 침묵의 한때가 두 사람 사이에 금줄을 쳐놓았다. 그 틈서리를 비집으며 소쩍새 울음이 잽싸게 끼어들었다.

"소짝새 아니여?"

부월이 별안간 눈을 반짝 빛내면서 귀를 쫑긋하니 세웠다.

"누가 아니랴."

"고향 동네서 들어보고 오늘 여그 와서 첨 듣는 것 같네."

"첨 들으나 골백번 들으나 소짝새 소리는 말짱 다 그게 그거여."

"우리 고향서도 밤마다 뒷산에 와서 소짝새가 울고 갔는디."

"어디나 다 정들면 고향인 벱이여. 타관 소짝새라고 하나도 틀릴 게 없어."

이야기가 자꾸만 겉돌고 있었다. 자꾸만 추억을 향해 줄달음치려는 여자의 앞길을 남자는 전혀 운치를 모르는 투박한 대꾸로 번번이 가로막고 있었다. 시간이 흐를수록 종술의 마음은 초조해지기 시작했다. 날이 밝기 전에 기필코 결판을 내지 않으면 안 되는 입장이었다. 기회란 원래 대가리만 있고 꼬랑지는 없는 법이었다. 소짹새 따위는 당장 그의 인생에서 손등의 무사마귀만큼도 관심의 대상이 될 수가 없었다.

"저녀르 새는 어쩌자고 저렇게 핏물이 뚝뚝 떨어지게 울어쌓는디야."

말을 마치자마자 부월은 땅이 꺼지게 한숨을 쉬었다.

"밤에 우는 새는 님이 그립다고 우는 게여."

종술이 무덤덤하게 받았다.

"그럼 낮에 우는 새는?"

"거야 뭐 배가 고파서 울고."

부월이 킬킬거렸다. 얼핏 생각이 미쳤는지 그니는 평상시처럼 기탄없이 킬킬거리다 말고 뒤늦게 손바닥으로 입을 가리는 시늉을 했다.

종술은 일껏 물어다 놓은 토끼를 두고 어떻게 잡아먹을까 궁리하는 늑대의 심정으로 부월의 요모조모를 열심히 뜯어보았다. 그는 입 안에 가득 괴어오르는 침을 꿀꺽 삼키고 나서 크게 한 번 심호흡을 했다.

"부월아!"

마침내 그는 뚜껑을 열었다. 뭔가 심상찮은 기척을 느끼고 부월도 대답 대신 마른침을 꼴깍 삼켰다.

"너랑나랑 같이 살엇뻐리자!"

그러자 부월은 차마 못 들을 소리라도 들었을 때처럼 몸을 흠칫 떨었다. 그러나 그니는 순간적으로 뒤집어썼던 긴장의 너울을 이내 얼굴에서 거두어버렸다.

"아이고, 더워라!"

그니는 두 개의 손가락을 집게로 하여 블라우스 앞섶을 가볍게 쥐고는 쿨렁쿨렁 흔들어대기 시작했다.

"왜 이렇게 숨이 꽉 맥힌다냐. 징허게도 덥네!"

"양단간에 오늘 아주 아쿠를 짓고 말자! 어쩔 챔이여?"

"암만혀도 안 되겠구만. 배깥바람 조개 쐬고 와야지."

붙잡고 자시고 할 겨를도 없었다. 남정네나 진배없는 힘으로 눈앞에 장애가 되는 종술을 왈칵 떠둥그뜨리면서 부월은 텐트를 빠져나갔다. 종술은 밖을 내다보며 혼자서 멋쩍게 투덜거렸다.

"육시랄 놈에 소짝새!"

그의 상상력으로부터 길게 뻗어나간 손은 어느새 달마산의 소쩍새를 붙잡아 힘껏 목을 조름으로써 그 잘못을 추궁하고 있었다.

부월은 물가에 서서 달빛이 기름기처럼 번들번들 깔린 저수지를 우두커니 바라보고 있는 중이었다. 다시 한 번 습격할 기회를 엿보듯이 종술이 신중하게 등 뒤로 다가서자 그니는 기다렸다는 투로 고개를 핼끔 돌렸다.

"논으로 친다면 백 마지기도 휘낀 더 넘겠지?"

"무신 당치도 않은 소리!"

종술은 무척 자존심이 상했다.

"이 넓으나 넓은 저수지가 몽땅 다 자기 논이란다면 얼매나 좋을꼬이!"

"천 마지기도 휘낀 더 되야!"

"그 절반만침만 되야도 좋겠다!"

"논허고 별로 틀릴 게 없어!"

"그 반에 반에 반만침만 자기 논이라도 좋겄다!"

"내 논이나 마찬가지라니깨!"

극도로 자존심이 상한 나머지 종술은 마침내 버럭 역정을 부리고 말았다. 한창 들떠 있는 상태라서 멋모르고 함부로 지껄이다가 부월은 그만 무렴해져버렸다.

"아까막시 그것 말인디, 곰곰 생각혀보니깨……."

잠시 후에 부월이 더듬더듬 또 시작하려는 걸 종술은 여지없이 윽박질렀다.

"생각허고 마잘 것도 없이 내가 논이라고 그러면 논인 줄만 알어!"

"그 소리 아니고 그보담도 더 아까막시……."

"붕알 두 쪽만 덜렁 찬 놈이라고 날 맘대로 하시허는 게여, 뭐여?"

"미스타 림!"

"이판사판 막가는 마당이니깨 더 헐 말 있거들랑 죄다 읊어보드라고!"

"우리 어디로 멀찌가니 떠나가서 살 수는 없을까?"

간신히 그 말만 마치고 나서 부월은 허물어지듯 그 자리에 주저앉아버렸다. 마치 그니를 여태껏 지탱해준 것이 다름 아닌 그 말이었거나 한 듯이 속에 담긴 알짜배기 말이 빠져나가버린 그니의 육신은 한 마리의 나비가 남기고 떠난 빈 고치나 다름없는 꼬락서니였다. 그니의 갑작스러운 탈진 상태가 뭘 의미하는가를 제대로 이해하기까지는 약간 시간이 걸렸다. 마침내 올바른 이해에 도달했을 때는 종술 역시 맥이 탁 풀리는 기분이었다. 그래서 그도 덩달아 땅바닥에 털썩 주저앉고 말았다. 여자의 고치를 뚫고 달빛 속으로 훨훨 날아오르던 한 마리의 나비는 남자의 꽃나무에서 쉴 곳을 찾아 바야흐로 날개를 접으려 하고 있었다.

"날더러 엄니허고 정옥이는 으떻게 허라고……."

종술이 신음하듯이 중얼거렸다.

"모다들 같이 가서 같이 살면 될 틴디, 뭐."

부월이 혼잣말처럼 넌지시 중얼거렸다.

"말로는 쉬워도 타관땅에 발붙인다는 게 어디 떡 먹딧기 그렇게 되는 일이간디?"

"얼매 되든 안 혀도 그새 내가 짱박어둔 것이 쬐꼼 있어. 그 돈이면 아매 어디 가든 셋방은 얻을 수 있을 거여. 그러고 또……."

잠시 뜸을 들인 다음 부월은 대단한 결심을 목소리에 담아내었다.

"태인댁이 패물을 얻다가 감췄는지도 내가 알고 있단 말여."

"아서요, 아서!"

앉은 자리에서 종술은 펄쩍 뛰는 시늉을 했다. 태인댁을 처음으로 엄니 아닌 태인댁이라고 곧이곧 불러가며 부월의 입장으로는 한껏 파격적인 제안을 내놨으나 종술은 그것을 가볍게 물리쳤다.

"내 앞에서 그런 소리 다시는 빛감도 말어. 요 나이에 또 징역 살고 잪은 생각은 눈꼽만침도 없으니께니!"

내 손목 잡어본 사내들이 이곡리에서만도 여럿이나 된단 말여!

이런 소리가 입 안에서 뱅뱅 도는 걸 부월은 간신히 눌러 참았다. 피차간에 할 말이 몹시 궁해졌다. 두 사람은 식용유 빛깔의 달빛이 끈적끈적 달라붙는 노르스름한 수면만 멀거니 바라보며 한참을 말없이 앉아 있었다.

"저런 빌어먹을 놈에 소짝새!"

종술이 고통스럽게 으르렁거렸다. 그는 답답하기 이를 데 없는 가슴을 저수지로 향한 채 뭔가 뾰족한 대책이 떠오르기만 무작정 고대하고 있었다.

때마침 요란한 물소리와 함께 은빛 비늘을 번뜩이는 커다란 물고기가 수면을 차고 공중으로 솟구쳐올랐다. 그것이 바로 널금저수지가 귀띔해주는 계교인 듯했다. 풍덩 하고 물고기가 떨어진 자리에서 비롯된 거센 파문이 일렁일렁 번지면서 수면에 뜬 달빛을 사면팔방으로 밀어내었다. 밤의 저수지에서만이 볼 수 있는 그 장쾌한 폭력 앞에 잔뜩 오가리가 든 물가의 개구리들이 가만가만 에멜무지로 맞추던 어설픈 울음소리를 뚝 그쳤다.

"그런다고 그 완장이 밥 멕여주까?"

양팔로 무릎을 끌어안은 채 잠시 생각에 잠겨 있던 부월이 갑자기 고개를 쳐들었다. 마치 송곳 끝에 엉덩이를 찔린 사람처럼 종술이 훌쩍 튀겨 일어서는 모양을 그니는 똑똑히 보았다.

"아무리 밑천 안 드는 말이기로손 그렇게 함부로 품어대기여?"

노여움에 떠는 소리를 듣고서야 그니는 아차 하고 자신의 실수를 깨달았다.

"금방도 봤지? 팔뚝만 헌 놈이여. 그런 물괴기들이 요 안에 수두룩벅적 들었단 말이여. 그놈들이 죄다 요 완장 하나에 매달려 있는 게여."

턱에까지 닿는 가쁜 숨결을 얼추 다스리기 무섭게 그는 다시 울분에 찬 기세를 밀고 나갔다.

"그것뿐인지 알어? 널금저수지에 딸린 것들치고 내 허가 없이는 천하에 어떤 놈도 물풀 한 잎 물강구 새끼 한 마리 가암히 넘보들 못헌단 말이여. 자아, 보라고!"

그는 그니의 손을 덥석 움켜쥐었다.

"눈이 달렸으면 조깨 보란 말이여! 곧 죽어도 사십칠만 평이여. 말이 쉬워서 사십칠만 평이지 그게 어디 동네 강아지 이름인지 알어? 요게 몽땅 다 내 완장이 시키는 대로 죽으라면 죽고 살라고 허면 살고 그런단 말이여!"

엉겁결에 그니의 두 눈은 붙잡힌 손끝으로 옮아갔다. 그리하여 그니는 남자의 억센 손이 이끄는 대로 멀리 어슴푸레하게 바

라보이는 비뚤비뚤한 호반을 일주하는 커다란 지도를 그리기 시
작했다.

그는 손끝을 눈으로 사용해서 광활한 널금저수지의 전경을
한꺼번에 조감할 수가 있었다. 그리고 그는 살 속을 파고드는
듯한 그 억세디억센 손가락 마디를 통하여 남자가 얼마나 자기
의 완장을 자랑으로 여기는가를, 얼마나 그것에 깊숙이 빠져서
얼마나 그것에 질기게 매달려 있는가를 가슴이 철렁 내려앉게끔
실감할 수도 있었다.

남자의 자존심 한가운데 도막을 어쩌다 무심코 잘못 건드린
자신의 섣부른 짓을 후회하는 순간이었다. 그래서 그는 붙잡
았던 손을 홱 뿌리치며 남자가 팽그르르 돌아섰을 때 어물어물
사과의 말을 늘어놓으려 했다.

"미안혀, 미스타 림. 내 본심은 그게 아녔는디 말을 허다 보니
깨……."

"미안이고 쌀눈이고 너 혼자서나 다 가져! 암탉이 울면은 집안
망헌단 말도 못 들었어? 내년이나 내멩년쯤 유료 낚시터만 열고
나면은 정식 수금원으로 취직허게코롬 사장님허고 약조가 다 되
얐단 말여! 그렇게만 되는 날이면 시방 받는 월급은 그 유가 아
니여! 초년 고생만 잘 넹기고 나면 운수 대통헐 판인디 그새를 못
참겠다고……."

그니의 사과는 끝내 받아들여지지 않았다. 결코 변명이 통할

법한 분위기가 아니었다. 그니는 반찬 먹다 들킨 강아지 같은 표정으로 남자가 혼자서 부아를 지르고 끄는 모양을 흘끔흘끔 곁눈질했다. 시간이란 것이 남자를 서서히 진정시켜놓았다.

"한긋허면 비가 안 와서 조깨 걱정이지, 따른 걱정은 별로 없어."

웬만큼 냉정을 되찾은 다음에 그는 어루만지는 손길과도 같이 나직이 중얼거렸다.

"그렁깨 내가 아까막시 미안허다고 안 허드라고?"

가벼운 웃음기로 엉너리를 치면서도 그니는 여전히 남자의 눈치를 살폈다.

"그런디 암만 생각혀봐도 야단은 야단이여."

"요참에는 뭣이 또 그렇게 야단이랴?"

"비가 너무 안 와서 큰 탈이라니깨."

십수 년에 걸친 도회지 작부 생활로 말미암아 농촌 감각이 많이 둔해져 있었으므로 그니는 자연 고개를 갸우뚱하는 수밖에 없었다.

"자기는 물꼬 둘러볼 논배미도 없잖어?"

"어구, 이 속없는 춘풍아!"

남자의 지나친 반응을 보고 그니는 자기가 뭔가 또 실수를 저질렀음을 알아차렸다. 그래서 그니는 섣부른 장난기로 상대방의 기분을 적당히 눙치려 들었다. 그러자 한 가닥 서글픔이, 말하자면 어쩌다 자기가 이렇게 별 볼일도 없는 사내한테 번번이 비위를 맞춰야만 하는 딱한 지경에까지 이르렀나 하는 한심한 기분이 얼핏 가슴을 스치고 지나가는 것이었다.

"노상 술잔이나 치던 년이 뭘 조깨 알어야 면장을 허지, 히힛."

"둘러볼 논배미 없다고 뱃속 펜안헐 줄 알어? 물괴기들 멕여살릴 일만 생각허면 눈앞이 아뜩허단 말이여!"

남자의 목소리는 몹시도 비감스러운 여운을 끌었다. 참담하리만큼 험하게 일그러진 그의 얼굴을 무심한 달빛이 고스란히 들춰내고 있었다. 벼랑에서 굴러떨어지듯 삽시에 상심의 밑바닥까지 다다른 그의 표정은 그니에게 적잖은 충격을 주었다.

하지만 그니로서는 아직도 그가 왜 상심했는지 그 이유를 제대로 이해할 수가 없었다. 그니가 보기엔 썼다 벗었다 할 만큼 풍부한 수량이었다. 물고기 떼 전부가 낱낱이 외상으로 긋고 마신다 해도 평생 다는 못 비울 엄청난 독 안에 혼전만전 채워져 있는 것이 물이었다. 그렇다고 남자의 비위를 건드리고 싶은 생각은 물론 없었다.

"논논마다 훔쳐가겄다고 죄다 뎀벼들 판국인디, 그러다가는 얼매 못 가서 저수지가 바닥나고 말 것이여!"

손에다 쥐어주는 거나 다름없는 남자의 고민에 접하고서야 그니는 비로소 사정을 옳게 파악할 수가 있었다.

"모내기 때까장 요대로 계속 가물다가는 감시원이고 수금원이고 말짱 다 헛일이여! 장차 양어장이 생기느냐, 안 생기느냐로 임종술이 인생은 웃기도 허고 울기도 허는 게여!"

울부짖음에 가까운 비통한 목소리였다. 코가 석 자는 빠져 있는 남자의 모습에서 그때 그니가 섬뜩하게 읽어낸 것은 외로움 바로 그것이었다. 남녀 관계에서 생기는 것하고는 성질이 전혀 다른 외로움이었다. 그것은 남자들만의 세계였다.

한 외로운 남자가 황량한 벌판 한가운데 우두커니 서 있었다. 지치고 고달픈 남자였다. 사랑 싸움하고는 또 다른 생존 싸움에서 위기에 몰린 남자가 허세를 집어치우고 숨김없이 드러내는 그 절실한 외로움에 그니는 깊은 감명을 받았다. 누군가 나서서 남자를 위로하고 격려해줄 사람이 꼭 필요하지 싶었다.

그래서 그니는 한 사람의 여자, 진정한 의미의 여자가 되기로 작정했다. 가장 요긴한 때 남자를 도와줄 수 있는 건 여자뿐이다. 여자에게는 그럴 만한 힘이 있고 그리고 당연히 그럴 만한 자격도 있다고 그니는 감히 믿었다. 그니는 손위 누님과도 같은 마음가짐이 되었다. 한 걸음 더 나아가 그니는 남자의 어머니가 되었다.

"으떻게 허면은 헛일이 안 될꼬?"

그니는 애가 타서 소리쳤다.

"으떻게 허기는? 비가 와야지!"

남자는 홧김에 퉁명스럽게 쏘아붙였다.

"으떻게 혀야 비를 오게 헐 수 있디야?"

그러나 그니는 눈치도 없이 여전히 정색을 하고 진지한 어조로 물음을 계속했다.

"옛날 사람들은 하느님한티 기우제를 올리고 야단을 때렸다지 마는 그게 어디……."

"나같이 죄 많은 년이 올리는 기우제도 하느님이 이쁘게 받어 주실라나?"

남자는 잠시 어리둥절한 표정으로 여자를 빤히 노려보았다. 앞으로 있을 어떤 심상찮은 사태를 예감케 하는 분위기였다. 여자의 느닷없는 안달을 그는 도무지 이해할 수가 없었다. 그러나 그는 곧 싸늘한 웃음으로 여자를 업신여겼다.

"산꼭대기로 올라가서 불을 놓고 연기를 피우기도 혔지. 그렇게 한바탕 요란을 떨고 나면은 비가 오는 줄로 알었어. 그러고 뫼를 잘못 써서 날이 가문다고 넘의 조상 묏등을 함부로 파제끼기도 혔지. 궂은 짓거리를 많이 혀야만 비가 온다고 예펜네들이 홀랑 빨개벗고는 머리 우에다 치(키)를 둘러쓰고 동네 고샅을 한바꾸 돌기도 허고…… 말짱 다 옛날 사람들 생각이여."

실인즉 남자의 이야기는 앞으로도 틀림없이 지속될 극심한 가뭄을 염두에 둔 절망적인 상황에서 여자를 겁주기 위해 공연히 한번 부려보는 오기와 반발심의 소산이었다.

그러나 여자 쪽은 그게 아니었다. 그니는 남자의 이야기를 통하여 머리끝이 쭈뼛 곤두서는 긴장마저 맛볼 수가 있었다. 불을 놓거나 묘를 파헤치는 따위 일들은 물론 그니의 소관사 밖이었다. 하지만 여자로서 할 수 있는 다른 궂은 짓거리라면야 자기도 충분히 가능하다고 생각했다.

"치 안 쓰고 그냥 맨대가리로 혀도 되잖을까?"

그니의 어조는 한결 더 진지해졌다.

"무신 소리를 허는 게여, 시방?"

가뭄을 예고해주는 불그스름한 빛깔의 불길한 달을 멍하니 올려다보다가 남자는 고개를 확 돌렸다. 정신이 번쩍 든다는 말투였다. 그 말을 여자는 그래도 된다는 뜻으로 편리하게 해석해버렸다. 그니는 갑자기 신바람이 나기 시작했다. 남자의 일이 아무쪼록 성공하도록 거들기 위해서 여자의 몸으로 뭔가 역할을 맡을 수 있다는 건 그 얼마나 행복하고 신명나는 노릇이냐.

그것으로써 자기가 여태껏 남자한테 저질러온 실수들을 탕감할 수만 있다면 그니는 더 바랄 게 없다고 생각했다. 모닥불처럼 피어오르는 벅찬 기쁨으로 말미암아 그니의 온몸은 생기가 넘쳐흐르고 있었다.

"미스타 림, 잠깐이면 끝나니깨 저 안에 조깨 들어가 있어!"

텐트를 손으로 가리키면서 그니는 이렇게 명령했다. 그러자 남자는 입을 딱 벌린 채로 깔축없는 바보의 얼굴을 보이면서 마냥 어이없어 하는 것이었다.

"날더러 어쩌라고 자꼬만 이러는 게여, 시방?"

남자가 여간해서는 자리를 비켜줄 것 같지 않았으므로 그니는 부득이 명령을 고쳐 내리지 않으면 안 되었다.

"내가 열을 실 때까장만 눈을 꼭 깜고 있어!"

남자는 여전히 명령에 따를 엄두도 못 내고 있었다.

"하나앗!"

남자가 형편없이 당황해하는 기색을 나타내기 시작했다.

"두울!"

"부월아, 지발······."

"서잇!"

마침내 눈이 딱 감겨졌다. 그러나 셋까지 세는 소리를 듣고 얼른 눈을 감아버린 사람은 엉뚱하게도 남자 쪽이 아니라 그니 자신이었다. 바로 그 순간, 남자는 옷 주인의 재빠른 손놀림에 의해서 스르륵 열리는 여자의 블라우스 앞섶을 똑똑히 볼 수가 있었다. 그는 숨이 꽉 막혀왔다. 달빛 속으로 허옇게 불거지는 여자의 젖가슴을 실제로 눈앞에 대하면서도 그는 좀처럼 믿어지지가 않았다.

그가 애꿎은 침만 꿀떡꿀떡 넘기고 있는 그 사이에 여자는 매우 성급히도 알몸으로 변해가고 있었다. 위에서부터 차츰 아래쪽으로, 반라에서 눈깜짝할 사이에 전라로 바뀌었다. 실오라기 하나 걸치지 않은 알몸이 되기 무섭게 여자는 냅다 달아나기 시작했다. 옷 대신에 흐드러진 달빛만을 함빡 뒤집어쓴 채 여자가 무턱대고 물가를 따라 뜀박질치는 모양을 그는 한동안 멍청한 시선으로 지켜보았다.

"그런다고 동네 쪽으로는 절대 들어가지 말어!"

짙은 안개와도 같이 온몸에 착착 휘감기는 달빛 속을 마구 헤집으며 달려가는 여자의 등 뒤에 대고 그는 때늦게 얼뜬 목소리로 외쳤다. 정신없이 놀려대는 하얀 팔다리와 씰룩씰룩 뒤틀리는 그들먹한 엉덩짝의 푸짐한 움직임을 열심히 뒤쫓던 시선은 오래지 않아 물을 탐하듯 저수지 쪽으로 뻗어내린 솔숲의 끝자락에 의하여 가려지고 말았다.

벌렁벌렁 뛰노는 가슴을 그는 무겁고도 긴 한숨으로 다스리려했다. 그는 혼란스러운 마음을 가까스로 진정시킨 다음 방금 전까지 여자가 서 있던 자리로 천천히 걸음을 옮겼다. 꽃뱀이 벗어놓은 허물 같은 여자의 옷가지가 거기에서 달빛을 욕심껏 빨아먹고 있었다.

그는 허리를 굽히고 그것들을 한꺼번에 주워들었다. 그는 손안에 든 것들을 느릿느릿 뺨으로 가져갔다. 냄새가 짙게 풍겼다. 향기롭지도 않고 그렇다고 비리지도 않은, 참으로 묘한 냄새였다. 그것은 농익은 여자의 몸에서 풍기는 들척지근한 살내였다. 다름 아닌 부월의 냄새였던 것이다.

부월이 돌아왔다. 가쁜 숨을 헐떡이며 다가오는 부월을 바로 지척에 두고 종술은 다시 한 번 코허리가 시큰해지는 감동을 느꼈다. 그는 알몸의 부월한테 옷가지를 내밀었다. 그니의 손에 옷이 건네지는 순간에 그는 그니를 덥석 껴안아버렸다.

"대봇둑 저편짝까장 뛰여갔다 왔어."

그의 품 안에서 부월이 새처럼 가슴을 할딱이며 소곤거렸다. 그가 무슨 말인가를 하기도 전에 그니의 입에서는 다시 소곤거림이 흘러나왔다.

"메칠새 아매 비가 올 거여. 인자부터는 아무 걱정 말어."

나지막하면서도 어떤 확신에 차 있는 목소리였다. 형식적으로는 남자의 품 안에 여자가 들어 있는 꼴이나 실상은 치마폭 같은 여자의 넓은 품 안에 남자가 푸근히 감싸여 있는 셈이었다. 그 같은 상태에서 평범한 남자가 취할 수 있는 행동이란 대개 한정돼 있게 마련이었다. 종술은 결코 날씬하다고는 말할 수 없는 부월을 가볍게 안아 들고는 성큼성큼 텐트를 향해서 걸어갔다.

켜놓은 그대로 두고 나온 가스램프가 촛불이나 진배없는 은은한 가락으로 타고 있었다. 불빛에 고스란히 드러나는 부끄러움을 쫓을 작정으로 부월이 허둥지둥 옷을 챙기기 시작했다.

그걸 눈치채고 이번에는 종술 쪽에서 몹시 서둘러대는 손놀림을 보였다. 부월이 밟았던 순서를 고대로 본떠 종술은 삽시에 당당한 알몸뚱이로 탈바꿈해버렸다. 상대방의 부끄러움이 똑같은 부피의 자기 부끄러움을 손쉽게 데리고 멀찌막이 달아나주었으므로 부월 또한 덩달아 당당해졌다.

　김부월과 임종술은 어디론지 순간적으로 증발해버리고 오로지 한 여자와 한 남자만이 텐트 안에 오붓이 남게 되었다.

　"요렇게 이뿐 여자는 내 생전 첨이여."

　남자의 뜨거운 콧김이 이내 여자의 콧잔등으로 훅훅 끼얹혀왔다.

　"이뿐 것들이 요번 가뭄통에 죄다 말러죽었는갑다, 나 같은 호박꽃 보고 이뿌단 걸 보니께."

　자꾸만 콧김이 간지러워서 여자는 연신 이쪽저쪽으로 얼굴을 돌려가며 킬킬거렸다.

　"아니여, 부월이만침 이뿌고 날씬헌 여자도 세상에 그리 흔치는 않드라고."

　투실투실 속살이 찬 매끄러운 허리를 어물쩍 쓰다듬어 내리면서 남자는 신음하듯 중얼거렸다.

　"누가 들으면 배꼽을 잡겄네. 내 허리 싸이쓰가 얼맨지나 알고 허는 소리여?"

　남자의 손길이 딱 멈추어졌다.

　"사람들이 날더러 도라무깡이라 그런다고."

　"어느 놈이 고따우 소리를 혀? 그놈이 누구고 간에 내 사랑 부월이 보고 도라무깡 어쩌고 씨월거렸단 봐라! 기어이 피를 보고야 말 것잉깨!"

남자의 진심이 그대로 여자의 가슴에 통했다. 남자가 날씬하다고 믿고 있는 한은 여자의 굵직한 허리통도 어쩔 수 없이 날씬해지는 도리밖에 없었다. 어쨌든 빈말일망정 여자는 그것을 과히 싫지는 않게 받아들였다.

　남자의 손놀림이 몹시 다급해졌다. 소댕 같은 거친 손이 닿는 자리마다 여자의 몸뚱이는 낱낱이 해체되기 시작했다. 그리고 일단 해체되는가 싶던 부분 부분은 어느새 재조립되어 제각각 독립된 생명체처럼 새롭게 꿈틀거리고 있었다.

　말이 많다고 반드시 좋은 결과가 오는 것이 아닌 줄 남자는 익히 알고 있었다. 얼마나 애타게 고대하고 또 고대해왔던 순간인가.

　남자는 오로지 남자로서의 본때를 보여주고 말겠다는 일념에서 부르르 진저리를 쳤다. 진저리를 치기는 여자 쪽도 마찬가지였다. 오랫동안 주리고 시달린 채로 지내온 두 남녀는 무언중에 이미 자기네가 버려야 할 것과 취하고 싶은 것들이 무엇 무엇인지를 합의 본 완전한 성인들답게 일사천리로 필요한 절차를 밟아나가고 있었다.

　여자는 남자의 일부를 자신의 내부 깊숙이 받아들였다. 그 일부는 곧 남자의 전부, 남자 그 자체가 되어 여자를 압도하기 시작했다. 그것은 아주 야비한 폭력이었다. 그러면서도 맞춤옷처럼 자신의 주문에 딱 들어맞는 아주 기분 좋은 폭력이었다. 폭력을 폭력 아닌 다른 무엇으로, 예를 들어 결함이나 취약성 같은 것으로 순하게 누그러뜨려 받아들여서 상대방의 그 모자람을 자기 것으로 채워줄 줄 안다는 점에서 여자는 남자보다 한 수 위였다.

폭포수처럼 쏟아지는 장쾌한 폭력을 태운 채로 부월은 끙끙 앓는 소리를 토하기 시작했다. 기우는 배처럼 그니는 급격히 균형을 잃어가고 있었다. 그니의 고물이 물에 잠겼다. 그니의 갑판이 물에 잠기고, 이물도 물에 잠겼다. 마지막으로 돛대 끝이 물에 잠기면서 그니는 완전한 침몰의 순간을 맞았다.

침몰하는 고단한 현재를 거슬러, 침몰하는 욕된 과거를 허위단심 거슬러 그니는 자신의 순결했던 시절의 밑바닥으로 뽀글뽀글 가라앉았다. 그니는 천지가 온통 설원처럼 새하얗게 표백되는 기분을 맛보았다. 새하얗게 변한 과거 속을 흔들리는 해초처럼 사뭇 부대끼며 떼밀리다가 그니는 마침내 절정의 순간을 맞게 되었다.

"마 선상님!"

고통 같은 환희 혹은 환희 같은 고통이 지배하는 절정의 기분을 그니는 저도 모르게 불쑥 엉뚱한 소리로 표현해버렸다. 그럴 때의 그니는 실비주점에 몸담고 있는 부월이 아니었다. 아직도 고향에서 학교에 다니는 시골뜨기 여고생으로서의 김부월이었다.

"뭣이여?"

줄기차게 퍼부어지던 남자의 폭력이 어느 한 순간에 갑자기 물러감을 그니는 얼핏 깨달았다. 그러기 바로 직전에 무슨 소린가를 어렴풋이 들은 것도 같다고 그니는 생각했다.

"새칠로 불러봐! 누구라고?"

남자가 감때사납게 다그치는 소리에 그니는 퍼뜩 본정신이 들었다. 슬그머니 눈을 뜨자 우락부락 험상궂은 얼굴이 시야를 가리려는 기세로 쏟아져내렸다. 뭔가 강하게 짚이는 구석이 있었다. 그러나 그니는 마지막 안간힘 삼아 미처 꿈결 속에서 덜 깨어난 시늉으로 오리발을 내밀어보았다.

"자알 나가다 말고 뜬금없이 이게 무신 재변이랴? 우리가 시방 잡담허고 있을 때여?"

"마 선상님? 그놈이 웬 놈이냐? 바른대로 안 댔다간 너 죽고 나 죽는지 알거라!"

아아, 마 선생! 도무지 지칠 줄도 모르고 내리 십수 년을 여일하게 따라붙으면서 결정적인 대목만 되면 유령처럼 나타나서 그니의 인생을 번번이 파탄으로 몰아넣곤 하는 그 지긋지긋한 마 선생!

적당한 대응책을 앞질러 눈앞이 캄캄해지는 절망감이 훨씬 먼저 달려왔다. 그니는 에라 모르겠다, 까짓것 될 대로 돼버리라는 심정이었다.

"아닌 밤중에 홍두깨도 유분수지, 대처나 이게 뭔 야단이여?"

"어림도 없다, 어림 반푼어치도 없어! 어영구영 빠져나갈라 말고 사실적으로 소상허니 밝히거라!"

완장

"아무 것도 아니여!"

"뭣이여! 너허고 나 새중간에 마 선상인지 소 선상인지 허는 그 낮도깨비가 찡겨 있는디 아무 것도 아니라고?"

한때 철부지의 마음으로 멋쟁이 영어 선생을 무던히도 사랑했던 죄밖에 없었다. 그것이 끝내 이루어질 수 없는 사랑임을 일찍이 깨달은 나머지 무단 가출을 결행한 이후로는 거의 까맣게 잊고 지내다시피 했었다.

그런데 그게 그렇게 간단치가 않았던 것이다. 까맣게 잊었다가도 화류계에서 어쩌다 제법 쓸 만한 남자를 만나 팔자를 고치고 싶어지면 어느새 또 울컥 되살아나는 것이었다. 무슨 끔찍한 저주와도 같은 그 이름 때문에 그니의 운명은 번번이 깔깔거림을 당하는 수모를 겪지 않으면 안 되었다.

그니로서는 가장 참기 어려운 고통이 바로 행위의 절정에서 저도 모르게 튀어나오는 그 망측한 헛소리였다. 억누르려고 제아무리 기를 써봤자 늘 허사였다. 그것은 그니의 의지를 여지없이 배반하면서 고개를 되똑 쳐들곤 했다.

물론 별다른 뜻도 없었다. 언제나 쾌감의 극치에서 나오는 점으로 미루어 짐작컨대 무조건 그냥 좋다는 뜻의 표현에 지나지 않을 말일 터였다. 그것도 진짜 마 선생이 아니고 현재 상대 중인 남자가 좋다는 뜻일 터였다. 말하자면 그것은 어느 한 특정한 개인을 지목하는 말이 아니고 마음에 드는 모든 남자를 두루뭉수리로 싸잡아서 감격적으로 부르는 그니 특유의 범칭(汎稱)인 셈이었다.

그런데 하필이면 왜 그럴 때 마 선생인지, 그니 역시 도무지 알다가도 모를 일이었다.

"입도 못 여는 걸 보니깨 보통 가차운 새가 아닌 것이 틀림없구만!"

"여고 댕길 적에 영어 선상이란 말여!"

"영어 선상? 옛날옛적 그 선상놈이 무신 볼일이 급허다고 오늘날까장 젊은 사람들 떡방애 찧는 판을 끼웃거린다냐? 그놈이 영어 말고도 너한티 무신 과외 공부를 더 시켜주디야?"

"과거는 안 묻는 쪽이 피차간에 이로울 거여!"

드디어 파국이었다. 언제나 그랬듯이 이번에도 완장의 사내종술하고 허망하게 끝장이 났음을 그니는 직감했다. 어차피 나버린 끝장인 바에야 일방적으로 당하고만 있을 수는 없는 노릇이었다.

"나는 사생결단허고 꼭 알어야 쓰겄다!"

"그러는 자기 과거는 얻다가 빼돌리고?"

"같은 과거라도 지집허고 사나는 엄연히 입장이 달러!"

"입장 좋아허네! 아, 아니, 그럼 자기는 직업여성으로 환갑이다 된 이 김부월이가 여태까장 새것으로 남어 있을 줄만 알었디야?"

바로 그때였다. 텐트 밖에서 난데없는 헛기침 소리가 들렸다. 그때까지 그들은 홀랑 벗은 알몸뚱이인 채로 한데 포개져서 티격태격 다투는 도중이었으므로 두 사람 모두 소스라치게 놀랄 수밖에 없었다.

부월은 여자로서의 절박한 위기를 느꼈다. 외롭고 고단한 남자의 영혼을 위해 자청해서 손위 누님과 어머니가 되어주던 넓은 품을 지닌 그니는 이미 아니었다. 계산속 빠르게 저 혼자서 허둥지둥 빠져나갈 구멍만 찾는 한 범상스러운 여자에 불과할 뿐이었다.

"종술이 그 안에 있능가?"

웬 사내가 걸쭉한 목소리를 텐트 안으로 불쑥 디밀었다. 부월은 아직도 자기 배 위에 실려 있는 사내의 그들먹한 알몸이 자그마치 천 근의 무게임을 겨우 느꼈다. 그래서 그니는 있는 힘을 다하여 사내를 떠다밀었다. 그러면서 주둥이로는 찢어지는 듯한 비명을 목청껏 내질렀다.

"사람 살려엇!"

비명 소리에 이어 옷으로 앞쪽 중요 부분만 간신히 가린 알몸의 여자가 황망히 튀어나오는 광경을 익삼 씨는 놓치지 않았다.

"얼레, 얼레, 웬 사람이여!"

익삼 씨는 냉큼 뒤로 물러서는 시늉을 하면서 놀라움을 가장했다. 상대방이 누구란 걸 그는 잘 알고 있었다. 실비주점에서 술주정을 빌미하여 적당히 주물러본 경험이 한두 번이 아닌 가능은 있어 그는 부월의 엉덩이도 허벅지도 두루 낯익은 듯이만 여겨졌다. 그는 부월이 팽팽한 엉덩판을 뒤흔들어 달빛을 잘게 부서뜨리면서 숲속으로 마구 뛰는 모양을 끝까지 흉물스럽게 지켜보았다. 그런 다음 이번에는 텐트 쪽으로 고개를 돌렸다.

"내가 혹 귓것에라도 홀렸단 말인가?"

혼잣말로 중얼거리며 그는 허리를 꾸부정히 하고 터널형의 출입구 속으로 상체를 욱여넣었다. 그리고 그는 뒤로 벌러덩 나자빠지는 시늉을 했다.

"그러면 그럴 티지! 내 눈이 아직까장은 돋뵈기 신세 질 때가 아니여!"

"성님은 체면도 뭣도 몰르요? 나가 있으시요!"

바지통 속으로 정신없이 한 쪽 다리를 밀어 넣으면서 종술은 벽력같이 고함을 질렀다.

"이 사람이 얻다 대고 감히 따따부따여? 자네는 칠월달 귀뚜라미맨치로 체면을 너무 알어서 근무 중에 이 음행인가?"

익삼 씨도 지고 싶은 생각은 전혀 없었다.

"자네더러 이런 신선놀음허라고 금쪽 같은 월급 대주는지 아나? 어쩌는가 볼라고 기생 끼고 뱃놀이허랬더니만, 그 말 딱 곧이듣고 이 신성헌 판금저수지를 어질러놀 작정인가?"

거듭되는 추궁에 종술은 분기탱천했다.

"나 임종술이, 시방 활랑 뒤집어졌소! 또 한 번만 날 찔벅거리
는 날이면 성님이고 나발이고 몰라볼 챔이요!"

"내 속은 암시랑토 않은디 어찌 자네 속만 그 지경인가?"

"참말로 불난 집에 부채질허기요?"

그렇게까지 하고 싶지는 않았다. 익삼 씨는 아직도 못다 가린
종술의 맨가슴과 바지로 겨우 가리고 난 불룩한 사타구니께를
번갈아 살피면서 사내하고 계집이 과연 어느 대목까지 갔을지를
나름대로 상상했다.

"고뿔 들겄네. 어서 옷이나 마저 입으소."

"눈물이 매랄 만침 고맙소!"

종술은 지체 없이 남은 옷들을 걸쳤다. 마지막으로 완장을 왼
팔에 차고 나서 그는 익삼 씨를 잡아삼킬 듯이 험악하게 노려보
았다.

"꼭두새복에 웬 행차시요?"

"새복이라니? 이 사람이 지집 치마폭 안에서 놀드니만 시간도
못 알어보네그랴."

"지집 소리는 쏙 빼고 어서 무신 일로 왔는지나 말허시요!"

"그럼세. 우리 최 사장님께서 니알 모렛새 저수지로 시찰 나오
실 예정이라고 통지혀줄라고 나왔네."

하도 어처구니가 없어 종술은 잠시 벌린 입을 다물지 못했다.

"그 말은 벌써 나한티 혔잖소!"

"자네가 어디 매사에 칠칠헌 위인이든가? 하마 또 잊어먹었을 깨미 다짐받을라고 왔지."

종술은 정말로 기가 꽉 막혔다.

"이 오밤중에 진짜 그 소리 헐라고 왔단 말이지라우?"

"자네가 부월이허고 한참 재미보는 줄 미리 알었드람사 내가 미쳤다고 왔겄는가?"

"그 화냥년은 입 밖에도 비치지 말라고 내 일렀잖소!"

급소라도 찔린 듯이 종술은 길길이 날뛰기 시작했다. 그 꼴이 어찌나 고소하든지 익삼 씨는 뒤로 돌아서면서 회심의 미소를 머금었다.

모르고 왔다는 것은 새빨간 거짓말이었다. 그는 동네 점방집 이 서방한테서 부월이 저수지 가는 길을 묻더란 소문을 초저녁 무렵에 이미 전해 들었었다. 그런 사실을 안 다음에 집구석에 틀어박혀 진득이 견디려니 도무지 좀이 쑤셔서 잠이 오지 않았다. 평소에 부월한테 어떤 흑심을 품어온 바도 아닌데 공연히 심통이 나서 참을 수가 없었다. 그리하여 못 먹는 감 찔러나 보자는 기분으로 슬슬 밤마을을 나온 참이었다.

6

참담한 실패로 끝나버린 널금저수지에서의 하룻밤은 제꺽 부월의 신상에 중대한 변화를 가져왔다. 꼭 희망을 됫박으로 담아 찾아갔다가 절망만 섬으로 지고 돌아온 꼴이었다. 부석부석 부어오른 얼굴에다 빨갛게 핏발이 선 눈을 한 채로 그니는 아침나절부터 막걸리 사발에 코끝을 빠뜨렸다. 그니의 입에서는 노상 욕지거리가 떠날 줄을 몰랐다.

"개 같은 놈!"

그니는 사발을 들기 전에 한 마디 지껄였고, 그 사발을 벌컥벌컥 비운 다음에 안주 삼아 한 마디를 또 지껄였다. 그 꼴을 보다 보다 못한 태인댁이 옆에서 혀를 끌끌 차면서 핀잔을 주었다.

"자고로 여자 팔자 두름박 팔자라 혔니라. 니 신세 니가 알어서 처신허거라이."

태인댁은 어찌 된 영문이냐고 시시콜콜히 캐묻지 않았다. 부월도 선은 어떻고 후는 어떻게 됐노라고 변명 비슷한 소리 한 번 털어놓은 적이 없었다.

그러나 태인댁은 산전수전 두루 겪은 시골 주막집의 술어미답게 사건의 전말을 직감적으로 알아차릴 수가 있었다. 문 두들기는 소리에 새벽잠에서 깨어난 그니는 흐물흐물 곤죽이 되어 돌아온 부월을 안으로 맞아들이던 그때 벌써 눈앞의 실물과 솜리에서 영화를 보고 오는 여자가 꾸밀 법한 행색과의 차이점을 명백히 구별할 수가 있었던 것이다.

"엄니, 엄니는 부월이가 불쌍치도 않은가라우? 두름박을 타건 요강단지를 타건 부월이 조깨 가만 내비두시요."

"영화가 고렇게나 슬프디야? 월매나 슬픈 영환지 나도 한번 귀경혔으면 좋겠다. 밤새드락 울고 헤매다 들어와봐야 나도 니 심정 알 것 아니냐?"

"엄니, 부월이 시방 속이 속이 아니고 맴이 맴이 아니요! 이 집 구석서 엄니 손으로 송장 하나 치울 생각 없거들랑 내 속 다치지 마시요!"

"오냐, 오냐, 우리 부월님 베슬살이 한번 높게 허는구나! 허지만서도, 아무리 속이 뒤집히기로 식전부터 너 혼자 술독 바닥내서야 쓰겄냐? 해장 손님 받을 만침은 냉겨놓거라!"

왈칵 미운 정이 앞서는 바람에 태인댁은 계속 입정을 사납게 놀렸다. 그러나 성정을 워낙 너그럽게 타고난 그니는 비록 오다가다 만난 인연이긴 할망정 그래도 수양딸은 수양딸이라는 생각 때문에 코가 댓자나 빠져 있는 부월의 모습이 여간만 가슴 아프지 않았다. 그래서 부월이 "개 같은 놈!" 하고 또다시 욕설을 입에 올리는 걸 보고 그니는 진심으로 이렇게 충고해주었다.

"사나라고 써붙이고 댕기는 물견들치고 도적놈 아닌 놈이 없느니라. 나 봐라, 나. 내가 오직이나 요렇게 당허고 조렇게 당허고 도적놈들한티 신물이 났으면 오날날까장 독수공방 이 고생 이 설움을 자청했겄냐."

만일 부월이 간밤에 자기 패물을 훔쳐 놈팡이하고 함께 달아날 꿍꿍이셈까지 꾸민 줄만 알았더라면 그니는 결코 부월을 동정하지 않았으리라.

"엄니는 도적맞을 뭣이라도 속에다 품고 살었든개비요. 부월이 인생 초장서부터 파장머리까장 마이가리여라우, 마이가리 인생. 인자는 누가 꺼꿀로 잡고 탈탈 털어봤자 부월이 몸띵이서 떨어지는 건 왼통 비듬뿐여라우."

벌거벗은 몸으로 황망히 텐트에서 도망쳐나온 직후 부월은 숲속에 숨어서 우선 부끄러움을 가리는 일부터 했다. 위아래 중요한 대목들을 대충 옷으로 덮고 나니까 분노의 불길이 걷잡을 수 없이 타오르기 시작했다. 그니는 어금니를 아드득 갈아붙였다. 그러면서 잇새로 욕설을 서슴없이 밀어내었다.

“개 같은 놈!”

애당초 사내를 믿은 것부터가 크나큰 잘못이었다. 일찍부터 몸과 마음을 헤프게 굴려나온 그니로서는 세상의 사내들이란 결코 믿을 것이 못 된다는 사실을 누구보다도 속속들이 알고 있었다. 태인댁 말마따나 사내들치고 도둑 아닌 놈이 없었다. 지금껏 그니가 상대해온 사내들은 말짱 다 그 모양이었다.

“개 같은 놈!”

역시 종술도 거기에서 예외는 아니었다. 예외이길 바라고 예외일 거라고 믿은 것이 잘못이었다. 제 살이라도 베어 먹일 듯이 갖은 수작을 다 떨다가도 여차직하면 언제 그랬더냐는 듯이 안면을 싹 몰수하는 것이 사내들의 행티였다. 그런 줄 번연히 알면서도 지난 상처가 그럭저럭 아물 만하면 어느새 또 슬그머니 사내의 체취와 체온이 그립기 시작하고, 그러다가 어떤 사내를 덜컥 만나고, 만나서는 속고, 속아서는 저도 모르게 흠뻑 빠져들고, 빠져들어서는 된통 또 새로운 상처를 입기를 끝없이 되풀이하는 자기만 결과적으로 배알이 빠진 계집인 셈이었다.

“개 같은 놈!”

마 선생이 누구냐고 사내 쪽에서 무섭게 다그칠 적마다 그니는 번번이 아무 말도 할 수가 없었다. 처음 몇 번은 자초지종을 설명도 해보았으나 제아무리 가슴속을 활짝 열어 보여도 마 선생이란 사람이 참말로 철없던 시절 한때 혼자서 좋아하다 만 은

사임을 곧이곧 믿어주는 작자는 한 사람도 없었다.

그니는 자라 콧구멍보다 좁은 사내들의 소견 구멍을 도대체 이해할 수가 없었다. 생각하기에 따라서는 귀엽게 봐줄 수도 있는 그만한 과거지사쯤 허허 웃어넘기지 못하고 눈에다 쌍불을 켠 채, 마 선생을 마지막으로 만난 게 언제냐는 둥, 심지어는 그간에 도합 몇 코나 줬는지 사실대로 밝히라는 둥, 꼬치꼬치 따져 묻는 사내들한테 넌더리 나게 실망한 적이 한두 번이 아니었다.

"개 같은 놈!"

그러나 그니의 입장에서는 사내들보다도 오히려 더욱 이해가 안 가는 쪽이 있었다. 다름 아닌 자기 자신이었다.

어쩌자고 또다시 그놈의 마 선생인가. 평소에는 마음 갈피에 전혀 끼워두지도 않던 마 선생, 옛날옛적에 벌써 체념하고 잊어버린 그 마 선생이 어째서 쾌감의 절정을 향하여 허위허위 기어오를 적마다 어김없이 튀어나와서 천 길 낭떠러지처럼 앞길을 막아서는가.

그니 자신도 도무지 그 까닭을 알 수가 없었다. 굳이 잘못을 들추자면 '이루어질 수 없는 사랑, 사랑해선 안 될 사람'을 어린 나이에 일찍이 넘어다본 것밖에 없었다.

하지만 그것조차도 이미 흘러가버린 과거지사일 뿐이었다. 어디까지나 그것은 낮잠 속에 얼핏 비치다가 사라지는 개꿈에 지나지 않는 것이었다.

한창 자라나는 과정에서는 누구나 다 꿈이 잦은 법이며, 그 꿈들을 통하여 사람들은 곧잘 사닥다리를 타다가 떨어지기도 하고 수렁에 빠져서 허우적거리는가 하면 괴물한테 쫓기다가 넘어져서 무릎이나 팔꿈치를 상하기도 한다.

그런데 유독 김부월 그니의 경우만은 여느 여자들하고 영 딴판이었다. 쉽게 아물어버리는 가벼운 찰과상이나 타박상 푼수에 그치지 않고 그것은 근치되지 않는 악성 질환의 일종으로 그니의 내부 깊숙이 잠복해 있다가 잊을 만하면 어느새 또 중증으로 도지기를 되풀이하는 것이었다. 숙명처럼 짓궂게 뒤쫓아다니는 그것을 통하여 그니는 매번 절망을 확인할 수가 있었다. 그니는 깔깔거리는 운명의 웃음소리를 또렷이 들을 수가 있었다.

새로운 남자를 만나 그에게 문을 열어줄 적마다 그니는 그 깔깔거림에 귀를 틀어막기 위하여 어렸을 때 먹다가 시렁 위에 남겨둔 호박엿 또는 웃음을 팔아서 애면글면 모은 돈을 떼먹고 달아난 몇 년 전의 동료 작부 등을 골똘히 회상하는 따위로 자신을 엉뚱깽뚱한 생각 속으로 몰입시키려 기를 쓰곤 했다.

그러나 그것도 잠시의 효과에 그칠 뿐, 남자의 뜨거운 입김에 의해 온몸이 후끈 달아오르기 시작하면 그니의 입에서는 샛노란 신음 소리를 대신하여 저도 모르게 또 마 선생이 불쑥 튀어나오곤 하는 것이었다. 가장 멋진 사내를 가리키는 하나의 대명사로서 마 선생이란 낱말은 그니의 뇌리에 이미 뿌리 깊이 박혀 있었다.

"개 같은 놈!"

따라서 그니가 되풀이 들먹이는 욕설의 대상은 비단 임종술 한 사람에 그치지 않고 세상의 사내란 사내는 전부 다 거기에 해당되었다. 뿐만 아니라 여자인 자기 자신마저도 함께 싸잡아서 그니는 거기에 포함시키고 있었다.

"개 같은 놈!"

문득 소쩍새 울음소리가 들렸다. 널금저수지에서 듣던 달마산의 소쩍새가 실비주점까지 따라와서 툭하면 그니를 괴롭혀대고 있었다. 송곳 끝 같은 부리로 정수리를 마구 쪼아대듯 하는 그 울음소리가 들릴 때마다 그니는 분노 때문에 한동안 잊고 있던 부끄러움을 통증처럼 뜨끔뜨끔 느껴야만 했다. 홀렁 벌거벗은 채로 대낮에 네거리 한복판에 섰을 때나 느낄 법한 엄청난 부끄러움이었다.

특히나 텐트 밖의 갑작스러운 인기척을 의식하면서 "사람 살려엇!" 하고 비명을 뽑던 대목을 돌이켜 생각하는 과정에서 그니가 느끼는 부끄러움은 그 절정에 달했다. 스스로도 도무지 이해가 안 가는 어처구니없는 행동이었다. 그것은 그니의 생긴 모양 그대로 꾸밈없이 수더분하게만 타고난 천성을 본때 있게 거스르는 정체불명의 소리였다. 악마의 속삭임이 감추어져 있던 본능을 충동질하여 그처럼 간교하고도 비열한 수작을 떨게 했다고나 해야 할까.

"개 같은 놈!"

아무튼 그 일만 생각하면 그니는 창피해서 몸둘 바를 모를 지경이었다. 마치 둘이서 함께 물에 빠졌다가 저 혼자만 살아난 듯한 기분이었다. 더구나 그가 구원을 청하면서 매달릴 때 제 목숨 건질 궁리만 하느라고 헤엄도 못 치는 그를 매정하게 뿌리친 채 혼자서만 물 밖으로 기어나온 듯한 기분이 자꾸만 드는 것이었다. 한 파수 분노가 휩쓸고 지나간 다음에 부끄러움을 앞세우고 찾아오는 심한 죄책감으로 말미암아 그니는 새로운 통증에 시달리지 않으면 안 되었다.

자기가 무슨 짓을 저질렀는지를 부월한테 최초로 일깨워준 것이 바로 그 소쩍새였다. 그니는 저수지 근처 깜깜한 숲 속에서 부끄러운 부분들을 대충 가리고 나서 잠시 후에 소쩍새 우는 소리를 들을 수가 있었다. 블라우스와 스커트 따위만으로는 다 가릴 수 없는 부끄러움이었다. 한동안 까마득히 잊고 있던 소쩍새 울음을 아프디 아프게 다시 의식하는 순간, 그니는 방금 빠져나온 깊은 물속으로 도로 풍덩 뛰어들고 싶은 심정이었다.

"개 같은 놈!"

이런저런 이유로 부월은 평상시의 그니답지 않게 비감에 젖어서 애꿎은 술만 축내고 있었다. 어쩌다 드문드문 찾아드는 낮손님들을 상대하는 사이에 그니는 소주고 막걸리고를 가리지 않고 분별없이 짬뽕을 했다. 그런 결과 그니는 날이 채 어두워지기도 전에 터무니없이 손님들을 앞질러서 되우 취해버렸다.

그니는 제멋대로 해롱해롱 주사를 떨어 깽판을 놓음으로써 술꾼들의 술맛을 여지없이 잡쳐놓았다. 그리하여 참다 못한 손님들이 분연히 버리고 떠나버린 술상을 독차지하고 앉아서 그니는 꽈배기처럼 혓바닥이 배배 뒤틀린 소리로 '운다고 옛사랑이 오리요마는……'을 흐드러지게 불러제치기 시작했다. 술상 위에 어지러이 젓가락 장단을 놓아가며 마치 유행가 아닌 무슨 응원가나 군가라도 다루듯이 두 눈을 홉뜨고 목덜미에다 잔뜩 핏대를 세우는 그 꼬락서니는 마침내 태인댁의 심정을 극도로 상우기에 이르렀다.

참담한 실패로 막을 내린 부월하고의 캠핑은 그러잖아도 남들보다 유난해서 늘 말썽이던 종술의 심통을 한껏 버르집어 놓는 구실을 했다. 종술이 실비주점 작부하고 어젯밤에 어쨌다네, 하는 소문이 벌써 굵은 동아줄 같은 모양으로 마을을 몇 바퀴씩이나 친친 감고 있는 눈치가 역력했으므로 그는 이곡리 일대에서 마주치는 사람이면 그저 아무한테나 불심검문에 가까운 험악한 눈초리를 번뜩임으로써 상대방의 간담을 서늘하게 만들고 다녔다. 간밤에 후련히 풀지 못한 채 웅덩이처럼 속에 괴어서 곪아터지려는 사내로서의 욕망이 갈수록 그를 더욱 사납게 몰아세우는 것이었고, 잔뜩 독이 오른 그의 오기와 심통이 남녀노소를 불문한 모든 마을 사람들 위에 시한폭탄처럼 되똑 얹혀 있었다.

등 치고 간 꼬내 먹을 화냥잡년 같으니!

부월이 그 계집만 생각할작시면 가슴에서 열불이 끓어올라서 도무지 참을 수가 없었다. 마 선생이 어떤 인물인지는 모른다. 그 작자하고 부월이년하고 구체적으로 어떤 관계인지도 모른다. 하지만 하필 신대목에 이르렀을 때 꿈꾸는 듯한 소리로 그 작자를 찾는 걸 보면 그 관계란 뻔할 뻔 자였다.

결국 알짜배기는 마 선생인지 망아지 선생인지 하는 그 작자한테 고스란히 빼앗긴 채 임종술이 저는 여태껏 부월의 거푸집만 달랑 손에 쥐고 있었던 셈이었다.

생각이 그 지경까지 미치자 종술은 심하게 딸꾹질하는 자신의 자존심을 주체할 수가 없었다. 계집들이란 겉 다르고 속 다르게 마련이어서 애당초 믿을 것이 못 되었다. 진즉에 도망친 마누라로부터 뼈저리게 당한 경험이 있는 그로서는 그런 줄 번연히 알면서도 부월이년한테 홀려서 또다시 당하고 만 것이 두고두고 분했다. 마치 더위 먹은 소가 달만 보아도 숨을 헐떡거리는 형국이었다.

종술의 심통은 시찰을 명분으로 내세워 최 사장이 널금저수지에 나타났을 때 그예 폭발하고 말았다.

최 사장은 혼자가 아니었다. 살진 물방개 모양으로 번들번들 윤기가 흐르는 새까만 자가용이 자그마치 세 대나 꼬리를 물고 굴러와서 대봇둑 위에 차례로 서는 것이었다. 그리고 차마다 늙은 남자와 젊은 여자 하나씩을 쌍으로 묶어 밖으로 뱉어내는 것이었다.

미리 연락을 받고 대봇둑에서 기다리던 익삼 씨가 최 사장 일행을 향해 코가 땅에 닿게끔 꾸벅거렸다. 그때부터 벌써 종술은 배알이 뒤틀리기 시작했다.

"아, 뭐 허고 자빠졌어, 냉큼 인사 올리잖고?"

팔짱을 낀 채로 우두커니 서서 아까부터 딴전만 부리는 감시원의 옆구리를 익삼 씨는 손가락으로 꾹 찌르면서 눈을 부라렸다. 그제야 종술은 최 사장의 면전에 대고 머리를 깊숙이 조아렸다.

"안녕허셨으라우, 사장님?"

그는 그것만으로 그치지 않고 이번에는 최 사장과 같은 차에서 내린 새파란 계집 쪽으로 돌아섰다.

"사모님도 나오셨구만요."

계집을 향해 두 번째로 머리를 조아리자 사람들은 일제히 웃음을 터뜨렸다.

"얘, 원 양아, 방금 너도 들었지? 저 남자가 너더러 글쎄 사모님이란다."

연둣빛 한복 차림의 뚱뚱한 계집이 가늘게 뜬 눈으로 눈물까지 질금거려가며 이렇게 놀렸다.

"언니두 참, 나라구 그래 사모님 소리 들어선 안 된다는 법이라

두 있수?"

원 양이라고 불린 최 사장의 짝이 새치름한 표정으로 이렇게 대꾸했다.

"원 양 너 이년, 사모님 대접받아서 영광이겄다."

양파 같은 얼굴을 한 늙은 사내가 몸에 꽉 끼는 남방셔츠의 앞섶이 금방 벌어질 만큼 불룩 튀어나온 아랫배를 출렁출렁 흔들면서 한바탕 요란하게 헛헛거렸다.

"내가 영광인가요 뭐, 최 사장님이 영광이지!"

원 양이 톡 쏘아붙였다. 그러나 정작 최 사장은 조금도 영광스럽지 않은 모양이었다. 그는 종술을 향해 곱잖은 시선을 던지면서 가볍게 혀를 차는 시늉을 했다.

"그놈 인삿갈 한번 경우지게 밝구만."

"최 사장 자네를 방금 새장개 보내준 저 젊은이는 뭐 허는 사람이단가?"

"월급 받고 저수지서 감시원으로 일허는 사람입니다요."

마치 그것이 뭔가 단단히 잘못된 일이기나 한 듯이 익삼 씨는 얼른 대답을 가로채면서 안절부절못하는 태도였다.

"원원이, 그래서 저다지도 삐까번쩍 잘생긴 완장을 둘렀구만그랴!"

배불뚝이의 감탄에 일행은 다시 한 번 웃음보를 터뜨리는 것이었다. 그때 종술은 자기 면상으로 날아와서 따갑게 꽂히는 원 양 의 뾰족한 시선을 느낄 수가 있었다. 그니의 시선이 이렇게 말하고 있었다.

기껏 서푼짜리 월급쟁이밖에 못 되는 주제에!

상대방을 얕잡아보기는 종술 쪽도 마찬가지였다. 무슨 짓을 해서 먹고 사는 계집들인지 첫눈에 대뜸 알아볼 만했다. 부월하고 별반 다를 게 없는 처지일 것이었다. 다만 그 인물이 아까울 뿐이었다. 촉촉하게 물기가 감도는 큼직한 눈과 그 위로 처마처럼 기다랗게 뻗친 속눈썹은 그것이 비록 가짜일지라도 종술한테는 무척 인상적으로 비쳤다. 더욱 그의 관심을 끄는 것은 무더운 날씨인데도 몸에 꽉 끼는 옷차림으로 유감없이 드러낸 팽팽한 몸매였다.

그는 다섯 개의 손가락이 달린 무례하기 짝이 없는 시선으로 그니의 몸뚱이 구석구석을 더듬었다. 그러자 그니는 마치 징그러운 벌레라도 피하듯이 오만상을 찡그리며 최 사장의 뒤편으로 슬금슬금 꽁무니를 빼버렸다.

역시 돈이 좋긴 좋은 세상이었다. 최 사장 같은 추물덩어리 늙은이가 물 찬 제비 같은 애송이 계집을 꿰차고 다닐 수 있는 것은 순전히 돈의 힘이었다. 최 사장의 처지와 가도가도 적막강산뿐인 자신의 처지를 비교하면서 종술은 얼마나 불공평한 세상인가를 다시금 뼛골이 쑤시도록 깨달을 수가 있었다.

"준비는 만단으로 거행혔느냐?"

위엄에 찬 눈초리로 익삼 씨를 깔아뭉개려 하면서 최 사장이 거만하게 물었다.

"여부가 있습니까요. 깜냥대로 성의껏 장만혔으니깨 재미지게 놀다 가시기라우."

최 사장 일행이 주욱 지켜보는 가운데 익삼 씨는 전에 없이 굽실거리면서 황공해 마지않았다. 익삼 씨야말로 최선을 다했노라고 자부할 만했다. 향기로운 술과 기름진 안주를 장만하느라고 온 집안이 밤새껏 지지고 볶는 북새를 떨었다. 뿐만 아니라 그는 마을 위친계 소유의 대형 텐트를 차출하여 인부들을 시켜서 저수지 일대를 통틀어 가장 경치 좋은 물가에다 치고 적잖은 양의 깻묵을 미리감치 밑밥으로 던져 넣기도 했다.

감시소를 절대로 비우지 말라고 그만큼 일렀는데도 종술이란 놈이 아침나절 내내 코빼기도 비치지 않았기 때문에 그 모든 일을 그는 팔방으로 뛰어다니며 자신이 직접 지휘하지 않으면 안 되었다.

"시원허니 채알(차일)을 쳐났으니깨 어서 그쪽으로 가시지라우."

익삼 씨의 권유에 최 사장은 대단히 만족스러운 기색이었다.

"담배 한 대참 후에 그쪽으로 안내허거라."

둑가에 몰려서서 눈앞에 탁 트인 저수지의 경치를 구경 중이던 일행을 이끌고 최 사장은 물문이 있는 곳으로 향했다. 그들하고 약간 간격이 벌어지자 익삼 씨는 기다렸다는 듯이 종술을 향해 혐상을 지어 보이는 것이었다.

"종술이 자네가 시방 누굴 약올릴 작정인가?"

"성님은 또 무신 말씀을 그렇게 허시요?"

앞에 가는 최 사장의 일행한테 훤히 들리게끔 종술은 목청을 높였다.

"오리발 내밀지 마소. 사장님허고 같이 오신 손님이면 연령이야 고하간에 댕연히 대접을 혀디려야지, 얻다 대고 함부로 히야까시여, 히야까시?"

"그러니깨 지가 사모님으로 뫼시지 않습디여?"

"그 냥반 주머니서 나오는 월급을 생각혀서라도 요런 때 조깨 사장님 위신을 세워디리는 것이 마땅헌 도리거늘……."

"미우면 그냥 밉다고 그러시요! 지가 뭣을 으떻게 잘못했다고 성님은 자나깨나 노상 타박이요?"

종술이 버럭 소리를 지르자 익삼 씨는 대번에 질겁을 했다. 그는 최 사장 일행하고 종술 쪽을 번갈아 보아가며 나지막이 중얼거렸다.

"이 사람이 조반에 기차 화통을 쌂어 먹었나, 웬 왜장질은 치고 야단이여?"

그러다가 하마터면 잊을 뻔했다는 듯이 그는 갑자기 준엄한 표정으로 되돌아갔다.

"자네 식전서부텀 어디로 내뺐다가 준비 다 끝내고 나니깨 인자사 실실 나타났는가?"

"사장님 순시허러 오신다걸래 일찌가니 법계리로 나가서 한 바꾸 둘러보고 오는 챔이요."

그것은 사실이었다. 종술은 꼭두새벽에 뗏목을 타고 저수지를 질러 달마산 쪽으로 가서 한나절 숲속을 헤매며 울울하고 답답한 심사를 달래다가 돌아오는 길이었다.

전망대로서도 아주 안성맞춤인 물문의 난간에 기대 서서 최 사장은 신바람이 났다. 저수지의 규모와 장차의 사업 계획을 설명하면서 그는 마치 그것이 통째로 자기 개인 소유인 양 으스대기를 잊지 않았다. 그의 과장된 설명은 일차로 계집들의 감탄을 자아내기에 족해서 어머, 혹은 멋있어, 소리가 연방 흘러나왔다.

"잉어도 물론 수지야 맞지. 허지만 앞으로는 더 좀 본격적인 수익성을 노려서 초어를 양식헐까 생각 중이라네."

일행을 둘러보면서 그는 자랑스럽게 말했다.

"초어?"

콧잔등으로 흘러내리는 돋보기 안경을 바로잡다 말고 대머리 사장이 이상하다는 표정을 지었다.

"초어라고, 풀을 먹고 사는 요상시런 물괴기가 있네. 잉어보담도 더 속빠르고 더 크게 자라는 희귀종이라네."

"고런 물괴기도 다 있었구만. 기왕 말이 나온 짐에 당장 그놈을 횟감으로 올렸으면 좋겠네."

"초어 먹고 정력 좋아질 성불러서 또 그러나?"

대머리가 배불뚝이를 놀리는 소리였다.

"정력이라면 말도 마소. 마침 증인이 옆에 있으니깨 허는 소리네만, 밤이나 낮이나 노상 재고가 남어돌아서 고민인 것이 바로 내 정력이라네."

"원원이 그렇게 고민이 많어서 홍 사장은 요새도 비암탕이야 토룡탕이야 장복허시는가?"

"야, 김 언니야, 접때 내 솜씨가 으떻더라고 조 사장한티 사실적으로 증언허거라."

"접때가 하두 많어서 어느 접때를 말씀하시는지 모르겠네요."

"번번이 다 좋았을 테니깨 니가 알어서 아무 접때나 골라잡거라."

"흐렸다 갰다 항상 장마전선만 오락가락한다구요."

"옳거니, 홍 사장 그 소문난 정력 한번 바겐 쎄일에 붙일 만허구나!"

그것을 계기로 늙은 사내들과 젊은 계집들이 한데 어우러져 정력제를 화제로 때아닌 음담들을 농탕하게 주고받기 시작했다.

최 사장은 며칠째나 계속해서 심기가 몹시 편치를 못했다. 손재수가 있으려니까 별의별 일들이 다 불거지는 것이었다. 우선 가장 최근의 사고로서 법정에까지 번진 보상금 시비를 들 수가 있었다.

얼마 전에 그는 복사 트럭 세 대를 한꺼번에 구입하여 신남화물의 사세 확장을 꾀한 바 있는데, 그 중의 한 대가 불과 몇 탕을 뛰지도 못하고, 최 사장 본인의 표현을 빌려 말한다면 새 차의 안전 운행을 비는 고사떡이 채 측간에 닿기도 전에 그만 엄청난 인사사고를 내고 만 것이다. 쌀가마를 잔뜩 쟁여 싣고 서울을 향해 신나게 달리던 운전기사가 고속도로상에서 느닷없이 중앙선을 침범하여 맞은편에서 오던 용달차를 정통으로 들이받은 것이다. 그 바람에 용달차는 박살이 나서, 역시 최 사장 그의 표현대로 하자면 아코디언이 되어서 그쪽 기사는 즉사하고 이쪽 기사는 길 아래로 굴러떨어진 트럭에 깔려 중상을 입었다. 종합보험에 들어 두었으니까 차야 물론 다시 살릴 수 있지만 문제는 살려낼 수 없는 사람의 목숨 쪽에 있었다.

　짐승하고 인간 사이의 경계선을 수없이 넘나드는 지저분한 줄다리기 싸움 끝에 유가족 측하고 간신히 합의는 보았지만, 그 때문에 기둥뿌리가 흔들릴 지경의 지출을 감당해야만 했다.

　겨우 한시름 놓을 만하니까 이번에는 또 엉뚱깽뚱한 데서 문제가 생겼다. 이곡리의 조카한테서 숨이 턱에 닿게 급보가 들이닥친 것이다.

　처음에는 양어장의 위급을 알리는 그 전화 보고가 그로서는 도무지 요령부득이었다. 그때까지도 그는 저수지에 물만 담겨 있으면 양어장만큼 안전빵인 사업도 없다고 마음을 느긋이 먹고 있었기 때문이다.

"대관절 이 노릇을 으떻게 모면혀야 좋데라우?"

징징 쥐어짜는 익삼 씨의 하소연을 듣고서야 비로소 그는 사태의 심각성을 올바로 파악할 수가 있었다. 사용 허가만 따내면 땅 짚고 헤엄치기인 줄만 알았던 유망한 사업 하나가 극심한 가뭄통에 허공으로 뜨려는 판국이었다.

부자가 되고 그 부자 자리를 계속 지켜나가는 것이 결코 쉬운 일이 아닌 줄은 진작부터 알고 있었지만, 근래에 들어 뭐 하나 작정대로 이루어지는 일이 없었다. 돈벌이 사업이 힘들고 복잡하게만 느껴질 때마다 그는 조상한테서 물려받은 땅이나 꼬작꼬작 파먹고 살던 자기를 끌어들여 험한 바닥에 동댕이친 세상이 갑자기 원망스러워지곤 하는 것이었다.

"느그네 아재비가 무신 제갈공명이라도 되는지 아냐?"

하소연만 되풀이하는 조카를 그는 사정없이 윽박질렀다. 겨우 그 정도 역정만으로는 부아가 풀리지 않아서 그는 재차 호통을 쳤다.

"멀쩡허니 가만있는 나를 살살 돌라서 거만대금을 투자허게 코롬 맨든 미친놈이 바로 너니깨 동남풍으로 쏘내기를 불르든가 시암물을 퍼다가 빈자리를 채우든가 니가 알어서 책음지고 조처 허거라!"

그러나 전화를 끊고 나서 곰곰 생각해본 결과 그는 반드시 그럴 일만도 아니라는 결론에 도달했다. 무슨 일이고 간에 결코 쉽사리 포기하는 성미가 아닌 그는 왕년에 뙤약볕 밑에서 씨뿌리고 김매고 거름 주어서 열매 거두던 농부의 인내심과 집념으로 차근차근 매듭을 풀어나가기 시작했다.

끝내 하늘이 무심할 경우라도 최소한 여태껏 길러놓은 고기만큼은 고스란히 건질 수가 있었다. 그리고 저수지가 마른다 해서 한번 따낸 저수지의 사용권마저 마르는 건 아니므로 얼마든지 다음 기회를 도모할 수도 있는 문제였다. 인력으로 어쩔 수 없는 사태는 받아들이되, 그러기 전에 이용할 수 있는 데까지는 실컷 이용하고 보자는 배짱이 섰다. 까짓것 뭐 모내기를 놓친 농부는 논에다 메밀 같은 구황(救荒) 작물이라도 대파(代播)할 수 있는 법이었다.

그래서 그는 평소에 자별하게 지내던 친구들에게 연락을 취했던 것이다. 시장통에서 포목상을 크게 하는 조 사장과 역전 근처에서 건재상을 벌이고 있는 홍 사장이었다. 바싹 물이 메말라 저수지의 몰골이 흉측스러워지기 전에 자신의 기분 전환도 하기 겸 친구들한테 저수지도 자랑하기 겸해서 어느 하루 날을 잡아 낚시질이나 실컷 즐길 심산이었다.

그런 일에 계집이 끼지 않으면 방귀에 식초 친 맛이라는 홍 사장의 의견에 따라 단골 요정의 마담을 구슬려서 반반한 아이들 셋을 하루 야외로 빼돌리는 데도 성공했다. 말만 잘 들으면 집이라도 한 채 장만해줄 용의가 있음을 그는 오래 전부터 원 양에게 은근히 밝혀온 터이었다.

"저런 데다 별장이나 짓고 살았음 원이 없겠네!"

물가에 세워진 텐트 쪽을 손가락질하면서 원 양이 최 사장 소유의 경치를 마냥 부러워했다.

"너 이년, 별당 마님이 되고 잪은 모냥이로구나?"

홍 사장이 자기 짝도 아닌 원 양을 공깃돌처럼 가볍게 다루고 있었다.

"내가 맘 먹기 따러서 고까짓 별장 정도 못 지을 것도 없지."

공업단지 바람에 땅값이 뛰어 하루아침에 벼락부자가 된 농사꾼 출신의 최 사장은 만면에 미소를 지었다.

"역시 우리 최 사장 사업 수완은 알어줘야 혀. 선견지명이 있단 말씀이여."

그동안 여러 차례 말로만 들어온 친구의 저수지를 실제로 둘러보면서 조 사장도 부러운 기색을 감추지 못했다. 자기가 포목전 테두리 안에만 갇혀서 혼수감을 뜨러 온 여편네들하고 잣대의 눈금 하나를 다투며 세월을 보내는 사이에 어느덧 친구는 풍류를 아는 사업가로서 대성해 있었던 것이다.

최 사장은 일행의 그와 같은 반응을 보고 역시 야외로 나오길 참 잘했다고 생각했다. 그는 꽃 같은 원 양을 수단껏 주무르며 하루를 노닥거리는 사이에 아코디언 사건도 십수 년래의 가뭄도 말짱 다 잊어버리고 싶었다.

"자아, 위선 천막으로 가서 옷부터 갈어입고 즘심에 끓여 먹을 매운탕감이나 낚기로 허지."

최 사장의 제안에 일행은 모두 찬성했다. 아침에 집을 나설 때 마누라한테 사업상의 출타를 가장하느라고 그들은 하나같이 낚시꾼의 복장을 갖추지 못한 채로 물가에 왔던 것이다.

"잠깐만!"

그러나 최 사장 일행은 난데없는 고함 소리로 말미암아 잠시 물문에서 주춤거리지 않을 수 없게 되었다.

"그 물건들은 도로 찻속에다 집어넣으시요!"

다름 아닌 감시원이었다. 최 사장은 각자 자기 주인의 낚시 도구를 어깨에 멘 체 대봇둑에 대기 중인 운전기사들의 앞길을 떠억 막아서는 완장의 사내를 볼 수가 있었다. 너무도 어안이 벙벙해서 최 사장을 비롯한 모든 사람들이 개개일자로 말문이 막혀 있는 사이에 당돌하기 짝이 없는 그 감시원은 매우 결연한 동작으로 물문 쪽을 향했다.

"사장님도 잘 아시다시피 우리 널금저수지에서는 무단 어로 행위가 공유……."

그 대목에서 종술은 영락없이 또 침을 꿀꺽 삼켰다.

"공유수면관리법으로 금지되야 있습니다요!"

아까부터 아니꼬워 죽겠다는 표정으로 물문에서 벌어지는 최 사장 일행의 덜된 수작을 내내 주시하고 있던 종술은 최 사장의 매운탕 운운을 계기로 마침내 자기가 뛰어들 구실을 붙잡았던 것이다.

"이놈이 시방 뒤질라고 환장을 혔나, 감히 어느 안전이라고 고 따우 말버릇을!"

그제야 뒤늦게 맑은 정신이 든 익삼 씨가 얼굴색을 붉으락푸르락거리면서 팔소매를 걷어붙이는 시늉을 했다.

"어르신네들 앞에서 그놈 참 농담도 재롱 삼어서 잘도 허누만."

말을 마치기 무섭게 최 사장은 시동이 걸린 경운기의 엔진과도 같이 탓탓탓 하고 요란스러운 웃음을 터뜨렸다. 오만불손하고 무례방자한 감시원의 소행머리를 일단 농담으로 돌림으로써 갑자기 난처한 지경에 빠진 분위기를 적당히 눙쳐볼 요량이었다. 하지만 그는 이미 돌이킬 수 없는 상태로 치닫고 있는 위험한 분위기를 충분히 직감할 수가 있었다. 아나나 다를까…….

"아닙니다요, 대장부 나이 삼십에 지가 아무리 헐 짓이 없기로 재롱을 떨겠습니까요."

일판이 참으로 묘하게 꼬여가는 중이었다.

"종술이 너 이놈, 이 쌔려줘일 놈!"

호통과 동시에 날쌔게 따귀를 올려붙이려는 익삼 씨의 팔을 잽싸게 낚아채어 종술은 확 비틀어버렸다. 믿었던 조카마저 간단히 꺾이는 걸 보고 최 사장은 더욱 낙담했다.

"어허, 이것이야말로 봉욕이구만, 봉욕이여."

조 사장이 돋보기 너머에서 눈을 꿈벅이며 나지막이 중얼거렸다.

"뭐가 저런 게 다 있어!"

김 언니가 입 속으로 쫑알거리는 소리였다. 그때까지 분을 삭이느라고 가쁜 숨만 헐떡이고 있던 건재상 홍 사장이 냅다 고함을 질렀다.

"야 이놈들아, 주먹은 뒀다가 얻다 쓸라고 멍청허니 귀경들만 허냐? 개 값은 내가 물어줄 작정이니깨 어서 저 고연 놈을 태질치거라!"

그러자 운전기사 셋이 용기백배하여 뭇매를 때릴 채비를 하고 종술한테 덤비려 했다. 하지만 종술은 물러서긴커녕 오히려 그들 쪽으로 한 발짝 다가서면서 어금니를 빠드득 갈았다.

"그러잖아도 별이 한 개뿐이라서 서운허던 챔인디, 마침맞게 니놈들을 만나서 다행이다. 별을 한 개 붙이나 두 개 붙이나 이 몸은 어째피 이판사판이니깨 우리 어디 기차게 한번 맞장떠보드라고!"

운전기사들은 대번에 낯빛이 핼쑥해졌다. 그들이 꼬리를 사리는 걸 보고 종술은 여유 있는 몸놀림으로 물문 쪽을 향했다. 그는 대봇둑에서 물문으로 통하는 쇠난간 중간 지점에 우뚝 멈춰서서 양손으로 허리를 처억 짚었다.

"지금이 어느 땐고 허면, 날이 너무 가물어서 농민들 눈에서는 피눈물이 맺히는 판국입니다요! 그런디 사장님이 요렇게 호화판으로 놀이허시는 걸 보고 농민들이 뭐라고 그러겠습니까요!"

최 사장을 상대로 종술은 무엄하게도 일장의 훈시를 시작했다. 그러자 대봇둑의 익삼 씨가 불쑥 훼방을 걸어왔다.

"니깟놈이 이놈아, 농민들 피눈물 생각혀서 이놈아, 그 사람들한티 오늘날까장 그 행패 다 떨어왔냐, 이놈아!"

익삼 씨의 존재를 깡그리 무시한 채 종술은 다시 최 사장을 상대했다.

"허지만 좋습니다, 다 좋다니깨요! 사장님이 재미지게 놀다 가시는 것이사 지가 무신 권리로 막겠습니까마는, 다 허시드라도 낚시질만은 절대로 안 되누만이라우!"

"이 동네는 누가 사장이고 누가 사원인지 위아래도 알 수가 없네요."

원 양이 참다못해 매섭게 쏘아붙였다. 비로소 최 사장은 내가 이러고만 있을 때가 아니라고 생각했다. 그는 먼저 헛기침으로 목청부터 가다듬었다.

"너 이놈 임가야!"

"말씀 낮추시지요. 사장님."

"너를 이 저수지 감시원으로 취직시켜준 사람이 누구냐?"

"그것이사 사장님이지 누구겠습니까요."

"그런 줄 알면서 사장이 허는 일을 니가 막는단 말이냐?"

"사장님이 정 그렇게 나오신다면 저도 한말씸 묻겠습니다요. 어느 누구를 막론허고 낚시질을 막으라고 저한티 명령허신 냥반이 누굽니까?"

최 사장은 하도 기가 막혀서 허허 웃을 수밖에 없었다.

"웃으실 일이 아닙니다요!"

"이놈아, 그것이사 따른 사람들 이얘기지 누가 너보고 사장까장 단속허랬냐? 내가 내 재산 조깨 축내는 것도 니 눈엔 도적질로 뵈더란 말이냐?"

"그게 아니지라우! 따른 사람보담도 사장님이 손수 좋은 뽄을 뵈야야 넘들도 따르지, 만약 안 그러고 삼동네 이웃이 개나 걸이나 죄다 나서서 월척을 낚기로 뎀비는 날이면 그 뒷일은 사장님이나 지가 무신 재주로 감당허겄냐, 이런 말씸이지라우!"

종술은 터무니없는 억지 소리를 고집스럽게 밀고 나갔다. 그와 같은 행동의 이면에는 물론 부월하고의 감정이 사단으로 작용하고 있었다. 그러나 그것만이 전부는 또 아니었다. 널금저수지와 거기에 딸린 모든 부속물 하나하나를 그는 마치 자기 소유인 양, 제 살점이나 다름없이 아끼고 사랑하고 있었다. 그처럼 끔찍이 아끼는 저수지를 같잖은 사장 나부랭이와 접객 업소의 여종업원 떨거지들로 하여금 손끝 하나도 건드리게 하고 싶지 않은 까닭이었다. 그는 최 사장 일행의 행동을 자신의 인격이나 자존심에 가해지는 일종의 모독으로 받아들이고 있었다.

"네 이노옴, 니놈이 감히 누구를 도적놈 취급이냐!"

드디어 최 사장의 입에서 노성이 벽력같이 뻗어나왔다.

"가암히 누구를 도적놈 취급이냐아!"

대봇둑에서 지르는 익삼 씨의 고함이 메아리처럼 공허하게 그 뒤를 따랐다.

"너는 이놈아, 오날부로 감시원직에서 모가지다!"

"오날부로 감시원직에서 모가지다아!"

7

　최 사장한테 무엄하게 군 죄로 임종술은 무엄의 바로 그 현장에서 널금저수지의 감시원직을 즉각 박탈당하고 말았다. 그러나 방약무인한 머슴의 목을 잘라 주인으로서의 위엄을 보였다고 믿는 것은 어디까지나 최 사장과 익삼 씨의 일방적인 속단에 지나지 않았다. 종술 쪽의 해석은 전혀 그게 아니었다.

　"임종술이는 본시 모가지가 여러 개 달린 놈이니깨……."

　한 번쯤 잘린다 해도 살아가는 데 아무런 지장이 없다는 이야기였다. 마을 사람 누구를 만나든 그는 저쪽에서 묻지도 않은 말에 이렇게 일삼아 밝히고 다니는 것이었다. 심지어는 지나가는 개를 상대로 해서까지 똑같은 말을 뇌까리기도 했다. 실연에다 실직까지 겹친 주제에 웬만큼 기가 꺾일 법도 하련만, 어찌 된 셈인지 그는 끄떡도 없다는 태도였다.

기가 꺾이는 게 다 뭐냐. 그는 오히려 감시원직에서 해고당한 자신의 처지를 즐기기라도 하는 투로 자신만만한 기색이었다.

종술은 해고당한 후로도 저수지를 떠나지 않았다. 떠나기는 커녕 오히려 전보다 더 충실히 감시소를 지켰으며 전보다도 훨씬 열심히 순찰을 돌았다. 그는 자기가 여전히 널금저수지의 유일무이한 감시원이란 사실을 추호도 의심하지 않았던 것이다. 그 증거로서 그의 왼팔에는 예의 그 울긋불긋한 비닐 완장이 아직도 버젓이 채워져 있었다.

오직 익삼 씨 혼자만이 애가 달아 바늘방석에 앉은 듯 안절부절못하는 괴로운 나날을 보내고 있었다. 그는 최 사장으로부터 다른 사람을 후임자로 구하여 당장 감시원으로 들여앉히라는 엄명을 받았다. 최 사장은 하루가 멀다고 계속 독촉 전화를 걸면서 매번 그 불한당한테 만좌중에 당한 치욕을 거론하는 한편, 그런 천하의 망나니를 감시원으로 천거한 족질의 실수가 결코 돌이킬 수 없는 것임을 아울러 상기시키곤 했다.

꼭 최 사장의 지적이 아니더라도 익삼 씨는 종술에 관해서 나름대로 이미 확고한 주관을 세워놓고 있었다. 요즘 세상에 제 뚝심 좋은 줄만 알았지 범보다도 무서운 돈의 위세 좋은 줄은 도통 모르는 하룻강아지 같은 놈이었다. 그놈이 간덩이가 부어도 유만부동이지, 어디라고 감히 그 찍자를 다 부리더란 말이냐.

최 사장이 당한 망신은 익삼 씨의 안중에 별로 없었다. 그것은 아저씨의 몫이었다. 그는 자기 몫으로 자기가 당한 망신만을 소중스레 따로 챙겨 지니고 있었다.

종술의 몽니가 그날 밤 가장 결정적인 순간에 불쑥 끼어든 자신의 짓궂음으로 말미암아 텐트에서의 사랑 놀음을 훼방당한 데서 비롯되는 것인 줄 모르는 바는 아니었다. 하지만 아무리 그렇더라도 결코 허술히 대할 수 없는 귀한 손님들 앞에서 면내의 손꼽히는 유지로서의 자신의 체면을 형편없이 구겨놓은 종술이 놈의 소행머리만 생각하면 부득부득 이가 갈리는 것이었다. 놈의 손끝에 벌레만도 못하게 취급당한 그 원한을 그는 도저히 잊을 수가 없었다. 최 사장의 독촉이 아니더라도 그는 기어코 놈한테 앙갚음을 하고야 말 작정이었다.

평소에 친분이 두터운 지서장을 움직여서 놈을 잡아넣어버릴까 하고 궁리하지 않은 바도 아니었다. 그러나 그 방법만큼은 이내 포기하면서, 어째서 포기할 수밖에 없는가 하는 이유를 그는 흔히 그럴 경우에 쓰라고 조상들이 마련해준 속담으로 얼버무렸다.

똥이 무서워서 피허냐? 더러워서 피허지.

익삼 씨와 종술 사이에 덧게비장난 같은 엎치락뒤치락이 꼬리를 물기 시작한 것은 바로 이때부터였다. 자신이 꾸미는 음모가 상당한 위험을 내포한 것인 줄 아는 까닭에 익삼 씨는 더럽다는 것만 구실 삼아 종술을 철저히 회피했다. 이 마을 저 마을로 부지런히 싸다니며 그는 종술의 후임자를 물색했다.

그러나 오만 원 월급에 감시원직을 맡겠다고 선뜻 나서는 쓸개 빠진 놈은 좀처럼 찾아낼 수가 없었다. 저 정도 잡놈이면 되겠거니 하고 궁리 끝에 찾아가서 슬쩍 말을 건네보면 하나같이 펄쩍 뛰는 것이었다. 그럴 듯한 말로 아무리 구슬려봐도 막무가내로 도리질만 계속하는 상대방 앞에 익삼 씨는 울화통이 터졌다.

"자네 뭣이 무서워서 그러나?"

종술만 한 잡놈은 못 되지만 그래도 인근에서는 제법 알아주는 앙죽리의 건달 김시권이었다.

"무섭다니요?"

시권은 시선을 피하면서 우물쭈물 얼버무렸다.

"자네 종술이가 혹시 어쩔깨미 그러는 게지?"

익삼 씨는 허실 삼아 한번 꾹 찔러보았다. 그러자 시권의 얼굴이 금세 벌겋게 달아올랐다.

"무신 말씀을 그렇게 허쇼? 아, 아니, 내가 글씨 으떤 놈 무서워서 나 허고 잪은 일도 못 허고 사는 사람인 줄 아쇼?"

몹시 억울하다는 말투였다. 그러나 익삼 씨는 비로소 사정을 올바로 알아차릴 수가 있었다.

"아무 염려 마소. 종술이 그놈은 내가 책음지겠네. 자네도 아다시피 면내에서는 내 위치가 그렇게 물렁물렁허들 않다네."

기회를 놓칠세라 익삼 씨는 희떠운 소리를 뻥뻥 쳤다. 문제는 바로 종술이었다. 그놈이 뒤에 떠억 버티고 서서 자기가 일껏 물색해놓은 잡놈들을 잔뜩 겁주고 있음을 그는 뒤늦게야 깨달았던 것이다.

"정 삐딱허니 나오는 날이면 소재지 지서를 저수지로 난짝 욍겨와서라도 내 기연시 그놈 그 못된 행실을 다스려놓고야 말라네."

입에 거품을 물고 나타내는 익삼 씨의 굳은 결심을 보고 나서야 시권은 정색을 했다.

"이장 어르신이 참말로 그러실 수 있겠소?"

"방금 내 장담허잖든가. 종술이 그놈 허리를 꺾어놓고 말 작정이라고!"

"종술이 허리쯤이사 나도 꺾을 줄 알지만도, 그게 아니고 지서를 요짝으로 욍겨온다는 그 일 말이지라우."

"예끼 사람, 일트레면은 내 위치가 면내에서 그 정도다 이런 뜻이지!"

일은 의외로 쉽게 성사되었다. 익삼 씨는 그것이 순전히 자신의 놀라운 기지 덕분이라고 생각했다. 만약 임종술의 존재를 속으로 두려워하는 그 심정을 역으로 찔러 시권의 자존심을 부채질하지 않았더라면 한바탕 또 단단히 애를 먹었을 거라고 생각했다.

월급이나 근무 조건은 종술의 때하고 똑같이 하기로 합의를 보았다. 다만 완장 외에 호루라기 한 가지를 추가로 더 지급하는 것만이 먼젓번 경우하고 다를 따름이었다. 시권 쪽에서 먼저 호루라기를 요구해왔으므로 쾌히 그걸 응낙하면서도 익삼 씨는 혼자서 코웃음을 쳤다. 잡놈은 역시 별수 없는 잡놈이구나 하고 생각했던 것이다. 저수지 감시원도 무슨 벼슬 축에 든다고 그저 세도 부리는 데 도움만 된다면 요강단지라도 머리 위에 덮어쓰고 다닐 놈들이 세상에는 수두룩할 것이었다.

"니알 아침부터 일찌거니 출근혀야 쓰네."

"종술이 문제만 이장 어르신이 책음져주신다면 아무 때라도……."

익삼 씨는 시권이 사는 앙죽리를 빠져나온 다음 아직도 떠날 생각 않고 저수지에 붙어 있을 종술이놈의 눈을 피해 멀리 아래쪽 논둑길로 돌아서 갔다. 그는 저수지 쪽을 향해 눈을 부릅뜨면서 주먹을 불끈 쥐었다.

너 이놈, 니가 메칠이나 가는가 어디 한번 두고 보자!

이튿날 날이 밝기 무섭게 익삼 씨는 저수지로 달려갔다. 예상했던 그대로 종술은 감시소 안에 들어앉아 있었다. 익삼 씨가 들어서고 나니까 감시소 내부는 형편없이 비좁아졌다.

"오날부터 자리를 비워줘야만 되겠네."

가타부타 대꾸도 없이 우두커니 앉아만 있는 종술이 전혀 마음에 걸리지 않는 건 아니었으나 익삼 씨는 모르는 척하고 마루 한귀퉁이에 엉덩이를 얹었다.

"사람 하나 새로 맞춰놓았네. 오늘부터 그 사람이 감시를 맡을 걸세. 내 말 알어들었는가?"

"알어듣다마다요."

종술은 허연 이를 내놓고 한 차례 히쭉 웃어 보이더니만 마루 위에 잔뜩 똬리를 틀고 앉았던 그들먹한 몸뚱이를 천천히 일으켰다. 땟국에 전 러닝셔츠 바람의 그가 아무 말 없이 밖으로 나가는 모양을 익삼 씨는 믿어지지 않는 눈초리로 멀뚱멀뚱 지켜보았다.

당연히 나올 법한 질문이었다. 새로운 감시원이 도대체 어떤 놈이냐고 단단히 따지고 대들 거라고 예상했었다. 그런데 웬걸, 종술이놈은 그럴 줄 알았다는 듯이 왼눈 하나 깜짝하지 않음으로써 그를 보기 좋게 배반했던 것이다.

흉물단지 같은 저놈이 대관절 저 시커먼 복장 속에다가 무신 꿍꿍이를 담고서 저러는 걸까.

익삼 씨는 감시소 밖으로 고개를 길게 늘여뺀 채 종술이 석축의 비탈면을 타고 제방을 내려가는 모양을 내다보았다. 물가에 쪼그리고 앉아서 손바가지로 물을 떠 세수를 하는 종술의 태연한 자세에 익삼 씨는 부쩍 조바심을 치기 시작했다.

종술이 돌아왔다. 그의 얼굴에서 뚝뚝 떨어지는 물방울이 마치 자기 콧잔등에 닿기라도 한 듯이 익삼 씨는 오만상을 찡그렸다.

"종술이 자네허고 나허고는 암만혀도 연때가 안 맞는갑네. 어째피 안 맞을 연때라면 차라리 일찌거니 갈러서는 것이 피차간에 득이 될 것 같네. 안 그런가?"

"성님더러 누가 뭣이라고 그럽디여?"

그러고는 그만이었다. 종술은 쓰다 달다는 말대꾸 한 마디 없이 러닝셔츠 위에 소매 긴 춘추용 잠바를 걸치기 시작했다. 지퍼를 올리고 나서 녀석은 완장까지 팔에다 둘렀다. 익삼 씨는 그것이 또 마음에 걸렸다. 녀석이 뭘 믿고 저러는 건지 아무래도 영문을 알 수가 없었다.

"자네는 궁금허지도 않은가?"

"뭘 말이요?"

"새로 부임허는 감시원 말이네!"

더 참을 수가 없어 익삼 씨는 마침내 소리를 꽥 지르고 말았다. 그러자 종술은 또 정나미가 확 떨어지게끔 히쭉 웃어 보이는 것이었다.

"성님 일이지 그게 어디 내 일인가라우? 성님이 어련히 알어서 허시겠지요."

"그놈에 성님 소리 조깨 두었다가 쓰소!"

약속이나 한 듯이 두 사람은 곧 침묵 속으로 빠져들었다. 팽팽한 침묵의 한 끝씩을 붙잡은 채 그들은 인내심의 줄다리기를 벌이기 시작했다. 시간이란 것이 벌레처럼 매우 더디게 지나가고 있었다.

느릿느릿 다가오는 발소리가 들렸다.

"오는구만!"

깜짝 반가운 김에 익삼 씨는 무심코 소리 질렀다. 그러나 바깥쪽을 내다보고 나서 그는 우거지상을 지었다. 대봇둑을 타고 걸어오는 중인 운암댁의 맥풀린 시선하고 딱 마주쳤기 때문이다.

"월급도 못 타게 된 놈한티 끄니 때마다 밥은 뭘라고 날러다 주시요?"

누가 들으면 꼭 익삼 씨의 입에서 나왔다고 착각할 법한 소리였다. 그 소리가 다름 아닌 아들의 입에서 흘러나오자 운암댁은 대답 대신 멀뚱히 익삼 씨를 돌아다보았다. 익삼 씨는 가볍게 목례를 보냈다. 운암댁은 무슨 말인가를 할 듯 말 듯 하다가는 슬그머니 시선을 피해버렸다.

종술은 느닷없는 포악을 떨어 어머니를 돌려보내고는 이윽고 내가 언제 그랬더냐는 듯이 태평스러운 얼굴로 되돌아갔다. 익삼 씨의 입장에서는 참으로 복통 터질 노릇이 아닐 수 없었다.

"만약의 경우에 대비혀서 만단으로 다 조처를 끝내놨으니깨 자네가 무신 짓을 허드라도 인자는 아무 소용이 없네. 내 전화질 한 번이면 소재지서 득달같이 쫓아올 사람이 여럿이니깨 자네는 그런 줄만 알고 그 완장이나 기렴으로 짚숙이 간수허소."

종술이 식사를 마치기를 기다려 익삼 씨는 벼르고 별렀던 으름장을 놓았다. 지서장하고 너나들이로 지내는 처지임을 은근히 과시하는 소리였다. 자기 말뜻을 혹시 종술이 옳게 새겨듣지 못했을까봐서 익삼 씨는 새로운 조바심에 빠져들기 시작했다.

뭔가 잘못 풀려가는 조짐이 분명했다. 해가 이미 중천에 걸린 시간인데도 아침 일찍 나오겠다던 시권은 코빼기조차 보이지 않았다.

종술이놈의 그 불길한 침묵을 그때까지 용케도 견디어나온 익삼 씨는 마침내 인내심의 한계에 도달하고 말았다. 갈수록 좀이 쑤셔서 언제까지고 감시소에서만 죽치고 기다릴 수가 없게 되었다. 뒤통수에 와 닿는 종술의 비웃음을 따갑게 의식하면서 익삼 씨는 횡허케 밖으로 뛰어나갔다.

일부러 먹다 남긴 밥찌꺼기를 신문지에 싸들고 종술도 익삼 씨의 뒤를 따라 밖으로 나섰다. 익삼 씨는 앙죽리를 향해서 기다랗게 뻗친 대봇둑을 종종걸음으로 가고 있는 중이었다. 그의 뒷모습에다 대고 종술은 회심의 미소를 보냈다. 마치 급우의 잔등에다 '나는 영자네 신랑이다' 따위 낙서가 적힌 꼬리표를 몰래 매달고는 혼자서 낄낄 즐거워하는 악동과도 같이.

종술은 물문의 난간에 기대서서 가져온 신문지 뭉치를 펼쳤다. 밥찌꺼기가 하얗게 물 위로 떨어져 내렸다. 수심이 깊은 물문 주위에서 놀던 큰 고기 두어 마리가 어른거렸다. 준척은 실히 됨직한 잉어였다. 잠깐 사이에 잉어의 숫자가 불어났다. 그것들이 밥알을 노리고 힘차게 덤벼드는 모양을 종술은 한동안 정신없이 내려다보았다.

이윽고 고기 떼가 물속 깊이 자취를 감추고 나니까 수면은 도로 잔잔해졌다. 그는 수면에 비치는 아침 하늘을 둘러보았다. 또다시 뜨겁고 건조한 하루가 될 것임을 예고해주는 날씨였다. 도둑맞은 자리처럼 며칠 새에 눈에 띄게 수위가 낮아져 있었다.

그는 얼핏 부월을 수면으로 떠올렸다. 옷 대신 달빛을 함빡 뒤집어쓴 채 엉덩이를 씰룩거리며 물가를 달려가는 알몸의 부월이었다. 궂은 짓거리로 지낸 그니의 고사에도 불구하고 여전히 비가 올 것 같은 조짐은 보이지 않았다. 한 몸으로 두 남자를 끌어안는 부정한 계집이 바치는 정성을 하늘이 결코 받아들일 리가 없었다.

그는 수면을 향해서 힘껏 가래를 내뱉었다.

등치고 간 끄내 먹을 화냥잡년 같으니!

어깻숨을 몰아쉬며 서슬이 퍼렇게 들이닥치는 익삼 씨를 앙죽리의 시권은 무덤덤한 얼굴로 맞았다. 천하태평이었다. 늦잠에서 방금 깨어난 듯 녀석은 손등으로 눈곱을 비비고 있었다. 그때까지 바지의 허리띠도 변변히 못 맨 꼬락서니를 보자 익삼 씨는 꼭뒤까지 부앗살이 뻗쳤다.

"자네가 시방 누구를 바람맞힐 작정인가?"

완장

"일이 그렇게 됐구만이라우, 헤헤."

시권은 한 손으로 바지춤을 붙잡은 채 다른 한 손으로는 뒤통수를 긁적거렸다.

"그렇게 되다니?"

"감시원 노릇은 작파허기로 혔구만이라우."

"뭣이여? 시작도 허기 전에 작파부터 혀?"

익삼 씨는 눈앞이 갑자기 노오래졌다.

"예, 이장 어르신 가시고 나서 찬찬히 생각혀봤드니만, 암만혀도……."

"사나 대장부가 일구이언허긴가?"

"어쩌다 보니께 그렇게 됐구만이라우."

그 순간 종술이놈의 모습이 익삼 씨의 뇌리를 스쳤다. 틀림없이 그놈 짓이었다. 아침부터 기분 사납게 히쭉히쭉 웃어쌓던 그 흉물스러운 상판대기를 떠올리면서 익삼 씨는 부르르 치를 떨었다.

"종술이 그놈이 쥐약을 멕여놨구나!"

익삼 씨의 입에서 종술이 소리가 떨어지기 무섭게 시권은 펄쩍 뛰는 시늉을 했다.

"사람을 뭘로 보고 그런 말씸을 허시요? 쥐약이라니, 천부당만부당허요!"

"종술이놈 농간이 아니라면 자네가 뭣이 겁나서 하룻밤 새 딴소리를 허겄는가?"

"고깟녀르 종술이쯤이사 하나도 겁날 것 없으요만, 좌우지간에 나는 그만둘라요! 정승도 지가 허기 싫으면 그만인 벱 아니요?"

쥐약을 먹어도 아주 단단히 먹은 모양이었다. 고개를 썰썰 흔드는 시권을 보고 익삼 씨는 후끈 달아올랐다. 무슨 수를 써서든 기어코 종술이놈을 꺾고야 말겠다는 탱탱한 오기로 말미암아 그의 이성은 갑자기 흐려졌다.

"월급을 올려줄라네!"

"입장 곤란혀지기 전에 이만 막설허는 게 좋겠구만요."

"거그다가 오천 원 한 장을 더 얹으면 되겠는가?"

인색하기로 소문난 익삼 씨는 물주인 최 사장한테 물어도 안 보고 멋대로 값을 매겼다.

"이장 어른!"

"딱 육만 원을 채워서 아쿠를 짓세!"

"누에고치 수매허는 단위농협 앞마당도 아닌디 웬 등급은 그렇게 함부로 매기고 야단이쇼?"

그제야 익삼 씨는 입을 다물었다. 잘 가라는 인사도 없이 시권은 방 안으로 들어가서 문을 탁 닫아버렸다.

식구들은 밖으로 다 나가고, 농사꾼도 아니고 그렇다고 왈칵한량도 아닌 반거충이 건달로 지내는 시권이 혼자만 남아 있는집 안은 고즈넉했다. 목덜미에 닿는 햇볕을 익삼 씨는 따갑게 느

졌다. 아침나절부터 축 늘어지기 시작하는 마당가 텃밭의 어린
상추잎처럼 그는 풀기를 잃었다.

이 웬수를 무신 수로 갚을꼬!

그는 종술을, 그 웃음과 그 말대꾸를 머릿속에 다시 떠올렸다.
독촉이 빗발치던 최 사장의 전화 목소리도 함께 상기했다. 그러
자 잠시 풀죽어 있던 오기가 되똑 살아났다. 그는 올 때보다도 서
슬이 더 퍼레져가지고는 씨억씨억 저수지를 향해 발길을 돌렸다.

"종술이 네 이놈, 나 조깨 보자!"

때마침 종술은 물가에 매어둔 뗏목의 줄을 풀던 참이었다. 그
는 숨이 턱에 닿게 달려오는 익삼 씨를 멀거니 쳐다보았다.

"뺌은 앙죽이서 맞고 눈은 왜 저수지 와서 흘기시요?"

"오오냐, 말 안 듣고도 나 뺌 맞은 줄 잘도 아는 걸 보니 종술이
니놈 소행이 여축없구나!"

익삼 씨는 금세 고꾸라질 것 같은 걸음으로 석축을 타고 쪼르
르 제방을 내려왔다. 풀무질하듯이 가슴이 위아래로 마구 오르
내리고 있었다. 종술은 몸을 날려 익숙한 솜씨로 뗏목에 올랐다.

"나허고 웬수 척져서 무신 이득을 보겠다고 날 골탕 멕이는 거
냐, 이놈아!"

익삼 씨의 부르짖음이 물결 위로 자욱하게 깔렸다. 종술은 앞
뒤로 발을 날렵하게 움직여서 올라타는 충격 때문에 생긴 뗏목
의 요동을 진정시켰다.

"골탕을 멕이다니요?"

"몰라서 묻냐? 무신 수작을 부렸간디 시권이란 놈이 저 지경이 냔 말이다, 이놈아!"

"에헤이참 성님도, 수작은 지가 무신 수작을……."

"어서 바른대로 대지 못허까!"

"바른대로 대지요. 엊저녁 때 찾어가서 시권이를 만났소."

"만나서?"

"만나설라무니 앞으로 수고가 많겄다고 그러고 요걸 근네줬지 라우."

종술은 오른손으로 왼팔의 완장을 툭 쳤다. 그런 다음 젖은 뗏 목 바닥에 엉덩이를 부리면서 손에 노를 잡았다.

"난짝 보듬어 안고 입이라도 쪽 맞췄다고 둘러대는 쪽이 차라 리 곧이들리겄다, 이놈!"

"성님도 참 망녕이요. 붕알 달린 놈들찌리 무단시 입은 왜 맞추 고 야단이다요?"

"맞다. 차라리 널러댕기는 까마구 보고 수인사 트는 편이 낫지, 너 같은 놈 붙잡고 콩팔칠팔 시비 개리는 내가 참말로 망녕이다!"

"근네줘도 시권이가 받을라고 않습디다. 그게 어디 성님 물견 이지 지 물견이냐고 그럽시나 말입니다."

"종술이 네 이노옴, 니놈이 날 욕뵈고도 질래 무사헐 성부르더 냐? 어림 반푼어치도 없다, 이놈아! 오날날까장 오기 하나로 똘

똘 뭉쳐서 살아온 최익삼이다, 이놈아! 내 눈 밖에 나고는 이곡리서 하루도 펜히 못 지낼 줄 알거라, 이놈아!"

이놈아 소리 한 번에 삿대질 한 번씩을 덤으로 얹고 나서 익삼 씨는 도로 씨억씨억 대봇둑으로 올라갔다. 종술 역시 갑자기 생각이 달라져서 뗏목을 다시 석축에다 붙이고는 줄을 매었다. 딱 바라진 체구의 익삼 씨가 콧숨을 푸푸거리며 이곡리를 바라보고 휘뚱휘뚱 달려가는 모습을 종술은 한참이나 지켜보았다. 그는 휘파람이라도 후익후익 날리고 싶은 기분이었다.

그것은 사실이었다. 종술은 시권한테 손가락 하나도 댄 적이 없었다. 다만 한 가지, 완장을 벗어서 시권의 면전에 디밀었을 뿐이었다.

바로 그 전날의 일이었다. 종술은 오후의 햇발이 만드는 감시소의 그늘에 앉아서 대봇둑 아래 부채꼴로 퍼진 몽리답들을 살피고 있었다. 헌 옷 기운 자리 모양으로 들판 군데군데 설치된 못자리판들은 저수지가 흘려보낸 생피 같은 물줄기를 갈라 마시고는 어느새 볍씨를 틔워서 연초록빛을 띠고 있었다.

그러나 지난 가을 이후 쟁기질 한 번 가하지 않은 채 벼 베어낸 자리 그대로 묵혀둔 대부분의 논배미들은 쩍쩍 갈라진 틈서리로 신음 소리라도 토하듯이 갈증에 시달리는 모습이었다. 당연히 들판이 토해야 할 신음 소리를 자기가 대신 토하고 있는 것만 같이 종술은 마냥 억울한 기분이 드는 것이었다.

농부 차림이 아닌 한 사내의 모습이 눈에 띄었다. 사내는 연방 저수지 쪽을 힐끗힐끗 돌아다보면서 논둑길을 걸어 바삐 앙죽리로 향하는 중이었다. 그가 다름 아닌 익삼 씨임을 종술은 금방 알아보았다. 그리고 무슨 용무로 그가 마을을 간다는 것도 종술은 충분히 짐작할 수 있었다. 벌써부터 예상하고 있던 일이었다.

종술은 그가 안심하고 앙죽리를 다녀오게끔 모르는 척하고 가만 내버려두기로 작정했다. 그가 눈치 채지 못하도록 나름대로 미리감치 손을 써둔 가늠이 있기 때문에 종술로서는 서두를 필요가 조금도 없었다.

날이 어두워지기를 기다려 종술은 슬그머니 앙죽리로 밤마을을 나갔다. 첫 번째로 지목해두었던 집에 이르러 그는 대문간이 떠나가도록 목청을 높였다.

"병세, 집에 있는가?"

병세는 저녁을 먹다 말고 대문간으로 달려나왔다.

"종술이 성님 아니요? 성님이 웬일로……."

한쪽 볼때기가 미어지게 밥을 물고 우물거리는 병세를 보고 종술은 들입다 기부터 죽여놓았다.

"축하허러 왔네."

대문간에 매달린 삼십 촉짜리 전등빛 밑에서 입을 딱 벌리는 병세를 향해 종술은 한술 더 떴다.

"자네가 감시원으로 취직이 되얐다메?"

"워매, 생사람 잡겄네! 으떤 놈이 성님한티 그런 소리를 헙디여?"

"저 근너 사는 아무꽁깨가 그러도만."

"성님, 참말로 섭섭허요, 나도 의리 하나는 있는 놈인디, 성님한티서 미리 귀뜸까장 받고도 내가 의리 없이 그런 일을 맡을 것 같소?"

"앙죽리서 자네 말고 누가 또 있겄는가?"

병세는 입 안에 든 것을 꿀꺽 삼켰다.

"시권이네 집에나 가서 물어보시요. 들으니깨 해전에 익삼 씨가 그 집을 댕겨갔다고 그럽디다."

그 길로 종술은 지체 없이 시권을 찾아갔다. 난데없는 손님을 안방으로 끌어들이면서 시권은 안절부절못하는 기색이 역력했다. 아랫목에 좌정하자마자 종술은 완장을 벗어서 상대방의 면전에 불쑥 내밀었다.

"받어두소. 인자부터는 자네한티 꼭 필요헌 물견일 것이네."

그러나 시권은 감히 그걸 받아들 엄두도 못 내면서 두꺼비처럼 눈알만 끔벅거리고 있었다.

"자네 뭣 허고 앉었는가, 얼른 받으라니깨!"

"종술이가 혹 자발적으로 그만둔다면 모르까……. 그러기 전에는 내가 어디……."

"종술이라고?"

종술은 비로소 턱을 바싹 당기면서 눈을 험악하게 칩떴다.

"시권이 자네가 언짓적서부터 나허고 벗허고 지내기 시작헜는가?"

나이로는 두 사람이 같은 기축생 소띠 동갑이라도 학교는 종술이 일 년 선배였다.

"내 말은 그런 뜻이 아니라 성님이 시퍼렇게 버티고 있는 판국인디 내가 언감생심 성님 자리를 넘볼 것이냐, 이런 뜻이여."

종술은 완장이 얹힌 손바닥을 잽싸게 뒤집어서 철퍼덕 소리나게 시권의 무릎에다 때렸다.

"보통으로 큰 저수지가 아니네. 그것만 차고 있으면 저수지 전체가 제절로 자네 수중에 들어오게 된다네."

"이러지 말어. 성님이 자꼬만 이러면은……."

"잘 간수허소. 자네도 한번 맛을 들인 담부터는 완장이란 것이 어떤 물견인지 알게 될 것이네. 완장이 없으면은 어떤 놈이 권력 있는 놈이고 어떤 놈이 권력 없는 놈인지 사람들이 알어먹을 수가 있어야. 그렇기 땜시 세상에서는 표시가 나라고 완장 같은 물견을 맨들어서 권력을 분간허게코롬 규칙을 정헌다네. 똑같은 사람이면서 누가 누구 머리 우에 서고 누가 누구한티 큰소리를 친다는 게 그렇게 떡 먹딧기 쉬운 노릇은 아니니."

"그게 아니라니깨! 가서 익삼 씨한티 물어보면 성님도 내가 으떻게 대답혔는지를……."

"허지만 시권이 자네도 요것 한 가지만은 짚이 멩심혀야 될 것이네. 원래 권력이란 게 얻기는 쉬울랑가 몰라도 지키기는 심든 벱이네. 권력을 쥐는 날부터 여러 뭇놈들이 그 자리를 넘보기 시작헌다네. 왜 그런고 허니, 권력이 없는 것보담은 있는 것이 휘낀 좋기 땜시 그렇지. 그러니 그 좋은 권력을 지키는 일이 어디 그리 수월헌 노릇이겠는가? 넘들한티 큰소리쳐가며 조깨 펜허게 지낼지는 몰라도 실상은 엔간히 고독헌 벱이라네. 이왕지사 시작허는 짐에 시권이 자네도 아매 맘을 단단허니 먹어야만 그 완장을 오래 지킬 수가 있을 것이네."

"산옥아! 어야, 산옥아!"

방문에 대고 시권은 냅다 고함을 지름으로써 종술의 장황스러운 훈시를 가로막아버렸다.

"귀헌 손님이 오셨는디 이녀르 예펜네는 어디 가서 여적지 코빼기도 안 비친다냐!"

8

"아직도 사슴이 아푸냐?"

때 이른 낮손님 두엇을 접대해서 내보내기 무섭게 태인댁은 방문을 벌컥 열어젖뜨렸다. 아직도 속옷 차림 그대로 방바닥에 그들먹하게 드러누운 채 세월아 네월아 하고 마냥 농땡이를 피우는 수양딸의 꼬락서니를 태인댁은 짜증에 겨운 눈초리로 노려보았다.

"되야가는 집구석이다, 참말로 잘 되야가는 집구석이여!"

장탄식과 함께 태인댁은 무너져 내리는 기세로 문턱에 걸터앉았다. 그니는 한쪽 방구석에 놓인 담뱃갑과 성냥통을 집은 다음 두 번 다시 안 볼 작정인 듯이 부월한테 본때 있게 등을 돌렸다. 그니는 담배 한 대를 뽑아 들고 성냥을 드윽 그었다.

"쭈글쭈글 시든 이 할망구 보고 잦어서 찾어오는 손님들이냐?

내가 똑 그 사람들 시중을 들어야 쓰겠냐? 이 나이에 뒷박마냥 분칠 흐옇게 허고 쥐 잡어먹은 입주뎅이 허고 안 나오는 웃음 어 거지로 팔어가며 다 늦게 간살 떠는 꼴을 봐야만 니 속이 똑 시 원허겠냐?"

가슴 깊숙이 들이마신 담배 연기가 푸념의 마디와 마디 사이를 비집고 풀썩풀썩 피어올랐다. 태인댁은 왕년에 놀던 가락을 되찾은 듯 두 다리를 얌전치 못하게 포개고 앉아서 부앗김에 애꿎은 담배만 뻑뻑 빨아대고 있었다. 엄지와 집게 두 손가락만을 사용하여 마치 벌레라도 다루듯이 조심스럽게 담배를 쥐고 있었다. 수십 년의 이력에도 불구하고 그니의 담배 피우는 모습은 여전히 어설프게만 보이는 것이었다.

"엄니, 나도 한 대 주시요."

"헹편이 안 닿거든……."

그만 끊으라고 입버릇처럼 핀잔을 주려다 말고 태인댁은 갑자기 발끈해서 소리를 질렀다.

"뭣이여? 댐배를 줘?"

"와따매, 우리 엄니 댐배 인심 한번 고약시러져뿌렀네."

고개를 홱 꺾어 찢어지게 눈을 흘기면서 태인댁은 연방 혀를 끌끌거렸다.

"오냐, 오냐, 손발 하나 까딱 않고 막내아들 같은 젊은것들 술 시중에 나 같은 늙은이를 부려먹는 판국인디 너허고 나허고 맞

댐배질인들 못 헐 것이냐. 남녀 간에 사슴 아푼 디는 원원이 댐배가 약이다드라. 오냐, 오냐, 디려야지. 아암, 디려야 허고 말고. 쇤네 여그 댐배 대령혔습니다요, 부월 아씨! 기왕 주는 짐에 홀딱 벗고 불까장 올리지라우, 우리 부월 마님!"

태인댁의 빈정거림처럼 아직도 가슴인지 사슴인지가 그렇게 못 견디게끔 아픈 정도는 아니었다. 편리하게 타고난 평상시의 성격 그대로 부월은 괴롭고도 복잡했던 심사로부터 의외로 빨리 헤어나고 있었다. 며칠째 술사발에 코를 박고 세월을 보내고 난 뒤끝인지라 그저 온몸에서 흘게가 풀리고 머릿골이 왱 울릴 뿐이었다.

아직도 정수리를 콕콕 쪼아대는 소쩍새의 울음소리는 이따금씩 들렸다. 그 소리가 들릴 적마다 그니는 일단 술기운으로 녹여놓았던 부끄러움이랄지 죄책감 따위를 어쩔 수 없이 도로 상기해야만 했고, 그것들을 몰아내려는 안간힘으로 다시 '개 같은 놈!'을 무수히 뇌까리지 않으면 안 되었다.

"그나저나 우리 부월 아씨 또 슬푼 영화 보러 가게 생겼다."

담배에 불을 댕기고 나서 다시 드러눕는 부월을 심히 마땅찮아 하는 표정이던 태인댁이 하마터면 잊을 뻔했다는 투로 엉뚱한 소리를 지껄였다.

"개도 나갈 구녕 보고 쫓으랬다고 안 그럽디여. 신세 조깨 고단허다고 부월이 너무 비소 주지 마시요."

부월도 지지 않고 어기차게 나갔다. 말은 그렇게 하면서도 실은 태인댁만큼 어련무던한 사람도 없다는 걸 그니는 누구보다 잘 알고 있었다.

"너한티 비소 줘서 돈만 생긴다면사 내가 뭣 났다고 여적지 술장시로 늙을 것이냐. 아까막시 소문 들으니께 내 데릴사운지 느그 신랑인지 허는 그녀르 인사가 그 잘나터진 완장 자리서 요렇게 되얐다드라."

태인댁은 손바닥에 빳빳이 날을 세워가지고는 자기 목을 싹독 자르는 시늉을 했다.

"오매, 그게 뭔 소리다요?"

그제야 부월은 벌떡 일어나 앉으면서 허리를 곧추세웠다. 그니의 부릅뜬 두 눈은 그것이 도무지 믿어지지 않는 소문임을 강력히 주장하고 있었다.

"으떤 허갱이 빠진 잡놈이 비싼 밥 먹고 고따우 씨잘디없는 소리로 입가심허든가라우?"

"허갱이가 빠졌는지 밑살이 빠졌는지는 나도 몰르겄다만도, 좌우단간에 농촌지도소 하 주사가 그러드라. 시상천지가 죄다 아는 예펜네 화냥질 지 서방놈 혼자만 눈치 못 챈다드니만, 부월이니가 똑 그 짝 났다."

"설마 그럴라고요. 하 주사가 뭔가 잘못 들었겄지요. 엄니도 아다시피 그 사람이 어디 완장 놓치고 가만 있을 사람이요?"

"야가 시방 누구한티 언성을 높이고 따진다냐? 하 주사가 어디 외상술 마시는 적 한 번이라도 있디야? 맞돈만침이나 확실헌 사람이다. 그런 사람이 뭣이 아숩다고 없는 말을 생짜로 지어낼라 디야."

사람 됨됨이를 재는 태인댁의 기준은 대개 상대방하고의 거래가 외상이냐 현금이냐에 따라서 결정되곤 했다. 태인댁은 현금이나 다름없는 하 주사로부터 전해 들은 소문을 별다른 가감도 없이 고스란히 옮기기 시작했다.

그니의 이야기 속에서 하 주사는 가뭄 극복 작전을 독려하기 위해 이곡리 방면으로 출장을 나간다. 그는 이곡리의 새마을 지도자로부터 요즘 이장인 익삼 씨가 엉뚱한 문제에 부닥쳐 가뭄 따위엔 그다지 신경을 안 쓰고 있다는 사실을 알게 된다. 그 엉뚱한 문제가 어떤 일이며 어떤 경위로 그런 일이 발생하게 됐는지를 알고 나서 그는 익삼 씨를 만나려 한다. 물론 공무상으로도 익삼 씨를 만날 필요가 있는 데다가 더욱이 면내에서 둘째가라면 서러워할 유명짜한 인물에 얽힌 일인지라 개인적인 호기심마저 강하게 작용한다.

하지만 태인댁의 이야기 속에서 그는 결국 익삼 씨를 만나지 못한다. 왜냐하면 후임 감시원을 구한답시고 아침 일찍 법계리로 나갔다는 익삼 씨가 해거름판이 되어도 돌아올 줄 모르기 때문이다.

"당혀서 싸다, 싸!"

이야기의 중간쯤서부터 차츰 얼굴에 생기를 나타내기 시작하던 부월은 마침내 깨소금 같은 기분을 주체할 수 없을 지경이 되었다.

"아이구, 시원타! 칠 년 대한 왕가뭄에 쏘내기만침이나 시원허고 십 년 묵은 체증 내려가는 것같이 후련허기도 허다!"

턱없이 희희낙락하는 그 꼴을 차마 보다 못해 태인댁은 잔뜩 눈살을 찌푸렸다.

"사람이 맘보재기를 그렇게 쓰면 안 되느니라. 아무리 니 눈에서 눈물 찍어낸 사람이기로소니 한번 정분 튼 남자가 신세 망친 일을 두고 꼬소롬허네, 허는 게 여자로서 어디 헐 짓이냐?"

"누구가 종술이 그놈 보고 꼬소롬허다 그러요?"

부월이 벌컥 소가지를 부렸다.

"종술이 그놈 말고 당혀서 싼 사람이 세상에 누가 또 있다냐?"

"종술이한티 잘난 체허다가 납작코가 되게 혼났다는 그 최 사장인지 익삼 씬지허고 지집년들 이얘긴디, 엄니는 번지수도 몰르고 괘얀시……."

"니 눈에는 방바닥이 재떨이로 뵈냐? 얻다 대고 함부로 댐뱃재를 털고 야단이냐?"

태인댁은 때마침 트집거리를 잡아 엉뚱한 일로 화풀이를 하고 나서 몸을 일으켰다. 잠시 후에 부월은 술청 근처에서 건너오는 태인댁의 두런거림을 들을 수가 있었다.

"흥, 입으로는 언필칭 개 같은 놈, 뭣 같은 놈 낱낱이 섬겨가며 욕을 삼태기로 담어내도 속새로는 그것도 지 사나라고 퍽도 장 허게 아누만!"

그 순간 부월은 태인댁에 대한 보복으로 방 안 한쪽 벽면을 차지하고 있는 구닥다리 장롱의 아랫도리를 사납게 노려보았다. 젊은 시절부터 태인댁이 옮겨가는 곳마다 남편만큼이나 소중하게 모시고 다녔다는 그것은 오동나무 판재에 자개와 백통 장식이 요란하게 붙은 이층장이었다. 부월은 맨 아랫 서랍을 빼면 장롱의 안쪽 벽에다 반창고로 붙여놓은 태인댁의 패물 주머니가 보인다는 사실을 오래전부터 알고 있었다.

부월은 마음만 먹으면 언제든 쉽사리 꺼낼 수 있는 태인댁의 패물을 생각하는 사이에 갑자기 초조해지기 시작했다. 이러고 있을 때가 아니라는 기분이 자꾸만 드는 것이었다. 완장이란 물건이 종술한테 얼마만큼 중요한 것인지를 그니는 누구보다도 잘 알고 있었다.

"아무리 밑천 안 드는 말이기로손 그렇게 함부로 품어대기여?"

지난번 그 텐트 사건이 있던 날 밤에, 그까짓 완장이 밥 먹여주느냐고 무심코 지껄였다가 된통 혼났던 기억이 새로워졌다. 딸꾹질하는 자존심 때문에 길길이 뛰던 미스타 림의 얼굴이 아직도 부월의 눈에 선했다. 초년고생만 잘 넘기면 운수 대통을 보장해

준다던 그 완장을 하루아침에 잃어버린 것이 결국 미스타 림한테 뭘 의미하고 있는지를 누구보다 잘 아는 부월이었다. 말하자면 그것은 한 남자의 인생이 징 치고 막 내렸음을 뜻하는 커다란 불상사였다.

더구나 부월은 그런 불상사가 일어난 데 대해 한 가닥 책임감마저 느끼고 있었다. 그날 밤에 자기가 미스타 림의 오장을 확 뒤집어놓는 실수만 저지르지 않았더라도 그는 자기 주인의 발등을 물어뜯는 그런 망나니짓은 결코 벌이지 않았을 것이다.

결과적으로 한 남자의 불행이 한 여자 때문에 일어난 거라고 멋대로 단정을 내리고 나니까 부월은 철딱서니도 없이 갑자기 행복해지기 시작했다.

"그러면 그럴 티지. 내가 요다지도 심사가 괴로운 판인디 지놈이라고 똥뽀가 안 상헐 텍이 없지."

재떨이를 끌어당겨 필터만 남은 꽁초를 일삼아 짓이기면서 부월은 혼잣말로 중얼거렸다.

"어이구야, 이게 누구시당가!"

술청에서 자지러지는 태인댁의 샛노란 목소리였다.

"이게 얼매 만이여? 이러다간 박씨 얼굴 잊어먹겠네그랴!"

"태인댁도 그런 소리 마시요. 저번 참에 댕겨가고 아직 보름도 안 지났소."

"보름이 여북이나 진 세월이당가?"

부월이 믿고 가만있다가는 쪽박 차기 딱 십상이다 싶었던지 태인댁은 어느새 왕년의 가락을 되찾아 우선 김장철 넘긴 남새밭에 남은 배추 포기처럼 한물 간 늙은 목소리부터 뒷박같이 분단장을 시키고 나왔다.

　"한 보름 내 얼굴 못 봐서 몸살 날 사람은 따로 있을 것잉깨 어서 부월이나 불러 앉히시요."

　걸쭉한 목청으로 동네 강아지 부르듯 남의 여자 이름을 함부로 들먹이는 후레자식은 며칠 간격으로 한 번씩 다녀가는 월부 압력밥솥 장수 박가였다. 찾아올 적마다 번번이 손금을 봐준다며 손목부터 덥석 빼앗는 것이 박가의 버릇이었다.

　"사업상 내가 잠깐 한눈파는 새 그런 일이 있었구만. 대관절 우리 부월이 울리는 그놈이 어느 동네 누구 아들이요?"

　가만가만 눈치를 살피는 태인댁의 귀엣말에 이어 박가의 허풍이 거리낌없이 흘러나왔다.

　"누가 박씨 같은 사람 믿고 역적모의혔다가는 필경 삼족이 멸문당허고 말겠네!"

　핀잔 끝에 다시 태인댁의 귀엣말이 따랐다. 그러나 박가는 여전히 막무가내였다. 월부 밥솥 들여놓으라고 고샅고샅 외치고 다니던 그 입으로 계속 허풍을 떨어대고 있었다.

　"고따우 별 볼일 없는 사나 땜시 우리 부월이가 생병 앓을 건 또 뭐여. 날 봐, 나 조깨 보드라고. 나같이 잘난 사나 토방 끝에 세워두고 생선전에 가서 홍두깻살 구허자니깨 우리 부월이 헛심만 팍팍 팽기지.”

　다른 때 같으면 벌써 한바탕 쏘아붙였으련만 부월은 어느 개가 짖느냐 하고 상관하지 않았다. 한가롭게 박가나 상대하고 노닥거릴 때가 아니었다. 이미 징 치고 막 내린 거나 다름없는 한 꾀죄죄한 인생 곁에 누군가 한 사람 꼭 붙어 있어주지 않으면 안 되는 때였다. 부월로서는 뭔가 단단히 작정해야만 하는 순간이었다. 세상천지 아무리 둘러봐도 미스타 림이 필요로 하는 마땅한 상대는 달랑 저 하나뿐일 성싶었다. 그니는 당장이라도 허위단심 달려가고 싶었다.

　그러나 이곡리를 향해서 정신없이 종종걸음을 치려는 그니의 발목을 억센 힘으로 붙잡고 늘어지는 것이 있었다. 다름 아닌 죄책감이었다. 그날 밤에 엉뚱한 사내가 불쑥 끼어들지만 않았던들, 그리고 그 사내 들으라고 엉뚱한 비명만 지르지 않았던들…….

　결과적으로 ‘사람 살려엇!’ 소리 한 마디가 면도날이 되어 미스타 림하고의 관계를 되이어줄 한 가닥 실낱 같은 끈을 싹독 잘라버리고 만 셈이었다. 한번 엎질러진 물을 도로 주워담을 수는 없는 노릇이었다. 족제비도 낯짝이 있고 빈대도 콧잔등이 있는 법인데, 하물며 그 난리를 다 떨고 이제 와서 무슨 염치로 남자 앞에 다시 나선단 말인가.

"개 같은 놈!"

부월은 아직도 칠칠치 못한 속옷 차림인 채 방 안의 아랫목과 윗목 사이를 연락부절로 서성거리면서 담배를 거푸 두 대나 피워댔다. 담배 연기가 자우룩한 방 안 공기 속에서 그니는 마치 정체모를 어느 손아귀에 목이라도 졸리듯이 갈수록 숨이 막히고 가슴이 답답해짐을 느꼈다.

그니는 누더기옷을 기운 헝겊 조각 모양으로 퇴색한 벽지 한 부분을 가린 보자기만 한 커튼을 젖히고는 골목길 쪽으로 난 들창을 확 열었다. 사내처럼 덮치는 기세로 뛰어드는 오월의 햇빛에 그니는 갑자기 눈이 부셨다.

골목길에 쪼그리고 앉았다가 들창 열리는 소리에 놀라 엉거주춤 일어나는 조그만 계집애의 모습이 보였다. 두 사람의 시선이 딱 마주치자 계집애는 적잖이 당황하는 기색이었다. 계집애가 뭘 하려다 들켰는지를 알아차리기 무섭게 그니는 대뜸 험상을 지었다. 그니는 홧김에, 이녀르 가시나야, 하고 소리를 꽥 지를 작정이었다. 그런데 이쪽에서 미처 입을 열기도 전에 계집애는 쏜살같이 큰길 쪽으로 달아나버렸다. 그니는 계집애가 앉았던 자리에서 얼룩을 발견했다. 땅바닥이 냄비 뚜껑만 하게 촉촉이 젖어 있었다.

들창 너머로 메마른 흙을 적신 이 앙증스러운 동그라미를 내려다보고 있노라니까 이상하게도 그니는 마음이 누그러졌다. 계집애가 사라진 방향으로 시선을 돌리면서 그니는 평상시의 헤픈 웃음 버릇을 저도 모르게 되찾았다.

바로 그 순간이었다. 머릿속 한복판에서 꼬마 전구 하나가 반짝 켜지는가 싶더니만 여태껏 꿈에도 생각지 않았던 엉뚱한 이름이 불현듯 떠오르질 않는가.

정옥이!

난데없이 그 이름이 톡 볼가지는 바람에 부월은 잃었던 생기를 한꺼번에 되찾을 수가 있었다. 왜 여태껏 그 생각을 못 했는지 모른다. 그 이름 하나만 대면 서울 김 서방네 집이라도 찾을 수 있을 것 같은 기분이었다. 말하자면 그것은 미스타 림하고 자기 사이를 연결시켜주는 마지막이자 유일한 끈인 셈이었다.

물론 그니는 정옥을 한 번도 본 적이 없었다. 하지만 안 봤어도 어떻게 생겼는지 알 것 같았다. 그니의 상상 속에서 정옥은 방금 오줌 누다 들키고 달아난 계집애와 똑같이 새까만 얼굴 바탕에 동전만 한 버짐 자국이 하얗게 앉아 있을 것이었다.

부월은 실로 오래간만에 화장대를 마주하고 앉아서 거울에 비치는 웬 낯선 여자의 얼굴을 찬찬히 뜯어보았다. 술에 녹고 번민으로 물크러진 누르퉁퉁한 낯빛에 바늘로 꼭 찌르면 피 대신 맹물이 나올 성싶게 눈두덩이 부석부석 솟아 있었다.

서둘러야 할 때였다. 일 학년이라니까 오전 중에 일찍 수업이 끝날 것이었다. 학교는 면소재지하고 이곡리의 중간 조금 못 미처에 자리 잡고 있었다. 거기까지 가자면 발에다 도롱태를 달아도 시간이 한참 더디 걸릴 것이다.

세수는 생략하기로 하고 콜드 크림을 듬뿍 찍어서 온 얼굴에 뒤발했다. 화장지로 박박 문질러서 크림을 닦아내고 나니까 그제야 사람 꼴이 갖추어지면서 본래의 제 얼굴에 제법 가까워졌다. 입술이나 눈썹까지는 그리지 않더라도 도랑 정도는 한 꺼풀 입혀야 되지 않을까 생각하다가 이내 그만두기로 작정했다. 시간이 없는 탓이기도 하지만, 그것보다도 술집 여자 냄새를 풍겨서 어린것한테 속을 보이고 싶지 않기 때문이었다.

부월은 거울을 통하여 엷은 속치마로는 다 가릴 수 없는 뽀얀 살결을 보았다. 깊게 파인 속치마의 브이 라인을 떠들치고 불룩 솟아오른 젖둔덕을 잠시 눈여겨보다가 그니는 문득 어린애에 관해서 상당히 구체적인 생각을 했다. 어쩌는가 보게 나도 자식이란 걸 한번 가져봤으면, 하고 난생 처음으로 그니는 애엄마로서의 자기 입장을 진지하게 고려해보는 것이었다. 푸짐하게 타고난 여자의 젖둔덕이 남자만을 위해서가 아니라 보다 더 자식을 위한 용도로서 매달려 있다는 점을 그니는 서른 나이에 이르러서야 비로소 실감할 수가 있었다.

"양갓집 규수는 저리 가라고 채려입고 나오누만."

횃대에 걸린 옷들 가운데서 기중 고상한 축에 드는 연두색 한복으로 단장한 부월을 보고 밥솥 장수의 입이 함지박만 하게 벌어졌다.

"손금도 안 보고 어디 가는 게여?"

옆은 거들떠도 안 보고 똑바로 바깥쪽을 향하는 부월을 박가가 냉큼 붙잡았다. 박가한테 손목을 단단히 잡힌 채로 부월은 낯빛이 새하얘지면서 눈을 내리깔았다. 박가 말마따나 지켜야 할 순결을 앞세우는 양가의 규수처럼 그니는 의젓한 자세를 잃지 않았다. 그러나 그니의 입에서 또박또박 퉁겨져나온 소리는 결코 양가의 규수다운 것이 못 되었다.

"놓드라고. 요 손 얼른 못 놓겄어? 밥솥 장시나마 온전히 허고 잪으거든 신사적으로 나갈 적에 싸게 놓드라고."

궁둥짝에서 비파 소리가 나도록 달려온 보람이 있어 헛걸음은 다행히도 면했다. 오전 수업이 끝나기 직전이었다.

부월은 교문 앞에 서서 아무도 없는 운동장 저편의 교실들을 건너다보며 안도의 숨을 길게 내뿜었다. 핸드백 안에서 손수건을 꺼내어 얼굴과 목덜미에 흐르는 땀방울을 훔친 다음 그니는 시골 학교의 측백나무 울타리를 따라 교문 주위를 오락가락하기 시작했다.

학교 앞 구멍가게가 아까부터 몹시 마음에 걸렸다. 싸구려 군 것질감과 변변찮은 문방구 너부렁이를 지키는 머리 허연 영감이 가게 안에서 고개를 길게 뽑아가며 이따금씩 야릇한 눈초리로 이쪽을 살피고 있었다. 생면부지의 얼굴이 분명한데도 그니는 자꾸만 신경이 쓰여서 영감의 시선으로부터 아예 멀찌막이 벗어나버렸다.

멀쩡한 대낮에 사람들 이목을 꺼려가며 서발 막대 휘저어봤자 저하고는 아무런 뻘도 붙이도 닿을 게 없는, 바람 잡아 도망친 어떤 무연(無緣)한 여편네의 자식을 만나보겠다고 안달이 난 제 주제꼴에 생각이 미치자 그니는 단박에 처량한 신세로 곤두박질하는 자신을 속절없이 되돌아보았다. 그니는 스스로 자기를 거칠게 다루기 시작했다. 한번 몸에 깝북 배어버린 작부의 냄새는 제아무리 겉모양을 수더분하게 꾸며도 가릴 수가 없는 모양이라고. 생면부지이면서도 첫눈에 자기가 여염집 여자가 아닌 줄 처억하니 알아차린 것은 영감의 눈이 아니라 틀림없이 코였을 거라고.

떙떙떙 떙떙떙 떙떙떙……

종소리가 연거푸 울렸다. 종소리는 나른한 춘곤 속에 녹아떨어져 꾸벅꾸벅 졸고 있던 시골 국민학교의 어깨를 거칠게 흔들어 깨웠다. 어느 한 교실에서 갑자기 기지개를 켜는가 싶더니만 새된 고함 소리와 퉁탕거림이 삽시에 학교 전체로 퍼지기 시작했다.

잘못 건드려놓은 오빠시 떼 모양으로 마냥 소란을 떨어대는 아이들의 생기를 먼발치로 느끼면서 부월은 만면에 미소를 머금었다. 저한테도 그런 시절이 언제 있었던가 싶으리만큼 아득한 구석에 숨어 지내던 어린 날들의 기억이 달음박질쳐 와서는 덥석 덥석 그니의 가슴에 안기는 것이었다.

책가방과 신주머니를 든 한 떼의 조무래기들이 운동장으로 쏟아져 나왔다. 복통에 시달리던 고래가 삼킨 것들을 도로 게워 내듯이 교실은 고삐 풀린 망아지 같은 아이들을 꾸역꾸역 토해 내고 있었다. 넓지도 않은 운동장이 곧 아이들의 재재거림으로 들끓으면서 사방에서 흙먼지가 뽀얗게 일기 시작했다.

서로 쫓고 쫓기는 아이들 틈바구니에서 부월은 줄넘기용 고무 줄을 빼앗아 달아나는 솔내 부락의 심술꾸러기 머시매 창복이 를 붙잡으려고 입에 거품을 물고 뒤쫓는 열 살 또래의 억척빼기 가시내 김부월을 찾아내는 데 마침내 성공하고야 말았다.

여선생 둘하고 남선생 하나가 뭐라고 웃고 떠들며 층계를 내려 왔다. 여선생들은 국기 게양대 앞에 남고 남선생 혼자만 운동장 의 학생들 속으로 들어섰다. 넥타이가 빠진 흰 와이셔츠 차림의 그는 손에 쥔 회초리로 자기 허벅지를 찰싹찰싹 때리면서 학생들 사이를 헤집고 다녔다. 학교 간판이 붙은 콘크리트 문설주 옆에 우두커니 서 있는 웬 여자하고 얼핏 시선이 부딪히자 그는 우뚝 걸음을 멈추었다.

그가 어떤 선생인가를 뒤늦게야 알아차리면서 부월은 어마 뜨 거라 하고 교문 밖으로 달아나기 시작했다. 손버릇이 좋지 않은 김 선생이었다. 김부월하고 동성동본이 아니란 걸 확인한 다음 부터 김 선생은 실비주점에만 오면 옆에 학부형이 있거나 없거나

간에 마구잡이로 주물럭탕을 놓으려고 덤비곤 했다. 지난 겨울 어느 날인가는 둘이 함께 이리에 나가서 낙타지로 오바를 맞춰 주겠다고 혀꼬부랑이 소리로 끈덕지게 꾄 적도 있었다.

부월은 이곡리로 통하는 길목을 지키면서 양산을 들고 나올 걸 그랬다고 생각했다. 쨍쨍 내리쬐는 햇볕은 말할 나위 없고 알 만한 눈들로부터 얼굴을 가리는 데도 양산은 아주 요긴하게 사용되는 물건임을 미처 셈에 넣을 겨를이 없었던 탓이었다.

패거리를 지어 들길을 건너오는 조무래기들이 보였다. 부월은 핸드백에서 백 원짜리 동전 한 닢을 꺼내어 미리감치 손아귀에 쥐었다. 아이들은 보리밭 위를 날아다니는 종달새 떼처럼 끊임없이 지저귀면서 빠른 걸음으로 가까워졌다. 조무래기들의 선두는 온통 사내애들뿐이고 계집애는 눈에 띄지 않았다. 새마을 모범부락 표지판과 4H클럽 구호가 나란히 선 세갈랫길에 이르자 아이들은 또다시 패가 나뉘어 서로 상대편을 욕하고 주먹으로 감자를 먹여대면서 왁자하니 헤어져 각각 이곡리로, 법계리로 향했다.

"아가, 말 조깨 물어보자."

부월은 외돌토리로 떨어져서 느릿느릿 해찰하며 걸어오는 꼬마 녀석을 노렸다.

"공부도 잘허고 쌈도 잘허게 생겼다. 니가 느그 반에서 제일 대장이지야?"

그니는 들입다 터무니없는 칭찬으로 아이의 환심을 사려 했다.

"너 몇 학년이냐?"

"일 학년인디요?"

그런 건 왜 묻느냐는 반문조의 대답이었다. 그러나 칭찬은 과히 싫지 않은 기색이었다.

"정옥이가 느네 반이냐?"

아이는 고개를 모로 흔들었다.

"이곡리 사는 임정옥이라고, 너 몰르냐?"

"정옥이 갸는 일 반인디요. 나는 삼 반이고라우."

"옜다, 너 요걸로 먹고 잪은 것 사먹거라. 니가 똘똘허고 이뻐서 상으로 주는 것이다."

그니는 백 원으로 만 원어치의 생색을 냈다. 동전을 받아들면서 아이는 벼락부자라도 된 듯이 입이 헤벌쭉 열렸다.

"쩌어그 쟈가 정옥이구만요."

여러 패의 머시매와 가시내들을 그냥 보내고 나서 한참 후에야 아이는 깜짝 반가운 소리를 질렀다. 아이가 가리키는 손끝을 따라서 부월의 시선도 들길 저쪽을 향해 곧장 뻗어나갔다.

"빨간 원피스 말이지?"

흙먼지를 풀썩거리며 탈래탈래 걸어오는 세 아이 중에서 부월은 기왕이면 가장 화사한 옷차림에 의젓한 걸음걸이의 가운데 아이를 점찍고 싶었다.

"아니구만요. 갸는 강부잣집 딸이고라우. 그 옆에 가방 두 개 든 지지배가 정옥이구만요."

그러고 보니 강부잣집 딸은 가방도 없는 홀가분한 맨손이었다. 부월은 아이들 세계에까지 번져 있는 불공평한 위아래 관계가 눈에 거슬리지 않는 바는 아니었으나 그렇다고 크게 상심할 지경도 아니었다.

"알었다. 너는 어서 집에나 가봐라."

아이는 뒤도 안 돌아보고 부리나케 이곡리 쪽으로 내닫기 시작했다. 부월은 모범부락 표지판과 지덕노체(智德勞體) 구호판 옆에 마치 세 번째의 푯말과도 같은 모습으로 우두커니 서서 기다렸다.

계집애들이 가까이 다가왔다. 정옥의 얼굴에서 그니는 버짐 자국 같은 건 찾아내지 못했다. 시골 아이치고는 얼굴이 제법 해반주그레한 편이며 또렷한 이목구비와 갸름한 턱의 선 어느 구석에서도 제 아비를 닮은 데는 안 보였다. 그니는 안 보고도 남편과 자식을 버리고 도망친 여자의 얼굴을 충분히 짐작할 수 있었다.

멀리서부터 저를 유심히 지켜보고 있는 웬 아주머니가 아무래도 마음에 걸리는 모양이었다. 세갈랫길로 접어들면서 정옥은 이상하다는 듯이 부월의 눈치를 흘끔흘끔 살폈다. 다른 두 계집애도 잡담을 그치고 낯선 어른과 정옥의 얼굴을 번갈아 돌아다보았다.

막상 벼르고 별렀던 첫대면의 순간이 왔는데도 부월은 웬일로 선뜻 입이 떨어지지 않았다. 그니는 애들을 그냥 보내고 나서 잠시 후에 천천히 뒤를 밟기 시작했다.

어느새 이곡리의 바로 이웃인 도마리 근처에 이르렀다. 더 망설일 여유가 없었다. 어린 나이로 화류계에 뛰어들어 술자리에 나가서 맨 첫 번째 손님을 맞던 당시처럼 부월은 마음을 모질게 다져 먹고는 아이들하고의 간격을 단숨에 좁혔다.

"정옥아."

부르는 소리에 흠칫 놀라면서 세 아이가 동시에 뒤를 돌아다보았다.

"내가 누군지 몰라보겠냐?"

마치 어린것을 웃음의 구덩이에 파묻을 작정이기나 한 듯이 부월은 넉살 좋게도 몸뚱이 전체로 웃음을 발산하면서 다가갔다. 그러자 정옥의 눈이 갑자기 간장종지만큼이나 커졌다.

"허기사 니가 나를 알어볼 텍이 없지. 원판 떡애깃적 일이니깨."

강부잣집 딸이 정옥의 손에서 얼른 제 가방을 빼앗아 들었다. 정옥이 혼자만 위험 속에 남겨둔 채 다른 두 계집애는 저희끼리만 안전한 곳으로 멀찌막이 물러섰다.

"그새 몰라보게 컸구나!"

부월은 연신 물찌똥 같은 웃음을 깔기면서 유괴범처럼 교활하게 다가들었다. 그니가 다가드는 꼭 그만큼 정옥은 뒷걸음질을 쳤다. 뒷걸음질과 함께 정옥은 고개를 좌우로 살래살래 흔들어 보였다.

　　부월은 잠시 접근을 포기하는 척하다가 불시에 어린것을 덮쳤다. 각자의 발 밑에 동그랗게 드리워진 정오 무렵의 그림자 두 개가 하나로 엉겨 붙었다. 부월은 새처럼 할딱거리는 어린것의 가슴을 아랫배에 느꼈다. 그니는 어린것하고 비슷한 높이로 자기 키를 낮추었다. 그니는 한 손으로 어린것의 팔목을 거머쥐고 다른 한 손으로는 땀에 젖어 끈적거리는 머리칼을 열심히 쓰다듬으면서 간지러운 목소리로 이렇게 속삭였다.

　　"아가, 무서무서헐 것 하나도 없다. 나는 말이다, 느네 이모, 그렇지! 이모란 말이다, 느네 이모!"

　　어둠발이 짙어지자 들일에서 돌아온 마을 사람들이 꾸역꾸역 기환 씨 집으로 모여들었다. 컬러 텔레비전의 국내 시판이 개시된 이래 기환 씨는 이곡리에서 그것을 세 번째로 장만한 인물이 되었다. 방송이 없는 낮때부터 이미 그런 소문이 좍 퍼져 있었으므로 정규 방송이 시작되는 오후 다섯 시 무렵부터 기환 씨 집은 축하객들로 들끓었다.

　　"저게 윤시내 아니드라고? 같은 인물이라도 흑백으로 볼 때허고는 얼굴이 영판 달러 보이네그랴."

바뀐 화면에 방금 새로 등장한 가수를 손가락질하면서 종구 씨가 감탄해 마지않았다.

"노래는 으떻고라우? 총천연색으로 들으니께 접때보담도 휘끈 잘 불르는 것 같잖소?"

기환 씨의 마누라가 불쑥 거드는 소리였다. 거기에 이의를 제기하는 사람은 아무도 없었다. 기환 씨 또래의 연장자들은 안방에 들어앉고 그보다 젊은 축들은 대청마루에 나앉아서 '태워도 태워도 재가 되지 않는……' 하고 피를 토하듯 열창하는 윤시내의 노래에 고개를 끄덕거렸다. 노래가 다 끝나기를 기다려 기환 씨는 큰기침을 했다.

"기분이 으떠신가라우, 아버님?"

기환 씨는 냅다 고함을 질렀다. 그러자 가는귀를 먹은 영감님이 습관적으로 손바닥을 귀에 갖다 붙이면서 큰아들을 돌아다보았다.

"으응? 뭣이라고오?"

막내아들 용환이 텔레비전의 소리를 낮추었다.

"기분이 좋으시냐고요오!"

"아니다. 그냥 두거라. 나이 탓인지 요새는 연속극보담도 노래가 더 좋드라."

영감님이 가래 끓는 소리로 대답했다. 그때까지 방 안 한구석에 잠자코 앉아만 있던 익삼 씨가 킥 하고 웃음을 흘렸다.

"자네 춘부장 어르신한티는 흑백 소리나 총천연색 소리나 다 그게 그것인 모냥일세."

처음 들어설 때부터 뭔가 못마땅해하는 기색이던 익삼 씨는 마침내 심통을 부리기 시작했다.

"참말로 태봉이 아부지 너무나 허시요. 친구 부모는 내 부모나 똑같은 벱인디 으쩌면 그렇게 노인 냥반을 놀릴 수가 있다요?"

기환 씨의 마누라가 눈을 흘기면서 입을 삐쭉거렸다.

"계수씨는 웬 억단을 그렇게 허시요? 아, 아니, 입은 삐틀어졌어도 말은 바로 허랬는디, 계수씨는 그럼 카라 테레비서 나오는 소리라고 혀서 삐까쩍 금멕기라도 올린 소리로 들린다아, 이런 말쌈지요?"

"야, 이놈 최가야, 못 배워먹은 버르쟁머리로 집안 망신 조깨 작작 시키거라. 너 이놈, 느네 형수씨보고 말끝마다 웬 계수씨 타령이냐?"

"예끼 이 순! 뱃속에 든 할애비는 있어도 나이 에린 성님은 없는 벱이다, 이놈아! 지나가던 과객이 들으면 그 집안 순서 한번 어지럽다고 오해헐라!"

사람 좋기로 소문난 기환 씨하고 익삼 씨는 부자지 맞잡고 자란 꾀복친구이자 동갑계원이었다. 만날 때마다 늘 그렇듯이 두 사람은 또 서로 상대방 마누라가 자기 계수씨라고 한바탕 옥신

각신 다툼질을 벌였다.

"거 장수 만세로 돌려도라."

영감님이 엉뚱한 주문을 하는 바람에 모두들 난감한 표정을 지었다.

"아버님, 오늘은 장수 만세가 쉬는 날이구만요!"

용환이 목청을 턱없이 돋구었다.

"뭣이라고오?"

"장수 만세는 오늘 문 닫었다고요오!"

"장수 만세가 으떻게 되얐다고오?"

익삼 씨는 여전히 뱃속이 편치를 못했다. 인심은 조석변이라더니만, 마을에 세 번째로 등장한 컬러 텔레비전을 보고 마치 유아등(誘蛾燈)에 몰려드는 애멸구나 매미충의 무리와도 같이 새까맣게 몰려들어 기환 씨 내외한테 온갖 알랑방귀를 뀌어대는 꼬락서니들이 그의 눈에는 가관으로 비치는 것이었다. 그는 병해충 방제 작업을 하지 않고는 치미는 심술을 가라앉힐 수가 없었다.

"어허, 피곤허다. 손바닥만 헌 십사 인치에 매달리다 보니 어째 눈깔이 뱅뱅 도는 것 같구만."

"그건 형님이 몰라서 허시는 말씀이오. 화면이 크면 클수록 외려 더 눈이 피곤혀지는 법입니다."

서울 무슨 지하도에서 주택복권하고 담배를 판다는 용환이 단단히 쐐기를 박으려 들었다. 익삼 씨는 버르르 역정을 부렸다.

"니가 시방 누구를 훈도헐 작정이냐? 허구헌 날 닭장만도 못헌 상자곽 안에 갇혀가지고 초생달 같은 창구녕으로 세상을 보는 그 쇠견머리로 니가 뭘 안다고 내 앞에서 따따부따냐?"

"아니지요. 방 안 크기에 맞게 화면을 골라야지, 안 그러고 손자 머리에다 할애비 감투 씌우는 식으로 분수 넘게 큰 테레비를 들여놔보시오. 애들 눈 베리기 딱 십상입니다."

용환은 고집스럽게도 자기 주장을 내세웠고, 밤마을 나온 사람들도 그것이 사리에 맞는 이야기임을 저마다 들은풍월로 뒷받침했다.

"사람마다 눈이 틀리는 벱이다. 뭣이네 뭣이네 혀도 테레비는 역시 커야 좋드라. 즉어도 십칠 인치는 되야야 천연색 맛이 나지 어디 십사 인치짜리는 시장시러서 귀경이나 허겄냐?"

사세가 불리함을 깨달으면서도 익삼 씨는 곱게 물러서려 하지 않았다.

"용환아, 나 장수 만세 조깨 나가게 니가 손을 써봐라. 장수 만세 나가서 회심가 한번 뽑아봤으면 내 눈에 흙 들어가도 원이 없겄다."

영감님이 말했다. 아버지의 소원을 풀어드리기로 용환이 약속했다. 용환은 역시 요즘 세상에 보기 드문 효자라는 칭찬이 또다시 여기저기서 일었다. 지난번 구정 때 내려와서 약속했던 아버지의 생일 선물로 컬러 텔레비전을 사들고 마을에 다시 나타난

점심참부터 용환은 효자라는 칭찬이 사람들의 입에서 떠나지를 않았다.

"내가 벌어서 내 손으로 장만혀야 내 살림 같도만. 물견도 다 아 물견 나름인 벱인디, 겉모냥이 어슷비슷허다고 그 질속마저 같을 수야 없지."

동생 덕분에 이제부터 마을에서 행세하게 된 기환 씨를 겨냥하고 익삼 씨는 마지막 오기를 부렸다.

컬러 방송이 시작된 이래 이곡리에서 맨 먼저 텔레비전 수상기를 흑백에서 컬러로 개비한 사람은 강 부자였다. 그 소문을 듣고 익삼 씨는 바로 그 이튿날 이리에 나가서 17인치짜리 컬러 수상기를 들여왔다. 물론 강부잣집 것은 14인치짜리였다. 익삼 씨는 그것으로 마을에서 누리는 두 사람의 지위는 이미 그 우열이 판가름 난 거나 다름없다고 치부하고 있었다.

그런데 느닷없이 엉뚱한 친구가 경쟁에 끼어든 것이다. 그는 기환 씨의 새로운 살림 장만을 일종의 도전으로 간주할 수밖에 없었다. 그가 생각하기엔 흑백만으로도 과분하지 싶은 것이 기환 씨의 처지였다. 그런 친구가 자기한테 컬러로 맞선다는 건 참을 수 없는 노릇이었다. 기환 씨하고 자기가 똑같을 수 없다는 사실을 마을 사람들에게 증명해보이기 위해서는 뭔가 색다른 가구를 새로 장만해야 할 필요가 있었다. 그러자면 물론 적잖은 지출이 따르긴 하겠지만, 마을에서 여태껏 공들여 쌓아올린 자기 지위를 위협받는 것보다는 차라리 그쪽이 훨씬 덜 가슴 아픈 일이었다.

"와따매, 저 산불 조깨 보드라고!"

"그러매 말이네. 똑 지름불맨치로 속허게도 번지네그랴."

때마침 텔레비전 화면에서 높은 산 울창한 숲을 빙 둘러싸고 무섭게 타오르는 산불 장면을 비추고 있었다. 잠시 후에 장면이 바뀌면서 아나운서가 나와서 잦은 산불의 원인이 되는 극심한 가뭄에 관한 이야기로 뉴스의 서두를 삼았다. 가뭄의 피해 상황과 그 대책을 소개하는 동안 도시 물이 몸에 꽉 밴 젊은 아나운서는 자못 심각한 표정을 짓고 있었다.

"지까짓 도시 월급쟁이들이 무신 걱정이여. 농사야 잡치건 말건 비싼 월급이나 딸콕딸콕 받어먹고 그 돈으로 수입 외미 들여다가 처자식 굶길 염려는 없겄지."

"풍년 들어서 한숨 쉬고 숭년 들어서 눈물 짜고, 이리 치나 저리 치나 그저 불쌍헌 종자는 우리네 농투산이들뿐이지. 안 그런가?"

"용환이 자네가 부럽네."

이렇게 시작된 신세타령들이 안방과 대청마루 사이를 중구난방으로 넘나들었다. 잠시 잊고 있던 가뭄 걱정이 되살아나면서부터 기환 씨네 집채는 가을 날씨를 연상케 하는 싸늘한 밤공기로 말미암아 갑자기 활기를 잃었다.

낮과 밤의 기온 차가 너무 심했다. 하루 속에 사계절이 다 들어 있는 것처럼 변덕스러운 이상기온이 연일 계속되었다. 앞으로도 가뭄이 오래 끌려는 불길한 징조였다. 새벽마다 마을과 들판은 짙은 안개에 휘감겼다가 그것이 걷히기 시작할 무렵부터는 마빡이라도 벗겨낼 듯한 불볕 아래 가차 없이 노출되곤 했다.

"들으니깨 양죽리서는 삼십 척짜리 시암물이 말러붙었다대."

"요대로 가다가는 우리 이곡리라고 간이 상수도 뜯어서 엿 바꿔먹지 말란 법 없지."

"아직까장은 그럭저럭 널금저수지가 남어 있으니깨 그 밑에 턱 알받침허고 앉어서 나락 농사는 실기를 모면헌다치드라도 밭농사야 어디 고구맛순 하난들 꽂을 수 있겄든가?"

"널금저수지 믿거라 허고 우리는 희맹이라도 있지만 도마리 사람들은 참말로 사정이 딱허데. 지척지간에다 저수지를 두고도 물질이 닿들 않어서 못자리 꼬실라 죽는 꼴 보는 그 심정이 오죽 허겄는가?"

"하늘도 무심허시지!"

익삼 씨는 그제야 정신이 번쩍 들었다. 그는 이장인 자기를 바로 곁에 둔 채로 아무렇지도 않게 널금저수지의 물을 들먹거리는 좌중을 적개심에 찬 눈초리로 둘러보았다. 문득 그는 자기하고 똑같은 눈초리로 좌중을 노려보고 있는 사람을 대청마루 저쪽에서 발견했다. 종술이, 다름 아닌 종술이 바로 그놈이었다.

저 육시럴 놈이 여그는 또 뭘라고 실무시 기어들었을꼬이.

조금 전까지도 눈에 띄지 않았었다. 그런데 언제 들어왔는지도 모르게 마루 한쪽을 차지하고 앉아서 종술 역시 널금저수지를 멋대로 입초시에 올리는 사람들을 적개심으로 대하는 참이었다. 그의 왼팔에는 어김없이 완장이 채워져 있었다. 마치 그것하나만 차고 있으면 널금저수지뿐만 아니라 모든 사람의 사생활까지도 무소불위로 간섭할 권한이 생긴다는 듯이 당당한 태도였다.

익삼 씨하고 언뜻 눈길이 마주치자 그는 세모꼴로 꼿꼿이 세웠던 눈살을 활짝 펴면서 한 차례 히쭉 웃기조차 했다.

저, 저런 단매에 쌔려쥑일 놈이 무신 지랄버릇이 도져서 웃기는 또 징상시럽게 웃는고.

익삼 씨는 가슴이 철렁 내려앉는 기분이었다. 그러나 그는 재빨리 그런 내색을 감추고는 슬그머니 마주 웃어주었다. 이번만큼은 그도 자신이 있었다. 제아무리 날고 기는 종술이라 할지라도 이번 한 번만은 어쩔 도리 없을 것이었다.

오냐, 웃고 짚은 대로 어서 실컨 웃거라. 니놈 그 웃는 낯꼴 보는 것도 요번이 아매 마지막일 것이다.

"이양 어으인 여으 이인가유?"

바깥에서 난데없이 이장 어른을 찾는 소리에 익삼 씨는 다시한 번 가슴이 철렁 내려앉았다. 물론 실제 발음이야 그 정도로 엉망은 아니었지만 하도 경황없이 듣는 바람에 그의 귀에는 상대방의 말소리가 자연 엉망으로 잡혔던 것이다.

"자네 법계리 완수 아니여?"

"이양 어으신!"

"이 밤중에 자네가 이양 어으신은 웨인이요 숨넘어가게 찾는가?"

누군가 혀가 제대로 돌지 않는 완수의 말투를 흉내 내자 꺼르르 웃음판이 터져나왔다. 익삼 씨는 허둥거리는 마음을 애써 진정시키면서 자리에서 일어섰다.

방 안의 불빛이 닿지 않는 껌껌한 마당 구석에 희읍스름한 덩어리가 서 있었다. 익삼 씨가 다가가자 완수란 놈은 서둘러서 여러 소리를 늘어놓기 시작했다. 종잡을 수 없는 변명이 한바탕 자지러졌다. 뒤죽박죽 엉망으로 이어지는 말들을 익삼 씨 나름으로 요령껏 졸가리를 타서 해석해보건대, 그것은 일방적인 취소 통고였다. 간단히 말해서 내일부터 맡기로 된 감시원직을 그만두겠다는 이야기였다.

되나 못되나 정신없이 주워섬기다 말고 완수는 졸지에 입을 꾹 다물었다. 낌새를 채고 익삼 씨는 고개를 뒤쪽으로 휙 돌렸다. 아니나 다를까, 종술이 시커멓게 불빛을 등진 채 장승처럼 토방 끝에 우뚝 서 있었다.

익삼 씨는 맥이 탁 풀려서 완수의 마음을 되돌리려는 어떤 노력도 더 기울일 엄두가 나지 않았다. 설령 그래봤자 처음 설득에 엔간히 애를 먹었듯이 시방 잔뜩 겁에 질려 있는 완수를 재차 설득해서 감시원직을 도로 떠맡기기란 더욱 어려운 노릇일 것이 뻔했다. 애당초 완수 녀석의 그 황소 고집 하나 믿고 일을 꾸민 것이 불찰이었다. 저수지는 입으로 지키는 것이 아니니까 반벙어리라도 눈만 밝으면 무방하다고 생각했었다. 어딘지 모자라는 구석이 있는 사람일수록 흔히 세게 마련인 유난스러운 고집을 높이 사서 완수놈을 저수지에 끌어들이려고 온전히 하루 품을 팔아가며 공을 들인 것도 물거품이 되어버렸다.

익삼 씨는 일언반구 대꾸도 없이 완수를 등졌다. 그는 토방을 향해 뚜벅뚜벅 걸었다. 토방 위의 종술이놈하고 마당에 선 자기하고 우선 키에서부터 너무 불공평하게 차이가 났다. 그래서 익삼 씨는 상대방을 우러러보지 않고도 효과적으로 대적하기 위해서 토방 위로 성큼 올라섰다.

"어서 웃잖고 자네 왜 가만있는가?"

익삼 씨는 뒤꿈치를 들고 발부리에 체중을 모음으로써 자기 키를 반 뼘 가량 높였다.

"성님 궂은 일이 내 궂은 일이고 성님 맑은 일이 내 맑은 일이요만, 무신 영문인지나 알어야 웃든가 울든가 양단간에 정허지라우."

종술이놈은 시침을 뻑 떼고 여전히 딴전만 부렸다.

"우리가 요대로 끝내고 말 수야 있겠는가? 밝는 날에 또 보세!"

익삼 씨는 종술하고의 싸움이 오래 지속되는 가뭄만큼이나 길어질 것임을 소름이 끼치도록 예감했다. 그는 혼자서 마당을 가로질러 뚜벅뚜벅 대문간을 향하는 그 사이에도 종술이 자기 뒤통수에 대고 시방 웃고 있는지 어쩐지를 확인하기 위해 불시에 고개를 홱 돌리고 싶은 충동을 여러 번이나 억제하지 않으면 안 되었다.

9

종술이 모처럼만에 집에 들렀다. 옷을 갈아입으려고 돌아온 아들을 맞으면서 운암댁은 마치 상전이라도 모시듯이 지나치게 수선을 부렸다. 불뚝심지 같은 아들의 성미에 한두 번 데어본 운암댁이 아닌지라 공연히 불돋우개 노릇을 자청함으로써 또다시 험한 꼴을 당하고 싶지는 않았기 때문이다.

"정옥이는 어째 코빼기도 안 비친다요?"

한 꺼풀 허물을 벗듯이 땟국에 전 퀴퀴한 입성을 훌훌 벗어던지고 새물내가 물씬거리는 깨끗한 것들로 일습을 개비하고 나니까 기분이 한결 개운해졌다. 종술은 그제야 눈앞에 얼씬도 않는 딸년이 생각나서 실로 오랜만에 아비로서의 관심을 나타냈다.

"아, 아니다. 그게 아니라……"

아니긴 뭐가 아니란 말인가. 마루 끝에서 서성대던 어머니의 발소리가 갑자기 멎었다. 종술의 무딘 더듬이에도 뭔가 정도 이상으로 당황해하는 어머니의 태도가 뒤늦게나마 잡혔다.

"밥상머리서부터 눈꼽재기 쥐어뜯더니만…… 발쎄 잠들었는갑다."

얼렁뚱땅 두남두려는 속셈임이 분명했다. 무작정 손녀를 싸고 돌려는 할머니의 무분별한 의지가 그 말 속에는 깜북 실려 있었다. 종술은 험상궂은 표정으로 방문 쪽을 노려보았다.

"엄니, 나 조깨 봅시다!"

안 그러면 누가 후레자식 아니랄까봐서 종술은 툽상스러운 소리를 버럭 내질렀다. 아들이 옷을 갈아입는 동안 잠시 자리를 피해 마루에 나가 있던 운암댁이 허둥지둥 방 안으로 들어섰다.

"무신 일이 있었소?"

"아, 아무 일도 없었다."

"엄니가 시방 손에 들고 있는 게 뭣이요?"

"에잉? 내 손에?"

운암댁은 깜짝 놀라면서 시선을 아래로 내려뜨렸다. 아무것도 없었다. 다만 어떤 위험한 물건을 조심스레 받쳐든 시늉으로 두 손바닥을 한데 모아 포개고 있을 따름이었다.

"그런다고 그 섣부른 솜씨로 그것이 감춰질 성불릅디여?"

눈에다 쌍불을 켠 채로 종술은 여전히 어머니의 손을 노려보았다. 그러자 운암댁의 눈에도 아들이 말하는 바로 '그것'이 실제로 보이는 듯했다. 뭔지는 몰라도 그것은 불로 지지는 거나 진배없는 아픔을 살갗에 쏟기 시작했다. 평생을 험한 막일에 시달리며 살아왔다는 증거로 운암댁의 손은 온통 옹이와 굳은살투성이였다. 그런 손바닥으로도 아픔을 견디기엔 여간만 무리가 아니었다. 운암댁은 빨갛게 불이 붙은 잉걸덩이 같은 그것을 연방 이쪽저쪽으로 옮겨 보다가는 더 참을 수가 없어 필경 손을 털고 말았다.

"죄다 털어놓는 게 상책이지라우. 정옥이가 혹 못된 짓이라도 저질렀소?"

익삼 씨의 마지막 발악을 본때 있게 꺾고 나서 회심의 미소를 짓던 것이 불과 얼마 전의 일이었다. 그와 같은 승리의 기쁨을 종술은 가급적이면 입 안에서 잘 녹지 않는 눈깔사탕처럼 오래도록 야금야금 즐기고 싶었다. 그런데 집구석이라고 오랜만에 들어와보니 산통 깨는 일만 생기는 것이었다. 그는 모처럼 아비로서 생색을 내려던 갸륵한 마음씨를 어느새 팽개쳐버리고 윗방을 향해 벽력같이 고함을 질렀다.

"정옥아!"

귀머거리라도 얼른 알아들을 법한 목청인데 윗방에서는 찍소리도 나지 않았다. 종술은 버르르 윗목으로 쫓아가서 윗방으로 통하는 방문의 고리를 힘껏 잡아당겼다. 어둠침침한 방 안으로 머리를 디미는 순간, 그는 딸년의 얼굴 위로 잽싸게 덮씌워지는 이불자락의 마지막 움직임을 보았다.

"네 이년, 냉큼 못 일어나겠냐!"

고함이 떨어지기 무섭게 냉큼 일어나기는 했다. 그러나 도끼 눈을 부릅뜨고 엄청 불량을 떨어대는 아비의 위세에 떠밀려 정옥은 주춤주춤 뒤로 물러앉기 시작했다. 벽에 막혀 더 도망칠 수 없게 되자 아이는 의붓아비의 떡메 앞에서 혼겁하듯이 절망적인 표정을 지었다.

"한긋허면 부모 덕 없이 고단허게 타고난 팔자가 유죄지 에린 것한티 무신 죄가 또 있을라디야."

운암댁이 사이로 뛰어들어 양팔을 벌리면서 언제 나올지 모르는 손찌검으로부터 손녀를 보호했다. 그니는 자기가 아무렇게나 버린 잉걸불이 결국 집채를 홀라당 살라먹는 화근이 될 것임을 직감했다. 그래서 데어 죽는 한이 있어도 그것을 자기 손으로 치워버리기로 작정하고 나섰다.

"니 속병 또 덧날깨미 그저 나 혼자만 가만히 알고 나 혼자서 나 심정 상허고 말라고 혔다만……. 일판이 요렇게 된 마당에 인자는 어쩔 도리가 없구나."

운암댁은 구들장이 무너앉게끔 휘파람에 가까운 한숨을 후욱 하고 날렸다. 잠시 뜸을 들이고 나서 그니는 갑자기 결연한 표정을 지었다.

"정옥이한티 이모가 있단 말, 전에 혹시 들어본 적 있냐?"

"이모라뇨?"

"글씨 말이다. 정옥이가 오늘 이모를 만났다는구나. 핵교 갔다 오다가는 질바닥에서 이모라는 여자를 만나서는 숨리까장 따러 가서는 잔뜩 호강 받고……."

운암댁은 더 이야기를 계속할 수가 없었다. 아무래도 아들의 눈치가 심상치 않은 까닭이었다. 안방에서 새어드는 불빛을 등진 채로 아들은 시커먼 장승이 되어 미동조차 하지 않았다. 그러나 그것이 곧 보다 큰 폭발을 준비하는 불길한 침묵임을 운암댁은 경험에 비추어 익히 알고 있었다.

"그러고는요?"

길길이 날뛰리라고 예상했던 것과는 달리 아들의 목소리는 의외로 침착했다. 아들의 재촉을 받고서야 운암댁은 허리가 잘린 이야기를 주뼛주뼛 되잇기 시작했다. 손녀한테서 일방적으로 전해 들은 내용이었다.

이모를 자처하는 정체불명의 여편네와 함께 이리 시내를 구경하고 맛있는 것 얻어먹고 예쁜 옷 얻어 입고 돌아왔노라던 손녀의 고백을 그니는 띄엄띄엄 옮겨놓았다. 학교에 간다고 아침에 집에서 나간 아이가 깜깜해진 다음에야 돌아오는 바람에 미친년 널뛰듯이 진종일 아무런 경황도 없이 보낸 할미의 심정에 관해서는 일절 언급하지 않았다.

"이모라……."

신음 소리와도 같은 중얼거림이 종술의 입에서 나직이 흘러나왔다. 딸년한테 이모가 되는 여자라면 자기한테는 분명 처제나 처형에 해당된다. 하지만 아무리 기억을 팔모로 뒹굴려봐도 도망친 옛날 마누라한테 그런 살붙이가 딸려 있었다는 말은 금시초문이었다.

서로 오다가다 만난 처지에 말뼈다귄지 쇠뼈다귄지 모르면서 그저 반반한 얼굴 하나 보고 후딱 데리고 살아버린 계집이었다. 그예 얼굴값 하느라고 새파란 측량기사 보조원하고 배가 맞아 단봇짐을 쌀 때까지 그 계집은 친정의 내력에 관해서 일언반사도 비친 적이 없었다.

더러는 궁금한 대목도 없잖아 있어 어쩌다 지나가는 말처럼 물어볼라치면, 집도 절도 없이 떠돌이로 자란 몸이라고, 당자끼리 서로 좋아 지내면 그뿐이지 새퉁빠지게 처갓집은 찾아서 뭣에 써먹으려느냐고 말막음하면서 번번이 간지러운 눈웃음으로 얼버무리곤 했었다.

"이모라, 이모……."

그런 계집한테 씨나락처럼 따로 꿍쳐둔 자매가 있어 아닌 밤중에 홍두깨 격으로 톡 볼가져 나왔다는 것도 석연치 않거니와, 징역살이하는 제 서방 마다하고 하루아침에 팔자를 고쳐버린 독한 계집이 이제 와서 새삼스레 동생인지 언니인지를 시켜서 제 손으로 버린 자식을 다시 찾아보도록 한다는 것도 당최 이치에 맞지 않는 수작이었다.

종술은 형광등 아래로 길게 늘어뜨려진 줄을 잡아당겼다. 방 안이 갑자기 환해지자 그때까지 저를 역성해주던 어둠의 품안에서 의지가지없이 내쫓긴 꼴이 되어 정옥은 잠시 몸둘 바를 몰라 했다. 며칠 전하고는 딴판으로 딸년의 인상이 달라져 있음을 밝은 불빛 속에서 종술은 비로소 알아차렸다. 길게 늘어뜨리고 다니던 머리칼이 눈에 띄게 짧아진 데다가 짓다 만 까치집 모양으로 마구 헝클어져 있었다.

"그 예펜네 낯반대기가 으떻게 생겨먹었드냐?"

졸지에 튀어나오는 아비의 질문을 나어린 딸년은 일종의 손찌검으로 받아들였다. 된통 따귀라도 얻어맞은 푼수로 정옥은 얼굴을 홱 돌렸다.

"호박마냥 생겼디야, 메주마냥 생겼디야?"

두 손바닥으로 얼굴을 감싸쥔 채 정옥은 세차게 도리질을 했다. 뭘 부정하는 몸짓인지 암만 봐도 알쏭달쏭하기만 했다. 손가락들 사이로 빠끔히 열린 두 눈은 잔뜩 겁에 질려 있었고, 그 눈빛은 제발 때리지만 말아달라고 애원하고 있었다. 얼결에 다그쳐 묻는다는 풍신이 좀 우스꽝스러운 질문이 되어버렸음을 종술은 스스로도 충분히 깨달을 수 있었다.

"니가 본 대로 소상허니 밝히거라."

아비로서의 체통을 생각해서 종술은 목소리에다 다분히 위엄을 섞었다.

"여자치고는 키가 덜썩 큰 편인갑드라."

딱하게도 여전히 도리질만 계속하는 손녀를 보다 못해 운암댁이 내답을 떠맡고 나섰다. 이모를 만났다고 들었을 때 그니가 맨 처음 던진 질문 또한 그 여자의 생김생김이었다. 요모조모로 특징을 캐냄으로써 자기 가슴에 못을 박고 떠난 며느린지 뭣인지하고 그 여자 사이에 과연 조금치나마 닮은 구석이 있는지 어쩐지를 알아보기 위해서였다.

"봉덕각시맨치로 살피듬도 좋고, 그리 잘난 인물은 아니라도 허여멀겋게 생긴 것이 맘자리 하나는 괭기찮어 뵈는 얼굴인갑드라."

정옥 어미하고는 여러 모로 다르다는 점을 조심스럽게 강조한 다음 운암댁은 침을 꿀꺽 삼켰다.

"니 생각으로는 그 여자가 혹시……."

"짝 찢어쥑일 년!"

마침내 종술의 입에서는 짐승의 울부짖음과도 같은 고함이 터져나왔다. 운암댁으로서는 소재지 술집 여자하고 어쨌다네 하는, 온 마을에 낭자히 떠돌던 최근의 소문을 염두에 두고 슬쩍 건너짚어본 소리였다. 그런데 그것이 적중해서 모자간에 제각각 따로 그린 두 장의 그림이 중간에서 만나 하나로 딱 합쳐지는 순간이었다.

"내 이년을 그냥, 그냥……."

당장 쫓아가서 물고를 낼 작정으로 종술은 서둘러대기 시작했다. 그는 기세 좋게 마루까지 나갔다가는 얼른 되돌아 들어왔다. 하마터면 중요한 물건을 빠뜨리고 갈 뻔했던 것이다.

그는 옷을 갈아입을 때 안방 아랫목 한구석에다 원통 모양으로 곱게 세워두었던 완장을 집어 들었다. 종술의 입장에서 보자면 완장 없이 바깥출입을 한다는 건 제아무리 옷을 겹겹으로 껴입었어도 홀랑 벌거벗은 채 거리를 활보하는 거나 다름없는 꼴이었다.

"뭣이 그리도 설워서 쫄쫄 쥐어짠다냐?"

아들의 모습이 눈에서 멀어지기 무섭게 운암댁은 손녀를 윽박질렀다. 하지만 정옥은 봇물 터지듯 쏟아져 나오는 울음을 거두려 하지 않았다.

"지아무리 미련허고 에린 소견이기로 그게 시방도 잘헌 짓이다 생각허냐? 이모라고 그림시나 아무 예펜네고 떡 사주고 엿 사주면 요담에도 너 오밤중까장 따러댕길래?"

"떡은 안 읃어먹었어! 엿도 안 읃어먹었단 말여!"

정옥이 울음을 뚝 그치고 눈을 표독스럽게 뜨면서 앙알거렸다.

"요 잡것아, 일트레면은 그렇다 그 말이지, 누가 너더러 읃어먹었디야? 떡 엿 못 먹어서 분허냐?"

"내가 언지 분허디야?"

"요년이 시방 얻다 대고 콩콩 말대꾸여?"

때아닌 입씨름이 조손간에 한바탕 오갔다. 손녀를 맞상대하
여 좀더 효과적으로 대거리하기 위해서 운암댁은 손녀하고 똑같
은 일곱 살로 자기 나이를 터무니없이 낮추었다.

사정없이 불량을 떨어대는 아들 앞에서는 손녀를 무턱대고 감
싸주고 싶었던 것이 운암댁의 솔직한 심정이었다.

그러나 위험이 멀찌막이 사라진 이제는 잠시 잊고 있던 미운
생각이 울컥 되살아나는 바람에 또다시 정나미가 확 떨어지는
것이었다.

해가 저물도록 돌아올 줄 모르는 손녀를 찾아 온 마을을 헤매
며 수소문하고 다니던 끝에 강부잣집 아이로부터 정옥이 어떤
여자를 따라갔다는 말을 들었다. 차라리 안 듣느니만도 못한 불
길한 소식이었다. 운암댁은 집하고 동구 밖 사이를 연락부절로
내왕하면서 저녁나절을 온통 한숨으로 메우고 지냈다.

"정옥이냐?"

어둠 속에서 짜박짜박 다가오는 발소리를 듣고 달려가서 그니
는 손녀를 덥석 끌어안았다.

"애구애구 이 잡것아, 할미 애간장 밭어 죽는 꼴 보고 잪어서
환장이라도 혔단 말이냐? 여적지 어디 가서 자빠졌다 인자사 오
냐?"

그때까지만 하더라도 그니의 마음은 오로지 반가움 일색이었다. 그러나 다음 순간 손녀의 입에서 이모란 말이 튀어나왔을 때 그니는 저도 모르게 손녀를 확 떠다밀고 말았다. 손끝을 통해서 전신으로 퍼지는 섬뜩한 기분, 마치 뱀이라도 만진 듯이 좌악 끼치는 소름을 어쩔 수가 없었다.

방금 전에 마을 어귀까지 바래다주고 돌아갔다는 그 이모란 사람을 붙잡으려고 그니는 손녀를 길에다 내박쳐둔 채 헐레벌떡 도마리까지 쫓아가봤으나 공연히 허탕만 치고 말았다. 그만큼 기승을 부렸으니 중도에서 충분히 따라잡았을 법도 하련만 어찌된 셈인지 그 여자는 종적이 묘연했던 것이다.

집 안으로 들어서자마자 운암댁이 맨 먼저 손댄 것은 더러운 빨랫감을 물속에 구겨박고 거기에 합성세제를 듬뿍 치는 것과도 같은 심정으로 손녀가 바깥에서 묻혀 들여온 불결한 흔적들을 원상대로 말끔히 지워놓는 작업이었다.

어지간히 할미의 속을 썩이던 끝에 돌아온 손녀의 모습은 놀랍게도 달라져 있었다. 사심 없이 정직하게 평가하자면 그것은 제법 칭찬해줄 만한 변화였다. 아침에 집을 나설 때에 비해 훨씬 깨끗해지고 훨씬 예뻐진 모습으로 돌아왔던 것이다. 앞자락에 번쩍거리는 쇠단추들이 주렁주렁 달린 보라색 웃옷을 걸치고 있었다. 못 보던 새 옷이었다. 뿐만 아니라 머리 모양도 촌티를 벗고 신식으로 태깔이 훤하게 바뀌어 있었다. 정수리 한가운데 가르마를 타서 양옆으로 돌린 머릿다발을 방울이 달린 끈으로 가뜬히 묶은 모습에서는 제법 행세깨나 하고 사는 집 자식 같은 귀티마저 느껴지는 것이었다.

그러나 운암댁은 싫다고 앙탈하는 철부지 손녀를 윽박질러 보라색 새 옷을 벗기고 멀쩡한 머리도 싹독싹독 가위질을 해서 더펄머리로 깡뚱하게 잘라버렸다. 오물 덩어리를 대하듯이 손녀를 함부로 다루었다. 평상시의 할머니답지 않게 마구 우격다짐을 벌였음에도 불구하고 운암댁이 느끼는 배신감은 여간해서 가셔지지 않았다.

참말로 그랬다. 그것은 배신 행위였다. 도망친 어미를 대신하여 아침마다 손녀의 머리를 정갈하게 빗겨주고 끼니나 입성을 정성껏 챙겨주는 것으로 낙을 삼아온 운암댁이었다.

그런데 손녀는 이제 자기만의 독점물이 아니라는 느낌이 퍼뜩 드는 것이었다. 아무리 어린 소견이기로 자기 아닌 다른 여자의 손길을, 더구나 저를 버리고 달아난 부정한 계집을 아직도 제 어미랍시고 웬 근본도 모르는 여편네를 얼씨구나 하고 그 어미의 붙이로 받아들인 손녀의 소행머리는 생각할수록 그저 괘씸하기만 했다.

"눈물은 애껴뒀다가 느네 할미 죽거들랑 실컨 흘리고 인자 고만 자빠져 자거라."

그 정도로는 아무래도 성이 차지 않아 운암댁은 재차 복장 터지는 소리를 했다.

"잠을 자고 나야 니알 또 이몬지 뭣인지허고 짝짜꿍짝짜꿍 노
닥거릴 게 아니냐!"

인간의 손에 의해 더럽혀진 새끼 토끼를 대한 어미 토끼의 심
정이나 마찬가지였다. 새끼의 몸에서 인간의 냄새를 맡으면 어미
토끼는 그 새끼를 물어 죽이는 법이다.

운암댁은 손녀의 배신을 당최 용서할 수가 없었다.

앞뒤 가리지 않고 소재지까지는 기세 좋게 달려왔으나 막상 실
비주점의 불빛이 저만큼 눈앞에 보이자 종술은 우뚝 걸음을 멈
추었다. 만에 하나라도 혹 부월의 짓이 아니란다면 그 망신을 어
쩌나 하는 자발없는 생각이 문득 드는 것이었다.

그리고 부월하고 정면으로 맞닥뜨릴 때까지의 그 복잡한 절차
가 여간만 난감한 게 아니었다. 서두르는 것만이 장땡은 아니다
싶었다.

지까짓 게 퍼져봤자 솥 안에 든 팥이지 벨것일라디야!

이쪽 마음먹기에 따라서 볶아 먹을 수도, 삶아 먹을 수도 있는
것이었다. 실비주점의 불빛을 먼발치로 보면서 한 차례 숨을 깊
이 들이쉰 다음 종술은 발길을 돌렸다.

종술은 면사무소 맞은편 홍씨네 잡화상에 가서 우선 두 홉들
이 소주부터 샀다. 물론 외상이었다. 그는 가게 안에 선 채로 안

주도 없이 병나발을 불었다. 근심에 찬 눈초리로 말없이 지켜보는 홍씨의 마누라를 향해 그는 씨익 웃어 보였다.

"성님은 어디 갔소?"

"솜리로 장보러 간 냥반이 여적지 안 돌아오네요."

그 말을 에멜무지로 들으면서 면내의 소문난 불한당은 휑허케 밖으로 나가버렸다. 가게 밖 동정에 잠시 귀를 모으고 나서 홍씨 마누라는 안쪽에 대고 가만히 속삭였다.

"갔구만이라우."

그러자 깜깜하던 방 안에 불이 켜지면서 홍씨가 슬그머니 모습을 드러내었다. 홍씨가 중얼거렸다.

"무신 까탈이 붙었는지는 몰라도 저놈 시작허는 행투가 암만혀도 예삿일이 아니겠구만. 오늘 저녁에 틀림없이 면내 일각이 와장창 부서져나갈 것 같은디……."

소주 한 병을 단숨에 들이켰는데도 기분이 맨숭맨숭했다. 이래서는 안 되겠다 싶어 종술은 맹꽁이 놀음을 시작하려는 투로 코를 감싸쥐었다. 숨통을 꽉 틀어막은 채 그는 냅다 밤거리를 질주하기 시작했다.

아직은 잠자리에 들 시각이 아닌데도 어둠이 지배하는 소재지의 밤거리엔 인적이 뜨음했다. 그는 실비주점 앞을 비호같이 통과하면서 불빛과 함께 흘러나오는 혀꼬부랑이 소리의 유행가 가락을 얼핏 들었다. 요란한 발소리에 놀라 어느 집에선지 개가 짖기 시작했다.

소재지의 번화가가 거의 끝나가는 곳에서 그는 뜀박질을 멈추었다. 번화가라 그래봤자 이쪽 끝에서 저쪽 끝까지 어림잡아 백여 미터밖에 안 되는 한심한 고을이었다.

그는 코에서 손을 뗌과 동시에 소재지를 통째로 집어삼킬 듯이 가쁜 숨을 몰아쉬었다. 목구멍에서 훅훅 치미는 단내에 섞여 농익은 술기운이 고개턱을 몇 번씩이나 넘는 중이었다. 눈앞에서는 노란 별들이 무수히 오락가락하고 있었다. 마침내 그는 소주 두 홉으로 열 홉, 스무 홉의 효과를 내는 데 성공했다. 그만한 술기운이라면 무슨 일이라도, 아니 할 말로 살인이라도 능히 저지를 것만 같은 기분이었다.

그러나 종술은 실비주점 근처에서 또다시 뜸을 들였다. 무리한 방법까지 동원해가며 술기운으로 간덩이를 키워놓았음에도 불구하고 첫 대면의 순간이 심란스럽게 생각되기는 마찬가지였다.

먼저 굽히고 들어가는 형세가 아닌데도 간판 대신 '실비주점'이란 옥호와 '주류 일절' 따위 글자가 적힌 때묻은 포렴(布簾)을 들치고 안으로 들어가서 못된 그 계집을 상대하기까지 자신이 치러야 할 절차만 생각할작시면 자존심이 딸꾹질을 시작하는 것이었다.

이해할 수 없는 노릇이었다. 사나이 한평생 아무것도 거치적거릴 것 없이 꼴리는 대로 살아가노라고 자부해나온 천하의 임종술이 어째서 부월 앞에서만은 언제나 머뭇머뭇 망설거려야 하는지, 알 만한 사람들치고 누구도 무시 못 하는 완장의 권위가 하필이면 왜 하잘것없는 한낱 계집한테만은 막무가내로 통하지가 않는 건지, 참으로 알다가도 모를 일이었다.

맞은편에서 다가오는 인기척이 들렸다. 누군지는 몰라도 때맞추어 나타나준 상대방에게 종술은 마음으로 감사했다. 실비주점이 적선이라도 하듯이 길바닥에 덜어주는 옹색한 불빛 속으로 상대방이 들어서기를 기다려 종술은 느닷없이 질항아리 깨지는 소리를 질렀다.

"인배야, 너 잘 만났다!"

흠칫 놀라면서 실비주점 앞에 얼어붙어버리는 상대방을 종술은 매우 기특하게 여겼다. 그 역시 어둠을 헤치고 불빛 속으로 성큼 뛰어들었다.

"인배 너 이놈, 이 솔방울만 헌 놈이 요새 누구 뒷심 믿고 삐딱허니 노냐?"

그는 거푸 죄 없는 밤거리를 향해 호통을 쳤다. 상대방은 전후좌우를 살펴 저 말고는 그 호통을 들어줄 사람이 없음을 깨닫고 고개를 썰썰 흔들어 보였다.

"뉘신지 사람을 잘못 보셨구만요."

"뉘시냐고? 하아, 요런 싹수머리 없는 총각 조깨 보소이! 야 임마, 임종술이를 몰라? 면내에서 날 몰르는 놈은 간첩이다!"

"지 이름은 인배가 아니라…….."

"뭣이여? 인배가 아녀? 아니라도 그렇지, 이놈아!"

그는 계속해서 터무니없는 억지를 부렸다. 그러는 사이에 실비
주점에서 흘러나오던 노랫가락이 어느덧 끊겼다는 사실을 그는
계산에 넣었다.

"종짜 술짜 내 이름만 대면 천하가 다 안다, 이놈아! 인배가 아
니라고 으런을 보고도 나 몰라라 고개를 짯짯이 쳐들어?"

고주망태가 된 취객들의 노래가 뚝 그치자 밖에서 떨어대는
소란이 더욱 생생히 들렸다. 그것이 다름 아닌 종술의 목소리인
줄 부월은 처음부터 알아차리고 있었다. 하마 나타날 때가 됐는
데 웬일로 아직 소식이 없나, 하고 아까부터 그러잖아도 기다리
던 참이었다. 정옥이 때문에 진종일 무단 외출로 농땡이 부린 가
늠은 있어서 그니는 잔뜩 부어터진 태인댁의 눈치를 살펴가며
뒤늦게나마 작부로서의 몫을 다하지 않으면 안 되는 처지였다.

막버스에서 내린 중년의 농사꾼 세 명이 파장 손님들이었다.
그들은 이리에서 일차로 걸치고 온 막걸리 때문에 이차에 입도
대기 전에 벌써 나우 취해 있었다.

그니는 술상머리에 붙어 앉아 시늉 삼아 젓가락 장단은 놓으
면서도, 울려고 내가 왔냐고, 웃으려고 왔냐고, 비린내 나는 부
둣가에 이슬 맞은 백일홍이라고 푸념하는 흘러간 유행가까지 따
라 부를 만큼 신명이 솟지는 않았다. 허허벌판 같은 그니의 심중

완장   333

에는 언제 들이닥칠지 모르는 미스타 림의 성난 얼굴만이 한 가
닥 소슬바람처럼 오락가락하고 있었다. 밖에서 울리는 질항아
리 깨지는 소리를 들은 것은 바로 그럴 무렵이었다.

"많이 듣던 목소리 같은디."

일껏 오르던 취기가 확 깬다는 듯이 손님 하나가 태인댁을 올
려다보며 중얼거렸다. 그러자 팔짱을 낀 채 바깥쪽을 눈여겨보
던 태인댁의 시선이 막바로 부월한테 돌려졌다.

"해전에는 눈만 먼 줄 알었드니만 밤 되니깨 인자는 귀까장 멀
었냐?"

사랑에 눈이 어두워져서 집에 돌아오는 길도 못 찾았다는 핀
잔이었다. 태인댁은 종술의 속내평을 알고도 남을 정도였다. 그
점은 부월이 또한 매일반이었다.

얼마나 일진이 사나운 사람이기에 저토록 호된 곤욕을 치르는
가. 아무 때라도 찾는 사람이 나타날 때까지는 앰한 상대한테 퍼
붓는 행짜를 거두지 않을 작정인 듯했다. 무슨 수를 써서든 나가
서 돕지 않으면 아무 죄도 없는 청년 하나만 결딴날 거라 해서 부
월의 궁둥이는 아까부터 들썩거리고 있었다.

"우리 부월 아씨 귀에는 아직도 즘잖은 손님이 우리 집 초인종
누르는 소리가 안 들리시는가?"

송곳 끝 같은 태인댁의 비아냥거림에 궁둥이를 찔려 부월은
술상머리에서 발딱 일어섰다.

"큰 탈이다, 큰 탈. 그러다가 어질병이 지랄병 될라."

태인댁의 중얼거림이 부월의 등덜미를 떼밀었다.

"영곤 씨 아녀?"

밖으로 머리를 쑥 내밀면서 부월은 들척지근한 목소리로 물었다. 그러자 그때까지 상대방의 멱살을 움켜쥐고 적당히 흔들어 대던 손을 놓으면서 종술은 홱 돌아섰다. 그 기회를 틈타서 걸음아 날 살리라고 줄행랑을 놓는 희생자의 존재마저 이미 종술의 안중에는 없었다.

"헹, 영곤 씨 한번 되알지게 좋아허네!"

이게 얼마 만이냐, 비극적으로 끝나버린 널금저수지에서의 하룻밤 사랑 이후로 처음 만나는 순간이었다. 가장 어려운 고비를 얼렁뚱땅 넘기고 맞대면에 성공했다고 치부하기는 두 사람 모두 동감이었다.

하지만 그 다음부터가 문제였다.

"덜덜덜 오도바이 소리 안 내고 지나가서 퍽도 미안허구만!"

"오매, 미스타 림!"

"미스타고 개스타고 말짱 다 영곤 씨한티나 바치시지!"

"오매, 종술 씨 술이 조깨 과혔는개비?"

"술 조깨 마셨다! 여그 실비주점 아니고는 임종술이가 취헐 줄도 몰르는지 알았냐?"

뒷말이 얼른 안 떠올라서 잠깐 어물거리는 두 사람 사이로 태인댁이 끼어들었다.

"남우세시럽게 이게 뭔 야단인가? 시비곡직은 따로 날을 받어서 개리기로 허고, 밤도 야심허니 오늘은 지발 대강대강만 허고 끝내소."

"장모님은 상관헐라 말고 굿이나 보시요!"

"아직도 잊지 않고 장모님 대접허니깨 고맙긴 허네만, 요새 젊은 사람들 신식은 식도 올리기 전에 갈러서기부터 먼첨 배우는가?"

종술은 순간적으로 말문이 막혔다. 그 틈을 놓치지 않고 태인댁은 오금을 콱 박았다.

"둘이서 살림을 채리든 송사를 벌리든 훗일이야 내가 알 배 아니로되 당분간은 영업에 지장이 없게코롬 매사에 조심혀줬으면은 참말로 고맙겄네."

태인댁이 안으로 들어가버리자 종술은 깜빡 잊고 있던 용건을 상기해냈다.

"두 화냥년찌리 언지 적부터 패악질에 동업허기로 모사를 꾸몄냐?"

"듣자 듣자 허니깨 못 허는 소리가 없네. 무신 악담을 그렇게 늘어놓는디야?"

"헹, 이모라고? 같잖다, 같잖어!"

"흥!"

부월도 덩달아서 콧방귀를 뀌었다.

"만약에 말 한 마디 잘못 삐끗허는 날이면 죽는 수가 있으니깨 그리 알어!"

"애기 조깨 이뻐헌 것이 어디 살인 낼 일인가?"

"옳거니! 그 가짜배기 이모란 게 니년이 틀림없구나!"

"흐흥!"

"대관절 무신 억하심정으로 그 에린것을 살살 돌라서 솜리까장 끌고 나갔냐? 갸가 이모 없어서 살이 붓는다디야, 뼤가 녹는다디야?"

"에린것이 정이 뭔지도 몰르고 크는 걸 생각허니 안씨럽고 불쌍혀서 그렇지!"

부월도 독이 올라서 앙칼지게 쏘아붙였다.

"뭣이 워찌고 워째야? 엿장시 맘대로 불쌍혀?"

"상사병으로 츠녀 구신이 되는 것보담사 그짓말쟁이 되는 쪽이 휘긴 이문이니깨 그렇지!"

종술은 다시 한 번 말문이 꽉 막혀버렸다. 그것이 뭘 뜻하는 말인지 못 알아들을 종술은 결코 아니었다. 다만 한 가지, 넌출만 건드렸을 뿐인데 호박까지 굴러들어오는 격으로 터무니없이 예상을 앞질러 찾아온 사태 앞에서 그저 어리뻥뻥할 따름이었다.

피차간에 이제 갈 데까지 다 간 셈이었다. 부월은 솟구치는 분기를 이기지 못해 고무 풍선만 한 가슴으로 대장장이처럼 풀무질을 하면서 씨근벌떡 콧김을 불고 있었다. 그러는 부월을 볶아 먹어야 좋을지 삶아 먹어야 좋을지 미처 단안을 못 내린 채 종술은 느닷없이 새로운 고민 속으로 빠져들고 말았다.

침묵 속에 부릅뜬 눈들로 팽팽히 대치하고 있는 두 남녀를 떼어 말리듯이 땅바닥을 딱딱 때리는 소리가 천천히 다가왔다. 싸움에 너무 열중한 나머지 종술은 그런 소리에 신경 쓸 여가조차 없었다. 지팡이 소리가 등 뒤에서 멎는 순간에야 비로소 그는 상대방이 누군지를 알아차릴 수가 있었다. 그러나 이미 때는 늦었다.

"너 이놈, 종술이구나."

밤이나 낮이나 장님처럼 지팡이로 애꿎은 땅바닥을 벌주며 다니는 사람은 인근을 통틀어 단 한 사람밖에 없었다. 국민학교 육학년 때의 담임이자 지금은 교장인 진돗개 선생이었다.

"아, 아닌디요……."

지팡이 소리가 들릴 적마다 종술은 얼른 몸을 감춤으로써 그간 은사하고 마주치는 기회를 극력 피해 나오곤 했었다.

"아니긴 뭣이 아니여, 이놈아!"

뒤쪽은 감히 돌아다도 못 보고 슬금슬금 꽁무니를 빼려는 종술의 팔뚝에 지팡이의 손잡이 부분이 고리처럼 턱 걸렸다. 도무지 정년 퇴직을 코앞에 둔 노인답지 않은, 사납기로 유명해서 붙은 그 별명에 딱 어울리게끔 잽싼 솜씨였다.

"오밤중까장 완장 뻗쩍거리고 댕기는 놈이 종술이 니놈 말고 누가 또 있을 줄 알었드냐?"

예나 지금이나 종술이 무섭게 아는 유일한 인물이었다. 말하자면 좁은 바닥에서 기어코 임자를 만난 셈이었다.

"진지 잡수셨습니까요, 선상님."

그제야 뒤로 돌아서면서 종술은 너부죽이 땅바닥에 엎드리는 시늉을 했다. 아무리 시골일망정 요즘에는 그런 식의 인사말을 때없이 건네는 사람은 아무도 없었다. 주마등처럼 머릿속을 스쳐가는 과거지사들에 꺼묻어 엉겁결에 튀어나온 종술의 옛날 버릇이었다.

"역시 들리는 소문 고대로구나."

교장 선생은 지팡이 끝으로 제자의 완장을 툭툭 건드렸다. 불빛을 받아 번들번들 윤기가 흐르는 지팡이였다. 그것을 연신 흉기처럼 허공으로 견주어대는 품이 아무래도 다음 순서는 종아리를 걷으라는 호령일 것 같았다.

"옛날허고 한 치도 달러진 게 없어."

"사모님도 안녕허시고, 댁내 두루 무고허신지요?"

"언죽번죽 둘러다 붙이는 그 뻔뻔시런 말버릇도 옛날이나 똑같고."

"야반 행보가 펜찮으실 틴디 조심히 살펴가시기라우."

"나만 봤다 허면 위선 도망갈 궁리부터 허는 것도 영락없이 똑같고."

마치 도움이라도 청하려는 투로 종술은 부월 쪽을 슬쩍 돌아다보았다. 하지만 그니는 옆에 있지도 않았다. 어느새 도망쳤는지도 모르게 그니는 술집 안쪽 문실주 뒤에 숨어서 포렴 밑으로 얼굴만 빠끔히 내밀고 있었다. 난처한 표정이기는 그니 역시 종술이나 마찬가지였다.

"그럼 지는 이만 물러가볼랍니다요."

종술은 재차 교장 선생한테 머리를 깊숙이 조아렸다.

"얼매나 쏘내기로 나잇살을 퍼먹어야 철이 들 것인지, 쯧쯧……."

한바탕 혀를 차는가 싶더니만 교장 선생은 어느 겨를에 종술의 뒷덜미를 담삭 움켜잡았다.

"가자, 이놈아!"

"가다니, 어디를 말입니까요?"

"내 집으로 가자. 너한티 내 헐 말이 숱허니라."

종술은 노상 남을 공격하는 데만 쓰던 그 좋은 뚝심으로 이제는 자신을 방어하기에 급급할 지경이 되었다. 그는 도살장 가까이 끌려온 소처럼 완강히 버티었다.

"선상님, 지 체면도 조깨 세워주셔야지, 챙피시럽게 왜 이러십니까요."

"어따, 그놈 조당머리 한번 신통방통허니 놀린다! 니깟 놈한티도 체면이란 게 있었더란 말이냐, 이놈아?"

"손이나 조깨 놓고 말씸허시기라우. 지도 인자는 애기 아버집니다요. 육 학년짜리가 아닙니다요."

"니가 내 학부형이 된 줄은 안다만도, 자식 아니라 고손자까장 본 고로롱 팔십이라도 너허고 나 새에 사제지간은 어디 안 가느니라!"

교장 선생은 막무가내였다. 노인의 손이 종술의 뒷덜미로부터 이번에는 귀로 옮겨졌다. 그야말로 횡액이었다. 부월하고의 줄다리기에서 제법 형세가 이쪽으로 기운다 싶던 참인데 이게 무슨 망신이냐.

귀를 붙잡혀 꼼짝없이 끌려가면서 종술은 못내 아쉬워하는 눈초리로 연방 뒤쪽을 핼끔거렸다. 다시 문 밖까지 쫓아나온 부월이 발을 동동 구르는 시늉을 하면서 불빛 한가운데 덩그렇게 서 있었다.

"바로 자네가 그 유명짜헌 임종술이구만."

사모님의 눈에는 사람보다도 완장이 먼저 눈에 띄는 모양이었다. 교장 선생의 서재 한구석에 좌정하자마자 사모님이 알은체를 했다.

"자네가 몇 년도에 졸업혔드라?"

영감님을 본받은 탓인지 사모님 또한 종술을 노골적으로 어린

애처럼 취급할 작정인 듯했다.

"졸업헌 지가 이십 년도 더 넘었구만요."

"네 이놈, 준환이허고 동기니깨 올들어 십육 년째다."

교장 선생이 즉각 잘못을 시정해주었다. 노인 양반이 총기 하나는 좋다고 생각하면서 종술은 뒤통수를 긁적거렸다.

"와따, 참말로 세월 한번 빠르네요."

"법계리 김준환이랑 같은 해라면…… 오라, 그러니깨 그해 운동횟날……."

뭔가 종술로서는 자랑스러울 게 못 되는 옛날 기억 한 도막이 되살아나는 모양이었다. 반백의 머리를 끄덕거려가며 옆에서 말참례가 길어지려는 사모님을 교장 선생이 가로막았다.

"상줄라고 델꼬 온 제자 아니니깨 쓴 코피나 두 잔 딜여놓고 근너가 있으소."

눈치를 채고 사모님이 자리를 비켜주자 교장 선생은 더욱 근엄한 표정을 지었다.

"그건 그렇고!"

교장 선생은 책상다리의 앉음새를 더욱 빈틈없이 단속한 다음 허리를 꼿꼿이 폈다.

"종술이 니놈이 접때 김준환이를 복날 개 패댓기 뚜딜겨 줬다메?"

종술의 눈이 휘둥그레졌다.

"준환이 그 똥개가 그런 소리를 씨부렁대든가라우?"

"네 이놈, 이 고이얀 놈 같으니!"

김준환의 별명하고 언제나 같은 꿰미에 꿰어서 노래 불려지던 자신의 별명을 의식했기 때문인지 교장 선생의 낯빛이 시뻘게졌다. 서릿발 같은 호통을 얻어맞고 자라 모양으로 목을 움츠리긴 했으나 그 문제라면 할 말이 적지 않은 종술이었다.

"도적이 됩데로 매를 든다드니만, 그게 무신 잘헌 짓이라고 꼬아바쳐, 꼬아바치기는……."

"도적을 두둔헐 생각은 없다. 도적질에 나선 당자야 동기고 선후배고 간에 니 말짝으로 맞어죽어서 싸다고 치자. 그런디 그 자식놈은 뭣 땜시 반빙신 맨들어놓았냐?"

"에헤이, 선상님도 참! 반빙신은 무신……."

"너는 이놈아, 애비가 가자는 대로 따러나선 죄로 그 어린것이 귀싸대기 을어맞고 귀청이 터진 것도 여적지 몰랐단 말이냐?"

종술은 가슴이 철렁 내려앉았다. 그러나 곧 천연덕스러운 표정을 되찾으면서 히죽이 웃기마저 했다.

"뒤통시 조깨 만져준 것뿐인디, 그놈 귀청은 아매 뒤통시에 붙었든개비요."

"솜리 병원에다 자식 입원시켜놓고 준환이가 치료비 땜시 날 찾어왔었는디도 발뺌만 헐 작정이냐, 이놈아?"

홍씨네 잡화상에서 외상으로 마신 소주는 이미 온데간데가

없었다. 널금저수지의 감시원 자격으로 불법 어로 행위를 적발
하던 그날 밤의 일이 아직도 뇌리에 생생히 남아 있었다. 그때 준
환이 부자로부터 압수한 뗏목을 타고 요즘도 매일같이 저수지를
순시하는 그였다. 아침 저녁으로 차가운 이상기온 속에서 뗏목
위로 넘실넘실 기어오르는 물결에 발목이라도 붙잡힌 듯 그는
섬뜩한 한기를 느꼈다. 그제야 그는 고개를 푸욱 수그렸다. 하지
만 그 목소리만큼은 여전히 놀부 같은 심통을 띠고 있었다.

"밤중이라서 그것들이 부자지간인지 누가 알기나 혔간디요.
그리고 또 자식놈 달고 도적질 나서는 애비놈이 세상에 그리 흔
치는 않지라우."

"예에끼 순, 주리를 틀 놈!"

교장 선생은 지팡이를 신발장 옆에 두고 들어온 걸 심히 후회
하는 듯한 어조였다. 사모님이 쟁반을 들고 나타났다. 종술은 행
여 양이 적은 쪽이 저한테 차례 올까봐 눈금이라도 재는 듯한 시
선으로 사모님에 의해 놓여지는 제 몫의 찻잔만 애꿎게 노려보
고 있었다.

"완장이 유죄로다, 완장이 유죄여! 무신 살판이나 났다고, 그
알량난 표딱지가 멫 푼어치나 가치가 있는 것이라고 저마다들
그것만 보면은 사죽을 못 쓰는지……."

교장 선생의 입에서 장탄식이 흘러나왔다. 종술은 화살처럼
날아와서 왼팔 상단에 꽂히는 은사의 시선을 충분히 느낄 수가

있었다.

"종술아, 고개를 들고 날 보거라."

분부대로 거행하니까 연민에 가득 찬 은사의 시선이 땡그렁 소리도 요란하게 이마에 부딪쳐오는 것이었다.

"종술아, 니가 시방 차고 앉었는 그게 뭣이냐?"

"완장이라고 그러는디요."

왼팔을 슬쩍 곁눈질해서 마치 관록이 붙은 사장의 대머리 모양으로 번들번들 불빛을 반사하고 있는 완장을 확인한 다음 종술은 고지식하게 대답했다. 그러자 교장 선생이 조용히 머리를 끄덕거렸다. 마치 2×2=4라고 대답한 제자의 머리를 쓰다듬어주듯이.

"완장은 좋은 것이냐?"

"없는 것보담사 있는 쪽이 휘낀 낫지요."

한편으로는 한밤중에 사제지간이 마주 앉아 이 무슨 해괴망측한 문답인가 싶으면서도 종술은 별로 대답에 궁색을 느끼지는 않았다.

"남보담 잘났다는 표적으로 차고 댕기는 것이 완장이란 말이냐?"

"뭐 잘났을 것까지야 있을꼬마는…… 그렇다고 못났을 것도 없겄지요."

"아니다. 모자란다는 뜻이다. 모자란 만침 아직도 더 채울 것이 있는 사람이란 표시니라."

"그럼 선상님은 왜 저같이 모자라는 멍텅구리를 반장 안 시키고 공부 잘허는 놈들만 쏙쏙 골라서 반장 부반장 시키셨든가요?"

"떼끼 놈, 그것은 아무 귀청이나 터치라고 허가 받은 베슬이 아니다! 종술이 느이 때나 느이들 자식 때나 내가 시종여일허게 핵교서 가르치는 것은 완장을 차는 사람일시락 남보담도 더 많이 고지 먹은 소작인이니께 남보담도 더 피나게 농사지어서 추수 때는 반다시 빚을 갚어야 될 책임이 있다, 이런 것이니라!"

"아니지라우. 고지 먹은 놈들이 외려 만석꾼마냥 대나무 잣대로 종술이 대가리만 잘도 때립디다요."

"종술이는 듣거라. 본시 우리나라는 완장이란 게 없었느니라. 예로부터 우리가 팔에다 차는 게 있었다면 그것은 삼베로 맨든 상장 정도가 다였느니라. 상장이 어떤 것인지 너는 아느냐?"

"초상났다고 애고대고 곡헐 적에 요새도 많이들 찹디다요."

완장에 대한 변치 않는 믿음이 자부심으로 나타나서 종술로 하여금 은사한테 줄창 말대꾸를 하도록 부추기고 있었다. 지진아한테 과외지도를 하는 인내심으로 교장 선생은 밤이 깊은 것도 개의치 않는 듯했다.

"죄인이라는 증거다. 집안 어르신을 돌아가시게 맨든 죄를 만천하에 자복허는 뜻으로다가 사람들은 상장을 둘렀다. 죄인이 부정을 멀리허고 매사에 근신허게코롬 상장을 둘리워서 일반인들허고 확연허니 구분을 지었다. 본시 우리가 조상님네로부터 물려받은 완장은 이렇게 미풍양속에서 시작된 것이니라.”

교장 선생은 말을 멈추고 잔을 들어 커피를 마셨다. 구태여 그 것을 함께 마시지 않더라도 종술은 엔간히 입맛이 쓴 판이었다.

“완장도 여러 질이지요.”

“니 말이 맞다. 완장도 완장 나름인 벱인디, 니가 시방 차고 앉 었는 그것은 말허자면 왜놈들 찌끄레기니라.”

“솜리까장 나가서 지가 직접 새것으로 맞춰 왔구만요.”

“종술이는 듣거라!”

교장 선생의 완장론은 세월을 훌쩍 건너뛰어 일제시대를 종횡 무진 헤집고 다니면서 군국주의 일본이 우리에게 남겨준, 침 뱉 어 마땅한 유산에 관해서 조목조목 그 죄과를 열거하기 시작했 다. 혹심한 가뭄에 시달리는 대지의 식물과도 같이 교장 선생의 입에서는 나뭇잎의 바스락거림이 끊임없이 새어나오고 있었다.

밤이 깊어갈수록 공기는 더욱 건조해지는 듯했고, 종술의 마 음은 더욱 초조해지기 시작했다. 그는 한 귀로만 은사의 이야기 를 듣고 있었다. 그리고 나머지 한 귀는 어느새 실비주점 앞 불 빛 속에서 발을 동동 구르던 부월을 향해 활짝 열려 있었다.

10

솜리로 아저씨를 찾아가는 익삼 씨의 발걸음은 무겁기만 했다. 아저씨를 만나서 긴히 상의하지 않으면 안 되는 두 가지 일이 내 내 그를 고문하고 있었다. 이쪽에서 미처 이야기도 끝내기 전에 아저씨는 틀림없이 들입다 노발대발부터 시작하고 볼 것이었다. 같이 늙어가는 처지의 족질을 마치 반찬 먹다 들킨 강아지 다루 듯 걸핏하면 부지깽이나 다름없는 험악한 말솜씨로 몰아세우곤 하는 아저씨였다. 그런 양반을 상대로 상의해야 할 일들이 익삼 씨한테는 모두 버겁게만 느껴지는 것이라서 더위 먹은 소가 여 물 반가운 줄도 모르듯 그는 세상만사가 그저 심란스러울 뿐이 었다.

관상대의 예보가 들어맞아 모처럼만에 비가 내렸다. 관상대 는 구름 또는 우산 표시뿐만 아니라 실로 오랜만에 내리는 그 비가 농사에는 아무런 도움도 안 된다는 사실까지 신통하게 알아맞힘으로써 오히려 농민들의 원성을 샀다. 찌푸린 하늘을 배경으로 하여 에멜무지로 떨어지던 빗발은 시룻번처럼 바싹 말라붙은 땅거죽만 감질나게 희롱하다가 흐지부지 물러가고 말았다. 뇌성벽력을 앞세운 장대비가 온 천지에 벌집같이 확을 파도 시원찮을 판국이었다.

긴긴 가뭄 끝에 후둑후둑 빗낱이 듣기 시작하는 걸 보고 이곡리에서는 집집마다 비설거지를 잊은 채 장독대나 빨래 따위를 방치해두었다. 마을 점방집 어린애는 저도 모르게 손바닥을 펴서 머리 위로 떨어지는 빗방울을 막는 시늉을 했다가 주위의 어른들로부터 천벌을 받을 놈으로 단단히 싸개판을 겪지 않으면 안 되었다.

결국 해갈은 고사하고 입술 축이기에도 모자라는 알량한 비였다. 더구나 앞으로도 한동안은 비다운 비가 없을 거라는 관상대의 예보가 뒤따랐다. 배고픈 짐승이 원님인지 누군지도 못 알아보는 격으로 실망스러운 비 끝에 사람들은 더욱 조급해졌다. 익삼 씨의 말발 따위는 마을에서 통하지 않았다. 앞집 처녀 믿다가 총각으로 늙을 수는 없다는 공론이었다. 몽리민의 대표들이 수리조합 사람을 만나 모내기의 적기를 놓쳐서는 안 된다는 쪽으로 쉽게 합의를 보았다. 사흘간의 준비를 거쳐 저수지의 물문을 열기로 날짜까지 확정되었다. 바로 어제의 일이었다.

완장

강 부자만은 못해도 그 자신 솔찮은 몽리답을 짓는 처지에 익삼 씨는 이러지도 저러지도 못하는 입장이었다. 논농사를 따르자니 양어장이 울고, 이웃에 신경쓰자니 아저씨가 골내는 꼴이었다. 아저씨는 들으나마나 틀림없이 눈물을 쥐어짜서라도 자기더러 빈 저수지를 채우라고 억지를 부릴 것이었다. 이럴 줄 알았다면 애당초 아저씨를 부추겨서 양어장을 시작하지 않는 건데 공연히 일을 저질렀다고 그는 새삼스레 후회가 막심했다.

하지만 그것은 또 약과였다. 그보다도 훨씬 익삼 씨를 괴롭히는 문제는 따로 있었다. 종술이란 놈이었다. 그놈만 생각할라치면 여전히 치가 떨리는 익삼 씨였다. 이 웬수를 어떻게 갚을꼬, 하고 그는 자나깨나 종술이란 놈의 넋을 사로잡아 자기 머리맡에 꿇어앉힌 채로 경황없는 세월만 살아왔던 것이다.

가뭄더위를 넘기기가 마냥 지겹기는 신남화물 최 사장 역시 여느 사람이나 다를 바가 없었다. 단골 다방에 차를 주문해서 배달 나온 계집애를 토룡탕을 장복하는 늙은 손으로 실컷 주물러 보내는 행사도 오전에 이미 한 번 치렀으면 됐지 아랫것들 거느린 사장 체면에 무시로 그럴 수는 없는 노릇이었다. 있는 사람이나 없는 놈들이나 다 공평하게 겪어야 하는 그 지겨움이 최 사장한테는 지난번에 된통 얻어맞은 종합소득세만큼이나 불공평하고 억울하게 느껴지는 것이었다.

농사꾼 시절에는 땡볕에 낯가죽이 익으면서도 지겨워할 겨를
조차 없었다. 그런데 삼복에도 고뿔 들기 딱 십상인 에어컨을 틀
어놓고 회전의자에 앉아서 빈둥거리는 사장님이 되고 나니까 왜
갈수록 지내기가 팍팍해지는 건지 그로서는 알다가도 모를 일이
었다.

최 사장은 마땅한 파적거리가 없을까 하고 사장실을 나섰다.
의지간의 처마 밑을 벗어나 노천에 발이 닿기 무섭게 근처에 숨
어서 길목을 지키던 더위가 그를 습격했다. 그는 아래쪽으로 흘
러내리려는 혁대를 추슬러 불룩 튀어나온 똥배를 단속하고 나서
자신의 휘하를 한 바퀴 둘러보았다. 화물 창고 쪽은 아무런 이
상이 없었다. 수위실 쪽에서도 책잡을 만한 건덕지를 찾아내지
못했다.

트집을 못 잡아 안달인 최 사장의 눈에 마침내 생기가 돌았다.
일 나가지 않고 쉬고 있는 트럭의 그늘 속에 들어앉아서 조수 녀
석 둘이 시시덕거리는 중이었다. 녀석들은 벌게진 얼굴로 뭔가
를 열심히 들여다보고 있었다. 최 사장은 콩밭에서 기음매다가
꿩이라도 만난 듯한 걸음걸이로 살금살금 다가갔다.

"떼끼 놈들!"

난데없는 호통 소리에 찔끔해서 녀석들은 보던 것을 얼른 등
뒤로 빼돌렸다. 하지만 최 사장은 울긋불긋 요상스러운 사진과
꼬부랑 글씨가 적힌 책표지를 이미 보아버렸다. 먹이를 본 맹수

처럼 순간적으로 그의 눈빛이 번쩍 빛났다.

"요런 마빡에 쇠똥도 덜 벗겨진 놈들이!"

무슨 책인지 알고도 남을 정도였다. 언젠가 전에도 한 번 최 사장은 녀석들로부터 그 비슷한 책을 압수한 적이 있었다.

"손바닥으로 하늘 덮거라, 이놈들아. 어서 욜로 써억 못 내놓겠냐?"

"돈 주고 빌려온 책인디요."

한 녀석이 잔뜩 볼멘소리를 했다.

"책이라고? 그 속에서 공자 맹자 만나서 과거라도 보겄다, 이런 말이냐?"

"공자 맹자는 아니라도 하여간 자짜는 똑같구만이라우."

사장을 별로 어려워하는 기색도 없이 다른 한 녀석이 슬슬 재담으로 나왔다. 여자를 가리키는 수작임이 분명했다.

"떼엑! 소인배들이란 자고로 사대육신 한가허이면 음심이 동허는 벱이다! 너그놈들 장개갈 때까장 고따우 백해무익헌 물견은 할애비 같은 내가 보관허이마."

최 사장은 그 요상스러운 책을 그예 우격다짐으로 압수해버렸다. 의기양양해서 막 돌아서려는 그를 향해 한 녀석이 엉뚱한 수작을 지껄였다.

"보고 잪으면은 대주는 사람한티 부탁혀서 사장님도 돈 내고 보시지 그려라우?"

"요것들이 시방 사장을 뭘로 알고 지랄이여? 너그 집안은 부모도 조부모도 안 뫼시냐, 이놈들아? 에리디 에린 뱃속에 지름끼 너무 들어가서 설사헐깨미 걱정허는 본정도 몰르고…….."

한바탕 훈계를 늘어놓다 말고 최 사장은 얼핏 트럭으로 눈을 돌렸다.

"저 도라꾸 조깨 보거라. 눈먼 까마구가 즈그 아재빈 줄 알고 세배허겄다. 월급 받고 잖거들랑 음심 품을라 말고 삐까번쩍 어서 쎄차허지 못허까!"

최 사장은 사장실로 곧장 되돌아갔다. 그는 푹신한 회전의자에 앉아서 쏟아져내리는 똥배 밑으로 혁대를 느슨히 받친 다음 본격적인 독서의 자세에 들어갔다. 조수 녀석들의 손에서 옮은 기름때로 천연색의 매끈한 책 표지는 시커멓게 얼룩져 있었다. 그는 화장지로 얼룩을 닦은 다음 첫 장을 넘겼다. 처음부터 끝까지 온통 벌거벗은 서양 여자들로 범벅되어 있었다. 갖가지 요상스러운 표정, 요상스러운 몸짓의 사진들이 그의 머리를 산란하게 만들었다.

그는 담배 한 대를 피워 물고 나서 테이블 위의 돋보기를 집어 코허리에 얹었다. 그는 학자처럼 골똘한 표정이 되어 어떤 금발 미인의 들쭉날쭉 요란한 몸매 위로 시력을 모았다. 그리고 고개를 갸웃거렸다. 그런 종류의 사진을 대할 때마다 한 가지 신기하게 느껴지는 대목이 있었다. 머리카락이 노란 것쯤이야 충분히 이해할 수 있는 문제였다.

그런데 하필이면 왜 거기마저 노랗단 말이냐. 노란 머리는 사내들 시선을 잡아끄는 데 소용이 닿는다지만, 거기는 대관절 무슨 까닭이 있다고 위나 아래나 노란 거웃 일색인가.

익삼 씨가 신남화물 정문으로 들어서자 사장님의 친척인 줄 얼른 알아보고 늙은 수위가 깍듯이 인사를 했다. 익삼 씨는 답례도 없이 수위를 향해 엄지손가락을 세워 보인 다음 턱짓으로 거만하게 사무실을 가리켰다. 눈치껏 알아듣고 수위가 공손히 대답했다.

"예, 안에 기십니다요."

익삼 씨는 기름 냄새 물씬거리는 거무죽죽한 흙을 밟으면서 넓은 마당을 당당히 가로질렀다. 왁자지껄 떠드는 소리에 이끌려 그는 걸음을 멈추었다. 물을 흠뻑 뒤집어쓴 트럭에 달라붙어 젊은 녀석 둘이서 호스로 장대 같은 물줄기를 뿜어대며 장난치고 있었다. 흔전만전 낭비하는 수돗물이 도랑을 이루어 일없이 땅바닥으로 흐르는 걸 보고 익삼 씨는 단박에 배알이 뒤틀렸다.

"이 사람들아, 물 소중헌 줄 몰르고 헤피 쓰다가는 자네들 눈에서 피눈물 찍어낼 날 머잖을 것이네!"

눈들을 곱잖게 치뜨는 품이 아무래도 어른한테 고분고분 순종할 것 같지가 않았다. 그래서 익삼 씨는 내친걸음에 녀석들을 넌지시 위협해둘 필요를 느꼈다.

"자네들 사장님은 안에 기신가?"

자기가 시시하게 상무나 과장 따위를 상대하러 온 손님이 아니라는 사실을 늙은 수위뿐만 아니라 젊은 녀석들도 미리감치 알아두는 게 제놈들한테 이로울 것이었다.

"안에 기시는지 밑에 깔렸는지 우리가 알 게 뭐요!"

물줄기를 울컥울컥 토하는 호스를 흉기처럼 앞으로 겨눈 채 더펄머리 녀석이 퉁명스럽게 대꾸했다. 그러자 그 옆의 여드름쟁이 녀석이 야릇한 웃음을 실실 흘리면서 수상쩍게 나왔다.

"기시기는 기시는디, 아매 책 읽니라고 시방 정신없을 거구만요."

"책이라니?"

아저씨하고 책 사이는 지게 작대기하고 암행어사 마패 사이만큼이나 인연이 없는 것으로 믿고 있던 익삼 씨였다.

"암먼요, 책이지라우. 독서 말입니다요."

논보다는 차라리 물 걱정 없는 기름진 땅을 가진 신남화물 마당에다 모를 심는 편이 더 소출이 많겠다고 속으로 투덜거리면서 익삼 씨는 사장실로 향했다.

그가 조심성 없이 문을 벌컥 열고 들어서자 최 사장은 까무러칠 듯이 놀랐다.

"노끄가 뭣인지도 몰르냐, 너는?"

일단 꾸짖기부터 하려다가 최 사장은 허둥지둥 책을 덮어 서랍

속에 집어넣었다. 하지만 익삼 씨도 눈은 있어서 책표지에 실린 사진이 예를 들어 화물 트럭이나 사군자 따위는 아니라는 것쯤 금세 알아차릴 수가 있었다.

"아하, 무신 책인가 혔드니만……."

"꼬부랑말 조깨 배운다, 왜? 나 같은 늙은이는 영어 공부 조깨 허이면 잽혀간다는 벱이라도 있냐?"

익삼 씨의 입에서는 저도 모르게 풀썩 웃음이 새어나왔다. 그러자 최 사장의 표정이 갑자기 차갑게 일그러졌다.

"설마허니 아자씨 앞에서 재롱 떨라고 찾어오지는 않았겠지?"

"저어……."

"저라니?"

"저어 거시기……."

"거시기는 구신도 몰른다!"

에라 모르겠다 하고 익삼 씨는 찾아온 용건을 툭 털어놓기로 작정했다.

"메칠 새 도라꾸를 두 대 저수지로 보내주셔야 되겠구만요."

"왜, 저수지가 호남고속도로를 타고 이사라도 가고 잪다냐?"

"그게 아니고 사흘 후에 물을 빼기로 결정이 났구만요."

그예 올 것이 오고야 말았다는 표정이었다. 아저씨는 한동안 아무 말 없이 천장만 올려다보다가는 테이블로 팔을 뻗어 더듬더듬 담뱃갑을 찾았다. 익삼 씨가 냉큼 성냥불을 대령했다.

"면내 대소사는 저 혼자서 좌지우지허는 딧기 큰소리 뻥뻥 치드니만, 꼴 한번 조오타!"

"하늘이 허시는 일이지 가뭄이 어디 사람 소관사든가요."

아저씨의 입에서 더 억지소리가 나올 경우 익삼 씨는 당장 고기를 건진다 해도 손해 보는 건 없다는 점을 혀가 닳도록 강조할 작정이었다. 그런데 다행히도 빈 저수지를 눈물로라도 채워서 양어장을 지키라는 분부는 떨어지지 않았다. 당초의 기대에는 못 미쳐도 고깃값을 챙기면 투자액보다 훨씬 많은 이문이 남는다는 사실을 셈속 빠른 아저씨가 모를 턱이 없었다.

"관상대 예보는 나도 들어서 안다."

이미 각오가 서 있는 눈치였다. 아저씨는 담배 연기를 허공으로 길게 뿜어 올리고 나서 심드렁한 어조로 지시했다.

"비린 것은 내가 알어서 처분헐 모냥이니깨 그짝 일은 니가 맡어서 만단으로 준비허거라."

아저씨가 너무도 뜻밖으로 선선히 결말을 짓는 바람에 익삼 씨는 감격해 마지않았다.

"여부가 있을라고요."

그리하여 버거운 짐 하나는 그럭저럭 덜어낼 수가 있었다. 그러나 아직도 익삼 씨의 어깨에는 임종술이라는 멍에가 메여 있었다.

"그런디 말입니다요……."

그것마저 홀가분히 벗지 않으면 앞으로도 두 다리 쭉 뻗고 자기는 어려울 것이었다.

"양어장 하나 옴시란히 떠날려 보냈으면 되얐지 뭣이 또 그런디요냐?"

"여적지 후임자를 못 정혔구만요."

자존심상 차마 입이 떨어지지 않는 소리를 익삼 씨는 간신히 털어놓았다.

"무신 후임자 말이냐?"

"예, 지아무리 백방으로 손을 써봐도 완장을 떠맽길 만헌 잡놈이 여영 나타나들 않누만요."

그러자 아저씨의 얼굴이 시뻘겋게 달아오르기 시작했다. 잡아삼킬 듯이 노려보면서 눈자위를 실룩실룩 떠는 아저씨를 정시할 수가 없어 익삼 씨는 슬그머니 외면하면서 뒤통수를 긁적거렸다.

"니가 시방 정신머리가 온전히 백힌 놈이냐?"

"참말로 면목이 없구만이라우."

"면목은 너 혼자서나 없거라, 이놈아!"

"쪼깨 아니꼽살시럽기는 허지만 암만혀도 종술이 그놈을 도로 감시원으로 앉혀두는 것이……."

도저히 견딜 수 없는 치욕감 때문에 익삼 씨는 말끝을 마무르지 못했다.

"그놈 시켜서 무신 은금보화를 감시헐래?"

"예?"

"물괴기도 없는 저수지를 무신 지랄짓으로 지켜, 이놈아?"

아저씨의 입꼬리에 노골적인 비웃음이 떡고물처럼 묻어나고 있었다. 아뿔싸! 하고 익삼 씨는 그제야 자신의 어리석음이 어느 정도인지를 확연히 깨달았다.

"널 믿고 거만금을 꼬라박은 내가 불찰이지. 날이 가물어도 정신만은 똑바로 채리거라, 정신!"

"알겄어라우, 잘 알겄구만요."

허둥지둥 얼레발을 치면서 익삼 씨는 아저씨의 면전에서 거의 도망치다시피 했다. 꽁지가 빠지게 물러가는 족질을 노려보며 잠시 어이없어 하다가 최 사장은 완전히 닫히지 않은 테이블 서랍으로 눈길을 떨어뜨렸다. 그리고 혼잣말로 이렇게 중얼거렸다.

"해필이면 왜 거그도 노랑 털일꼬."

익삼 씨는 다리를 한껏 재게 놀려 신남화물 정문을 빠져나왔다. 등골에서 식은땀이 흐르는 듯했다. 이글거리는 태양 아래 풀기가 죽어서 늘큰하니 자빠져 있는 이리시의 남쪽 변두리 들판을 휘익 둘러보고 나서야 비로소 그는 안도의 한숨을 쉬었다.

하마터면 큰일 날 뻔했다. 잃을 뻔했다가 잃지 않은 그만큼 한 재산 단단히 벌어들인 듯한 기분이 뻑적지근했다.

종술이 너 이놈, 인자는 죽은 목심이나 한가지니라.

어른한테서 쫀쫀히 야단맞은 건 어느새 잊고 익삼 씨는 얄밉도록 맑게 갠 하늘을 올려다보며 한바탕 홍소를 터뜨렸다.

따지고 보면 누가 이기나 기어이 끝장을 내고야 말겠다는 유별난 외고집에서 비롯된 어리석음이었다. 오로지 보복 한 가지만을 자나 깨나 염두에 두다 보니 그만 양어장의 운명하고 종술이놈의 거취가 불가분의 관계라는 명백한 이치조차 까맣게 잊고 있었던 것이다.

이제 이곡리로 돌아가서 자기가 맨 먼저 해야 할 일이 무엇인지를 익삼 씨는 너무나 잘 알고 있었다. 그것은 헌신짝같이 쓸모가 없어진 종술이놈의 목을 뎅겅 자른 다음 왕소금을 확 뿌리는 일이었다.

마을 고샅길에서 마주치는 사람들의 눈치가 어쩐지 좀 어색해 보였다. 주인 모를 남새밭에서 무우 뽑아 먹다 들킨 얼굴로 상종하기를 계면쩍어하면서 어물어물 반벙어리 시늉으로 피하는 것이었다.

그와 같은 태도를 종술은 이내 자신의 남다른 용모 탓으로 돌렸다. 그는 평소에 하지 않던 짓으로 포마드를 듬뿍 발라서 리젠트라나 뭐라나 하는 스타일로 머리를 매끈하게 쓸어 넘기고 나오는 길이었다. 비록 헌 옷이나마 말쑥하게 다려 입은 긴소매의 춘추용 잠바에는 양초를 문질러서 구두코처럼 광을 낸 완장이 어김없이 둘리어 있었다. 그만하면 어떤 요조숙녀하고 어울려도

손색이 없는 차림이라고 자부할 만했다.

실비주점을 방문하기엔 너무 이른 시각이었다. 벌건 대낮을 피하자면 호박씨만큼이나 자잘하게 깔린 시간의 낱알들을 어디서 일삼아 까먹지 않으면 안 되었다. 그래서 마을 안 구석구석을 하릴없이 기웃거리고 돌아다니는 참이었다. 교장 선생의 훈계가 전혀 마음에 걸리지 않는 바는 아니었다. 특히나 완장을 가리켜 왜놈들이 남긴 찌꺼기라고 깎아내리던 그 대목이 두고두고 그의 자존심을 딸꾹질하게 만드는 것이었다.

하지만 종술의 생각에 그것이 낙숫물 소리라면 그때 부월이 하던 말은 허옇게 뒤집어지는 파도 소리하고도 맞먹을 정도였다. 백 번 지당한 소리였다. 상사병으로 처녀 귀신이 되기보다는 거짓말쟁이가 되는 쪽이 훨씬 덜 손해나는 장사일 것이었다. 엉켰던 매듭들이 저절로 풀리고 만사가 순조로이 이루어질 조짐이었다. 자기 때문에 상사병을 앓고 있는 여자 앞에서 만만찮은 모습으로 큰소리를 칠 수만 있다면 그는 왜놈들 찌꺼기 아니라 그보다 더한 뭐라도 뒤집어쓸 용의가 있었다. 그 나이를 먹더라도 절대로 주책바가지 은사처럼 망령을 부리지는 말아야 된다고 그는 새삼스레 자신의 빛나는 미래를 향한 채찍질도 잊지 않았다.

마을회관에 딸린 창고 앞에서 종술은 인배를 만났다. 녀석은 한떼의 조무래기들에 에워싸인 채 기계를 손보는 일에 한창 고부라져 있었다. 구슬땀을 흘려가며 멍키스패너로 너트를 죄는 인배보다도 구경꾼 꼬마들이 훨씬 더 열심이었다. 통 속에서 비둘기가 만국기로 변하는 마술이라도 구경하듯이 꼬마들은 스패너의 주둥이에 물린 너트가 볼트의 허리를 친친 감으며 머리 쪽으로 먹어드는 광경에 저마다 넋을 잃고 있었다.

"야 이 깔따구 같은 놈들아, 무신 말씨바우(곡마단)라도 들어온 줄 아냐?"

공연히 심통이 나서 종술은 어린것들의 따귀를 후려치는 기세로 무지막지하게 왜장을 쳤다. 그러자 어린것들은 삼베 바지에 방귀 새듯이 삽시에 흩어져버렸다.

"때빼고 광내고 어디로 행차허쇼?"

일손을 놓으면서 인배가 먼저 말을 걸었다. 장승처럼 눈앞을 우뚝 막아서는 종술을 앉은 자세로 맞기 위해서 인배는 턱이 떨어지게 머리를 쳐들지 않으면 안 되었다.

"그게 뭣이다냐?"

종술의 말투는 처음부터 완연한 시비조였다.

"성님이 몰라서 묻소?"

그것은 이앙기(移秧機)였다.

"알기는 안다마는, 망건 쓰고 자전거 타는 것맨치로 어째 너따우 촌것한티는 안 어울리니깨 허는 소리 아니냐."

농촌에 일손의 부족이 심각해지자 기계 이앙이 가능한, 경지 정리를 끝마친 넓은 논을 가진 유지들 몇 사람이 작년에 공동으로 구입한 기계였다. 추렴을 거의 도맡다시피 한 강부자네가 사실상의 주인이나 다름없었다.

"국수 마는 솜씨로 수제비는 못 뜨겠소?"

인배도 만만치 않게 받아넘겼다. 원래 눈썰미 좋고 손끝 야무지기로 둥둥 소문이 뜬 녀석이었다. 하지만 아무리 그렇기로서니 작년에 얼핏 한 번 다뤄본 복잡한 기계를 벌써 손볼 줄 안다는 건 건방지기 짝이 없는 수작이었다.

"코딱지만 헌 농토 갖고설랑 기계 영농 들먹거리는 것들, 암만 봐도 나는 아심찮드라, 아심찮어."

종술은 공연히 배가 아팠다. 기왕 심통을 부리는 김에 그는 눈앞에 보이지 않는 모든 적들을 한꺼번에 싸잡아서 마구잡이로 집적거리고 싶어졌다. 그는 이앙기의 바퀴를 겨냥하고 분심에 찬 발길질부터 가했다.

"모심을 적에도 기계로 덜덜덜, 추수헐 적에도 기계로 덜덜덜 밀어제끼는 것이 농사냐? 새참이랍시고 빵쪼가리나 깨물고 우유 봉지나 쪽쪽 빠는 그런 것도 농사여? 차라리 오장육부 대신 뱃속에다 발동기를 들여앉히고 사는 편이 휘낀 실속 있겠다. 암톨쩌구가 수키와한티 개가허덧기 사람이 그렇게 칫수도 안 맞는 기계허고 가차이 지내는 건 농사가 아니다. 거마리 떼한티 선지 빨려감시나, 논두렁에 앉어서 고봉밥에 톱톱헌 막걸리 곁들여감시나 짓는 것이 진짜배기 농사니라."

"입으로야 누가 못 짓겠소? 우선 성님부터 팔소매 똘똘 걷어붙이고 들어가보시요. 성님이 심근 모포기가 안 죽고 살아나서 이삭이 팬다면 내 손에 장을 지지겄네."

"야 임마, 니가 시방 사람을 얻다 취직시키냐? 모를 심으라니? 니 눈에는 임종술이가 굼벵이맨치로 흙이나 파먹고 살 사람으로뿐이 안 뵈냐?"

종술은 다시 한 번 이앙기의 바퀴를 구둣발로 걷어찼다. 그리고 왼팔의 완장을 오른손으로 툭툭 쳐 보였다.

"말허자면 그렇다 그런 뜻이지 어디 성님 같은 옥골선풍에 농투산이가 당키나 헌 소릴랍디여."

찔끔 기어드는 목소리로 눙치고 나서 인배 녀석은 죄다 만 너트에다 다시 스패너의 입을 물렸다.

"인배 너 함부로 내 자존심 딸꾹질하게 맨들었다간 참말로 재미 적을 줄 알어!"

녀석의 기를 팍 죽여 놓은 다음 종술은 발길을 돌렸다. 대여섯 발짝 옮기다 말고 그는 갑자기 뒤돌아섰다.

"그나저나 부지런히 나분대봐라. 방구가 잦으면 똥싸기도 쉽다고, 한 번 내왕을 트기 시작헌 비가 두 번은 못 오겠냐? 머잖어 해갈될 날에 대비혀서 미리감치 기계를 따둑거려 두는 것도 그리 해롭든 않은 짓이지."

아까부터 내내 기연미연하던 참이었다. 그런데 이제 사정을 짐

작할 만했다. 아직도 종술 혼자서만 소식이 깜깜이었다. 앞으로
사흘 후였다. 글피 새벽이면 저수지의 물문을 열기로 결정된 줄
을 종술은 까맣게 모르고 있음이 분명했다. 지뻑지뻑 물지게꾼
걸음으로 한껏 거드름을 피우며 가는 종술의 뒷모습이 인배의
눈에는 무척 안쓰럽게 비쳤다.

"나 조깨 보시드라고요, 성님."

일껏 불러놓고는 다음 순간 말문이 막혀버렸다. 인배는 금방
후회를 느꼈다. 자기 아니라도 누구 입을 통해서든 곧 알게 될 것
이었다. 어차피 그렇게 될 일을 중뿔나게 먼저 나서서 발쇠를 섰
다가 괜히 부아받이 노릇만 톡톡히 할 필요는 없었다.

"엿 줄라고 불렀냐, 떡 줄라고 불렀냐?"

"아, 아닙니다. 혹시 텐트 쓰실 일 또 없는가 혀서요."

"그 비슷헌 사무로 시방 소재지 찾어가는 질이니라!"

낮술을 가리는 건 술꾼이 아니라지만, 그래도 불청객 아닌 단
골 자격으로 부자연스럽지 않게 실비주점을 출입하기엔 아직도
턱없이 이른 시간이었다. 그렇다고 중도에서 더 지체할 만한 곳
도 없는 처지라서, 내 넉살이 언제는 사돈댁 알아본 적 있더냐
하고 소재지까지 직행을 결심해버렸다. 종술은 기세 좋게 길을
잡아 나가기 시작했다.

종술이 생각지도 않던 익삼 씨를 덜컥 만난 것은 이곡리와 도
마리의 중간쯤에서였다. 딱바라진 어깨에 작달막한 체구의 사

내가 깔축없는 익삼 씨임을 먼발치로 분간하고 종술은 왠지 모르게 반가움이 앞섰다.

"와따매, 이게 누구시다요!"

너 잘 만났구나, 하고 반가워하기는 익삼 씨 쪽도 마찬가지였다. 목구멍에서 올라오는 주먹덩이 같은 것이 있었다. 이리시에서부터 줄창 벼르고 별러온 최후의 선언이었다. 마침내 그 말을 자라 콧구멍에 메기 주둥이의 추물단지 얼굴에다가 가래침처럼 내뱉을 순간이 의외로 빨리 찾아온 것이었다.

"한동네서 살음시나 이러다간 성님 얼굴도 잊어먹겄소. 우리 이게 얼매 만이요?"

그러나 막상 종술의 너스레를 대하자마자 익삼 씨는 생각이 싹 달라졌다. 꼴같잖게 지꾸까지 뒤발해서 햇빛에 빤들거리는 그 파렴치한 머리를 노려보는 사이에 자신의 내부에서 홀연히 고개를 치켜드는 한 가닥 간악한 마음이 있음을 익삼 씨는 느꼈다. 때리는 매보다도 견주는 매가 더 아프다는 진리 그것이었다. 당장 매를 들어 사건을 일단락 짓기는 너무 억울했다. 얼마나 일방적으로 당하기만 해 나온 관계인가.

자기가 당했던 그 이상으로 앙갚음을 하기 위해서는 절대로 서두르지 않는 쪽이 유리했다. 좀 더 시간을 끌면서 애를 먹이다가 결정적인 대목에 가서 칼을 댐으로써 종술이놈이 받는 고통과 절망을 배가시킬 필요가 있었다.

"가는 곳이 어드멘지는 몰라도 잘 댕겨오소."

익삼 씨는 무덤덤한 어조로 감정을 감추었다.

"나는 요다지도 반가운디 성님은 종술이가 전봇대만치도 안 반갑소?"

그 말엔 아무 대꾸도 없이 익삼 씨는 종술하고 어깨를 엇갈려 지나쳤다.

"그만침 상대를 다뤄봤으니께 더 비싸게 놀 것 없이 우리 인자 고만 사화허는 게 피차간에 좋지 않겄소?"

등 뒤에서 울리는 것은 승리를 목전에 둔 사람의 목소리였다.

"이기고 지는 건 병가상사요, 만났다가 헤여지고 맺었다가도 언진가는 끊어질 날 있는 것이 다아 우리네 인생살이 아니겄는 가."

내처 걸으면서 익삼 씨는 여울목 건너는 장마 도깨비의 말투를 흉내 내었다. 미구에 닥칠 불행을 넌지시 똥겨주는 완곡한 표현이었다.

자기가 너무 유식하게 지껄여서 저 멍텅구리가 한 마디도 못 알아들었으면 어쩌나, 하고 익삼 씨는 느닷없는 조바심이 났다. 더구나 종술이놈의 팔뚝에 달라붙어서 아직도 번들번들 햇빛을 희롱하고 있는 뻔뻔스러운 완장이 한 발짝 옮길 적마다 자꾸만 눈에 밟히는 것이었다.

익삼 씨는 당장 놈의 콧대를 누르지 않고는 도무지 견딜 수 없는 기분이었다. 은밀한 계획을 마음속에 담아두고 야금야금 즐기기엔 익삼 씨의 수양이 너무 부족했다. 더 참지 못하고 그는 결국 걸음을 멈추었다.

"종술이."

종술은 아직도 그 자리를 떠나지 않은 채 그대로 서 있었다.

"니알 모레 글피면은 우리 양어장도 끝장일세."

그 순간 종술의 입이 딱 벌어졌다. 익삼 씨는 종술의 입과 눈에서 시작된 단단한 놀라움의 덩어리가 전신을 타고 뗴데구루루 굴러 떨어지는 모양을 낱낱이 지켜보면서 마치 칼끝으로 저미듯이 또박또박 뒷말을 덧붙였다.

"저수지를 바닥 내기로 결정을 보았다네. 그 일로 솜리서 사장님을 만나고 오는 챔이지. 사장님이 요런 말씸을 허시도만, 양어장이 날러가는 이 판국에 앞으로 감시원이 무신 소용이냐고."

빳빳이 굳어 있던 종술의 몸이 갑자기 허물어지면서 엉거주춤한 자세로 변했다. 익삼 씨의 눈에는 그것이 대변이라도 마려운 사람의 안간힘으로 보였다.

그러나 그것은 착각이었다. 종술이 덤벼들어 마구 칠 작정임을 재빨리 눈치채고 익삼 씨는 자기 처자식들이 우크르르 있는 이곡리 쪽을 향해서 정신없이 내빼기 시작했다.

11

마을은 어둠에 휩싸여 있었다. 벽돌장과도 같은 무게로 차곡차곡 쌓이면서 외부하고 마을 사이에 하늘까지 닿을 절망의 울타리를 치는 듯한 어둠이었다.

어둠과 더불어 밀어닥친 두려움에 마구 지지름을 당하면서 이곡리 사람들은 저마다 집 안 깊이 틀어박혀 몸을 사렸다. 어른들은 자기한테 딸린 식솔들을 단속하면서 한시바삐 날이 새기만을 속수무책으로 기다렸다. 바람처럼 고샅길을 질주하는 거친 고함 소리만이 실신해버린 듯한 마을을 간간이 흔들어 깨우고 있었다.

"노름판에서 나이롱뽕 허다가 개평으로 뜯은 완장인지 아냐아!"

운암댁의 귀에도 그 소리는 어김없이 들려왔다. 아들의 울부짖음이 들릴 때마다 그니의 가슴은 천만 갈래로 찢어지는 것 같았다. 드디어 하늘이 무너져 내리는 때가 온 것이다. 아들이 감시원 완장을 손에 넣고 겁 없이 날뛰던 첫 순간부터 이미 예감한 바 있는 불행이었다.

그토록 정해진 순서에 따라 찾아오는 불행인데도 막상 그것을 맞는 그니의 가슴은 벌렁거리기만 했다.

"으떤 개자식이고 간에 내 물문에 손만 댔다 봐라아! 그날이 그놈 지샛날인지 알거라아! 임종술이허고오! 사잣밥 점상(겸상)허고 잦거들랑아! 아무 개자식이든지이! 내 저수지 바닥 내거라아아!"

아들의 발악 속에서는 죽음하고 직결되는 낯익은 말들, 이를테면 칠성판이라든가 염라대왕이나 부고장 같은 것들이 줄지어 뻗어나와 사람들의 목에 낱낱이 털북숭이 시커먼 팔을 휘감으려하고 있었다.

세상의 끝날이 어떤 형태로 오는지를 운암댁은 누구보다 잘 알고 있었다. 이미 삼십 년 전에 한 차례 겪어서 익히 아는 재앙이었다.

"완장허고 상장허고 맞바꾸자아! 죽어서 구신으로 남어서라도 내 저수지 내가 지킬란다아!"

공기가 심상찮음을 미리감치 눈치채고 초저녁에 어린것을 우격다짐으로 재워놓은 것이 그래도 천만다행이었다. 아무 짬도 모르고 새근새근 자는 손녀의 고른 숨소리를 운암댁은 어둠의 한복판에 앉아서 듣고 있었다. 그니는 일부러 전등을 켜지 않았다. 성큼걸음으로 다가오는 재앙의 얼굴은 굳이 불을 밝히지 않더라도 너무 또렷이 보였다.

그니에게 살아가는 보람 그 자체이던 손녀의 모습도 이제 아무런 위안이 되지 못했다. 그렇게 막연히 곁을 지키고 앉아서 다만 기다릴 뿐이었다. 재앙이 어떻게 피붙이 사이를 갈라놓고 눈물과 한숨의 강물로 재회를 불가능하게 만드는가를 멀뚱멀뚱 팔짱을 낀 채 남의 일인 양 구경할 뿐이었다.

종술이 칼을 갈면서 해코지를 별러대는 중이라는 귀띔을 받고 익삼 씨는 초저녁 무렵에 마을을 빠져나가 어디론지 피신해버렸다. 익삼 씨의 부인인 화순네가 운암댁을 찾아온 것은 그 직후였다. 피를 부르지 않게끔 미리 어떡하든 조처해달라는 화순네의 하소연에 운암댁은 말짱 소용없는 일이라며 도리질만 했다. 삼십 년을 두고 공부해온 아들인데 설마하니 그 성미를 당신네들보다 모를까 보냐는 것이 그니의 마지막 대답이었다.

아니나 다를까, 아들의 야료가 시작되었을 때 마을 인심을 대표해서 강부잣집 마나님이 또 은밀히 찾아왔다. 만약의 사태가 벌어질 경우 마을 전체가 가만히 앉아서 당하지는 않겠다는 강부자의 의지가 마나님을 통해서 뻣뻣이 전달되었다.

한번 곤두섰다 하면 바늘귀만 한 변통도 없는 그 어른의 성품이 무서워서가 아니었다. 헐벗을 때 입혀주고 굶주릴 때 풀어 먹여준 그 남다른 관계, 오랜 세월 주종 관계나 다름없이 강 부자네하고 맺어나온 깊은 인연 때문이었다.

운암댁은 마나님을 보낸 다음 어둠 속으로 달려나가 미친 듯이 날뛰는 아들의 앞길을 눈물로 가로막아보았다. 그러나 허사였다. 예상했던 결과였다. 아들은 이미 제 어미도 못 알아볼 정도로 머리가 확 돌아버렸던 것이다.

"으떤 개자식이고 내 손에 걸리기만 허거라아! 바람구녕맨치로 배지가 뻥 맞창 뚫리고 잪은 놈은 시방이라도 나오니라아아아!"

"못 쇡이지……."

아들의 발악에 장단이라도 맞추는 투로 운암댁은 중얼거렸다.

"암먼, 못 쇡이고 말고……. 신혼 초야에 만삭은 쇡일랑가 몰라도 타고난 피는 못 쇡여……."

영락없는 제 아비였다. 남편도 막판에는 그랬었다. 눈에다 쌍불을 켠 채 불구의 오른손에 피를 묻히지 못해 안달이었다. 사람 아닌 완장이 시켜서 하는 패악질이었다.

완장이 결국 남편을 앗아가버렸다. 없어진 남편 대신 남편을 꼭 닮은, 남편만 한 크기의 붉은 완장만이 덩그렇게 남아 있었다. 삼십 년 저쪽의 일들이 지금이나 다름없이 생생한 모습으로 나타나서 마치 묵은 쌀빚을 독촉하는 채권자들과도 같이 운암댁을 못살게끔 괴롭혀대기 시작하는 것이었다.

남편은 전주에서 변성명까지 하고 숨어 살던 박가를 용케도 붙잡아 고향으로 끌고 왔다. 그는 제정신이 아니었다. 그는 당산 꼭대기 육모정 주변에다 마을 사람들을 잔뜩 불러 모았다. 불구가 된 오른손의 몫까지 함께 일해 오던 그의 왼손에는 도깨비 방망이 같은 몽둥이가 들려 있었다. 모진 매를 때려 자신을 불구자로 만든 일본 헌병대의 앞잡이 박가의 죄상을 사람들 앞에 밝힌 다음 그는 몽둥이를 휘두르기 시작했다.

몽둥이와 함께 붉은 완장도 훌떡훌떡 춤을 추었다. 둔탁한 소리에 잇달아 박가의 비명이 당산을 송두리째 뒤흔들 적마다 사람들은 흠칫흠칫 떨면서 고개를 돌리거나 눈을 질끈 감았다. 이른바 인민재판에 따른 백주의 살인 행위였다. 똑같은 완장의 동료들이 떼어 말릴 때까지 그는 이미 숨이 끊어진 줄도 모르고 축 늘어진 박가의 시신을 상대로 사정없이 몽둥이질을 가하고 있었다.

빨갛게 핏발 선 눈으로 아무나 노려봐가며 한세상 요란하게 몹쓸 짓 도맡아 저지르던 남편은 수복 직전에 식구들하고 변변히 작별도 못 나눈 채 산으로 들어가버렸다. 토벌대에 쫓기면서 밤마다 지리산을 탄다는 풍문이 돌았다. 운암댁은 남편의 생사를 확인할 겨를도 없었다. 불행은 남편 한 사람에만 그치지 않았다.

운암댁은 두 어린것을 데리고 화급히 고향 동네를 뜨지 않으면 안 되었다. 저마다 연장 자루를 하나씩 쥔 박가네 집안 장정들이 떼 뭉쳐 들이닥쳤기 때문이다.

그렇잖아도 간댕간댕 붙어 있던 목숨이었다. 인공 치하에서 부모 자식이나 형제자매 가운데 누군가를 잃은 집안들은 그것이 비록 다른 빨갱이에 의해 저질러진 살인일지라도 임가의 소행하고 동일시하는 형편이었다. 임가의 온갖 패악질에 당할 만큼 당해본 사람들은 박가네의 보복으로부터 운암댁 모자를 구해줄 생각이 털끝만큼도 없다는 식이었다.

그때는 한밤중이었다. 해질녘에 낯선 장정들이 마을에 나타났다고 귀띔해주는 이웃이 있었던 게 천행이었다. 운암댁은 땅거미가 질 때부터 속새로 단단히 대비하고 있었다. 어디선지 감시의 눈을 번뜩이는 사람이 있을 성싶어서 날이 깝북 저물기까지는 오금조차도 펼 수가 없었다. 그니는 눈에다 버팀목을 한 채 바깥 동정에 귀를 모아가며 밤이 깊기를 기다렸다.

멀리서 개가 짖기 시작했다. 미리감치 피 냄새라도 맡았는지 동네 개들이 차례로 짖어대고 있었다. 개 짖는 소리가 점점 자기 집 쪽으로 가까워지는 걸 눈치채기 무섭게 운암댁은 큰놈의 허벅지를 꼬집어 깨우는 한편 작은놈을 둘러업었다. 간신히 몸뚱이만 빠져나오는데도 숨이 턱에 닿는 아슬아슬한 순간이었다. 뭔가에 얻어맞아 자기 집 사립짝이 박살 나는 소리와 함께 그니가 왁자지껄한 사람들 목소리를 들은 것은 뒤꼍을 지나 울 밖으로 불과 기십 보 가량 벗어났을 때였다. 겁에 질려 울먹거리는 어린것들을 무섭게 윽박질러가며 그니는 논틀밭틀 가리지 않고 어둠 속을 헤집었다.

알아보는 눈 하나도 없는 객지로만 떠돌며 동냥아치나 다름없는 고생살이로 연명하는 동안에 전쟁 바로 뒤끝을 밟아온 홍역으로 큰놈을 잃었다. 그리고 어찌어찌 흘러든 이곡리에 터를 잡아 정착한 다음 운암댁은 어느 날 밤에 남편을 보았다. 아무개야, 아무개야…… 하고 한참을 숨도 안 쉬고 죽은 자식 이름을 연거푸 부르는 소리에 놀라 방문을 여니까 으스름 달빛을 등진 남편이 마당 한가운데 우두커니 서 있질 않은가.

그니가 버선발로 달려나가자 남편은 갑자기 땅바닥에 엎드리면서 너부죽이 큰절을 올렸다. 자기 계집한테 이게 무슨 해괴한 짓이냐며 그니는 남편을 일으켜 세우려 했다. 남편이 품속에서 깨진 거울 조각을 꺼내어 말없이 내밀었다. 엉겁결에 그걸 받아들고 그니는 속을 들여다보았다. 자기 얼굴 아닌 남편의 얼굴이 거울에 비쳤다. 깨진 거울 속의 남편은 더부룩한 머리털로 눈 밑까지 가리고 있어서 자칫 남편인 줄도 못 알아볼 지경이었다. 달라진 자기 얼굴만 거울 속에 남긴 채 남편의 몸은 이미 온데 간데도 없었다. 그니는 깨진 거울 조각을 붙잡고 남편을 소리쳐 부르다가 퍼뜩 맑은 정신으로 돌아왔다.

꿈을 깨고 나니까 뼛속까지 한축기가 엄습했다. 아주 흉몽이었다. 영이별을 의미하는 꿈이었다. 그니는 남편의 신상에 돌이킬 수 없는 커다란 변고가 닥쳤음을 믿어 의심치 않았다. 숨도 안 쉬고 계속해서 아무개를 불러댈 수 있는 그 능력부터가 귀신이나 부리는 조화였던 것이다.

그 후로 세월이 한참 더 흐르고 나서 운암댁은 군산에서 온 생것 장수를 만났다. 이런 말 저런 말 끝에 이야기가 전쟁통으로 번졌다. 한물간 갈치 따위가 담긴 양은 자배기를 앞에 놓고 전신으로 비린내를 풍기는 생것 장수 여편네의 입에서 별의별 죽음들이 다 나왔다. 발길 닿는 대로 떠도는 행상 덕분에 여편네는 보고 들은 것도 많았다.

여편네가 갯벌로 도망치다가 총에 맞아 죽은 빨갱이를 들먹거렸다. 자기 눈으로 직접 본 그 시체에는 꿈틀거리는 것들이 다닥다닥 붙어 있더라는 것이었다.

바로 그날부터 운암댁은 해물이라면 무조건 입에 대지 않았다. 남편이 죽은 자리가 십상팔구 깊은 산중일 법한데도 그니는 한사코 생것 장수의 이야기에 나온 것들을 멀리했다.

그니는 종술이 한글을 깨우치던 해부터 꿈에 남편의 큰절을 받은 날을 남편의 제삿날로 잡아 어린 아들을 시켜서 괴발개발 그려내는 글씨로 '현고학생부군신위'를 쓰게 했다. 그 아들이 자라서 며느리가 생기자 그니는 맨 먼저 이렇게 신신당부했다.

"새아가, 우리 임씨네는 자고로 사연이 있어서 해물을 금기허는 집안이다. 그러니 너도 해삼이나 기(게) 비슷헌 종류는 당최 먹을 생각도 말어야 쓴다. 내 말 짚이 알어들었냐?"

지서장과 순경 하나를 앞세우고 익삼 씨가 마을로 돌아온 것은 자정을 훨씬 지나 새벽 쪽으로 거의 치우쳐서였다. 날카로운 호루라기 소리가 난데없이 고샅길을 꼬불꼬불 꿰고 다니기 시작했다. 운암댁은 불침에라도 쏘인 것처럼 소스라쳐 일어나 밖으로 뛰어나갔다. 마을을 누비는 회중전등의 불줄기가 멀리 바라다보였다. 어디선가 눈이 미치지 못하는 먼 곳에서 한바탕 심하게 싸우는 고함 소리가 들려왔다.

　소리를 좇아 운암댁이 현장에 다다랐을 때는 다행인지 불행인지 이미 싸움은 끝나 있었다. 아들이 마을에서 자취를 감추었음을 알고 운암댁은 얼른 갔던 길을 되짚어 집으로 돌아왔다.

　운암댁은 그제야 전등불을 켰다. 잠결에도 눈이 부시는지 손녀가 눈살을 찌푸리면서 옆으로 돌아누워버렸다. 운암댁은 세상 모르고 도로 곤한 잠에 빠지는 손녀의 얼굴을 찬찬히 들여다보았다. 손녀를 대하는 그니의 눈빛은 사랑 반 미움 반이었다.

　"불쌍헌 내 새끼……."

　운암댁은 발그레하게 꽃물이 든 손녀의 볼에다 살그머니 입을 맞추었다. 말하자면 이별의 의식인 셈이었다. 마음의 이별이었다. 거창한 운명의 힘이 덤벼들어 조손간을 강제로 떼어놓기 전에 그니 쪽에서 잽싸게 선수를 치고 싶었다. 그니 스스로 떠나는 게 아니라 손녀를 보내는 형식이었다. 그것은 손녀가 이모라는 여자를 따라 잠시나마 자기 곁을 떠났던 그때부터 벌써 그니의 마음 한구석에 어렴풋이 싹트기 시작한 이별이었다. 자기 품안에서 벗어나 손녀의 마음이 어느새 멀어지기 시작했음을 그때 이미 운명적으로 알아차릴 수가 있었다.

그니는 이별하는 바로 그 순간부터 자기 가슴에 손녀에 대한 사랑은 없어지고 미움만이 남기를 바랐다. 아니면 미움은 말짱 다 없어지고 오로지 사랑 한 가지만 가득 남게 되기를 간절히 바랐다. 그래야만 외로운 말년을 조금이나마 쉽사리 견디어낼 수 있을 테니까.

"내 새끼……."

운암댁은 손녀의 볼기를 가볍게 토닥거렸다. 두 줄기 뜨거운 눈물이 쪼글쪼글 시든 뺨을 타고 주르륵 흘러내렸다. 한 여인의 파란곡절 많았던 육십 평생이 뭉뚱그려져서 그대로 두 개의 작은 구슬 안으로 녹아든 그런 눈물 방울이었다. 비록 작은 눈물 방울에 지나지 않았으나 그 무게는 그니가 여태껏 지녀나온 보람과 고통과 자부심과 치욕과 희열과 회한과 사랑과 미움서껀 모든 체험의 무게하고도 충분히 맞먹을 만한 것이었다.

운암댁은 누구한테 눈물을 들킬세라 허둥지둥 일어나서 전등불을 꺼버렸다. 검댕 같은 어둠이 몰아닥쳐 방 안을 졸지에 아궁 속처럼 만들었다. 눈을 떠도 눈을 감아도 어둠이요, 머리를 들어도 손을 뻗어도 닿는 건 오직 어둠뿐이었다. 두께를 알 수 없는 어둠의 뭉치에 갇힌 채 그니는 외로움에 사뭇 몸을 떨었다. 그리고 그 외로움이 일깨워주는 대로 자기는 이제 혈혈단신이 되었음을 스스로 인정했다. 미리감치 손녀에게 고한 마음의 이별이 어느덧 육신마저의 이별인 양 진실로 절감되는 순간이었다. 마치 전답을 팔아 학교 졸업장을 사듯 그렇게 평생을 꾸준히 연습해 온 이별인데도 그것이 서럽고 고통스럽기는 늙어서도 여전했다.

동틀 무렵에 익삼 씨가 지서장과 순경을 데리고 집으로 찾아왔다. 운암댁은 순경의 손에 들린 방망이를 보았다. 그리고 피멍과 생채기투성이로 험하게 일그러진 순경의 얼굴도 보았다.

"임종술이 숨어 있을 만헌 장소가 어딘지 혹 아시요?"

사복 차림의 지서장이 물었다. 운암댁은 조용히 고개를 좌우로 흔들었다.

"아드님을 해롭게 헐라고 그러는 게 아니니깨 염려 마시요. 임종술이 있는 디를 아시거든 찾어가서 자수허라고 잘 타일러주시요."

제복 차림의 순경이 퉁퉁 부어오른 입술을 어눌하게 놀렸다. 운암댁은 재차 도리질을 했다.

"내 직위를 걸고 약속허지요. 임종술이 지 발로 걸어와서 자수만 헌다면 지난 일은 없었던 것으로 불문에 부치겠소."

지서장이 말했다. 운암댁은 괴어 있는 물처럼 담담한 눈초리로 익삼 씨를 바라다보았다.

"콩밥을 먹고 잪으면 곱게 더 달라고 그럴 일이지……."

운암댁의 시선을 피해 옆으로 슬쩍 돌아서면서 익삼 씨가 나직이 중얼거렸다.

태인댁이 홑이불을 확 잡아채는 바람에 부월은 눈을 떴다. 그니는 작취미성의 거슴츠레한 눈으로 태인댁을 흘겨보았다.

"나 늦잠 자서 엄니 팔자 못 고쳤소?"

"나가봐라. 손님이 찾아왔다."

어느새 시오리는 달아나버린 잠을 붙잡으려는 듯이 부월은 도로 눈을 질끈 감았다.

"이구, 지겨워. 식전부터 웬 잡놈이 또 찾어와서 목매단디야."

아직도 사내들 사이에 자기 인기가 여전함을 태인댁 앞에서 은연중에 과시하려는 속셈이었다. 그러나 그 예상은 보기 좋게 빗나가버렸다.

"보아허니 잡놈은 아닌갑드라. 웬 먹다가 만 쑥떡 같은 할망구가 부월 아씨 조깨 면회허자고 그러는 것 같드라."

할망구란다. 뭔가 심상찮은 예감이 퍼뜩 들었다. 쫓아가던 잠의 꼬리를 부월은 완전히 놓치고 말았다. 월부 화장품 장수 말고 자기를 찾아올 여자 손님은 아무도 없는데, 그 아줌마도 이른 아침부터 외상값 받으러 들이닥칠 사람은 아니었다.

부월은 다급한 마음으로 벌거벗은 거나 다름없는 몸뚱이에다 치마저고리만 대충 걸쳤다.

"츠녀가 부월 씨여?"

부월은 문 밖에서 노파를 처음 보는 순간에 벌써 후회를 느꼈다. 헤프게 벌어진 틈서리마다 비집고 나와 옷 너머로 고개를 내미는 이골난 술집 작부의 관능을 결코 엿보여서는 안 될 상대인 까닭이었다.

그니는 금시초견의 노파가 누구인지를 단번에 알아보았다. 뭐랄까, 그것은 전생에 맺은 질긴 인연의 손짓에 의해서 저절로 깨달아지는 영감의 작용이었다. 차림은 누추하고, 몰골은 온갖 풍상에 찌들어 있었다. 그러면서도 감히 범접 못 할 어떤 품위 같은 걸 갖추고 있었다. 이를테면 평생을 여일하게 한 구멍만 파던 끝에 마침내 어떤 경지에 도달해버린 도사 같은 모습이었다. 되바라진 화장품 장수하고는 영판 격이 다른 노파였던 것이다.

"나…… 정옥이 할민디……."

부월한테서 아무런 대꾸도 없는 걸 보고 운암댁은 혹시 사람을 잘못 불러내지 않았나 하는 투로 주뼛주뼛 자기소개를 했다. 그제야 부월은 정신을 수습하고 침을 꿀꺽 삼켰다.

"알고 있구만요."

"츠녀한티 죄깨 헐 말이 있어서 왔는디……."

운암댁은 잔뜩 경계하는 눈빛으로 사방을 살폈다. 부월 또한 둘만 아는 어떤 비밀이 밖으로 샐까봐서 걱정하는 듯한 표정이었다.

"안으로 잠깐 들어가시지라우."

일껏 말해놓고 나서 부월은 금방 또 후회했다. 오방 난장으로 뒤죽박죽 늘어진 술집 여자들의 부끄러운 살림을 어른한테 들켜서는 안 된다는 생각이 들기 무섭게 그니는 반쯤 열린 젖가슴부터 재빨리 단속했다.

"그보담도 외진 자리가 낫것구만요. 혹시 빨래터 저편짝 까치바우를 아시는지……."

"알다마다."

"그럼 얼씬네부텀 먼첨 거그 가 기시지라우. 저도 핑허니 뒤따러갈 모냥이니깨요."

어른을 앞세워 보낸 다음 부월은 부리나케 세수부터 마쳤다.

그니는 저번에 정옥을 만나던 날처럼 화장을 삼가고 차림새도 되도록 수수하게 꾸미려 애썼다. 정신없이 허둥대는 모양을 두고 태인댁이 뭐라고 한소리 비아냥거리는데도 부월은 들은 기척조차 하지 않았다.

이윽고 그니는 술집 색시도 아니고 그렇다고 여염집 처녀도 아닌 어정뜬 모습으로 탈바꿈했다. 태인댁은 평소에 자기가 허드레로 걸치던 후줄근한 월남치마와 국방색 스웨터를 허락도 없이 꺼내 입고 초학앓이 땀내러 가듯 아침나절부터 무더운 외출길에 나서는 수양딸의 반편스러운 모습에 기가 딱 질려버렸다.

가느다랗고 긴 활 모양으로 소재지의 동쪽 외곽을 엔굽이쳐

지나가는 개천은 오랜 가뭄통에 뱀허물처럼 바짝 메말라버렸고, 그래서 개천가 빨래터에 나앉아 장단 맞추듯 빨랫방망이를 두들기는 여인네들도 보이지 않았다. 옛날부터 여름밤이면 소재지 부녀자들의 목욕터로 이용되던 유명한 까치바위 둘레에도 겨우 발바닥을 적실 물밖에 없었다.

그래도 까치바위는 역시 까치바위였다. 소재지에서 가까우면서도 워낙 호젓한 곳이라서 뭔가 비밀스러운 이야기를 나누기엔 아주 안성맞춤이었다.

"츠녀허고 내 아들허고 둘이서 서로 좋아 지낸다는 게 참말인가?"

한동안 뜸을 들이고 나서 운암댁은 결연한 표정으로 물었다.

"예."

휘우듬히 뻗친 양쪽 둑길하고 길동무를 하는 미루나무의 행렬에 시선을 못박은 채 이제나저제나 하고 기다리던 부월은 그 순간 낯꽃을 확 붉히고 말았다. 그것은 난생 처음의 경험이었다. 맞선 보는 자리처럼 장차의 시어머니로부터 양갓집 규수 대접을 받는 것만 같은 기분이어서 그니는 몸둘 바를 모를 정도였다.

"당자들찌리는 그런다지만, 두 사람 새중간에 혹뎅이 하나가 달렸는디도?"

"예."

홍시감이 된 얼굴로도 대답만은 속시원히 잘도 나왔다. 운암댁은 한참을 또 망설거렸다.

"내 부탁 하나 들어줄랑가?"

"무신 말씸이신지……."

"지발 소원이네. 둘이서 우리 정옥이 데리고 어디로 혹 허니 떠나줄 수는 없겠는가?"

밑도 끝도 없이 불쑥 내지르는 말에 부월은 어안이 벙벙해졌다.

"그럼 어머님은 으떻게 허실라고……."

잠시 후에 그니는 간신히 중얼거렸다.

"아가, 내 걱정은 말거라. 이날 입때까장도 잘 견뎌나왔는디 남은 세월인들 그럭저럭 못 견디겄냐."

상대방에 대한 호칭이 달라진 줄도 두 사람은 까맣게 모르고 있었다.

"정옥 애비 조깨 살려도라. 내 아들 살려낼 사람은 시상천지에 아가, 암만혀도 너 하나뿐인 것 같고나."

"어디가 편찮든가요?"

부월의 눈이 간장 종지만큼 커졌다.

"차라리 편찮기나 허다면 얼매나 다행일꼬. 미운털 백혀서 명대로 못 살깨미 잠도 안 온다."

운암댁의 눈자위가 질척질척 젖는다 싶더니만 그예 눈물 방울이 뚝 떨어졌다. 사태가 여간만 심각하지 않음을 부월한테 다짜고짜 일깨워주는 소리 없는 울음이었다.

"엄니!"

외마디 소리와 함께 부월은 운암댁의 손을 덥석 거머잡았다. 조금도 서럽지는 않았다. 그런데도 부월은 가슴 저 밑바닥에서부터 복받쳐 올라오는 울음을 도무지 주체할 수가 없었다.

"함마트라면 잊어먹을 뻔헜구나."

운암댁이 조용히 말했다.

"새아가, 우리 임씨네는 꼭 그럴 만헌 사연이 있어서 해물은 절대로 금기허는 집안이다. 장차 어디 가서 어떤 모냥으로 지내드라도 내 말 짚이 멩심허고 해삼이나 기 따우 해물일랑 절대로 먹지 말도록 허거라."

"종술 씨이!"

마침내 종술을 찾아냈다. 종술이 틀림없었다. 깜깜한 밤중에 저수지에 뗏목을 띄우고 노를 저을 사람이 인근을 통틀어 종술 말고 누가 또 있을 것이냐.

"나여, 나, 부월이!"

그니는 소리더러 제발 흩어지지 말고 종술의 귀에까지 곧장 달려가라고 입에다 손나팔을 갖다 댔다. 제 목소리가 물문에서 시방 보초를 서고 있는 안 순경의 귀로도 나뉘어 들어가면 곤란하기 때문이었다.

"부월이라니깨! 싸게 요짝으로 근너와 보라니깨!"

어둠 속에서 규칙적으로 희붐한 물머리를 세워가며 느릿느릿 호심(湖心)을 향해 나아가던 뗏목의 방향이 바뀌었다. 노 끝으로 퍼올리는 시원한 물소리가 찰싹찰싹 물가 쪽으로 가까워지기 시작했다.

부월은 비로소 휘파람이나 진배없는 긴 한숨을 토했다. 미친 년 널뛰듯 진종일 저수지 일대를 헤매고 다녔기 때문에 그니는 녹초가 되어 있었다. 안 순경의 따가운 시선을 목덜미에 엉덩이에 느껴가며 사지가 흐물거리도록 저수지 주변의 숲속과 달마산 전체를 짚더미에서 바늘 찾듯이 온통 뒤지고 다녀봐도 종술은 부지거처였다. 그렇던 종술이 드디어 눈앞에 나타난 것이다.

"올라타!"

물가에다 뗏목 머리를 대면서 종술이 모지락스럽게도 퉁명을 부렸다. 어쩌면 가장 안전한 곳은 물 위일는지도 모른다는 가늠 때문에 부월은 두말없이 뗏목 위로 올랐다. 그니는 이제 죽어도 좋았다. 성난 사람들 손에 맞아 죽더라도 종술하고 함께라면 한 번 해볼 만한 일인 양 느껴지는 것이었다.

"어디 다친 디는 없어?"

"부월이 너 헤염칠 지 알어?"

"헤염은 또 왜?"

"말 한마디 잘못 뱉는 날이면 물구덩이로 확 꼬라박어버릴라고!"

"오매오매, 박을 것 천지고만 왜 해필 부월을 박어? 나 같으면 차라리 그 완장 박고 대신 부월이 건지겠네!"

"뭣이여?"

"아니라니깨, 아니여. 웃자고 그냥저냥 한번 뱉어본 소리여."

종술과 부월은 뗏목 위에 앉아서 한바탕 몽니하고 너스레를 적당히 맞바꾸었다. 어두워서 잘은 몰라도 심하게 다친 데는 없는 것 같았다. 뼈마디가 삐그덕 마치는 소리 없이 자연스레 노를 저어나가는 품이 적어도 어깨하고 팔만은 안심해도 괜찮을 성싶었다. 부월은 다시 한 번 한숨을 길게 토했다.

"엊저녁부텀 끼니랑은 으떻게 때웠디야?"

"죽느냐 사느냐 허는 마당에 밥이 무신 상관이여?"

"죽다니, 누구 춤추라고 종술 씨가 죽어? 그럴시락 봐란 딧기 더 아득바득 살어야지. 종술 씨는 인자 혼자가 아니라니깨 그르네."

부월은 착 달라붙는 들척지근한 목소리로 어둠 속의 사내를 휘감으면서 째지게 눈을 흘기는 시늉을 했다. 그니는 거의 필사적이었다. 외롭고도 고단한 사내, 죽는 줄도 모르고 시나브로 죽어가는 한 불행한 사내를 구원할 사람은 오로지 세상에서 저밖에 없다는 놀라운 사명감이 그니를 그렇게 만들고 있었다.

있는 숫기 없는 숫기 죄다 쥐어짜는 그 성심이 사내한테도 제대로 전달된 모양이었다. 갑자기 노질을 멈추면서 종술이 여자

쪽을 빤히 건너다보았다.

"무신 일로 날 찾었어?"

"종술 씨가 번연히 사람들한티 몰리는 줄 알음시나 가만있을 수가 있어야지."

"으떻게 알었간디?"

"싸게 가보라고 엄니가 그러시도만."

"헹, 으떤 놈인지는 몰라도 장모 하나 방짜로 두었구만!"

종술이 정나미 떨어지는 콧방귀로 응수해왔다. 부월은 상대방이 눈치도 챌 수 없는 어둠 속이라는 사실마저 잊은 채 손부터 썰썰 내저어 보였다.

"아니여, 친정 쪽이 아니고 시댁 쪽…… 아이참, 몰라!"

확 꼬집는 손가락이 허벅지쯤에 닿기가 무섭게 종술의 입에서는 아야야, 하는 신음이 흘러나왔다.

"사나 대장부가 엄살은!"

이번에는 간지럼을 태우려고 엉거주춤 몸을 일으키려다가 뗏목이 심하게 기우뚱거리는 바람에 부월은 그만두었다. 내가 부끄러운데 남의 살은 어째서 꼬집는가. 부월은 복면처럼 부끄러움을 가려주는 어둠한테 고마움을 느꼈다.

"다리를 다쳤어."

부월은 말문이 막혔다.

"안 순경이 방맹이로 내려치도만."

종술이 심드렁한 어조로 토를 달았다. 그리고 보니 종술은 처음부터 풀기가 팍 꺾여 있었던 듯했다. 언제나 서슬이 퍼렇던 그 종술은 이미 아니었다. 뭐라고 말해야 좋을지 부월은 잠시 막막한 기분이었다.

"그건 그렇고…… 그런디 아까막시 뭣이라고 혔드라? 시댁 쪽 엄니라고?"

"엄니가 아침에 댕겨가셨어."

비로소 부월은 진지해졌다. 진지하다 못해 심각해졌다. 종술이 또 노질을 멈추었다. 무슨 말인가를 할 듯하다가 그는 입을 다물어버렸다.

"엄니가 당부허시도만. 우리더러 정옥이 데리고 어디든 멀리멀리 떠나서 살어돌라고."

종술은 여전히 아무 말도 하지 않았다.

"그러겄다고 엄니한티 약속혔어. 나는 자신이 있어. 어디 가서 무신 짓을 허든 넘부럽지 않게코롬 살어낼 자신 있단 말여."

"씨잘디없는 소리 허지도 마! 대장부 사나가 한번 칼을 뽑았으면 썩은 무시라도 짤르고 죽어야지!"

마침내 종술은 신경질을 부렸다. 그러나 부월은 맞받아 화를 내지는 않았다. 남자를 설득할 수만 있다면 그니는 섶을 지고 불 속에라도 뛰어들 각오가 이미 서 있었다.

"자기 한 목심 없어지면 남지기 세 목심도 없어지는 게여. 자기

한 목심 살어나면 남지기 세 목심도 덤으로 살어나는 게여."

종술이 갑자기 노를 난폭하게 젓기 시작했다. 부월은 남자의 팔을 꽉 붙들면서 소리쳤다.

"앞으로는 나가지 마! 물문 쪽은 위험허다고!"

"위험헌 것 좋아허네!"

"안 순경허고 익삼 씨가 밤새껏 지키고 있단 말여! 눈이 뒤집힌 종술 씨가 밤중에 또 쳐들어와서 무신 짓을 저질를지 몰른다고 그럼시나!"

"지키는 것 좋아허네!"

부월은 남자 못잖은 힘으로 남자의 손에서 노를 냉큼 빼앗아 버렸다. 무게가 한쪽으로 쏠리는 바람에 두 사람 모두 물에 빠질 뻔했다. 찰싹거리는 물소리에 귀를 모은 채 부월은 뗏목의 요동이 가라앉기를 기다렸다.

"자기한티는 완장이 그렇게나 소중헌 것인가?"

남자는 잠자코 앉아 있기만 했다.

"세 식구 목심허고도 안 바꿀 만침 소중헌 것이 그 완장이여?"

"너는 임종술이가 아니여. 너는 김부월이여. 차고 댕겨본 적도 없으니께 부월은 완장을 몰라. 요 완장 뒤에는 법이 있어, 공유수면관리법이."

완장의 매끄러운 비닐 표면을 손톱 끝으로 톡톡 튀기는 소리가 났다. 부월은 홧김에 노를 들어 뗏목 바닥을 퍽 갈겼다.

"나도 알어! 눈에 뵈는 완장은 기중 벨 볼일 없는 하빠리들이나 차는 게여! 진짜배기 완장은 눈에 뵈지도 않어! 자기는 지서장이나 면장 군수가 완장 차는 꼴 봤어? 완장 차고 댕기는 사장님이나 교수님 봤어? 권력 중에서도 아무 실속 없이 넘들이 흘린 뿌시레기나 줏어먹는 핫질 중에 핫질이 바로 완장인 게여! 진수성찬은 말짱 다 뒷전에 숨어서 눈에 뵈지도 않는 완장들 차지란 말여! 우리 둘이서 힘만 합친다면 자기는 앞으로 진짜배기 완장도 찰 수가 있단 말여!"

"노나 어서 이리 줘!"

"태인댁이 얻다가 패물 감춰놨는가 나는 알어. 그것만 몽땅 챙겨서 돈으로 바꿔치면 어디 가서 무신 장사를 허든 짧은 밑천은 아니여."

"몽땅 챙겨가다니, 사람 도리로 그럴 수는 없는 게여!"

남자가 버르르 소가지를 부렸다. 몹시 자존심이 딸꾹질한다는 투였다. 그러나 다음 순간 그는 이렇게 혼잣말을 하는 것이었다.

"절반쯤이라면 혹간 몰라도……."

부월이 그 말을 옳게 해석하기까지는 약간 시간이 걸렸다. 그리고 그것이 무슨 뜻인지를 깨닫자마자 그니는 하마터면 킥 하고 웃음을 흘릴 뻔했다. 웃는 대신 그니는 남자한테 노를 돌려주었다.

표류하던 뗏목이 방향을 잡기 시작했다. 뗏목은 왔던 길을 되짚어 물가로 돌아가고 있었다. 부월은 좀이 쑤셔서 진득이 앉아

있지를 못했다. 그니는 뗏목 밖으로 팔을 뻗어 손바가지로 물을
떠서 손가락 사이로 흘리는 장난을 하다 말고 불쑥 소리쳤다.

"종술 씨, 그 완장 조깨 나한티 벗어줘!"

"뭐 헐라고?"

"얼매나 잘생긴 지집이길래 그렇게나 종술 씨를 사죽 못 쓰게
맨들었는가 한번 귀경이나 헐라고."

남자가 못 이기는 척하고 벗어주는 완장을 그니는 조심스럽게
받아들었다. 한때나마 남자의 넋을 송두리째 사로잡았던 물건
이었다. 남자의 욕망과 오기가 그 완장 속에는 체취처럼 짙게 배
어 있었다. 그니는 완장에다 살짝 입을 맞춘 다음 남자가 눈치채
지 못하게끔 그것을 시커먼 저수지 위로 집어던졌다. 마치 저보다
젊고 잘생긴 시앗이라도 제거해버린 듯이 온통 가슴이 후련했다.
그니에게는 이제 아무런 미련도 남아 있지 않았다.

남자가 운전하는 뗏목에 실려 물가로 나가면서 그니는 얼핏 마
선생을 떠올렸다. 그 지긋지긋한 마 선생인지 소 선생인지하고도
이제는 이별이었다. 마 선생이 다시는 젊은 사람들 방아 찧는 자
리에 얼씬도 못 하도록 그니는 옷을 벗는 그 순간부터 시종일관
종술 씨만을 숨넘어가게 불러댈 작정이었다.

작업은 아무런 훼방도 받지 않고 순조로이 진행되었다. 종술
이 마을에서 자취를 감춰버린 이제, 저수지의 방류를 가로막고

나설 사람이라곤 아무도 없었다. 구경꾼들만 물문 근처에 몰려 바글바글 들끓었다.

아침 일찍부터 최 사장도 자가용을 타고 대봇둑에 나타나서 열린 물문을 통하여 짐승 같은 물줄기가 허옇게 으르렁거리면서 둑 밑으로 탈출해나가는 광경을 낱낱이 지켜보았다. 건져낸 물고기를 실어 나를 '도라꾸'는 물이 절반 이상 빠진 다음에나 도착할 예정이었다.

익삼 씨는 아저씨를 붙들고 자기가 어떻게 힘센 잡놈을 물리쳤는가를 입에 침이 마르도록 설명하는 참이었다. 그는 가급적이면 바늘은 몽둥이로, 몽둥이는 전봇대로 키워서 허풍의 얼굴에다 분 바르고 연지 찍느라고 정신이 없었다.

"지가 이렇게 그물을 좌악 쳐놓고 지키는 판인디 아무리 난다 긴다 허는 그놈인들 어찌 배겨낼 것이요? 헐수할수없으니깨 결국 지집 새끼만 간신간신 달고는 야반도주를 허고 말었지라우."

"퍽도 장허겄다."

"하이고, 말씸도 마시요. 시방도 종술이 그 잡놈만 생각허면 목구녕서 신물이 벌컥벌컥 올라오요!"

최 사장은 이제 종술한테 별다른 흥미를 느끼지 못했다. 그의 새로운 관심은 여자 쪽에 쏠려 있었다.

"그놈이 달고 내뺐다는 지집은 대관절 으떻게 생겨먹은 지집이냐?"

그러자 익삼 씨의 입에서 어이없는 웃음이 나왔다. 말도 꺼내기 전에 가소로워 죽겠다는 표정이었다.

"생기다가 만 지집이지요. 말로 허자면 칠푼이나 팔푼쯤 될까 말까 허답니다."

재수없다는 듯 익삼 씨는 광란하는 물결을 겨냥하고 가래침을 칵 날렸다.

"지집 쪽 사연도 기구절창허지라우."

"으떻게 기구절창헌지 한 번 더 풍을 쳐봐라."

"저를 친딸맨치로 거두던 수양에미 패물을 훔쳐 갖고 달어났지라우. 그런디 글씨, 절반만 훔치고 절반은 냉겨두고 갔다지 뭡니까요. 어째피 도적년 소리 듣기는 마찬가지, 이왕지사 훔칠 바에야 주머니째로 왕창 들고 뛴단 말이지. 허기사 정신머리가 온전헌 지집이 못 되니깨……."

익삼 씨는 미친 듯이 소용돌이치면서 몹시 빠른 속도로 주변의 물살을 빨아들이는 물문 쪽으로 잠시 시선을 돌렸다. 물줄기가 토하는 굉음하고 경쟁이나 하듯이 내내 목청을 높여왔기 때문에 그는 목줄띠가 따가웠다.

"허기사 태인댁도 온전헌 예편네는 아니지라우."

"태인댁은 또 누구냐?"

"아참, 패물 도적맞은 술집 쥔 예편넨디요. 냉겨놓고 간 절반 고마운 줄만 알었지 들고 간 절반 아까운 줄은 몰르고 수양딸이 불쌍허다고 넋두리허드라나요.”

익삼 씨는 다시 한 번 가래를 날렸다. 바로 그때였다.

“야아, 저것 조깨 봐라, 저것!”

물문 주변에 잔뜩 모여 선 구경꾼들 가운데서 누군가 고함을 꽥 지르는 자가 있었다. 짧은 웅성거림에 이어 사람들은 어른 아이 가릴 것 없이 일제히 떠들어대기 시작했다.

“저게 뭣이디야?”

“워매, 완장 아니드라고?”

“종술이 완장이 틀림없구만!”

“이야아, 완장이다, 완자앙!”

익삼 씨도 완장을 보았다. 사람들의 손가락질이 엇비스듬히 떨어져 내리는 저수지 수면 위에 알록달록 빛깔도 요란한 그것이 동동 떠 있었다.

운암댁의 눈에도 그것은 어김없이 보였다. 그니는 물문에서 멀리 외따로 떨어져 있었다. 요 며칠 사이에 많이 수척해진 모습이었다.

그니가 기진맥진한 노구를 이끌고 굳이 대봇둑까지 나온 것은 그토록 아들이 막무가내로 지키고자 날뛰던 저수지가 바닥 나는 광경을 끝까지 조용히 지켜보기 위함이었다. 어쩐지 꼭 그래야만 될 것 같다는 생각 때문이었다.

그리고 그니는 물이 빠진 다음에 일당을 받고 바닥에 들어가서 물고기 건지는 패거리에 끼어들 작정이었다. 아들이 한을 남긴 채 떠난 자리에 뛰어들어 날품을 판다는 게 어미로서 차마 몹쓸 짓거리 같기도 했다. 아들의 넋을 팔아서 뒷박쌀을 사는 것 같은 기분이었다. 하지만 다들 떠나보내고 혼자 남은 늙은 입에도 밥술은 들어가야 된다는 점을 스스로 인정하고 나니까 그니의 마음은 자못 엄숙해지기마저 했다.

운암댁은 물문 근처로 천천히 다가갔다. 수많은 구경꾼들이 돌팔매처럼 집어던지는 경멸에 찬 눈초리, 낄낄거리는 웃음을 함빡 뒤집어쓴 채로 완장은 물문을 향해서 흘러오고 있었다. 물문에 가까이 이를수록 점점 빠르고 거세지는 물살에 실려 완장 또한 걸음을 재우치고 있었다.

운암댁은 물문의 소용돌이 속으로 휩쓸려들 때까지 아들의 완장에서 한시도 눈을 떼지 않았다. 뗄 수가 없었다.

일단 소용돌이에 먹혀 시야에서 사라지는 듯싶던 그것은 물고기 떼의 탈출을 막으려고 물문 주위에 둘러친 굵고도 촘촘한 철망에 걸려서 제자리를 맴돌기 시작했다. 그것은 소용돌이를 타고 언제까지나 맴돌이를 계속할 작정인 듯했다. 그것이 눈앞에서 없어지지 않는 한 운암댁 역시 언제까지고 물문 근처를 떠나지 않고 지켜볼 작정이었다. 마치 너무도 한이 맺혀서 아직도 저수지를 떠나지 못하고 물문 주위를 맴도는 아들의 얼굴이라도 대하듯이 그니는 끝끝내 완장의 행방을 주시하고 있을 작정이었다.

완장

제1판 초판 1쇄 펴낸날   1983년 5월   16일
제2판 초판 1쇄 펴낸날   1993년 9월   10일
제3판 초판 1쇄 펴낸날   2002년 5월   30일
제4판 초판 1쇄 펴낸날   2011년 4월   10일
제5판 초판 1쇄 펴낸날   2024년 3월   20일
        초판 2쇄 펴낸날   2024년 3월   22일

지은이   윤흥길
펴낸이   김영정
펴낸곳   ㈜현대문학

등록번호 제1-452호
주소   06532 서울시 서초구 신반포로 321(잠원동, 미래엔)
전화   02-2017-0280
팩스   02-516-5433
홈페이지 www.hdmh.co.kr

ISBN   979-11-6790-249-8 (03810)